离开喀布尔的日子

THE FAITHFUL SPY

（美）阿历克斯·布伦森 著

吾诺 译

图书在版编目(CIP)数据

离开喀布尔的日子／（美）布伦森著；吾诺译.—北京：
新星出版社，2009.9
ISBN 978-7-80225-728-3

Ⅰ.离… Ⅱ.①布…②吾… Ⅲ.长篇小说－美国－现代 Ⅳ.I712.45

中国版本图书馆 CIP 数据核字(2009)第 152930 号

THE FAITHFUL SPY
By Alex Berenson
Copyrighnt © 2006 By Alex Berenson
Published in the United States by Random House, New York.
Simplified Chinese edition copyright © 2009 NEW STAR PRESS
All rights reserved.

著作权登记图字：01-2007-9997

离开喀布尔的日子

（美）阿历克斯·布伦森 著；吾诺 译

责任编辑：陶学钢
责任印制：韦 舰
封面设计： ▬▩设计·邱特聪 [yp2010@yahoo.cn]

出版发行：新星出版社
出 版 人：谢 刚
社 址：北京市东城区金宝街 67 号隆基大厦 100005
网 址：www.newstarpress.com
电 话：010-65270477
传 真：010-65270449
法律顾问：北京建元律师事务所

读者服务：010-65267400 service@newstarpress.com
邮购地址：北京市东城区金宝街 67 号隆基大厦 100005

印 刷：北京凯达印务有限公司
开 本：890 × 1230 1/32
印 张：12
字 数：280 千字
版 次：2009 年 9 月第一版 2009 年 9 月第一次印刷
书 号：ISBN 978-7-80225-728-3
定 价：28.00 元

目录

本书主要人物介绍

约翰·威尔斯/贾拉尔

本书主人公，年轻时奉中情局之命，也由于自己四分之一的穆斯林血脉，作为间谍打入基地组织。后被基地恐怖分子利用派遣回美国执行恐怖活动。一直身处尴尬之中：既得不到中情局官方的理解和尊重，同时又被恐怖分子当做棋子般利用。是这场恐怖战争中的客观受害人。他是个牺牲掉自身幸福的平民，也是个时代需要的英雄。

詹妮弗·爱丝莉

作为男主角上司和知交的反恐指挥部的情报分析家。同时也是两个孩子的单身母亲。她深爱着威尔斯，却苦于双方的身份和职业因素一直默默地，用自己的方式表达着爱意。

艾力斯·沙弗

有着天才般头脑的反恐指挥部的助理理事，曾在"九一一"之前预见过基地组织将在美国发动大规模的袭击。后因过于出风头而从中情局调到反恐指挥部，爱丝莉的上司。

奥玛尔·卡德日

本书中与主人公正面交锋的恐怖分子。策划了一系列惨绝人寰的轰炸袭击事件。喜欢哲学、强力意志,行事果断、决绝。在书中不断计划对美国实施生化袭击。

法鲁克·坎

物理学家,这个嗜食的男人为基地组织研究和组建了放射性炸弹——脏弹,后被捕,关入迪戈加西亚岛的囚室。成为剧情发展中的一个转折。

献给1-5空军战斗队及在一个复杂的世界上,提供英勇服务的美国武装力量的其他男女们——并向为查找真相而捐躯的法克赫·海德尔致敬。

上帝站在大炮最好的一边。

——拿破仑

序　幕

二〇〇一年秋天　阿富汗，喀布尔北部，萨马里平原

约翰·威尔斯将他的头仰斜地望向天空，搜寻着缓缓盘旋于黑暗上空的两架 F-15 战斗机。就算是在白天，美国的喷气式飞机也难于辨认。现在，随着太阳隐没于山岭后，它们几乎全都看不见了。威尔斯只盼飞行员也没有看到他，因为机翼上的炸弹会马上让他和他的人马消失。

威尔斯心想，从那些喷气式飞机的驾驶舱里望下来，战争就像是一个电子游戏。小小的灰色人影不时沉默无声地慢慢穿过电脑屏幕，随后投下的炸弹爆炸，形成白色的烟尘。地上的现实是血肉横飞的人取代了像素。威尔斯的思绪飞到了多年前的一个星期天的清晨，他的父亲，一位外科医生，西蒙大拿最好的"手术刀"，在手术室做了一夜手术后，走向厨房，在水槽里强迫性地洗手。

"发生了什么事，爸爸？"那天早上威尔斯问，"手术进行得不顺利吗？"

那年他十岁，年纪大到足够知道他不该去问这些问题，但是好奇心战胜了他。赫伯特关掉水龙头，抹干他的手，为自己倒了一杯咖啡，用他那疲倦的蓝眼睛注视着威尔斯。威尔斯正准备为他越界的问话道歉，他的父亲最后说话了，答案却出乎威尔斯的意料。

"凡事取决于你站在机关枪的哪一边。"赫伯特说。他啜了一口咖啡，似乎在通过向他的儿子挑衅来把他自己逼得更紧。那个时候威尔斯不明白其意，现在他明白了。更真实的话从来没有被说出。两年后，他心想父亲是否想过儿子会成为什么样的人。赫伯特过世后他才开始走自己的路，如果他的父亲对那件事有任何想法，他会保守秘密。

"你已经博得了成为外科医生的热烈掌声，约翰。"威尔斯上大学

的时候，有一次，赫伯特这样对他说，然而未及威尔斯作出反应，赫伯特就岔开了话题。他的父亲一直对他说他必须选择自己的道路，世界没有懦怯者的容身之地。威尔斯认为自己很好地记住了这个教训。杀手不是医生，他的目标是制造外科医生也无力回天的伤口。然而有时候，他想赫伯特应该理解像他这样的人的要求。无论如何，但愿如此吧。

威尔斯放弃了寻找飞机，但让他的眼睛保持着仰望的姿势。在这块没有电的土地上，星星和月亮以一种他渐渐爱上的光亮闪烁着。他不出声地念着他记得的星座的名字，直到一阵夹带着尘土的旋风弥漫了他的眼睛，才使他的注意力转到了地上。

艾哈迈德，他的副官，走过火堆，站在他身旁。"冷。"艾哈迈德平静地用阿拉伯语说。

"Nam。"是的。

风一日比一日恶劣，冰冷的小风从北方席卷而来，预示着一个更寒冷的冬天的来临。

当晚阵风特别猛烈，从威尔斯和艾哈迈德刚刚生起的火堆上卷起灰尘，嘲笑着他们想取暖的努力。威尔斯紧紧地抓住披在护肩上的毯子，走近簇拥在更小的一堆火边的男人中。他当然想要更大的火焰，但他不能冒险引起直升飞机的注意。

"这将会是一个漫长的冬天。"

"是的。"威尔斯答道。

"也有可能会是一个短暂的冬天。"一丝阴郁的笑容浮现在艾哈迈德的脸上，"也许春天还未到我们已然在天堂了。"

"也许酋长会让我们去度假?"威尔斯说,他纵容自己开了一个罕见的玩笑,"或者让我们到麦加朝圣。"到麦加朝圣是每一个虔诚的穆斯林在一生中都至少想去一次的。

　　一谈到麦加朝圣,冷笑就从艾哈迈德的脸上消失了。"但凭天意,贾拉尔。"他虔诚地说。但凭上帝的意志。

　　"但凭天意。"威尔斯说。塔利班和基地游击队称他为贾拉尔。他前几年获得了这个名字,那时他刚成为位于坎大哈附近的基地组织训练营毕业的第一位西方人。不到十二个人知道他的真名。其他人叫他阿美利基,意为美国人,但很少有人当面这样叫他。许多更年轻的新兵事实上甚至根本不知道他是美国人。

　　他们怎么可能知道呢?威尔斯自问。经过在阿富汗和车臣的圣战,他说得一口流利的阿拉伯语和普什图语。他的胡子长得如此之长,他的手上长满了老茧。他几乎像当地人一样骑马,外人可不能像真正的阿富汗人一样骑马,而且他玩"马背叼羊",这是他们喜欢的粗暴的马球游戏,像他们一样硬碰硬。他和他们一样祈祷。他已证明和这些人一样,属于这里。

　　威尔斯大概也希望如此。本·拉登和其他老资格的基地领导人怎么看他,他无从知道。他以前不相信他能够在这里。而现在他的国家正和他们作战。除了为他们献身,他不想真的证明他自己,而他并没有计划献身。

　　威尔斯再次打了个冷战,这一次是从内心而发。够了,别再放马后炮了。他看了看手下的六个人,他们用力地抱着肩上的AK枪,在黑暗中平静地交谈着。这六个人当中,三位是阿富汗人,另三位是阿拉伯人;战争的压力将塔利班和基地比以往任何时候都拉得更近。一般而言,他们爱饶舌,大声喧哗,是天生的讲故事能手。不过威尔斯在执行任务时，并不是一个健谈的人，不过他的手下都尊敬他。他们颇为友好，善打硬仗，能迅速且毫无疑问地执行他的命令。指挥官对他们不能要求更多了。今晚他们碰到的事实在太倒霉了，甚至比倒霉更糟糕，但还不至于受不了。

在南边天空，一道闪电照亮了夜空。随后又是一道闪电，再一道。

"他们又开始了。"艾哈迈德说。美国人在轰炸阿富汗的首都，距离这里南部三十公里的喀布尔。迄今为止，他们没有理睬萨马里平原，这是塔利班和北方联军——自从"九一一"后反叛的阿富汗军队成了美国人新的最好的朋友——对峙的喀布尔北部的平坦地区。

威尔斯和手下在一个无名的小村庄扎营，在俯瞰平原的山脊上，这个小村庄事实上只有一些小屋。他们被西北走向的山岭保护，他们骑马进村而不是驾驶塔利班偏爱的丰田牌小型货运车。在这里，没有人会打扰他们，他们可以轻易地观察下面的平原。威尔斯还有一个选择此地扎营的理由，这个理由他没对手下的人说过。如果一切顺利的话，在邻近的北方村庄会有一支美国特种部队的小分队。

"今晚会更艰苦。"艾哈迈德说。闪电不断地亮起。

"Nam."是的。经过一个月与假想敌的作战，美国开始对喀布尔开战。这对塔利班是个坏消息，因为它在北方的防御的瓦解，已经使之受到重重打击。在受到美国人几天的轰炸后，按照推测，那些难于渗透的城市已经陷落。

但是今晚塔利班要给北方联军一个惊喜。威尔斯看着南方，那儿有条从于喀布尔延伸到平原上的车辙路。他们就在那儿。前灯亮起，流向北方。紧密护送的十二辆汽车，过了一阵，又是十二辆汽车。这些是在底座上装备有点五零口径机关枪的小型货运汽车。五吨重的军队运输卡车每部装载有二十名士兵。月亮高悬在天空中，前灯不断地出现。十二盏车头前灯，又是十二盏车头前灯。塔利班的军队正集结起来对北方联军的前线发动袭击。

到达前线的时候，卡车熄了灯。威尔斯拿出他的夜视的双倍望远镜细察下面的山谷，这是他唯一的奢侈品，是他在车臣时从一个不走运的俄罗斯少校身上抢过来的。成百部的卡车已经集结在此。总共也许有三千名士兵，包括阿富汗人和阿拉伯人。在这里将要保卫喀布尔，阻止那些想要让妇女在公共场合露出面孔的异教徒。如果塔利班能够突破北方联军的前线，他们就有可能收复他们失去的大部分土地。威尔斯的小组被派来寻找联军已经知道的这次攻击的信号。迄今为止，他没有看到任何防御准备。

威尔斯将双倍望远镜交给艾哈迈德："那么，这是真的了？"

"是的。我们今晚进攻。"

"我们能赢吗？"

如果一个月前，艾哈迈德的疑问会是不可想象的。美国的轰炸对塔利班信心的摧毁较威尔斯所能想象的更为严重。

"当然，"他说，"但凭天意。"说真的，威尔斯佩服这个计划的大胆。塔利班情愿和敌人作战而不愿躲在掩体里等死。然而，这些集结起来的塔利班士兵将会是头上的直升机很合适的目标。为了取得成功，塔利班部队需要迅速地穿过北方联军的前线。随后塔利班和联军士兵才能展开肉搏。在同时不破坏盟军和敌人的情况下，美国人应该不可能轰炸。

下面的塔利班军队分散成以连为规模的小队，准备向前进。

他们永远不可能得到机会。

当装满士兵的最后一辆卡车到达前线的时候，炸弹开始落下来。爆炸撕碎了夜晚的寂静，在威尔斯下面的平原上，迸发出红红白白的光芒，像是乱七八糟的烟花。猛烈的爆裂声和又长又沉重的砰然响声交替出现，连续三四声后紧接着的是漫长的暂停。他们的火力撼动了威尔斯和他手下站立的地方，一个爆炸伴随着一个巨大的火球，照亮了夜空。

"那一定是一辆弹药车被炸了。"威尔斯半是对自己，半是对艾哈迈德说。

密集的火力进攻似乎持续了四个小时，但战斗结束时，威尔斯看了看手表，发现时间只过去了三十分钟。他拿起双倍望远镜察看下面的平原。火舌舔食着已经毁坏的小型运货汽车和五吨卡车的车体。人们四散地倒在坚硬的地面上。美国人已经等了很久，塔利班中了圈套。这意味着美国特种部队隐藏在附近，指挥了这轮打击。正如威尔斯希望的。

他的手下现在沉默不语，被他们眼前的景象所震撼。在下面，塔利班试图再集结，但现在北方联军用机关枪和迫击炮进行开火。而第二波的攻击无疑又来了。无须惊讶，塔利班没有任何机会。

威尔斯放低双倍望远镜。"让我们走。"他说。

"回去吗？"艾哈迈德说。

威尔斯摇摇头，越过层层山峦指着北方！"美国人已经到了那儿准备轰炸。"艾哈迈德看来很惊奇，但他什么话也没说。威尔斯向来是对的，作为指挥官，他可以在任何情况下做他喜欢做的事。

他们给马装上鞍，在夜色中驰向北方。和阿富汗北方壮观的山脉不同，萨马里山是一座低矮不平、布满碎石和泥土的小山。他们由最好的骑手哈米德带领，排成一队，平稳前进。在他们下边，炸弹又再次投了下来。有几盏车头前灯向南朝喀布尔移动，塔利班的攻击还没开始就已经失败了。

"走慢一点。"当他的小队行至将近他们露营地北方小山的山顶时，威尔斯说。他相信美国军队已经挑选了一个和他的选择类似的位置。威尔斯和他的手下爬上了山，停了下来。在他们前面，地面向下倾斜，又再升起。威尔斯透过双倍望远镜察看。他们在那儿，六个人站在灰泥造的简陋小屋丛中，向下窥视塔利班的前线。他们可能是村里人，被轰炸惊醒了……但他们不是。他们是美国人。证据是隐藏在小屋后面的小型运货汽车。

这卡车意味着特种部队的人可能有 SAW 枪———一种轻型机关枪———或者，可能是点五零口径的，比他手下人携带的武器更为大型。这可能让威尔斯和他的队伍吃了一惊。威尔斯挥手命令手下前进，警告他们要安静。他们现在很兴奋，兴奋有了机会袭击美国人。而威尔斯，尽管耻于承认这一点，却也同样感到兴奋。

大西洋，美国军舰史塔克号

军舰的劈波暂浪很顺利，但当直升飞机着陆的时候，詹妮弗·爱丝莉感到胃部一紧，她踏上史塔克号的灰色金属甲板，这艘军舰东距弗吉尼亚州诺福克市五十海里。这当然是在国际水域上，所以它装载的珍贵货物不在美国法庭的管辖之内。

史塔克是一艘老式海军两栖攻击舰，现在则成了一间禁闭室，一座浮动的监狱。今天这艘船上只关了一名囚犯，蒂姆·凯弗，又名穆罕默德·法赛尔，他是一位二十二岁的美国人，在阿富汗北部靠近马扎里沙里夫因为为塔利班作战而被抓。为塔利班作战对抗美国。爱丝莉一直试图在脑海中考虑这个问题。

另一位美国塔利班约翰·沃克尔·林德被抓的消息，曾在世界范围内报道过。但凯弗的禁闭显得相当平静。布什总统签署一份命令宣

8

布凯弗为一位"敌人的战士",并暂时剥夺了他的权利,包括接受美国法庭的审判。现在,凯弗几乎是禁锢在一个漂浮的钢铁造的监狱里,一个不适用美国法律的地方。爱丝莉不确定她喜欢这种裁决,但也许现在不是担忧类似《权利法案》① 这样的小事情的时候。船在她脚下打旋儿,她发现自己在光滑的金属甲板上没有立足之地,不禁大叫起来。她的向导,一位友好的年轻海军少尉,伸出一只手扶住她。

"你还好吧,爱丝莉小姐。"

"很好。"

他带她走出甲板,向下走向一条敞亮的走廊。"穆罕默德在医院里,"少尉说,"我们试图小心翼翼,但他还是发生了意外。他的头重重地撞在门上,嘘——"他记起他是在和一个女人谈话,突然停止发言。她明白了"诸如此类的事"。

多么有预见性,她想。只要他们不杀他就好。

"我猜这里的人恨不得将他丢到海里去。"

"我们会抽签来决定机会,"他开朗地说,"我们到了。"

爱丝莉向凯弗房外站岗的两个水手出示了她的中情局身份证明和海军特别通行证。他们小心翼翼地查看了一下,然后向她敬了个礼。海军少尉从他的口袋里掏出一个薄薄的金属钥匙,将它插进门上笨重的锁里。他慢慢地推开门,随后她走进了这间没有窗户的房间。

"时间由你掌握,小姐,"海军少尉在她身后关上了门,说,"穆罕默德哪儿也去不了。"

凯弗躺在一张狭窄的医用帆布床上,手和脚都被铐在床架上,手臂上正在进行静脉注射。他的胡子被随便地剃过,他的头发被齐根地

---

① 原文为 Bill of Rights,即美国宪法前十条修正案。

剪掉。黄色的淤伤环绕着他的左眼。他身材矮小，瘦得皮包骨，像是一位哲学系毕业生或类似的废物。他并没有逃走的危险，只是因为他确定，墙角的一部照相机瞄准了床上，两个以上的水兵站在门外。他们中的每一个人都可以用一只手拎起凯弗抛进大西洋去。有那么一刻爱丝莉为他感到惋惜。当然她很快就不这么想了。

在正常的环境下，爱丝莉应该不会和凯弗说话。她是管理者，不是审问者，而且中情局和 DIA——国防情报局，拉姆斯菲尔德的人马——已经盘问了他几个星期。但当她读了凯弗的审讯记录，爱丝莉和艾力斯·沙弗——她的上司，负责近东地区的头头儿，决定她应该亲自和凯弗谈话。

爱丝莉决心要成为他的母亲。她年纪够大了，而他可能有一阵子没见过女人了。她走向床边，将手放在他的肩上。他昏昏欲睡的眼睛睁开了。他的身体缩回去了，他的肩膀隆了起来，她对着他微笑，他这才放松了一点。

"蒂姆。我是詹·爱丝莉。"

他的眼睛眨了眨，但没说话。

"你感觉还好吧？"

"这看起来像什么？"

难以置信。这不愿说话的孩子仍要装出强悍的样子。他整个人重一百四十磅。幸运的是，流经他静脉的硫喷妥钠①和吗啡使他安稳了一些。对此情形，大赦国际组织或许会反对，但他们没有表决权。爱丝莉的脸上尽量显出同情的神色而不是她认为的轻视。

---

① 一种麻醉剂。

"我可以坐下来吗？"

他耸耸肩，将他的衣袖向床边动了动。她拉过来一把椅子坐下。

"你是律师吗？"

"不，但我可以为你找一位律师。"一个小小的谎言。

"我想要一位律师。"凯弗说，声音含混不清。他闭上眼睛，摇摇头，缓慢地，有节奏地，似乎因为这个动作而觉得舒服一点儿，"他们说没有律师。我清楚我的权利。"

你只有取得比我职位高很多的人的赞成才有这个权利，爱丝莉想。

"我可以帮助你。"她说，"不过你必须帮我。"

他再次摇摇头，这一次显得郁郁寡欢："你想做什么？"

"告诉我在阿富汗的另一位美国人。不是约翰·沃克尔·林德。另外一个人，年纪更大的一位。"

"我告诉过你。"

她摸了摸他的脸，让他的头向着她，让他看到她的蓝眼睛——人们总是对她说，那是她最好的容貌，就算是鱼尾纹已经盘踞在那儿。

"看着我，蒂姆。你告诉过你的某人。不是我。"

她可以看出，好战的神色离开了他的眼睛，因为他，或者说由于体内的毒品，认定争论并不会带来麻烦："他们叫他贾拉尔。有一两个人说他的名字叫约翰。"

"约翰？"

"也许他们将他和约翰·沃克尔·林德搞混了。我甚至不确定他是不是美国人。我从未和他说过话。"

"一次也没有谈过？"她希望自己的声音里没有显出自己的失望之情。

"没有。"凯弗说。他闭上了眼睛。她再次等待他说话。"那地方很

11

大。他出出入入。"

"他可以自由来去？"

"很可能是这样。"

"他看起来如何？"

"大个子，像其他人一样有胡子。"

"有任何特别的特征吗？"

"就算有，我也看不出来。他没有那种夸张的地方。"

她向他靠得更近，微笑着。一时间，他的气息里充满恶臭和腐蚀性的气味，像一只腐烂的橙子。他们大概并没有经常让他刷牙："你还记得其他事情吗？"

他若有所思："我可以喝水吗？"

爱丝莉看了看门外的水手。他耸耸肩。房间角落里的金属水槽里放着几个塑料杯。她将其中的一个倒满水，递给凯弗，轻轻地将水倒向他的嘴唇。

"谢谢。"凯弗闭上了眼睛，"美国人——贾拉尔——说他是一位真正的战士。他去过车臣。这是他们说的。"他张开眼睛，看着她，"还有什么要我告诉你的？"

她真正想要知道的是她不准备问的问题。《古兰经》你读了多少？你是否真的恨美国，还是只是一个冒险？顺便问一下，你们的朋友下一次对我们的袭击是在何时？哪里？怎么做？

在她考虑的不想问也无法回答的问题中，这一个怎么样：他站在哪一边？也就是说，贾拉尔。约翰·威尔斯。唯一一位打入基地组织的中情局特工。这个人的存在只有少数的几位中情局官员知晓。这是一件独一无二的国家财产。

只可惜，两年来，这独一无二的国家财产没有费心和他的中情局照顾者沟通——换言之，和爱丝莉。这意味着他对于阻止"九一一"事件的发生没有任何帮助。为什么，约翰？你是一个活人，不是囚犯。这人已经确认了这个情况，如果没有发生其他事的话。难道你不知道吗？还是你已经变成了当地人？你总是有那么一点儿疯狂，还是你从来没有进入过那些山中？或者你多年来和坏人一起跪在祈祷的毯子上，或许你已经成了他们当中的一个。

"还有什么？"爱丝莉问。

"我想不起还有什么事。"

她放下空杯，站起身准备离开。凯弗的目光碰上了她的目光，现在他看起来像一个恐惧的小孩子。他刚刚开始明白自己有多不幸，她想。感谢上帝，他不是我的问题。

"律师的事怎么样？你承诺过——"

"我会了解这事的。"她说着走向门口，"祝你好运，蒂姆。"

威尔斯和他的手下现在离美军一英里远。几分钟前他们跳下了马。他指挥手下进入了一个狭窄的山坳，从美国人的方向看来，一座石山掩藏了他们。一旦他们离开这个地方，就没有了掩护，在他们和敌人之间只有空旷的土地。这正好是威尔斯想要的。他对他的人马可以靠近敌人而不被发觉可不抱任何幻想。这个山岭几乎没有什么树木，美国特种部队有效果比他的护目镜好得多的夜视设备。

他将手下的人马分成两组。艾哈迈德会带领北方的三个人突袭那个位置，而威尔斯、哈米德和阿卜杜拉——他这支小队中最强悍的战士——会急转弯向西北，爬上山岭的更高处，然后向下突然袭击。

"我们必须快速行动，"威尔斯说，"在他们召来飞机之前。没有飞机的话，他们就没什么厉害的地方。"他的手下群集在他周围，兴奋地用手拨弄他们的武器。

现在到了重要关头。"作为你们的指挥官，我宣布这是一个殉教的任务。"他说。奇妙的词。他们会战斗到死。不撤退，不投降："大家都明白了吗？"威尔斯寻找手下恐惧的眼神，但没有看到。他们的眼神毫不动摇，"我们为安拉和穆罕默德的荣耀而战。敌人将他们置于我们够得着的地方。赞美安拉，我们会消灭他们。安拉万岁！"

"安拉万岁！"威尔斯的手下平静地说。上帝是伟大的。他们虽然恐惧，但也很兴奋。没有比杀死一个美国人或殉死更荣耀的事了。

艾哈迈德给他的 AK 枪装上子弹，指挥手下出了山坳。威尔斯跟着，转向山脊。几分钟后，距离美国人还有四分之一英里远，他躺在一块碎石后，示意哈米德和阿卜杜拉照做。"等等，"他说，"艾哈迈德先进攻。"事情很快就会发生。他很快地看了一眼岩石。透过双筒望远镜，他可以看到特种部队准备攻击，给他们的点五零口径的炮装弹，散开在临时营房和石头后面，跑得并不快，但是行动很迅速，每一步都证明他们训练有素。

当艾哈迈德和手下靠近美军一百码的时候，特种部队枪炮齐发，向着他们开火，回声传向了山坡。艾哈迈德在第一轮的开火中幸免于难，其他三个人马上倒地，他们的身体被点五零口径的机关炮击中，未及倒地已经身亡。

"安拉万岁！"艾哈迈德大叫道，虽然勇敢，但命运已经注定。他向美军的位置冲去，火光从他的 AK 枪口上喷出。正如威尔斯预料的那样，几秒钟后他就死了。威尔斯不禁赞叹美国人的技巧。

威尔斯重新检查艾哈迈德和他的手下。他们沉默无声，一动不动。他站起来又蹲下去，小心翼翼地靠近石头阴影下的尸体。突然间他停了下来。他认识哈米德和阿卜杜拉多年，和他们进餐，和他们一样诅咒这山岭的寒冷天气。

他拔出系于臀部的手枪皮套上的俄制马可洛夫手枪。扑。扑。一枪打中哈米德的头，一枪打中阿卜杜拉。又快又干净。他们的身体骤然抽搐，血汩汩流出，寂然无声地死去。威尔斯合上了他的眼。对不起，他用合上的嘴唇低语道。然而没有其他的办法。他让自己藏身于石头后，谛听着什么。一阵沉默，但他知道美国人已经听到了他发出的枪声，正在寻找他。现在他需要行动，或是永远不行动。

"美国人，"他用英语向山下大喊，"我是美国人。别开枪。我是你们的朋友。"

一阵机关枪声在他头顶附近呼啸。

"我是美国人，"他再次大喊，"别开枪！"

"如果你是美国人的话，站起来！"一个声音喊道，"待在那儿，让我们看到你。把你的手举在头上。"

威尔斯照指示做，希望他们不会因为恐惧或愤怒或只是因为他们能够开枪就将他撂倒。他可以听到他们爬上山坡向他走来的声音。两盏探照灯突然出现，让他感到晕眩。"向前走，脸朝下躺下，伸出手来。"

威尔斯把他的脸紧贴着布满石块的泥土，亲吻起土地来。他的计划成功了。他终于与他们取得了联系。

在威尔斯后面，士兵们从四周拖步而来。"这他妈的是什么？"当他们发现哈米德和阿卜杜拉尸体的时候，有人嚷道。一盏探照灯射在威尔斯四周，一把来复枪口对着他的脑壳。

"待着别动，美国人先生。"一个声音说道，越来越近，"你他妈的到底是谁？你身后的朋友发生了什么事？"

"我是中情局的，"威尔斯说，"我的名字叫约翰·威尔斯。"

枪口急收了回去。响起一声尖锐的口哨声。"少校……"在他上面一个声音说道。一阵交头接耳的说话声，随后是另一个新的声音。"你刚才说你的名字叫什么来着?"

"约翰·威尔斯。"

枪口重又指着他的脑壳："你的EPI①是什么，威尔斯先生?"每一个地区间谍都有的唯一的短句子，允许在像眼下的形势下证明他的忠诚。通常它不会向中情局以外的人泄露。不过威尔斯猜想他算是一个例外，因为他们很显然事先被下达指令，知道美国间谍打入了塔利班阵营进行活动。而且因为来复枪捅到了他的脑壳。

"我的EPI是红色短袜，少校。"又过了几秒钟。威尔斯听到头顶上的士兵在翻几张纸。

"妈的没有。"一个声音说，现在他显得友善多了，带着微弱的南方口音，"确实如此。我是格伦·霍尔姆斯。你可以站起来了。"

威尔斯站了起来。霍尔姆斯是一个身材矮小而强壮的人，留着平头，留着微红的山羊胡子。他握了握他的手："我想给你送只蜜蜂，威尔斯特工，但是它们飞回了塔吉克斯坦。"

"叫我约翰。"威尔斯说，他清楚霍尔姆斯不会这么叫。威尔斯看出特种部队并不真的信任他。他们拿走了他的来复枪和手枪，以及缚在他小腿上"保护自己"的小刀。但他们似乎相信了他所讲的自己如何耍花招引诱他的人进入他们的埋伏圈，为的是和他们说话。无论如何，他们没有绑住他或者在他的头上放一个包以使他更加合作。

于是威尔斯告诉他们他想要告诉他们的事情，他所知道的基地组

---

① 紧急身份证明（Emergency Proof of Identity）。

织的营地情况，圣战分子所受到的训练，基地组织实验化学武器的情形。"它是十年级的化学。将烧杯 A 和烧杯 B 的东西混合在一起，看会发生什么事。结果杀了几条狗。"

"有生物武器吗？核武器呢？"

"我们甚至没有可靠的电源，少校。我们——他们——"当威尔斯转换代词时，不由感到一阵混乱。他过去是美国人，现在是，永远都是，他永不会背叛自己的国家。但是在基地组织的阵营过了一年后，他开始喜欢上了其中的一些人。比如他刚刚帮忙杀了的艾哈迈德。威尔斯摇摇头。他试想以后再将这一切理出个头绪。

霍尔姆斯一直观察着他，没有说话。

"他们可能想获得材料，生物武器，核武器，但他们不知道如何获得。"

"说了这么多英语会不会感到不可思议？"霍尔姆斯突然插话。

"没有，"威尔斯说，"是的。有点奇怪。"

"你想要歇一下吗？"

"我很好。只不过……"威尔斯犹豫了一下，不想表现得像个傻瓜，"你们有多加力①吗？我真想喝。"

"菲茨，我们有多加力吗？"

他们给他在水壶里加进一小包橙子味的多加力，威尔斯贪婪地一饮而尽，仿佛一位发现了长生不老泉的西班牙征服者。他对他们讲了他所知道的本·拉登的核心集团，这些人他根本没有喜欢过；还讲了基地组织获得资金的方法，他认为本·拉登会逃到哪里。这些，使特种部队的人彻底摸清了很多事。他尽可能快地抖搂他知道的情报，时

---

① 一种运动饮料。——译注

间迅速过去，月亮已经横过了中天。他想一早回去。他回去的时候情况越混乱，对于他这个班所发生的事，他所面临的问题就越少。这一夜死了数百的塔利班军和阿拉伯人。谁会在意区区六个人的性命？

天空开始发亮，威尔斯知道自己该回去了。"就谈到这儿了，"他说，"真希望能有多一点时间。不过我得回去了。"

"回去？"一瞬间，霍尔姆斯的眼睛睁得大大的，"你不想溜出来吗？"

溜号？难道你不想回家吗？威尔斯甚至多少忘记了考虑这个可能性。大概是因为这件事看起来就像到月亮上去一样。难道你不想在芬威球场①有一个包厢？不想到海边看看？难道你不想去看望一位穿超短裙的女孩？难道你不想开着赛车穿过蒙大拿山脉回到家乡？难道你不想跪在父亲坟前，为错过他的葬礼而道歉？难道你不想看看希瑟和埃文，还有妈妈？

对这些问题的答案全都为"想"。家就是生活，他真正的生活，突然间失去家的痛苦深深地伤了他的心，他不由闭上了眼睛，双手抱住了下垂的头。

"威尔斯？"霍尔姆斯说。

威尔斯记起了九月十一日的时候营地中四处扩散的欢乐，大家海唱胡吹，向真主安拉祈祷。他很清楚发生了什么大事，但对细节一无所知。他应当找出更多的情报，不过他猜想基地组织的目标是某处的大使馆，或者沙特的一个油泵站。他不想问太多的问题以免引起怀疑。应该不是世贸中心。这事如此庞大，如此具有破坏性。他的想象错了，像其他许多人的想象一样。成千的人们死去了。

---

① 北美职业棒球联赛扬基队的主场。——译注

18

那一天威尔斯对自己许下了一个诺言：这种事绝对不允许再发生，只要我还活着，我就要阻止这种事发生。其他事情无足轻重。他也没有什么好想的。希瑟已经再婚了，而埃文大概不知道他是谁。他以前是否见过埃文？多年来，他没见过儿子一幅相片。他真正的生活，无论是怎么样的，都已经消失了。他今晚所做的已经证明了这一切。他冷血地杀了他的麾下。

如果他都认不出自己，他的家人怎么可能认出他来？

"我不会溜的。"威尔斯说，"能给我一支钢笔和一张纸吗，少校？"

霍尔姆斯递给他一个便笺簿和一支钢笔。威尔斯潦草地写下："即将追踪 UBL"——中情局对奥萨玛的称呼，它曾叫乌萨玛①。"没获得'九一一'之前的消息。仍然友好。约翰。"

他动了动嘴唇，再多写一行。"又及：告诉希瑟和埃文以及我妈妈，我想念他们。"

他将纸页撕下，叠起，在最上面定收处写上"爱丝莉"："你是否可以将这个交给中情局的詹妮弗·爱丝莉，我的联络官？"

"好的，先生。"

"我希望你不要看它。"他将纸页交给霍尔姆斯。

"知道了。"霍尔姆斯从另一个口袋里拿出一个信封，将纸页放了进去，封上了口。

"少校，我可以问你一些事情吗？那事情像什么？"

"什么？"

---

① 在英文中，奥萨玛写作 Qsama，乌萨玛写作 Usama，这里指奥萨马·本·拉登。——译注

19

"两个月前。九月十一号。"

"九一一?"霍尔姆斯摇摇头,脑海中似乎在重放那天的情景。"好像整个国家撞到了内脏。人们只能坐在家里看电视。眼睁睁地看着双塔的倒塌,一次又一次。跳楼的人,第二架飞机撞过来……实在是难以置信。我的意思是说,我真的不能相信。如果汤姆·布拉克①走过来说,'嗨,美国,我们正他妈的玩儿你,哈哈。'我会说,'噢,来吧。'这都会比实际发生的事情更合理。"

"这些家伙,他们什么都做得出来。"威尔斯知道这是一个不那么深刻的见识,但他突然间感到累极了。

"我母亲两年前死了,"霍尔姆斯说,"死于癌症。太糟糕了。这是我人生中最糟的一天。"九一一"其次。这和其他许多人的感受一样。一些三角洲的人开始驱车到了纽约,去将人们挖出来,但我没怎么费心。我知道他们想让我们留在底部。"

霍尔姆斯看着威尔斯:"你还好吧,约翰?也许弗雷迪应当检查一下你的身体。"

"这可让我为难,算了吧。"威尔斯说,"我得走了。"他站了起来俯瞰着平原,"那道前线不会坚持太久。"

"你那些家伙不可能挺一个星期。"霍尔姆斯说。

"我那班家伙。"威尔斯再一次感到奇怪的晕眩。

"没有冒犯你的意思。"

"没有。"威尔斯说。

"那好,"霍尔姆斯说,"如果你回到了家,请找我。我用的是我妻子的名字——黛比·特纳。我家在北卡罗来纳州锡勒城。我将带你去

_____

① 好莱坞男星。——译注

20

钓鱼。那是美丽的乡下。"

"美好一如蒙大拿。"

"当你回家的时候，约翰，记得。"

"我可能不会很快就回来。"威尔斯说。霍尔姆斯把武器还给他。威尔斯用皮带绑住小刀和手枪，将来复步枪挎在肩上。霍尔姆斯伸出一只手，威尔斯用两只手抓住它。

"少校，"他说，"我还要请求一件事。"

"什么?"

"我要你向我开枪。"

霍尔姆斯退后一步，突然间机警起来。

"不可能!"霍尔姆斯说。

"少校。那么我只好自己开枪。"

"克里斯特。"

"皮外伤。货真价实的皮外伤。不要伤到骨头。"

霍尔姆斯犹豫了一会儿，然后点点头：“好吧。转过身去，朝前走。"

"朝前走?"

"我是三角洲特种兵，威尔斯密探。"霍尔姆斯以他北卡罗来纳州那种懒洋洋的口吻说，"我能在一百步开外将夹鼠的那玩意儿射穿。哪一只手臂?"

"最好射左臂。"威尔斯说。他转过身，从旁边走开，慢慢地，伸出他的手臂。几秒钟后枪声响了，子弹灼伤了他左臂外围的皮肤和肌肉，好像一把灼热的纺织机针刺穿了他的肌肉。去你妈的。他坐了下来，看着霍尔姆斯，他仍然抓着手枪。这不过是小意思而已。

"好枪法，少校。"这是真的。伤口清晰可见，但很整齐。

"想再来一枪吗？"

威尔斯大笑起来，呼吸开始缓慢然后更猛烈地短促起来，血液流到了手臂上。霍尔姆斯无疑在想他是否疯了。不过威尔斯忍不住要这样做。塔利班可不是开玩笑的。

"一枪够了。"他说，笑声慢慢地平息。

"要绷带吗？"

"我最好自己来包扎。"威尔斯撕下一片衣服，沿着他的手臂绑成一条止血带，使血流变成小滴。痛苦回来了，强烈地灼伤着他的手臂，并深入胳膊。他感觉更糟。他要活着。他站了起来，感觉有点头晕。他闭上眼睛，直到头晕眼花稍微平息。

"锡勒城，"霍尔姆斯在他身后叫道，"别忘了啊。"

威尔斯转过身，向南跋涉在阿富汗的夜色中。

弗吉尼亚州，兰利市

爱丝莉的办公室是标准的中级分析人员的格局。没有窗户，木板书架放满了关于中东和阿富汗历史的书，两台电脑，一台用于机密的内部网络，一台用于连上互联网，一个保险柜简单地隐藏在普通的印着英国乡村的印刷品后面。她的桌上还摆放着她的小孩儿的一些照片，以及兰迪寄来的一张可爱的生日卡片，不过中情局可不鼓励其职员摆放过多的个人物品。原因很简单：他们行踪不定，今天在这里，明日又在他方。

威尔斯的便条经过四天才到达她手上。她猜想特种部队还有更重要的事要做。在过渡期间，喀布尔落入了北方联军的手里。萨马里战役已经证明了塔利班军像其他任何人一样，无法抵挡美国的空中力量的打击。眼下，爱丝莉坐在桌前，阅读着这含义不明的便条，以及更令人心烦意乱的事后报告。"威尔斯请求霍尔姆斯少校朝他的手臂开枪，霍尔姆斯如他所愿随后调往美国空军……"

爱丝莉轻轻地捏了捏鼻梁，闭上了眼睛，而当她再次睁开眼时，一切毫无改变。如果她回到家，大卫和杰斯会睡着了，而兰迪会看电视，很明显他不会对她生气，也不会问她他还要忍受她多久的通宵，连周末都花在工作上。挽救世界对婚姻来说个灾难。特别是当妻子正在做这种挽救的工作的时候。

"他没有回来。"

她瞅见了沙弗，她的上司，他正站在门口。他喜欢不动声色地出现在她的办公室里。这是他一个不太令人愉快的特征。还有他那不加修饰的打扮。他手上拿着一份复印的威尔斯的便条。

"他没有回来。"沙弗又说了一遍，"他消失了。要不他可能就是个疯子。但我和你赌一罐咖啡，这将是我们最后一次收到他的消息。太糟糕了。"沙弗看上去并不像是心碎了，爱丝莉想。

"我不能肯定。"

"原因呢?"

"看看附笔。'告诉希瑟和埃文以及我妈妈，我想念他们。'"

沙弗耸耸肩："最后的愿望和遗嘱。"

"那么他应该说他爱他们。他说他想念他们。他想要再次见到他们。也许他在那儿已经死了，但那不是他所想要的。"

"嗯。"沙弗说，他转身走向大厅，边走边大叫道，"都快十点了!回家，好好休息。"

"叠好你的衬衫。"她咕哝道。她再次看了一眼威尔斯的便条，随后将它锁进保险柜。她、沙弗和威尔斯——他们都只能等待，不是吗?他们都只能等待。

23

第一部　回家的国王

1

酋长古尔皱眉看着聚集在眼前的自己人。"这些天每一个穆斯林都必须参加圣战。"他用普什图语说，声音不断加大，"蒙古人入侵巴格达，对巴格达人并没有帮助，因为他们是虔诚的穆斯林。他们死在了入侵者的刀剑之下。"

酋长将他的手放在肩上。

"现在伊斯兰世界再次受到围攻。两个清真寺和两河流域的土地受到围攻。"——沙特阿拉伯和伊拉克，"巴基斯坦受到围攻，我们的领袖为美国人和犹太人工作。我们在每一个地方都受到围攻。"酋长穆罕默德·古尔说。他身材矮小，蓄着胡子，矮矮胖胖的身体隐藏在一件光滑的棕色袍子下。他的声音却如同比他要高大得多的人一样洪亮。在清真寺里一间简单的墙上涂着剥落的白漆的砖瓦建筑里，礼拜者们喃喃地表示同意，并靠在一起，形同手足。然而他们的赞成更激起了酋长的怒气。

"你们说'是的，是的。'但是当祷告结束后，你们还做什么？你们会牺牲自己吗？你们回到家，无所事事。今天穆斯林热爱这个世界，痛恨死亡。我们放弃了圣战！"酋长咆哮道，他不再看眼前这群人，用手揩抹了一下额头，"因此真主让我们屈服。只有当我们牺牲自己，我们才能恢复伊斯兰的荣光。那一天真主才会最终向我们微笑。"

只不过看起来我们当中没有一个人明白，威尔斯思忖道。在威尔斯听古尔布道的几年里，酋长变得越来越愤怒了。他之所以发怒，原

26

因不难明白。"九一一"已经过去，伊斯兰重返荣耀仍然像以往一样遥遥无期。犹太人仍然统治着以色列。美国人在伊拉克扶植了一个什叶派政府，这个国家一向以来是由逊尼派控制的。是的，什叶派也是穆斯林，但从伊斯兰教的最早期开始，什叶派和逊尼派穆斯林就一直不和。对于奥萨玛和他的宗教激进信徒而言——有时被称之瓦哈比派——什叶派和犹太人没有什么两样。

阿尔盖达，革命的"基地"，永不会恢复它在阿富汗失去的自己的基地，威尔斯心想。当塔利班沦陷后，基地的军队向东逃到西北边境，即巴基斯坦和阿富汗的山岭交界处。威尔斯勉强地逃了美军在塔拉博拉的轰炸，那是阿富汗战争中最后的一场大战役。他乐于想象轰炸是由格伦·霍尔姆斯指挥的，他从威尔斯藏身的小屋中撤军回转了。

然而美国并未在塔拉博拉落入设下的圈套，原因威尔斯从来不明白。成千上万的圣战分子逃了出来。二〇〇二年，这伙人到达了西北边境，这个名称是英国人起的，因为这个区域位于其殖民统治的印度的西北边界。西北边境是由支持基地圣战的虔诚穆斯林普什图人统治的广阔的土地，而且有效地阻隔了巴基斯坦和美国的军队。即便是特种部队，也无法广泛深入地进行活动。

因此基地组织残存着。但它不能再壮大起来。奥萨玛和其部属在山洞中游走，不时发布录像带招唤信徒。每隔数月，这伙人都会发动袭击。其成员炸了马德里的一个火车站，炸了埃及的一家酒店和伦敦的地下铁，袭击了沙特阿拉伯的石油工人。在伊拉克，它向美国占领军发起对抗活动。但这些事都比不上"九一一"对世界所造成的震撼。

与此同时，威尔斯和他的圣战同伙们勉强维持着悲剧的生存。在理论上，基地组织的头头们安排了普什图村民给他们房子住。但现实中，他们却是这些绝望的贫困家庭的一个负担。他们不得不像其他的人一样，自己挣钱维持生活。威尔斯和六个阿拉伯人住在这个村里，正好在阿卡拉卡达克之外，靠吃走味的面包和山羊肉串生存。威尔斯不想猜测自己轻了多少。有好几次，他看着镜子中的自己，几乎无法认出自己来。他左臂上的伤口变成了痛得无法预料的斑痕组织结成的瘤。

冬天特别难熬，即便是对在蒙大拿－爱达荷边界的比特鲁特岭玩耍长大的威尔斯来说也是如此。寒冷深入骨髓。他只能去想象沙特人会怎么想。他们中的很多人死在这片山岭上，但不是死于轰炸和枪炮。他们死于肺炎和高原病以及多少像是坏血病的症状。他们在死前呼唤着母亲的名字，有一些则在死前诅咒奥萨玛以及他让他们待的鬼地方。无论何时，只要有可能，威尔斯就吃新鲜水果，这种情形并不常见，他常常对普什图人的强健身体感到惊讶。

为了保持清醒，威尔斯尽可能地不畏困难勇往直前。当地的部落领袖帮他在离村庄几里远的平地上设了一个小靶场。每隔一两周，威尔斯和手下六个人外出，他尽可能安排几轮射击练习。不过他无法假装做这些事只是为了打发时间。他们全都是这样。如果美国与基地组织之间的战争像是一场流行的华纳足球电子游戏，那么裁判员应当祈求仁慈的规则，并早早结束比赛。

古尔走向膜拜的人群。他看着身边的这些人，再次发话了，他的声音低沉而激烈。"演说时间结束了，兄弟们，"他说，"真主的意愿，我们很快会参加战斗。愿真主保佑所有虔诚的穆斯林。阿门。"

人们聚拢来拥抱酋长。威尔斯等待轮到自己的空，寻思古尔是否知道一些事情，还是只是试图重整旗鼓。他用舌头舔了舔口腔内松松的臼齿，下颌突然感到剧痛。西北边境对牙齿的服务还有许多欠缺之处。在接下来的几周里，他应当去阿卡拉卡达克的医疗诊所看看，"检查"自己的牙齿。或者，他也许可以找到一把钳子，自己来做这件事儿。

后来威尔斯梦见自己离开了这个地方。他可以免费搭车到白沙瓦，坐巴士到伊斯兰堡，敲开美国大使馆的前门。或者，更确切地说，敲敲那为了防止汽车炸弹靠近大使馆的墙壁而设的障碍物。几分钟后，他就会进入里面。几天之后，他就会回到家里。没有人会说他失败了。至少，不会当着他的面说。他们会说他已经尽了他的所能，做了任何人所能做到的。但更深入地说，他应该了解得更清楚。他永远无法原谅自己。

因为这不是波普·华纳橄榄球，不存在宽恕的规则。在清真寺里站在他旁边的这些人会很高兴献出自己的生命，成为被人铭记的烈士。他们坚守在这些山岭里，然而他们的目标一直没有变。为他们的骄傲而战。为了夺回耶路撒冷。为了杀美国人。基地组织的破坏欲望仅仅受制于其资源。尽管这一伙人现在看起来很弱小，但形势是会经常发生变化的。如果基地组织的杀手能成功地干掉巴基斯坦的总统，这个国家很可能会突然由瓦哈比派统治。随后本·拉登很有可能会鼓捣核武器。一个伊斯兰炸弹。迟早纽约、伦敦或华盛顿会被炸开一个大洞。

无论如何，住在这儿会得到一些补偿。威尔斯学习《古兰经》，比他自己想象的学得还要好。他想象得出在中世纪僧侣如何生活，用手抄写《古兰经》。他现在知道一本书如何会在突然间成为道德、精神指南和娱乐。

在阿富汗和巴基斯坦待了这么几年，威尔斯发觉自己对伊斯兰教的信仰——以前只是掩人耳目的障眼法，变得真实起来。这种信仰以基督教不曾触动他的方式触动了他。威尔斯一向是个宗教无神论者。当他在静夜的床上孤独地阅读《古兰经》时，对于其对天堂的承诺，他感到怀疑，就像他读到信徒对基督复活的描述时不由得加以怀疑一样。不过他喜欢《古兰经》训词：人应当待他人如兄弟并给予可能的帮助。乌玛①，兄弟情谊，是真实存在的。他经常走进这个村子的各家各户，这些几乎无法养活自己孩子的家庭会给他端上一杯热的甜茶或一碗米饭。在伊斯兰教中，没有人需要牧师的帮助接近神；任何人只要刻苦研究和具有谦卑之心，都可以自己找到启蒙。

然而伊斯兰教的最大力量也是其最大的弱点，威尔斯认为。这个宗教的适应性成了厌烦美国和西方统治的人们的愤怒的掩饰。它成了各种派别的国家解放运动的掩饰。即使激进的革命者也不向其信徒承诺以另一个世界来交换他们的死亡。瓦哈比派像本·拉登一样，将他们对美国的愤怒和伊斯兰教偏执的一面结合起来。他们想将这个宗教带回到十七世纪的沙漠。他们不想和现代世界竞争，于是他们宁愿假设它不存在。或者，他们破坏这个世界。他们的愤怒使成千上万处于绝望中的可怜的穆斯林产生了共鸣。但在威尔斯眼中，他们歪曲了他们声称自己所代表的宗教。伊斯兰教与现代进程不是不相容。事实上，伊斯兰国家曾经是世界上最先进的国家。八百年前，当基督徒焚烧女巫的时候，穆斯林的阿巴斯王朝已经创立了巴格达大学，拥有八万册藏书。随后蒙古人的铁蹄踏上了这片土地。从那之后，就开始走下坡路了。

威尔斯一直注视着自己。每天，他公开花几个小时和酋长古尔以及教士在马德拉沙小村学习《古兰经》。他的基地组织上级留意到了，而这就是威尔斯留在西北边境的另一个原因。他相信，他至少以其忠诚取得了基地组织领袖的信任；村里的其他圣战者开始更细心地倾听

---

① 家庭或族群。——译注

他说话。这多少是他所希望的。

威尔斯转过身欢迎酋长古尔的到来。威尔斯拍拍他的胸口，这是传统的友爱表示。"真主至大。"他说。

"真主至大。"酋长说，"明天早晨你会来清真寺研习吗，贾拉尔？"

"我深感荣幸。"威尔斯说。

"平安与你同在。"

"平安与你同在。"

威尔斯出了清真寺，走进村子里尘土飞扬的主要街道。当他眯起眼睛看着春天里微弱的阳光的时候，两个长着胡子的男人向他走来。威尔斯模模糊糊地似乎认识他们，但不知道他们的名字。他们住在山中，属于奥萨玛的二级保镖。

"平安与你同在，贾拉尔。"他们说。

"平安与你同在。"

他们拍着胸口表示欢迎。

"我是希哈布。"较矮的一个说。

"巴辛。"高个子说，尽管威尔斯个子高过他。他的鞋是皮革做的，白色长袍很洁净；也许山区的生活已经改善了。或者，也许奥萨玛现在住在村里。

"真主至大。"威尔斯说。

"真主至大。"

"穆占迪迪叫你随我们来。"巴辛说。穆占迪迪，革新者，真主派来领导伊斯兰复兴的人。本·拉登就是穆占迪迪。

"好的。"一部破烂的丰田皇冠轿车泊在这两人后面。这是威尔斯无法认出的村子里的唯一一部车，所以那应该是他们开来的。他向车子走去。巴辛领着他上前。

"他叫你打个包裹，带上你自己想要带的东西。"

这个要求突如其来，不过威尔斯只是简单地点了点头。"我很快回来。"他说。他们沿着小巷向威尔斯和三位圣战者居住的砖墙小屋走去。

在屋子里，纳吉，一个年轻的约旦人，后来在山上成了威尔斯最好的朋友，正在翻阅一本翻烂了的杂志，杂志的封面是伊姆兰·罕，巴基斯坦一位著名的板球明星出身的政客。角落的咖啡壶在一个小铁炉上滚沸。

"贾拉尔，"纳吉说，"你是否已经找到了我们的赞助人？"数月来，纳吉和威尔斯互相打趣，要在基地组织中开始组织板球队，也许有可能拉到点儿社团的赞助。"圣战者将会杀了你。"威尔斯不可能和其他任何人开这种玩笑。不过纳吉比多数圣战者都更老于世故。他在约旦的首都阿曼长大，相比于这个村子，那儿可以说是天堂。去年夏天，威尔斯救了纳吉一命，当时阿富汗警察在边境检查站朝他开枪，威尔斯后来为约旦人缝合伤口。打那以后，两人就公然坦荡地聊起生活在西北边境省的烦恼。

"快了。"威尔斯答道。

罕姆拉，威尔斯的猫，摩挲着威尔斯的腿，然后跳上他的狭窄的行军床，上面铺着单薄的灰色毛毯。两年前，威尔斯发现它之前，它是一只流浪猫，瘦得皮包骨头，肤色发红——这解释了它的名字，罕姆拉在阿拉伯语中的意思是"红"——跳得很欢。它选择了他。一个冬天的早晨，它跟着他在村里转，哀婉动人地喵喵叫，即使是他向它咆哮，也不愿意离他而去。他不忍心见它挨饿，尽管村子里的人向他

32

警告，一只猫很快会繁殖出十只猫，他还是收留了它。

"你好，罕姆拉。"他边说边快活地爱抚着它，这时巴辛走进了小屋。希哈布跟了进来，对巴辛咕哝着，威尔斯听不见他们在说什么。

"巴辛和希哈布——纳吉。"威尔斯介绍道。

"你好吗?"纳吉说，"你好。"希哈布和巴辛没理睬他。

"请喝杯咖啡。"威尔斯说。

"我们必须尽快走。"巴辛说。

"纳吉，"威尔斯说，"你能否走开一会儿?"

纳吉看着巴辛和希哈布："你确定?"

"是的。"

纳吉正要出去，威尔斯叫住了他。"纳吉，"威尔斯说，他用手指抚摸着罕姆拉的头，"我不在的时候请代我照料它。"

"你何时会回来，贾拉尔?"

威尔斯仅仅是摇了摇头。

"那么，赞美真主。"纳吉说。"赞美真主"是传统的阿拉伯祝福语："再见。"

"赞美真主。"他们简单地拥抱了一下，纳吉走了出去。

巴辛和希哈布看着威尔斯从行军床上抓起一个帆布袋。他朝袋里丢进几件他想穿的破衣服：他的备用长袍、一双陈旧的帆布胶底运动鞋、一件已经褪色的绿色羊毛衫，毛线松松散散。他一年前在阿卡拉卡达克买的一台世界波段的收音机，还有一对备份电池。他存下来的一万二千卢比——折合两百美元。除此之外，他没有更多的东西了。没有照片，没有电视，除了《古兰经》和几本伊斯兰教义，没有其他的书。他将这些放进袋里。当然，还包括他的枪。他躺在肮脏的地板上，从床下拿出 AK 枪和他的马卡洛夫枪。

"那些你可以留下，贾拉尔。"巴辛说。

威尔斯实在记不起他有过不带枪睡眠的时候。他情愿留下他的衣服："我想还是不要留下的好。"

"跟我们走的时候，你不需要这些枪。"

威尔斯决定不再和他们争论。他并没有太多的选择。无论如何，他一直随身带着小刀。他将枪又放回床底下。

"匕首也一样。"巴辛说，"为了我们大家更安全。"

威尔斯没有说话，拿起他的长袍，解开大腿部位的小刀，将它丢到床上。他向房间环视，在想他还要带点儿什么东西。他没有电脑、照相机或手机。他珍视的夜视望远镜在塔拉博拉的轰炸中被炸坏了。

在那场战斗中他坚持紧握一个榴霰弹，一个在他的头上几英寸的地方划开一个洞的榴霰弹。不过他不希望自己随身带着它。他的生活难道要缩窄为这个样子？是的，威尔斯心想那就是他惧怕下一步会发生什么不测的原因。他拉上袋子的拉链："再见，罕姆拉。"他说着摸了摸它松软的毛。它拱起背，跳下了床，没看他第二眼就溜出了屋子。动物的本能就是这样，威尔斯想。

"就这些？"巴辛问。

"我有一个漂亮的瓷器在另一间房。"他马上希望自己没有开玩笑，因为巴辛毫无表情地盯着他。

"漂亮的瓷器？"

"让我们走吧。"

在车上，希哈布打开前旅客位的车门，让威尔斯坐进来。"谢谢。"威尔斯说，"非常感谢。"希哈布没说什么，只是关上车门，然后退回后座。巴辛跳进司机座位，然后他们驱车前行。威尔斯心想他是否被再次带去见本·拉登——如果是这样，那么他们这一次采用的是不同的策略。

他曾见过奥萨玛两次，由于是拜访，他没有机会实现自己的誓言杀了基地组织的最高头目。第一次见面发生于美国侵略伊拉克前。威尔斯在阿卡拉卡达克外被拉上车，眼睛被蒙上，汽车在崎岖不平的道路上颠了几个小时。随后他被带到了一部马拉的轻型车上，又在布满岩石的路上颠了更长时间。轻型车停下的时候，他被要求脱下破烂的T恤和短裤进行检查。他的蒙眼物被取去，他被人顺着山路带进了一个石窟。

在洞窟里，有一台小小的发电机和三张祈祷用的地毯装饰。一盘吃了一半的羊肉和米饭放在一张粗糙的木桌上；本·拉登坐在后面，抱着AK枪的卫兵守护在他的两侧。这位酋长看上去憔悴又虚弱，长长的胡子变得灰白。威尔斯跪下了，本·拉登问他是不是相信美国会对伊拉克开战。

"是的，酋长。"他说。

"即使世界上其他人并不同意？"

"讨伐者渴望这场战争。"

"他们会打赢吗？"

"你可看到他们的轰炸可以起作用。他们会在夏天前占领巴格达。"

"因此我们派出战士去是愚蠢的行为？"

威尔斯提醒自己不要太消极："我们不能阻止他们消灭萨达姆。但那之后，当他们占领了巴格达，他们将会更容易受到攻击。但凭天意，我们可以每天对他们发动小型的袭击，慢慢地折磨他们。"此时威尔斯感到一阵内疚的剧痛，惊奇于有多少的美国士兵会在他设想的这类战争中身亡。不过本·拉登无论如何也会明确得出这样的结论。游击战是唯一能对抗美国军队的战争。

本·拉登摸了摸胡子，把脸转了过去，用他狡猾的小眼睛看着威尔斯。最后他微笑了起来。"是的。"他说，"是的。谢谢你。贾拉尔。"说了这些，他挥手叫他出去。

两年之后，威尔斯被带到另一个洞窟去进行第二次见面，本·拉登问他胡佛大坝的事。"它是美国的一个伟大的象征吗？"他问。威尔斯诚实地作了回答。大多数美国人都不知道什么是胡佛大坝，也不知道它在哪儿。

"你说的是真的吗，贾拉尔？"本·拉登说。他看起来很失望。

威尔斯望着守卫着本·拉登的护卫，希望有一把枪或涂了鼠药的小刀。即使他肩上有块芯片也行，也可以引导 B−2 轰炸机向这个腐臭的洞投下炸弹。"是的，穆占迪迪。"他说。

本·拉登点点头。"谢谢。"他说，随后护卫将他护送出来。他不知道，胡佛大坝完好无损的事实，他的话起了多大作用。

现在，当他坐进丰田车，威尔斯不清楚该考虑什么。如果他们要杀他，可以将他带到山上，或者是趁他熟睡时杀了他。巴基斯坦警察不可能进行彻底全面的调查。没有巴基斯坦的护卫，警察很难深入西北边境省。

然而他们并没有将车开向山上。他们向着白沙瓦开去。威尔斯心想，自己存活的机会增加了。只要他们不被巴士撞倒。巴基斯坦的道路看起来像是不断的比胆游戏，而巴辛将车开得飞快，仿佛他要赶回去和真主喝下午茶似的。当巴辛驾车冲入装满了廉价木材家具的卡车的车流时，威尔斯的头反方向急摆。一辆装着汽油的油罐车鸣响了喇叭，巴辛欲切过前面装着家具的汽车回到自己的车道上，车因此几乎滑出道路而掉到山崖下。

"慢点，巴辛。"威尔斯说。巴辛转头凝视着他，没有看路。丰田车再次加速，逼近一辆装着大量丙烷铁桶的拖拉机。

"你不喜欢我驾驶的方式吗？你想驾驶吗？"

老天，威尔斯想——脑袋一阵抽搐，这是他从来不曾有过的。基地成员都激素过多不得安生。"当然不是。"威尔斯说，小心地不透露任何表情。如果他微笑的话，巴辛真的可能会将车开到沟渠里，为的是证明他可以这样做，"你驾驶技术很好。"

一阵长长的喇叭声将巴辛的注意力重新吸引到路上。他们几乎要撞上载着丙烷的装货车的车尾。巴辛踩了踩丰田车的离合器，车刹住停在路边。

"看到没有，"巴辛说，"我的驾驶没有任何问题。我的反应非常完美。"

"是的。"威尔斯说。

"我父亲是有名的司机。我的驾车技术是从他那儿学到的。"

"你的父亲……"一直沉默地坐在后座的希哈布说，"死于一桩车祸。"

巴辛转过头来死死地盯着希哈布，威尔斯咬咬嘴唇强忍住大笑。最后巴辛开动油门，他们的车摇晃着驶进了车流。在剩下的旅程中，三个人谁都没有再说一句话。

两个小时以后，丰田车开进了白沙瓦，这是西北边境省最大的一个城市，一百万人混杂地居住在水泥建筑物和砖墙小屋里。巴辛小心地驾车穿过挤满了拖拉着丙烷油罐和垃圾的驴车的贫民窟。道路变得极其拥挤，汽车几乎不能再前进一步。在一间窗户上摆放满了布满灰尘的压缩牛奶的小商店前，巴辛熄灭了引擎。希哈布跳出了车，打开威尔斯的车门。

"来吧。"他说，用力拉着威尔斯向街道走去。脏水和污泥恶臭熏天。威尔斯小心地一步步通过成堆的腐烂水果和布满驴粪的街道。孩子们围绕着他们跑，踢着罐头和以前曾经是足球的破烂球。如此多的小孩儿，巴基斯坦到处是他们的踪影。他们坐在街上，兜售玩具和熟烂的香蕉，眼里充满饥饿的神情。在这样的街头他们会团团围住任何站住不动的人，并伸出他们的手，微笑着，请求给他们"卢比，卢比"。幸运的孩子会进入清真寺的伊斯兰学校受到良好的《古兰经》教育，通晓任何事情。如果不加入圣战，他们长大后会干什么？

巴辛打开一幢公寓建筑物的生锈的铁门，并将威尔斯拉了进去："三楼。"他和希哈布似乎绝望地不想离开街道。威尔斯想本·拉登住在这儿，是不是真的太冒险了。

楼梯间很暗，可以闻到尿臊和洋葱味。当他们到达三楼的时候，巴辛将威尔斯拉向建筑物的后部。他敲了两下铁门，停了一下，又敲了两下。

"是谁？"从里面传来一声。

巴辛没说话，又敲了两下。门慢慢地打开了。一个戴着缠头巾的男人用他的 AK 枪向他们挥了挥。

屋子又暗又闷，微弱的日光，通过高高的后墙上肮脏的窗户透射进来，窗户下仔细地贴着本·拉登的一张小小的海报。

"坐。"护卫指着盖有破烂的红座垫的长凳说。威尔斯走近前去，向四周打量了一下。在蓝色的珠帘后面，一道狭窄的走廊通向公寓的后部。在一个角落里，水在炉子上滚沸着，旁边是剪刀、剃刀和一个蓝色的塑料镜子。剩下的唯一一件家具是一把木椅，它被放在一捆报纸的上面。

时间一分一秒地滴答过去。没有人说话。威尔斯从来没有见过沉默这么长时间的阿拉伯人。他寻思他们是否真的计划在这儿杀了他。好吧，他只要做好自己的事。尽管如此，他向四周看了看，半下意识地计划着逃跑的路线。那壶滚沸的水或许用得上。

威尔斯听到走廊里拖步走来的脚步声。"起立。"护卫极快地说，用他的来复枪做手势。当他们跳起来的时候，帘子向两边分开，四个男人走了进来，由一个戴着四方的钢架眼镜的大个子领头。陈曼·艾尔扎瓦希里。威尔斯明白了，何以他的保镖会那么紧张。扎瓦希里是本·拉登的副手，这个人对基地组织来说，几乎比酋长本人还要重要。他清楚这个组织行动的详情、它的资金来源、他们的人马躲在哪里。本·拉登制定了宽泛的策略，并为这个组织辩护，但是没有扎瓦希里的话，这个组织将无法运转。扎瓦希里拥抱了希哈布和巴辛一下，并向威尔斯点点头。

"平安与你同在，贾拉尔。"

"平安与你同在，毛拉。"

"安拉至大。"

"安拉至大。"

"我们有很多要谈。不过，你首先要修面。"扎瓦希里指着水壶。

"修面?"威尔斯为自己厚厚的、茂密的胡子感到自豪，自从来到西北边境省以后，他就没有修饰过了。每一个基地组织的成员都想要"一个拳头长度的胡子"，这是宗教命令裁定的所能接受的最短长度。威尔斯的胡子比那长得多。

39

"穆罕默德恐怕不会同意。"威尔斯说。

"在这种情况下他会同意的。"镜片后面，是扎瓦希里断然的眼神。

威尔斯决定不再争下去："刮到皮肤？"

"是的。"扎瓦希里说，"刮到皮肤。"

在其他人看着的情形下，威尔斯用剪刀剪去了他的棕色的长胡子，将一绺绺的卷须留在炉边的柜台上。

他向镜子望了望。代替他胡子的是一件桃红色起毛的可怜外套盖着他的脸。他已经几乎认不出自己。他将剃刀——塑料的单面刀片——放到壶里，然后开始刮他的脸。他感到刀片划过脸上的灼热感。他从容不迫地进行，用短得无毛的刷子，再次将刮胡刀放入壶里，再刮掉残余的须楂。最后他刮完了脸。他再一次在镜前望了一望。

"很英俊，贾拉尔。"扎瓦希里说。他看起来很开心。

威尔斯抚摸着他新修的光滑的脸。"感觉有点儿奇怪。"他说。不仅仅是奇怪。没有了胡子，他感觉年轻和愉快。这是一个弱点。

"坐下。"扎瓦希里指着下面垫着报纸的椅子说，"我要剪去你的头发。"威尔斯沉默地坐着，听任基地的二号人物忙乎。他试图记起上一次是谁剪的他的头发。在阿富汗和巴基斯坦的西北边境省，他自己给自己剪的发。上一次，也许是在华盛顿，他离开美国进入基地营地前的那一夜。

那一夜，工作后他并没有和爱丝莉去喝一杯，而是待在他的公寓里。只是喝一杯，在我走前说一声再见，他说，两人都知道他在撒谎，不由得大笑以掩饰他们的紧张。是的，他想。一定是那一晚，她为他剪了头发。但随后他并没有现身。他为自己的妻子和爱丝莉的丈夫感到难过和尴尬。剪过发后他应该是驱车回家，没有要求取消计划，而第二天早晨他开始了一直不停的旅程。他已经忘记了那一晚，或者是将它放到了心灵的一角，他将所有不能帮助他在这儿生存的事情全都放在心底。现在，回忆潮水般地淹没了他。爱丝莉。她的头发现在还是很短吗？她是不是一直穿着蓝色的长裙？

他已经离开了好长一段时间。

扎瓦希里轻拍他的肩膀，威尔斯低头看见自己卷曲的棕发一缕缕散布在报纸上面，"现在你看起来没那么阿拉伯了，很好。"扎瓦希里说道。他递镜子给威尔斯，头发理得有点高低不平，却出人意外地得体。

"站在那儿，"扎瓦希里指着蓝色珠饰门帘说，"瓦德，给贾拉尔拍照。"与扎瓦希里一同进来的男人中的一个举起一台便携式护照相机。威尔斯想知道他们是否给他拍上一张遗照，然后连同六枝黑玫瑰一起联邦快递给兰利。

"看着闪光灯。"瓦德说着，咔，咔，咔，"谢谢。"他走回走廊。

"坐吧。"扎瓦希里对威尔斯说道，他拍了拍旁边的长凳，"贾拉尔，如果酋长说你殉教的时辰到了，你会怎么做？"

威尔斯环视整个房间，为自己做好准备。只有一个警卫出去了，可想而知剩下的人都全副武装。他可能会有个机会，然而他发觉试图逃跑可能是个错误。扎瓦希里的举止看起来很庄重，仿佛他对威尔斯的回答抱以真诚的关注。他们通过种种途径把他弄过来，不会只是为了杀他，他们可以在山上轻而易举地把他解决，扎瓦希里也不劳费尽麻烦地跑过来。

"如果真主需要我殉教，我会如他所愿。"威尔斯说道。

"即使你不知道为什么要你这样做？"

"我们不会总是知晓真主的意愿。"

"是的，"扎瓦希里说道，"非常好。"他站起身来，"贾拉尔——

约翰——你是美国人。"

"我曾经是，"威尔斯说道，"现在我侍奉真主。"

"你为美国军队效力。你从飞机上跳了下来。"

不要争辩，威尔斯告诉自己。他在测试你："我的过去并不是个秘密，穆贾希德。他们教授我去战斗，但是他们追随了一个虚伪的圣徒，我接受了真正的信仰。"

扎瓦希里朝坐在角落中的随从使了个眼色，一个英俊的巴基斯坦青年，黑发铰剪得整齐熨帖，留有一小撮胡须。

"你和我们比肩作战了多年。并且研习《古兰经》，不畏惧殉教，即使现在你看上去也镇定自若。"

扎瓦希里从警卫手里拿过 AK 枪，气定神闲地打开 AK 枪的保险，把步枪调为全自动。他把枪对准威尔斯。

"所有人都害怕殉教，那些声称自己不怕的人都是在说谎话。"威尔斯说道，记忆起他所见过的死人。如果这一切他都做错了，他希望扎瓦希里能瞄准点，至少，快速解决。

"你害怕了？"扎瓦希里说道，他滑动步枪的枪管，上膛了一发子弹。

威尔斯保持着绝对的平静，无论怎样他现在都不能再等了。"我信真主，我信穆罕默德。"他说道。

"看见了吗？"扎瓦希里对留着胡须的男子说道，他又拉了下步枪的枪管，取出枪膛里的子弹，咔嗒一声拉上保险，然后把枪递给警卫。

"如果你信真主，我信任你，"他说，"我要派给你一个任务，一个重要的任务。"扎瓦希里朝一个肥胖的男人做了个手势，那男子在会谈中一直沉默地坐在角落里。

"这位是法鲁克·坎。奉真主之意，他会交给你一个任务。"

"愿主与你同在。"

"愿主也与你同在。"

接着扎瓦希里指着留胡须的男子。"这位是奥玛尔·卡德日。"他说,"你会再次见到他的,在美国。"

卡德日穿着西方人的服装,一件领尖钉有纽扣的衬衫和牛仔裤。"你好,贾拉尔。"他用英语说道。英式英语。口音听起来如同他是直接从牛津来的。他伸出一只手,威尔斯和他握了握手——非常西式的问候。阿拉伯人通常都是相互拥抱。

"都准备好了。"走廊里传出瓦德的声音。

"拿到这边来。"扎瓦希里说道。

瓦德走回房间,手里拿着两张护照给扎瓦希里。

"很好。"扎瓦希里说着把护照交给威尔斯:一个意大利护照,一个英国护照,上面贴着的照片都是威尔斯数分钟前被拍下的。完美到可以愚弄任何一个经验老到的移民局检查员。

"今天是周五,"扎瓦希里说道,"在周二的时候会有一架从巴基斯坦飞往香港的航班,一个在 ISI① 的朋友会把你安排上去。在香港海关用这张意大利护照,在那儿等一个礼拜的时间,然后飞往法兰克福。从那儿你就可以用英国护照,毫无阻碍地入境美国。"

"毕竟,你的肤色正常。"卡德日说道,他笑了笑。这一丝恶毒的笑容抓挠着威尔斯,他会很乐意看着我死去,威尔斯心想。

扎瓦希里从长袍中拿出一沓百元面额的美钞和一张撕烂的纸牌。他把美钞递给威尔斯,这沓钞票用一根橡皮筋紧紧勒住:"五千美元,给你到纽约去。"他举起那张纸牌,一张撕剩半张的黑桃 K。

---

① ISI:巴基斯坦国内情报局,巴基斯坦秘密警察权力机构。

"在皇后区有一家熟食店，"卡德日说道，"给他们这张纸牌。他们会给你三万五千美元。"

地下钱庄，威尔斯心想。这使得美国强行压制基地经费的努力付诸东流。中东非正式的银行系统，是数世纪以来的商人们流通金钱的手段。另半张纸牌应已从巴基斯坦寄往皇后区，或是早由人带过去了。这两个半张纸牌如同一组独特的密码，一笔三万五千美元的款项等待着被提取。最后账目会结清。扎瓦希里会用漏斗称量出价值三万五千美元的金条——另加一点小费——交付给熟食店店主居于伊斯兰堡的兄弟，或者，以此价值的钻石给其在阿布扎比的亲戚。店主可能是个圣战战士，或只是一个知道如何在全世界运走钱款而不留下痕迹的商人。

扎瓦希里把纸牌交给威尔斯。威尔斯看了看——一张普通的红黑纸牌——随即把它塞进那沓钱币里。"我会尽力不弄丢它。"他说道。"我从什么途径找到这家熟食店？"

"我们会给你建一个邮箱账号——smoothjohnny1234@ gmail. com，"奥玛尔说道，"是连成一句的。"

"smooth johnny?"威尔斯说道，"我对这个不是很了解，奥玛尔。"他尽量笑得自然些，最好了解清楚这帮人的优点，"然后呢？"

"之后你动身去亚特兰大。"扎瓦希里说。

"之后再等一阵子。可能是几个月，练好射击。"卡德日说，"找份工作。不要再进清真寺。协调好生活。这些不难做到。"

"不能说的再详细点？"

卡德日摇摇头："时间到了。贾拉尔。"

"祝你好运。"扎瓦希里说道。

威尔斯希望他的脸色没有出卖内心的愤怒。他们把他推到了一座千仞绝壁的边缘，使他看着自己的死亡。现在他通过了他们的测验。所以他还活着，口袋里装着五千美元和一次未知的任务飞往香港的旅程。但是他们仍没有全然信任他，告诉他他们的打算。

好，威尔斯心想。是时候了。他轻拍胸膛："我不会失信于你，穆贾希德，"他说道，"愿主与你同在。"

"愿主也与你同在。"

扎瓦希里和卡德日站起身离开。在门口，卡德日转过身，盯着威尔斯："愿主也与你同在。约翰。回家的感觉怎样？"

"家？"威尔斯说道，"我希望自己知道。"

2

联合航空 919 次航班，大西洋上空

坐在 35A 座位的安吉拉·斯玛特首先注意到了它们。小女孩儿来自弗吉尼亚州的赖斯顿，在一次短暂的探访居住于伦敦的外祖父母的春日旅行之后，和家人一起飞回家。对于即将结束的旅程，安吉拉感到很高兴。她非常想念她的朋友们，同时也想念琼斯，以及理查德——她的外祖父母——但是他们身上有种怪怪的味道。她再次望向窗外，想知道自己什么时候能到家。当她问坐在自己后面的爸爸这个问题时，他只是说："不要很久了。美芝。"然后用鼻子哼哼着好像自己开了个有趣的玩笑。她从不知道美芝是谁。这个爸爸有时看起来像个傻瓜。

至少她有个靠窗的位子。空阔湛蓝的天空真是美极了；或者长大后她会成为一名飞行员。整日里在空中翱翔那会极其舒服。这时她看到了那些东西，在地平线边缘出现了一个斑点。她把脸挤向窗户。那是飞机吗？是的。一架飞机，两架飞机，远远地越飞越近了。他们看起来像有翅膀的飞镖。她用肘轻推在邻座35B打瞌睡的妈妈。

"不要再烦我了，安吉拉。"黛德瑞·斯玛特嘟囔着。

"飞镖"清楚地变得巨大。安吉拉再次用力地摇着自己的母亲："妈咪，快看。"

"看什么？"

"看啊。"

黛德瑞睁开双眼。安吉拉看出来她很烦闷："什么啊，安吉拉？"

"飞机外面。"安吉拉指着。

她的母亲瞟了一眼。"我的上帝啊！"她叫道。

她一把抓住安吉拉的手。

"发生什么坏事了吗，妈咪？"

"不，亲爱的。一切都很好。"

大型燃气喷气式飞机的扬声器劈里啪啦着向乘客广播："这里是航班的驾驶舱，现在播音的是机长汉密尔顿。您或许注意到在本航班的左右方向出现一些个飞行器。那些是 F－16S 战斗机，美国空军的精锐部队。他们会和我们一同飞往杜勒斯机场。请不要无故感到恐慌。"机长的声音充满了全然的自信，好像喷气式战斗机会全天候地护卫着他的航班。他切换出去了一会儿，随后又切换了回来：

"虽然如此，我还是请您在剩下的航程中无一例外地待在自己的座位上。也不要有异议。并且请关掉您所有的便携式电脑、音乐播放器，以及其他电子设备。如果您现在在漱洗室，请结束您的洗漱然后回到座位上。如果您注意到周遭的乘客有在使用电子设备，或者在做一些看起来……不同寻常的事情，不要犹豫，立即向航班服务员反映。非常感谢您的合作。飞机遇到了一小股上升气流，但是我们会在一小时四十分钟之后着陆。"

"不同寻常？这他妈的是指什么？"安吉拉听到他们后面有人叫道。

黛德瑞·斯玛特坐立不安地在座位上伸长脖子观察她周遭的乘客。他们中大部分人都在做同样的事情，小心地瞅着其他人。在飞机上有什么人让她深感"不寻常"？显然是那个穿过机舱穿着长袍的大胡子男人。但是没有恐怖分子会这身打扮，不是吗？他得到这么强烈的关注，他一定考虑到安全人员也会这样想。一个双重骗局。不管你怎么称呼这类事。她为什么要想知道？上帝啊！寻找恐怖分子可不是她的工作。

我不想过这种生活，黛德瑞想着。我想能轻松地同孩子们去见我的父母而不是将要在三万五千英尺的高空上被炸成一堆粉屑。她认为自己像大多数人一样。自从"九一一"过去几年后，她对恐怖主义的恐惧已渐消失。当然，她明白恐怖分子都在战场。一度在某些时候，例如当她在机场通过安全检查，或者观看《反恐二十四小时》时，她会想着另一场袭击发生的可能性。但是她并不是真的盼望着袭击，不会在美国，并且无疑不会在弗吉尼亚郊区。

现在她被在"九一一"时袭倒她的一种无能为力的感受淹没。我的家庭从没对你们任何人做过什么，她想。为什么你们要试图伤害我？她猜想这恐惧的感受正是他们想要的，他们赖以生存的。她在某些地方读到当飞机在空中爆炸，高空气流的气压会把你的整个身体撕碎。一瞬间可怖的痛苦。或许他们会在整个掉落的过程中还活着，直到他们跌撞在大海上摔得粉碎，成为鲨鱼的食物。

黛德瑞望向机窗外，战斗机在他们的航班上投下阴影。上帝啊，我知道我们每个星期日都没有去教堂，她想着。但是如果你保佑我们度过这次将要发生在我们身上的事情，我们会投入更多给慈善事业……她停了下来。这不是祈祷，祈祷者不是和上帝做交易的。她记起自己的牧师在两周前所说的话：我们祈祷庆祝主的权耀和我们对主的信仰。不是去买卖。好的。她不会去谈判。她开始喃喃自语：耶和华（主）是我的牧者，我（必）不致缺乏。他使我躺卧在青草地上①……

"妈咪，"她的女儿啜泣着，"我害怕。"安吉拉哭起来，"我不知道为什么，但是我害怕。"

"握着我的手，宝贝，"黛德瑞说道，"我们很快就会到家了。"

大卫做了一个漂亮的动作，带球从他的防守队员的双腿下铲过，然后飞踢出一个左旋球。当防守员向他围聚过去，他停止传球，接着朝球门踢了一个回传球。完美，詹妮弗·爱丝莉想。她的儿子九岁，是艾灵顿低班社团里最好的球员。至少她是这么想的，基于她作为一个球员母亲有限的经验。她明白自己多少会带有偏见。

"踢得太好了，大卫!"她大喊着，一阵子头一次感觉自己像个真正的母亲。他快速地瞄了她一眼，尴尬而自豪。

她的呼机和无线电话同时发出声响。一个不好的信号。

"詹妮弗?"电话那头是艾力斯·沙弗，这个信号太糟了，"我需要你的帮助。"

"他妈的，艾力斯。"又一个和大卫与杰西卡共度的周六被扰乱。又一个打向兰迪和他未婚妻的可怜电话，拜托他们在轮到她监护时，能否在周末花时间照看一下孩子们。

---

① 《旧约》"诗篇"23篇1~3节。

"一件优先考虑的事，詹妮弗。"这话意味着什么？沙弗不会在不安全的线路上使用这个词。

"只是让我打给我丈夫——"

"前任丈夫？"

"谢谢，艾力斯。我把离婚这事忘在脑后了。大卫在踢足球。让我看看兰迪能不能来接他。"

"我们得找手下"——中央情报局安全工作人员——"来照看小孩儿，如果我们要去的话。带过来吧。"

"你太贴心了。艾力斯。"

"待会儿见。"他挂了电话。

"我也爱你。亲爱的。"她对着挂掉的电话说。在她周遭喷发出欢呼声。大卫跑下运动场，他挥舞着自己油光闪闪的手臂，大声叫着，这时另一个球队的守门员正怯懦地从门网里拣出球。"你看到没有？妈妈？你看到我得分了吗？"

当然没有。

"看到了，宝贝。"她说。

在乔治华盛顿纪念馆的驾车专用道上所见到的波托马可河的景象经常使爱丝莉感到平静，但是今天却没有这种感觉。她驾车飞奔下一条窄车道，向那些来不及躲闪到路边的车辆频频亮起车灯，左突右转犹如一个嗑了药正在狂欢的司机。

她应该开一辆法拉利，而不是开一辆绿色的道奇小型货车，车子的后挡板上还贴着一张美国青年足球联盟的贴纸，她想。不，这辆小型货车非常好。这制造出了全部情形的荒谬感。白天是足球队员的母亲，夜晚则是中情局的官僚。难道这就是生活的另一种方式？

她的车速提升到了每小时九十英里。货车腾空而起，砰的一声开回到人行道，车身摩擦着地面，轮胎发出长而尖的声响。一阵刺耳的咆哮声划过清晨的天空，路面因为潮气而变得光滑。爱丝莉做了个深呼吸。她需要放松一下。货车绕着一棵树打转，对她和她孩子们来说都不是好事。她踩低了油门。

在她的办公室，她发现沙弗杵在门口，一只手上端着杯咖啡，另一只手上则拿着一沓文件。她在走进办公室时对他摇摇头，他把咖啡端放在桌子上，然后递给她文件："加了一包蔗糖素，你喜欢的味道。我对球赛深感歉意。"

"艾力斯。你感到抱歉？难道他们升级了你的软件？"

"很有趣。"

文件用一贯的机密分类标注着。爱丝莉有着长久以来增长的对情报部门分类档案的趣味的讥讽。机密，高级机密，三重机密会在顶部有个樱桃——这些文件的大部分都是废纸，而剩下的通常都登在《邮政杂志》和《时代周刊》上，如果你看得很仔细的话。但不是总有。

"TICK 一个小时前把这些都船运走了。"沙弗说道。TICK 是抗击恐怖主义威胁协调中心，它的建立是用来合并 CIA、FBI、NSA①、国防部以及其他可能拥有潜在袭击消息的政府部门的资料。"最新的梯阵情报。"

梯阵系统：一个由美国、英国和联盟国供给的全世界网络的人造卫星站。这个系统是在冷战时期建立起来的，用以监听苏联政府。现在用来监控电子邮件和国际网络贸易，同样监控着移动电话和传真。

---

① 依次意为：中情局、联邦调查局、国家安全局。——译注

梯阵系统站点的地名——糖果园、曼维斯山、亚基马以及一打其他的名字——为全球的间谍专家和阴谋论的理论家所熟知。他们看上去相信网络是电子化上帝的某一类型，所见、所闻每一个正在进行的交谈，跟踪每一封发出的电子邮件。

爱丝莉想，对其原始的用途，梯阵系统工作得非常出色。而在这新的世界，就逊色很多了。有着太过量的信息在网络传送。没有人能够查阅每一封电子邮件，即使这些邮件全部被捕获到。国家安全局的极客们在马里兰操作着梯阵，开发出极度复杂的语言滤声器，在世界范围内用来剔除他们截获的垃圾邮件和其他没有价值的电子邮件。这个滤声器容许国家安全局抛弃绝大多数梯阵所获得的，那些不用展示给人力分析家的信息。虽然如此，每日都有数百万种不同语言的潜在的可疑电子邮件发送出去。阅读全部的邮件是不可能的。而且问题会得不偿失。在间谍和垃圾邮件发送者之间的比赛中，垃圾邮件发送者是赢家。

那一沓沙弗给她的文件从伊斯兰堡、卡拉奇和伦敦拦截下来的电子邮件的打印件，上面对一个重大的游戏有着含糊的暗示……玩家在城镇……队伍为在肉孜节——一个穆斯林的节日，已经在数月之前结束了——之后的荣耀胜利作准备。

沙弗伸出一根手指对着她。"这最后一个消息尤其重要。"他说道。他的左腿抽搐起来。

"艾力斯，"她说，"放轻松点儿。"他有一个神经质的、让人侧目的头脑和由直觉结合细微的证据的习惯。而她更喜欢有系统地工作，用真实而非看不见的东西来建立案例。以信仰为基础的情报不止一次地让这座城市陷入麻烦之中。

她仍然希望在二〇〇一年的夏天，中情局有关部门能采纳沙弗的意见，那时他坚持认为基地组织在密谋一起大事件，而且极有可能发生在美国国土上。下一年他被调出中情局在近东的部门，被派往联合反恐指挥部，这个部门综合了国家安全局、联邦调查局、国土安全局以及其他每个有责任扼止恐怖主义的政府部门的官员。反恐指挥部被看做是用来瓦解隔离了各情报部门的官僚政治壁垒的，所以兰利知道这些家伙都在干些什么，反过来也是这样。这个部门有时候运作，有时候则闲置在那里。

官方上看，沙弗是反恐指挥部的一个助理理事。实际上，他是最接近于行政管理内部的一个自由的领事。他手下没有很多分析人员，但他拥有他真正想要的：能接近反恐指挥部拥有的资料的每一篇文章。他的职责如同一个二级读者，二手意见的供应者。他的文件直接交给作战和情报部理事代理。如果运气好，他们会看一眼。沙弗和爱丝莉都知道中情局不喜欢沙弗，害怕他那会导致麻烦的潜在性；如果他公开抗议情报机构排斥他，媒体的大标题将会充满爆炸性：对"九——"进行过警报的情报人员声称中情局一再漠视危险的信号。

在离职了从未再看见过自己的前程的项目代理人工作之后，爱丝莉和沙弗一同转到反恐指挥部。沙弗告诉她，让她和自己工作是他接手这份工作的唯一的前提。她明白这些，他们意向相投，但是和他工作会使自己筋疲力尽。

她啜饮着咖啡，完全忽视了沙弗颤抖的腿，一直读着文件。"六和七。"她说。国家安全局把截获到的情报按一至九的等级分类，这个分类是以他们想表现与真实的基地组织通信的相似性为根据的。就她所了解的，至今没有电子邮件被认为是九——这是无疑的。只有少数被分类为八：极端相似。

"希望在其他方面我没有打扰到你。"沙弗说道。

如同其他的侦测设备，梯阵系统运作得非常出色，它能够定向，从一兆中筛选出百万的电子邮件。所以国家安全局能够更仔细地注意到少数的基地组织隶属的网站，接收到关于圣战和攻击线索的匿名信件。中情局和国家安全局不会特别注意他们在邮件中所说的内容。没有人会想当然地认为基地组织会聪明到在一个公共网站上公布正在进行的计划。

而这些恐怖分子所不知的，或如情报机构所希望的，美国说服约旦以及其他几个国家让国家安全局接近运行基地网站的网站代管公司。感谢这些链接，国家安全局得以记录每个发送邮件或只是浏览该网页的网民的网络地址。梯阵系统会注意那些从热门地址发送出来的邮件。定向那些接收这些电子邮件的人群，跟踪一个稳步扩展的链接服务器。国家安全局希望能找出网络、电子邮件的户头是嫌疑信息传送的枢纽，隐匿的链接或许会泄露出基地组织头目的踪迹。

爱丝莉和沙弗担心基地组织会故意用电子邮件作为错误消息的来源。同样的阿拉伯情报处让国家安全局安置窃听系统，可能已告诫恐怖分子美国所做的事。窃听系统发现足够多的能引人注意的珍贵新闻，中情局和国家安全局对这些消息非常重视。而在基地组织的正派间谍分子的缺席，使得梯阵系统成为美国获取相对真实情报的来源。

正如沙弗所承诺的，这封最新的电子邮件最为重要也最为简短。五个简讯和三个号码，此外别无他物。梯阵会把它当做垃圾邮件忽视掉，除非这邮件是由一个热门地址发出的。U919ALHR。美国 919 次航班。伦敦希思罗机场。国家安全局把这个消息鉴定为六－七等级——相似/高度相似。

"你是怎么想的?"沙弗问道。

"我想要是我在那架航班上的话，我就不会专心看电影了。"她说，"英国人为什么让它起飞？"

"航班号是今天才公布的。国家安全局两个小时前收到消息。"沙弗指着这封电子邮件的印时戳，"他们早在空中埋伏好了。"他递给她另一张纸，航班乘客名单：三百零七个名字，没有乘满。

"有多少匹配的？"爱丝莉问道。在航班上有多少乘客的名字和抗击恐怖主义威胁协调中心的结合观察名单上的相似？

"两个，或者三个。你知道是怎样的情况。"

她知道情况会怎样。大多数阿拉伯人名有十二种方式拼写成英语。穆罕默德·阿卜杜尔·拉提夫。穆罕默德·阿卜拉蒂夫。默罕默德·阿卜杜拉·莱特夫。国家安全局没有发现一种简单可靠的方式覆盖所有可能的翻译名，名单太过庞大而没有效用。

制作资料更是麻烦，所有的情报机构在近年都建立了区分观察名单。对反恐指挥部而言，最为优先考虑的是把他们合并成一份主要名单。但是这份方案，像其他许多在恐怖战争中进行的搜查和整理那样，进行得并不顺利。这些机构有着不同的保密分类，对包含的内容有不同的门槛。有些部门对可用的信息采用照片和指纹系统。其他的部门则不同。到目前为止只有半数在名单上的名字能被结合起来。

沙弗再次对着她摇晃着手指："有线索吗？"

"我在找，"她说，"吉姆·贝茨……不是……爱德华·法茹……也不像……"

而秘而不宣的事实是政府的各个部门，包括中情局，不会想去与其他部门共享他们所掌握的一切。就像是实际上情报机构密切注意到几个为美国联邦调查局办事的机密线人。如果告密者的名字落到了登上联合名单的下场，那些蠢货会有意告诉他们，他们已被当成靶子了。

两个情报机构之间互相猜忌的历史如此深远，恐怖主义也不能让这种关系彻底地结束。

在头脑茫然的时刻，爱丝莉想知道这份观察名单会不会只是一份简单的官僚屁眼的遮羞布。毕竟，劫持犯或自杀式轰炸犯会愚蠢地用自己的名字去定一张机票？除非"九一一"那帮家伙会这样做。基地组织也不总都是狡猾异常。

她把注意力集中在名单上，尤瑟夫·哈扎莱……他很可能现在脸色非常难看……大卫·基姆。除非他是北朝鲜人……穆罕默德·阿莱－若兹。她停了下来。

"阿莱－若兹。听起来很熟悉。"她说道。

"电脑也选择了他。"沙弗说。

"一年前埃及人不是逮捕了一个叫阿莱－若兹的男子？报告说他准备扣留一艘尼罗河观光游艇。他的名字不是穆罕默德，是阿齐兹。阿齐兹·阿莱－若兹。"

"我会叫人跟 MUKHABARAT 联系，"——埃及情报机关——"把他找出来，如果这两个名字符合的话。"无所谓，飞机着陆时穆罕默德·阿莱－若兹将会被询问几个问题。如果飞机着陆的话。

"还有一个相配的名字被认为会出现在飞机上，但是他没有露面。"沙弗说，"也没有取消航班。没有说明。"

"飞机在空中飞行多久了？"爱丝莉问道。

"伦敦时间正午分从希思罗机场起飞。有七个小时了。"

"那么飞机预定在哪个机场着陆？"

"四十五分钟之后在杜勒斯机场。F－16S 会护送着航班抵达。"

"杜勒斯？为什么我们没有命令飞机立即着陆？"

"一个紧急着陆？我们决定不采用这个方式。没有指明日期。只有航班号。"

"噢，只有航班号。"

"所以我们才争夺这架航班。所以我才传唤你。"

他的声调提高了一点："如果上面发生爆炸，F－16S 不会对航班上的人有任何帮助。"

事实上在空中劫持战斗机也不会对乘客有任何帮助。那些喷气式飞机去到那儿不是去解救航班，而是去阻止白宫变成火堆。如果有必要他们会把航班击落。如果你在 919 航班上，这些战斗机只会是个坏消息，而不是其他什么。

"如果他们想炸毁航班，他们已经行动了。我们在大西洋海面会找不到任何残骸。这是空中劫持。"

"这么讲还有至少五个劫持犯在机舱，艾力斯。他们应该在一等舱，而不是分散开来。这就是轰炸飞机。或许他们计划在飞机跑道上炸掉航班。你知道，只是为了速度上的改变……"

"在缺乏充分理由的情况下，情报部门不想让机场的生意受损。"

"这还不是一个充分的理由？"

沙弗叹了一口气："要我给你讲清楚吗，詹？当飞机准时在杜勒斯机场着陆时，CNN① 会对它有三十秒的报道——喷气式战斗机护卫着一架客机着陆。一场紧急着陆？真是个好主意。特别是在纽约。这件事一报道出去，航空公司会向白宫申述他们的订票率下跌了多少。他们会请求我们不要反应过度。不是说我同意这样做。事实本来就是这样子的。"

---

① 美国新闻有线电视网络，也建有网站，以直播视频新闻闻名于世。——译注

"如果飞机爆炸，他们的订票率会下跌多少？"

"我不能下定论。"

"如果你想的话你可以写下来。"

"从这次起就没了。"

从这次起就没了。沙弗的影响力是毋庸置疑的，但也并非是无限的。他对"九一一"的预见仍保护着他，但是他不再无懈可击。尾随着"九一一"的委任报告，多数情报机构的大部分部门领导被免职。他们的替代者们考虑到沙弗是一个纪念品。他们中的大部分人会很高兴地看到他搞得一团糟。沙弗不是一个团队里的赛手，他过于聪明。他的存在只会让那些人黯然失色。

所以沙弗需要确信他不会牵涉任何错误的警报。这个艾力斯·沙弗。他无时无刻不在撒谎，变得越来越偏执，他想成为一个英雄。我们不能再听从他的了。爱丝莉知道所有这一切，但是她也无能为力。如果波音747坠落，他们的手也会染上鲜血。

"好的。艾力斯。为什么你要毁掉我的周六假期？这样当我们交叉手指时我能陪伴你？"

"这是真正的原因。"

"对不起。"她说。

"我是个已跳到结论上去的人，你该把我拉回来。我们所获悉的是提供的航班号和几个相符的名字。这事始终会发生的。"

像往常一样，沙弗切入到真正的问题上，爱丝莉想。这是自二月以来的第三起严重的警报。情报机构理所当然会变得倦怠。我们让航班飞向杜勒斯机场而不是即刻迫降。结果是我们只能电联飞行员——"嘿，朋友，在机舱会有几个劫持犯，我们也不太确定，今天过得愉快。"——然后就这样让它发生。

"这个看起来不同。直到飞机起飞航班号是不会播报出来的。"艾力斯摇摇头,"我恨这个。"

"什么?"

"我们得每天都准确无误,他们只需正确一次。"

"生活是不公平的。"沙弗说,他交叉起手指,"去我的办公室吧。做一下更新。"

919次国际航班仍保持着阴森的安静,自从一小时前机长的宣告之后,机舱中最大的声响就是嘈杂的通风系统了。在黛德瑞·斯玛特身后,四处可闻,无休止地低声祈祷着万福玛利亚的声流充满整个主机舱。唯一的动静来自航班的服务员,他们没带有任何虚伪的友善,在飞机走廊中穿行。数分钟前,坐在一排座位中间的一名男子举起手,询问关于移民入境表格的事。

"我们会在飞机着陆时分发这些表格的。"一个乘务员低声作答,"谢谢您的合作。"

机舱外面,F-16S继续尾随着他们。但是在没有事变的情况下时间一分一秒地过去,航班上的气氛缓和了一些。黛德瑞朝坐在后排的丈夫和儿子艾登微笑着。"不会有什么事了。"她说。

然后,客机战栗着以极其可怕的速度往下俯冲。黛德瑞的女儿安吉拉尖叫起来,机舱里的其他乘客也叫喊起来,响起一片令人眩晕的向主哀悼和惊呼的声浪。一个乘务员尖叫着被抛到客机的防水壁上。坐在黛德瑞前两排的一个男人呕吐起来,这低沉的呕吐声使她自己的胃液上涨。不久那人的呕吐物的气味飘荡过来。她咽回在喉咙里的胆液,等着飞机俯冲下去。

然后客机平稳下来。接着机身颠簸起来,开始时异常恐怖。这真是一场骚乱，黛德瑞想着，真是一场骚乱。

"会好的，宝贝。"她揩去她女儿脸庞上的泪珠。

"闻起来让人作呕，妈咪。"

"试着假装没闻到它。"

对讲电话装置响了起来："这里是客机驾驶室，我是汉密尔顿机长。我对所发生的一切深感抱歉。剩下的旅程会变得颠簸——从这里到杜勒斯机场有些许气候因素。一个春季暴风。正常情况下我们会绕开这种恶劣的气旋，但是我们优先考虑的是尽最快的速度把您送回家。我再次道歉。我们得提醒您，下一个十分钟的路程会颠簸不堪，所以请确定您座位上的皮带是否都安全扣紧了。再次声明，请不要惊慌。现在只是气流突变。我们会在半小时后让您安全着陆。谢谢您的合作。"

他还能说得这般流利，黛德瑞想。如果他们着陆——当他们着陆，她修正她自己——她会欢喜地给他一个"谢谢你"的拥抱，而且她打赌，她不会是唯一一个这样做的人。

客机再次摇晃起来，这次更剧烈，这一系列的颠簸在最好的情形下也会让人心神不安，黛德瑞能够看见波音的机翼颤动起来。这架三百吨的喷气式飞机用力地上下摇动，犹如一个游泳者奋力在巨浪中漂浮。黛德瑞记不得有过像这样的动荡，但只要这就是事件的全部，她就得面对它。

她周围的每个人看上去都有着同样的感受。机舱一片死寂，三百零七个乘客想着他们的家。黛德瑞察觉自己的手上一阵滚烫的疼痛，她低头一看，自己的拳头握得太紧，以至于指甲刺进了手掌。她慢慢地张开手，手指在颤抖着。她越过座位看着自己的丈夫。

"明年我们要去佛罗里达度假，"她说，"我们开车去。"他没有笑。

　　时间一分一秒地流逝。慢慢地，碰撞渐渐停息了，747 开始下倾。几分钟后，机舱内砰的一声，好像喷气式飞机向下跌了一万英尺，这时对讲机开始播音：

　　"机长汉密尔顿再次向您播音。我们现在距杜勒斯机场的外围只有几分种的时间，您能看到机场标志的闪光。在正常情况下，我会要求您关闭所有的电子设备，但是这些即将结束，所以我只是需要您待在自己的座位上，系紧安全带。我们不久就会着陆。谢谢。"

　　黛德瑞搓着女儿的小手。

　　"就到家了。"她说。

　　在沙弗的办公室，电话响了起来。他拿起来听了一会儿，然后挂断。

　　"他们正在着手处理。"他对爱丝莉说道，"看上去一切都正常。埃及那边没有消息——现在开罗大概是晚上十点。我告诉过你不会出什么事的。"

　　"现在还很难说。"爱丝莉说道。

　　在 42H 座上的扎卡里亚·法赫德——在最后的九十分钟里处在机舱全体人员的注意之中——他迈往机舱的过道，一个乘务员朝他跑去。

　　"你得坐下，先生。"

　　"我需要上洗手间。"法赫德说道。

　　"坐回你的位置！"两个乘务员跑过去挡住他的去路。

　　"可我得上厕所啊——"法赫德说道。

　　"数三下，如果你还不坐下，你会被逮捕的，客机上有位空军元帅。——二——"

在吵闹的中心，没人注意到穆罕默德·阿莱－若兹，这个沉默的男人，留着剪得短短的头发，坐在47A的位置。他正在使用一款预付的型号手机，这手机是一个月前在纽约买的。阿莱－若兹按下"4"键，自动拨了一个号码，那是他昨晚储存在手机中的号码。

这个号码属于另一部手机，这部手机不巧也在919航班上。没人能接听这个电话，也没人需要去听。手机藏在行李舱下的一个红帆布包里。包是由乌代·亚瑟尔带进舱的，这个叙利亚人三个月前在一次常规的背景核对之后，发现他没有不适当之处，被雇用作为希思罗机场地勤人员。

不同于其他乘客的行李，这个帆布包没有经过安全屏检。否则不会通过。在包内的手机钩住了一磅的C－4塑胶炸药的金属引线，军队和恐怖分子极其喜爱这种塑胶炸药。这种浅灰色的短粗的砖状炸药有威力能在客机的铝制机身上开一个十英尺深的大洞，摧毁波音飞机的整个结构，在半空中把747撕成碎片。

在机舱，飞机乘务员数着："——三。"

扎卡里亚·法赫德坐了下去。

然后穆罕默德·阿莱－若兹看着他的手机。电话没有被接收到。他不能理解怎么回事。他应该死去了。客机应该粉身碎骨的。出了什么差错了。他默默地诅咒着他的坏运气，然后在他关掉手机，放回自己口袋之前，再次试图拨打这个号码。47B的男子一直没有察觉。

阿莱－若兹所不知道的是，侦查人员只是在747着陆之后才在行李舱上找到了炸药，而现在这一切，都是因为新泽西的上空气流摔碎了第二个手机，阻止了它接收到引爆C－4塑胶炸药的电话。只是三月底的一场暴风的突然袭击，把919航班从毁灭中拯救出来。

"我们正在抵达华盛顿的杜勒斯国际机场的最后途中。请机上乘务人员准备好着陆。"汉密尔顿机长说道。在35A,安吉拉·斯玛特伸长脖子看着喷气机下降到三千英尺,两千英尺。他们穿过一片阴沉的云层而出,然后她看到密集的树林,交通繁忙的公路,波托马可河褐色的水流。现在飞行越发平稳。一千英尺。五百英尺。

机轮触地,飞机在降落道上反跳了一下,然后真正地着陆了。机舱里迸发出巨大的欢呼声、呐喊声以及掌声。机长扳上客机机闸,这架巨型波音飞机稳稳地停了下来。在最后的减速中,欢呼持续不绝。

"我们非常高兴送您回家。"机长话音刚落,热烈的掌声再次响起。

沙弗的电话响了起来。他听了一会儿,然后挂上电话。

"他们安全着陆。"他跟爱丝莉说,"但是在处理时发生了一些事情。他们想清查货舱,跟几个乘客谈谈。"

一个小时后,747仍然停在杜勒斯国际机场的停机坪上,联邦调查局在货舱找到了红帆布包,至此为止在919航班上险要发生的事故现在已水落石出。

寻找那几个想要炸机的人并不困难。不可思议的是,阿莱-若兹并没有试图丢掉自己的手机。而法赫德引人瞩目的举动在时间上显得那么奇怪地巧合,而且进一步核实两个人又是通过同一个旅行社,同一天买的票。爱丝莉拿不准将这两个人关押进联邦监狱,还是关塔那摩。不知怎的,她并没有舒一口气,只是不可思议的运气在今天拯救了三百零七个生命。

接近午夜时分,爱丝莉和沙弗拖着脚步走进反恐指挥部冷清的地下停车库,他们低垂着头,五杯咖啡也无法掩饰他们的疲态,只是在他们脸上罩上了一层紧张不安。

"下午的时间太紧了。"她说。

"我们需要更好的情报，"沙弗说，"气流可不是一个可靠的安全保险。"他忧伤地笑着，"约翰·威尔斯在哪儿呢，当你需要他的时候？这个伟大的贾拉尔。"

在二〇〇一年留下他那张隐晦的纸条之后，威尔斯就无声无息了。组织上下都忘记了他的存在。但是在压力特别大的时候，沙弗喜欢提及威尔斯的名字。他开玩笑说威尔斯是一颗魔法子弹，一个法宝。能在组织需要援救的时候单枪匹马地再次出现。这个玩笑掺杂了一丝苦涩的尖刻。沙弗和爱丝莉都知道机构非常需要威尔斯这类人，他们能从基地组织内部提供确凿的信息。

"我仍然相信他还活着。"爱丝莉说道，这时他们迈向她的道奇车。

"你能证明这一点吗？"

"你能证明不是这样吗？"

"我可以拿一百美元和你打赌，我们永远不会再得到他的消息了。"

"我会跟你赌的。"她按了一下安全警报机的钥匙，道奇车闪烁出一道友好的亮光。

"明天见。"沙弗说，

明天，周日。又一个让孩子们失望的机会。

"明天。"她说，"好极了。"

在她坐入车内的时候，他碰了碰她的手臂："詹，更多地想想将来吧。"

"这次是一次性的了。否则今天至少有一架飞机会受到袭击。但是——"

"但是？"

"我想他们试图混淆我们的视线，"她说，"将有大事发生。他们正在挨个复苏。"

"很奇怪，不是吗?"沙弗说，"若兹不应该会出现在飞机上。他可以在任何地方拨打电话。他想在客机上。他想殉死。"

"我希望我们能更好地了解他们。"

"我不知道什么样的人能理解这种事。"他开始给她关上车门，然后停了下来，"你知道吗，詹妮弗?明天休息一下，和你的孩子们四处逛逛。我们还将有很多事要做。"

她一言不发，只是插入车钥匙，点火。这时他关上了车门。

珍妮特和洛瑞今晚不在家。爱丝莉想起来，这时她正驾着道奇缓缓地驶入第十三街她的公寓。和兰迪离婚后，她搬到了华盛顿富人区，这使得她的通勤时间延长了一倍，还得面对华盛顿高得离谱的税收。但是她想在他们之间保持一些距离，而且她不会对这个决定感到悔恨。她在洛根社区附近买一个公寓，这条一度未开发的邻街被重建成为中产阶级居住区，得感谢华盛顿热情的房屋交易市场。星期六夜晚，仍有几个娼妓会不时漫游在第十三街上，找寻着错过关于地面兴建的新闻的那些不合时宜的人们。当她在自家公寓的街区上的石油公司购买汽油时，她开始了解她们，至少是她们的名字。她朝她们挥手，回报是珍妮特毫无兴趣地点头。

她把道奇停在大厦的地下车库，接着蹒跚地走向电梯。由于数小时坐着办公，她的腿非常疼。睡前她不想要其他东西，除了一杯红酒，或是两杯。实际上，这也不尽然。很多她想要的都不是一杯酒能满足得了的。或者是一个搜索引擎、一个男朋友;一个不需让她经常筋疲力尽和游走于边缘的工作。但是第一和第二个不会立刻实现，而且她知道，不管自己在情报机构多辛苦，离开之后还是会有段极其糟糕的岁月。她是在为美国而战。她不能想象自己为一些私人风险管理公司工作。即使做半小时有双倍的工资。或许，经年从事这份情报工作会使她消耗殆尽，不得不离开，但不是现在。

没有backrub①，没有男朋友，没有新工作。一杯西拉葡萄酒能够替代它们。

在大厦三楼角落里的一间整洁的单人卧室——她的公寓里面，爱丝莉咔嗒一声按下CD机里艾拉·费兹杰拉德的唱片，开了一瓶葡萄酒，在长沙发椅上伸展开身子。穿过房间时，她偶尔在镜中瞥了一眼自己的身影。上帝，她看上去太疲惫了。她能记起自己往昔的美貌。她有照片能够证明。但是岁月对女人是不公的，除非她们是女演员或者是有大笔大笔的金钱作为保养费的奖励式婚姻。她仍有着娇好的容貌，她的目光能点燃一个房间，但是只有肉毒杆菌能够抹去她的眼角纹和脖子上的皱纹，然而她不想自己做整形手术。她想知道大多数男人是否会在乎或介意这个。但是这个疑惑才是问题。这个疑惑会动摇你的自信——对抗这些和那些二十多岁的、登在任何一本杂志上的模特们无穷的照片。

她喝光了杯里的葡萄酒，又给自己倒了一杯。具有讽刺意味的是，兰迪的未婚妻是个矮胖而迟钝的女人，即使她还未上年纪。爱丝莉知道兰迪仍对她有吸引力。不，他只是厌倦了她把工作摆在首位。她不能责备兰迪，但是这份工作不能允许她有所妥协。而且在恐怖分子随时可能进行破坏的节骨眼上，怎么能妥协呢？

像今天下午，如果他们一旦遵从了她的建议——

"天啊。"她对着空房间大声说道。

沙弗知道，当然。一度，他过于机智地分析一切。怪不得他让自己在周日放个假，他知道她最后会得出这个结论。如果今天下午他们

---

① 类似谷歌的搜索引擎。

遵从了她的决定，三百零七名乘客就会全部命丧黄泉。因为，如果在遇到新泽西上空的风暴前，他们让 919 航班在波士顿或是哈特福德迫降的话，行李舱中的手机就会响，这架客机就会坠毁。

"上帝。"爱丝莉惊叫着。她一口气喝下这杯葡萄酒，然后又给自己倒了一杯。她让自己深深地埋入沙发中，闭上双眼。当然她不可能知道。没有人会知道。但是。她几乎扼杀了三百零七条生命。

以这种方式结束今晚真是美妙，爱丝莉心想。她饮下最后一杯酒，然后起身走向药橱，她取出一片安必恩①。这是她离婚带来的痛苦中养成的一个坏习惯。

她今晚得吃一片药才能睡着。

3

学习如何再次成为一个美国人比威尔斯预期的要困难。

他的第一个震动来自于他乘坐的飞机在香港着陆之前，这架巴基斯坦 A－310 号客机正盘旋在这个都市的浮华光影之上。很长一段时间，威尔斯都未见过一张光耀的、活动的电子地图了。在他那个村子里，部落长老们有两个柴油发电机，大声地散发着臭味，发出足够带动灯泡和少数电视机的电力。没有什么能比得上在威尔斯窗下光耀着的这片橙黄色灯光的海洋，那些闪烁的红色烟火是覆盖在香港岛屿上的电台，白光如炬的则是摩天楼。我忘了人们能像破坏那样轻易地创造，威尔斯想。

---

① 一种安眠药。

66

客机着陆了，他周围的乘客都起身拿自己的行李。他不能动弹，被一种他说不清的情感所包围，不是恐惧，也不是希望，是一种时间的解冻，而他即刻就老了十岁的感受。他知道自己应该高兴。他自由了。只不过他高兴不起来。他只是转移到一个新的战场，这个战场的风险更大。疲倦淹没了他，他坐着不动，直到机舱空无一人，一个乘务员拍了拍他的肩膀。

"你还好吗，先生？"

"我很好。"威尔斯不能让自己招惹注意。他拿起自己的行李，步下飞机。

在机场空旷的入境大厅里满是凯悦酒店、古驰、IBM 和国泰航空闪烁的广告牌。广告上的每个女子都要比隔壁的更美艳，她们全都裸露出大片的肌肤，这在西北边境可是得挨一顿鞭笞或是更狠毒对待的。威尔斯把目光从广告牌上移开，环视这个光亮华丽的大厅。他的周围全是女人，有中国人、欧美人、还有印度的和菲律宾等东亚女性。她们的脸、胳膊和大腿都毫无掩饰，也没有异性陪伴，形单影只地走着。一些人甚至化了妆。一个靓丽的、头发染成了爆红色的日本小女孩儿急匆匆地从他身旁走过，威尔斯转过头去看她。他感到不期然的愤怒，这些女人难道不能庄重点儿吗？她们不需要穿布卡①，但是她们也没必要穿超短裙吧。

在抵达大厅外的星巴克咖啡店的长凳上，威尔斯对自己的反应感到茫然不解。经过十年的独身生活之后，他应该为自己眼前那些肌肤的盛宴激动不已才对。在塔利班，没有什么比那里的人对女性的方式更让他困扰的事了。他比自己认为的还要深刻地内化了宗教激进主义

---

① 信仰伊斯兰教义的阿富汗女人的传统服饰。——译注

者的教义。或者，他也许只是需要放松一下。在阿富汗和巴基斯坦，性爱几乎是不可能的。村民不会因为利害关系把自己的女儿嫁给基地组织的游击队员，更不要说是美国人。而且婚外的性关系是不值得冒的险；塔利班和普什图人都在无穷无尽地发明他们对付卖淫和通奸的惩罚。威尔斯亲眼见过一个男人被活埋，而剩下的有一半人被绞死。所以他禁了自己的性欲。他甚至记不得女人的身体是什么气味。

他必须改变这状态。穆斯林分子都认为通过婚姻来解放性爱，但是威尔斯知道他不可能永远贞节，他决定招妓或是一夜情，但是如果他找到中意的女人，某个合他口味的，他是不会等着一次婚礼的。

他看着一个昂首阔步走过的白皮肤金发的高个子女人，希望自己能快点找到合适的对象。

威尔斯在九龙一家毫无特色的旅馆度过了一周。为了消磨时间，每个清晨他都会在香港拥挤的街道上散步。下午会在城市中心图书馆度过，图书馆在维多利亚公园对面，是一座巨型的石块与玻璃的建筑。他靠翻阅报纸和杂志来弥补他失去的月岁。莫尼卡·莱温斯基和纽特·金里奇。互联网泡沫。欧元。布兰妮·斯皮尔斯。二〇〇〇年总统选举和佛罗里达选票。在"九一一"之前的岁月都如同在炎炎夏日里的蒙大拿湖般的平静。

然后是袭击。在二〇〇一年泛黄的报纸上仍然感触到那股震惊。威尔斯读到那些关于失踪的飞行员的家庭蜂拥到纽约，报纸上的纪念专题比任何时候都来得动人。还有关于市长朱利安尼的回话，那是在事故后的首日，当一个记者提问到有多少市民死去时，他说："比我们证实的还要多。"

下一次会怎样？威尔斯想。到时我们会怎样去承受呢？

此时，美国政府在回击，大举踏入阿富汗和伊拉克，希望迫使他们的军队采取守势，美国大兵惩戒了塔利班和萨达姆的武装部队。但是威尔斯担心的是美国在一百万穆斯林分子中激起了愤怒的一代。每当一个美国人迈进清真寺，就会诞生一个圣战战士。而且，美国现在看起来被截留在伊拉克。权衡这些可能性令他头痛。最后他翻到安全的体育专刊。他为他的红色短裤击败了扬基球队，赢得世界职业棒球大赛而着迷。艾普斯坦真他妈是个天才。

夜晚他会在半岛宾馆的酒吧喝可乐，看着香港浮光之下的维多利亚港口，偷听着行色匆匆的人们手机里泄露出的喋喋不休的谈话声。每个人都无时无刻不在谈话，讲着威尔斯勉强能跟上的超负荷英语。

"最好这个礼拜就开工，不然就永远别开工了——"

"耶，这个周末在巴厘岛，回到之后再去圣弗朗西斯科——"

"这些英特尔的新型芯片真是不可思议——"

他感到自己好像是整座城市中唯一一个没有挣钱和性爱，或者说至少没有谈论那些个事的人。对这些人来说，全球化是一个期望，而不会是威胁。他们知道如何在全球冲浪，而且他们不会对那些溺死在回潮中的人付诸关注。

不过香港让他觉得惬意。这个城市的活力流入了他的身心，他感到自己的血开始蠢蠢欲动起来。威尔斯找来一位牙科医生修补他坏掉的白齿。当她看他的嘴巴时，她皱起了眉头："难道在美国没有牙刷卖吗？"他一天淋浴三次，来补偿在西北边地数周才洗一次澡的缺欠；他观看沙田跑道上的赛马比赛。他不赌马，但享受赛场上壮观的场面：那些亿万富翁们穿梭于只有他们一半年龄的女士身旁，在接近大门时苗壮纯种马几近腾跃，马匹接近终点时人群发出的欢叫声。

一日清晨，他发现自己在花园路的美国领事馆的外面，并且感到一股负罪般的痛苦。他早就应该和中情局内部联络上。但是他不会让自己过早地失去自由。一旦他让自己在中情局出现，就会在看守员们那得到一个新座位。那就会有数周的任务报告，无止境的问题：你这些年都待在哪儿？为什么不联络我们？你真正在做的是什么？

这些潜在的问题都会归结为一个深层次的怀疑：为什么我们还要相信你？

不，他还没有准备好。在他回美国后会向中情局报告的。反正在那之前不会发生任何事情。他走开了，让领事馆留在了身后。

他非常顺利地过境法兰克福以及纽约。当他所乘坐的汉莎航空公司 747 航班在肯尼迪机场降落时，威尔斯没有感到预期中的高兴，只有他不能过久地逃避责任的意识。

移民局官员几乎看都没看他的护照，他就像在香港那样，第一天清晨在曼哈顿无目的地闲逛。但是他不能自持地通过卡德日的双眼来看着这个城市，把它当做一个巨大的靶子：隧道、桥梁、纽约股票交易、百老汇剧院、地铁、联合国。

当然，还有时代广场，从他上一次看到时代广场时，这个广场——实属是一条百老汇与第七大道相会的蝶形交叉路——已破落不少。现在时代广场已号称为世界的交叉路口。在第 44 街区和百老汇，他观察着那些密密麻麻犹如在一个凌乱的聚餐中的蚂蚁似的观光者和本地人。巨型霓虹灯广告在新建的写字楼上闪烁不停，新闻在数字播报器上无休止地缓慢滚动着。世界简化为橙绿色的街道。出租车司机按响他们的喇叭，街边小贩试图比司机们叫得更响，他们叫卖着自由女神像的钥匙链和图派克的画像。一个巨型的 "R" 美国玩具商店占据了他现在所站的街角，表明这个地方已经成为一个可以吸引各个年龄层次的游客的胜地。威尔斯记起某些人——他不知道是谁——有一次谈论时代广场："如果你不识字的话，那是块非常美丽的地方。"商机也在这里扎下了根。在两百码以内建有摩根士丹利、安永和维亚康姆的总部。加上，你可以开着一辆卡车穿过这儿。如果世界贸易中心是零地带，时代广场则是一地带。

威尔斯能感受到某处有计时器在倒数着。他动身去到地铁站，搭上一辆开往皇后区的列车。八个小时后，他已坐上一辆灰狗巴士前往查尔斯顿，口袋里装着两万美元。为防万一，他把剩下的一万五千美元储藏在曼哈顿银行的保管箱里。

两天后，威尔斯穿过明尼阿波利斯机场，在他口袋里躺着一张全新的南卡罗来纳州出租车司机执照。感谢政府发放执照的自由法案。他正动身前往博伊西（美国爱达荷州的首府），从那儿穿过爱达荷州边缘地区到达密苏拉。他要换两个汽车站，见三个人：他的母亲、儿子和前妻。这是他向情报部门报告前的最后任务。

他没有告诉任何人他已经回来了。他希望给母亲一个惊喜，在汉密尔顿现身；然后在妈妈冲一壶咖啡和炒几个鸡蛋的时候坐在厨房里，亲吻她的脸颊；然后告诉她对自己离开这么久而感到抱歉。她会在见到他的那一刻就原谅他。母亲们都是这样的。至少他的就是这样。至于埃文和希瑟……他得去看看他们。

在飞往博伊西前他有两个小时要消磨，所以他找了一家星期五餐厅，坐在吧台旁看美国大学体育总会的篮球决赛，杜克对得克萨斯。几分钟后，坐在后一个位子上的男人转过头看着他。这个男人四十出头，棕褐暗淡的皮肤，一头短发，手腕上戴着一条黄金手链："杜克还是得克萨斯？"

71

"杜克。"威尔斯说道，他对谈话没什么兴趣。但是这个男人看上去没有恶意。

"我也是，你去哪里？"

威尔斯耸耸肩，然后盯着电视。这个男人没有明白他的意思。

"我呢，我是去坦帕。我恨西北部，去年我飞了十二万英里。他们不会把我升职调出坦帕的。我无法相信。他们应该给我升职的。"

"恩。"威尔斯哼了一声，这个男人应该是个推销员。倒不是他打算过问这事。

"你结婚了吗？"这个男人问到，"我结婚了，生了五个孩子。"

"恭喜。"

"哦，你不介意吹牛皮吧，不是吗？"

威尔斯发现自己不能要这男人"消失"。他看上去很悲伤，而且威尔斯已经很久没和一个美国人做过一次随便的谈话了。他把这称为实地研究。

这个男人一口气饮下半杯啤酒："我最好停止乱吹。让我请你喝杯啤酒。顺便一说，我的名字叫里奇。"

"我不喝酒。"威尔斯说道。

里奇看着酒吧招待："给我一杯双份金快活，给我朋友一杯啤酒——"

"我说了我不喝酒的。"

"不要紧的，这样只是更友好些。那么就换成可乐吧。"里奇朝酒保点了点头，"你知道的，'九一一'之前我从不担心乘机飞行。从那之后我每时每刻都会胆战心惊，现在仍是。"

威尔斯再次希望他该走了。他不喜欢谈论"九一一"。对这事，威尔斯自己已经有了大量的思考。但是他认为在这个话题上，飞机是再自然不过的一块。

"我扪心自问，如果有人拿出弹簧刀，我会怎么做？"里奇说道，"你知道吗？我会和他们搏斗，成为一个英雄，就像那些在93号航班上的人一样。"

"英雄？"威尔斯不能阻止脱口而出的怀疑。

酒吧招待把一杯气味浓郁的金快活送到里奇面前。"你觉得他们不是英雄？"里奇看上去像受到了侮辱。

威尔斯对发生在93号航班上的事知道得不多，但是他知道这些：逃避不能让你成为英雄。每个人都想生存。当你拿你的生命冒险去挽救其他人时你是英雄。通常，有时你只是个傻瓜。他亲眼见到有人抛弃自己的生命只是为了证明自己的强硬。

一些著名的战役因胜利方以少敌多的勇气而被铭记。皮克特在葛底斯堡发起的猛攻，同盟国蜂拥在墓地山和联盟军作战。这个袭击已经成了一场灾祸，但是犹太人会因为他们的勇敢而永世闻名。他们是英雄还是傻瓜？而他们为奴隶制而战的事实改变了答案！

但是威尔斯不想和这个推销员里奇争论英雄主义："是的，他们是英雄。"

里奇向威尔斯举起他的酒杯："祝您健康。我们一口干了。你知道什么是命运吗？"

我打赌我会找出答案的，威尔斯心想。里奇把金快活倒进喉咙，把酒杯猛敲在吧台上："我的婚姻太糟糕了。"

威尔斯试图同情地看着他。

"我的妻子芭芭拉在我和女仆康斯薇洛鬼混时把我们抓个正着。芭芭拉她大发雷霆，就是这样。而康斯薇洛不以为意。"

威尔斯绞尽脑汁想着一个恰当的回答。他未能找出答案。看起来在他离开的这段时间美国好像有太多的八卦了。他隐约地记得电视脱口秀节目，比如杰瑞·斯宾格。现在整个国家好像在饰演一个真实节目。什么样的人会对着一个完全陌生的人讲：他和女仆乱搞时他的妻子走进了家门？

里奇看着他然后继续说下去："我的意思是说，芭芭拉应该不会回家。她走了进来然后开始尖叫：'去你妈的去你妈的。'真正的尖叫——"

礼貌就到此为止吧，威尔斯心想。

"你有些许尊严吗？"威尔斯正视着里奇，这凝视能冰冻某些地方比这家伙更强硬的男人，"你知道这些话是什么意思吗？告诉那些你从未见到的人，你对自己妻子不忠然后被捉奸在床。我不认识你而且我也不想认识。谢谢你的可乐。"威尔斯拿起他的包。

"你不理解，"里奇说道，"我处在多么大的压力下。你知道努力去供两栋房子、三辆车是怎样的情形吗？我记不起上一次和自己老婆睡觉是什么时候了。我只是需要偎依一些人。我的生活太糟糕了——"

"你知道什么是糟糕？"威尔斯说道，"踩上一个地雷然后你的腿被炸掉。而且你才四岁。开着一辆悍马转圈，等着让一个你甚至不能看见的炸弹给烧成一个火炬，就像我们那些在巴格达的士兵们所做的那样。"

"我知道——"

"你知道个屁。你没一点儿谱。你想象不出这世界上大多数人是怎么生活的。你他妈的前五分钟抱怨的，比大多数人一生的抱怨都多。和你老婆离婚。停止和女仆乱搞。我才不会在乎你。"

"你他妈的怎么知道这个世界有多公不公平？"里奇叫道，"你只是跟我一样坐在这里看电视。"

"不要再说了。"威尔斯说道。他把一张十美元拍在吧台上，付了可乐的钱，然后起身上路。

威尔斯愤怒地坐在 C–13 机场通道的门外，如果这个男人纠缠他将会怎样？他费尽心思不引人注意就到此为止了。但是威尔斯不再理解他的同胞。他们欠我一个升职，里奇曾这样说。不，他们没有欠你任何东西。

威尔斯知道自己需要放松。这个推销员里奇是个有着糟糕婚姻的酒鬼。他能不能控制好自己的行为不关威尔斯什么事。在他环视这明亮、干净的机场时，他不清楚自己是不是曾属于美国。

但是第二天清晨威尔斯在博伊西醒来时，他非常高兴。他不能想象自己还能见到蒙大拿和自己的母亲。他本来可以直接飞往密苏拉，但他想驾车，独自一人穿过落基山脉。他记起和他爸爸一起开车到"失落的幽径"① 的周末垂钓。他们去博伊西看老鹰队比赛，那是一支老牌的联合会棒球队，并且在城镇中心的珠宝店给妈妈买了一份礼物。"不要告诉她哦，"他爸爸经常这样教他，"这是个惊喜。"

他的父亲曾是密苏拉南部的汉密尔顿医院的外科医生。母亲是个教师。父亲想要家里人丁兴旺，威尔斯知道。但是妈妈在生他时几乎丧命——她在密苏拉入院治疗了一个月——之后她的主治医师说她不能再怀孕了。所以他们一家只有三口人：赫伯特、莫娜和约翰。

威尔斯很尊重自己的父亲，这个脾气粗暴、缄默的男人是西蒙大

---

① 失落的幽径是落基山脉的一条山路，位于爱达荷州和蒙大拿州的比特鲁特山之间的边界上。——译注

拿有名的外科医生。大多数日子里，赫伯特在手术室里耗尽自己的精力；他回家后，会坐在起居室里那张高背皮椅上，啜饮一杯威士忌，读着《密苏拉报》。他从不悭吝，并且他不是真正的冷漠。他在足球场上给威尔斯助威。但是赫伯特在出入手术室上是有规则的，而且他期望这些规则要被执行。

现在该谈谈他母亲了，她是个特殊的女子，几乎莫娜所教授的每个孩子都会半途爱上她。莫娜高挑个儿、优雅而且面带微笑。她在密苏拉长大，是一场充满激情的恋爱婚姻的果实。一九三六年，威尔斯的外公安德鲁是海军的一名水手。在贝鲁特上了岸后，安德鲁爱上了南茜，一个黎巴嫩商人的女儿。不知怎么回事反正安德鲁说服了南茜和她的家庭——然后她就在蒙大拿把自己归属给了他。威尔斯的黑头发和肤色都是遗传自南茜。也是他在达特茅斯学院学习宗教很早之前，外婆教他学伊斯兰教的。他有四分之一的穆斯林血统。南茜在来到美国之后就放弃了自己的信仰，但是她所教授给威尔斯的已足够激起他的兴趣。

倒不是他有很多机会去了解伊斯兰而影响到他的成长。在威尔斯还是个孩子时，汉密尔顿只是个乡村小镇，仅有几个街区。他喜欢在那儿成长，骑着自行车到处跑，学习驾驭马匹和生火。在他青春期时事物开始改变了。MTV 的出现让他和朋友们觉得自己是乡巴佬。许多孩子不再觉得应该自力更生，而开始对生活感到厌烦。毒品从西雅图蔓延到斯博坎再到密苏拉，而后九十三号公路修到了位于镇子边缘的辛克莱加油站里。他害怕自从他离开之后这些传染只会更加恶化。

离开博伊西后，威尔斯看见覆盖在山脉上的云层。他决定穿过在爱达荷州二十一区的山地，走最短的路线回家。现在他朝东北方向越过博伊西分散的郊区，那些在开阔的牧场上紧挨在一起的小块土地，犹如牛群聚集在一起，躲避正在接近的风暴。这条车道朝向南方，切入了一条湍流的山涧又上升到云层里去。一路上，矮短的西黄松越来越密集，雪开始下起来了。当威尔斯到达山涧六千一百英尺的最高处时，雾气在车道上旋流起来。死树冻结在山坡上，威尔斯隐约记得十年前一场大火毁灭了这片地区。即使现在森林也几乎没有复原。这场雾变得越来越浓，让他不再能辨认得出山间的道路。他不会常觉得自己是个迷信的人，但是突然他感觉自己是在穿越冥界，而在另一侧的世界则截然不同。在折回时他开得太快了。威尔斯把离合踩低直到他的道奇几乎不能动弹，然后滑下山坡去到洛曼。四个小时开了六十英里。

在洛曼天气变得舒适起来，公路转向东面，跟随着百叶河，沿着一座叠满冷杉的山谷而去。威尔斯在疲倦的时候就摇晃自己的脑袋。天气是从什么时候支配他心情的？在南面，锯齿形的山峰直插入云海，山峰强硬、碎断，备显神秘，是的，一排钢锯般的牙齿。我们西部人都是没什么想象力的，威尔斯心想。有着如此壮美的土地就不需要再修饰什么了。

在斯坦利他转向爱达荷七十五号公路，沿靠着鲑鱼河而行。长空明亮，就如太阳把云层撕散了一般；剥落的红砂岩冈峦辟出的道路通向山峦，山峦上覆盖满了在阳光下生长的黄色灌木；在公路附近，人们穿着防水长靴，把鱼饵投掷入河水中，期待着虹鳟上钩。威尔斯察觉自己的情绪高涨起来。自从十年前他加入情报机构之后，自己从未感到如此的自由。他几乎要把车开到路边，然后借一根钓鱼线钓上几分钟，而不是加速朝着汉密尔顿驶去。

但是等到他抵达鲑鱼镇，汉密尔顿前方的最后一个小具规模的城镇时，太阳已经落山。威尔斯在篷车旅店停下脚步，花四十二美元租了一个房间。他距汉密尔顿仍有三个小时，但是他不想在深夜唤醒他的母亲。

鲑鱼镇是一个斑点大小的西部小镇，镇里的大街上是一排看来低矮破烂的砖式房屋。威尔斯发现自己身处在夜总会和娱乐室里。这个潮湿的酒吧里面有一台卡拉 OK 点唱机，墙壁上钉着牛头骨。

"你要点儿什么?"酒吧招待问道。

威尔斯闻到烤架上烤肉油腻的肉味，溢起了口水。

"一个汉堡包。"他说。这肉当然不是按伊斯兰教规宰牲的肉食。《古兰经》的教规要求屠宰必须放干牲畜身上所有的血。但是威尔斯发现自己不会在乎这些。他记不起自己吃过的最后一个汉堡包，突然间那些失去的记忆复苏了看起来像他十年战斗中所撒下的一切。

汉堡包很快上来了。他缓慢地咀嚼着，把每一口当做最后一口。同时，听到一个四十多岁的女人和一个老男人坐在两个凳子上讲笑话，他戴着明尼苏达森林狼帽子。"钓鱼要比跳伞更带劲。"她说道，"并且比做爱要来得美妙。特别是当你处在我这个年纪时。"她大笑着。然后威尔斯发现自己也在微笑。女人看了他一眼，然后挑了挑眉毛。她有着条纹状的金发，笑容灿烂。她走向威尔斯，伸出了手:"伊芙琳。"

"约翰。"

"你唱歌吗，约翰?"

"不了，女士。"威尔斯说。他的声音里流露出一些乡音。

"不要告诉我你不会唱歌，哥们儿。"

"我的声音太烂了。"

她轻轻拍着威尔斯的手，然后转向酒吧招待:"来，'你是如此妩媚。'"

他没有为这些女人唱歌的意图。还好，他不是一定要这样做。反而伊芙琳大声地唱出了这首歌，她的嗓音划过夜色，犹如结冰的路上的车辆。她用表演弥补了她技巧上的不熟练，她向威尔斯这边倾斜，摇晃着自己的臀部，在歌曲的结尾，伊芙琳双手轻摇着麦克风："——对我——来说——你——是——如此——妩媚……"酒吧里半数的客人在她唱完之后都喝起彩来，威尔斯感到一个咧嘴的微笑弄皱了他的脸，他长久以来的第一个真实的笑容。她向他浅浅地鞠了躬，然后走回他的座位。

"你唱得太美了。"他说道。

"你是下一个唱的。"

他摇着头。

"那过会儿再说，那么……"她撇开这个话题，"是什么把你带到鲑鱼镇的?"

"路过而已。"威尔斯说，"我在去密苏拉的路上。"

"你是哪儿的人?"

这是他所惧怕的事情。或许，她只是摆出一副友好的姿态；或许她太无聊了，想在周二晚上找一些乐子。他不应该这么容易惊慌。撒个谎非常简单，或许甚至可以和这个女人回家过夜。但是他不想在见到自己家人之前的这个夜晚撒谎。

"我得走了。"他说。

"嘿，我不会咬人的。"她使了个眼色，把手放在他的胳膊上，"任何一天我都喜欢做爱多过跳伞。"威尔斯感到自己脸红了，同时也激动起来。他忘了美国女人会怎样的不知羞耻。

"我明天得一大早起来。"

"管你要怎么着。"她走开了。威尔斯咬下最后一口汉堡包，然后开过几条街区回到篷车旅店。在旅馆的停车场，他几乎要掉头开回酒吧。他不能忘记伊芙琳的手按在他胳膊上的那感触。他身上被她触碰过的皮肤好像要燃烧起来。他熄灭引擎，蹒跚地走回房间。他花了很长时间等一个女人，他认为自己可以等更久。但不是永远。

电话准时地在清晨六点钟响了起来，把他从一个无梦的睡眠中唤醒。他淋浴过后迅速穿上衣服，开始祈祷。把头弯向地板，然后吟诵《古兰经》的第一章："奉至仁至慈的真主之名，感谢安拉……"外面太阳正在升起，群星消匿，天空由黑变蓝。

威尔斯把车开上了高速公路，向北朝着"失落的幽径"进发，这条道路位于爱达荷州和蒙大拿的边界地区。刘易斯和克拉克正是沿着这条路去往太平洋的。山峦此后几乎没有改变。在山口的最高点，威尔斯钻出道奇，然后站在宁静的空地上，看着下面的蒙大拿山丘的前部，它们看上去比后部的山丘来得柔和，圆润。

一个小时后他到达了汉密尔顿。这个城镇比他记忆里的要大得多，新建的超级市场和快餐店——一家塔可钟，一家必胜客——扩展到了九十三号公路。他在拉瓦利大街左转。就是那儿了。南四街四百二十号。在拉瓦利和第四街街角的那一大栋灰色的房子。

房子不再是灰色的了。它变成了蓝色。在房子的前院停了一辆三轮车。

他走向大门。"妈?"他大叫，没人应答。他按下了门铃。

"有什么事吗?"一个男人的声音。

"我是约翰。"

"约翰，谁?"

威尔斯真想走开。无论走向何处。他不介意即使地球裂开然后把他整个吞噬掉。

"约翰·威尔斯。我找我的母亲。"

大门开了一个口，门里面出现的是肯·弗里德瑞克。他比威尔斯早两年读的高中。那些讨厌的孩子把他叫做便士肯尼，因为他的家庭一直处于破产之中。他和威尔斯有几分像朋友。威尔斯在足球队的头两年，肯尼是球队的经理人，他总是受到很多的辱骂。特别是在搭长途巴士去客场比赛时。那个糟糕的时刻是在一个礼拜五的晚上，那时威尔斯的第一节课快上完。三个巡线员打开紧急通道，把肯尼撵了出来，在巴士飞奔而过时把他的脸贴向九十号洲际公路的沥青上。威尔斯仍然记得肯尼的尖叫声，或许这是他头一次听到的真正的恐慌。威尔斯邀请肯尼坐在自己旁边。即使在九年级威尔斯就已经开始打中线后卫和跑锋，所以打那之后肯尼很少受到捉弄。

"约翰·威尔斯？骨头轧碎机。"威尔斯很长时间没有听到这个名字了。他得到这个称号是因为他进攻的方式，在球场上拦截那些带球的队员，然后迅猛地抽身离开，把对手滞留在运动场上。跑锋和外接手都痛恨到中场拦截他。威尔斯个子不算高大，但是他速度很快，而且他知道一个教练没有教的秘诀：不要慢下来。很多人在他们铲球之前——稍稍——会停下来。他们会紧张起来。这只是自然反应。但威尔斯从未慢下来过。

"很高兴见到你。朋友。"肯尼说道，"好久不见了。"便士肯尼打开门，伸出手。

"你在这里干什么？"尽管这样，威尔斯不情愿承认这个事实。

"我住在这里，约翰。"肯尼说，"多年前我和我老婆从你母亲手里买下这片地。我现在是拉瓦利地方银行的副总裁。现在人们都叫我肯。"他的声音听上去十足的自豪。

"我妈人在哪儿？"

肯尼抑制着强烈的感情："你不知道吗？她过世了，约翰。是因为乳腺癌去世的。"

威尔斯发现自己开始凝视着肯尼那排洁白无瑕的牙齿，这些在他小时候扭曲和参差不齐的牙齿。你应该是天天用佳洁士，威尔斯心想。不用阿富汗牙科医生给你矫正，你在我的家里干什么？

威尔斯不想辜负自己的绰号。他在看着肯尼和他洁白的牙齿时握紧了拳头。但是这不是他的错。肯尼是个老实的孩子。

"她埋在孤松基地，"肯尼说，"和你爸合葬在一起。"

"我知道我家的坟地在哪儿，肯尼。肯。"

"很抱歉，约翰。"肯尼说，"我不知道还能说什么。你能进我家坐坐吗？来杯咖啡？"

但是威尔斯已转身离开。

当他驾车在九十三号公路向南朝位于达比的孤松墓地驶去时，眼泪从他脸上无声地掉落。威尔斯记不起上一次哭，乃至当他想哭时是在什么时候，但是他现在哭泣。他不能允许自己去想母亲已经……过世。死了。去往天上，哈。真是好样的，约翰。

她不可能去世了。他跑去了这个世界的尽头也没有死。而她只是和朋友们打打桥牌，打理旧屋子外面的那些花花草草。她不可能死了。但是这是事实，证据是靠近公墓后部，那块凝视着威尔斯的花岗岩墓碑。莫娜·凯西·威尔斯，一九三八—二〇〇四。亲爱的妻子，怜爱的母亲，奉献的教师。墓碑上刻着一个十字架。他的父亲躺在她旁边，赫伯特·杰拉德·威尔斯，一九三〇——九九九。威尔斯跪在他们的墓前，闭上双眼，希望能感知他们的灵魂，感知所有的一切。他默念着《古兰经》的第八十二章，最后审判日的一篇祈文：

当天空被撕裂

当群星被驱散

当海洋被喷溢

接着坟墓崩坼

灵魂将习得被给予和陨落……

　　但是他所听到的是从九十三号公路传来的隆隆作响的车流声，墓地的美国国旗在清晨的微风中飘扬。威尔斯知道不应该为自己所感受到的孤寂去责备上帝，但是他不能自持。上帝，安拉——不管他叫什么名字，在威尔斯极度需要他的这个时刻，他消失了。

　　威尔斯踉跄着踱向公墓的边缘，在边界处没有树起栅栏来。墓碑中止在坡度下降到一道铁轨上的空地前几英尺处。他望着东面的太阳，直到自己的眼睛像被灼伤了。他几乎能看见自己的信仰垮掉，倾倒出来，而后随风而逝。一列火车的汽笛在远处鸣响起来，威尔斯等待着，但是没有火车开来。他走回自己的车子。感到从未有过的空虚。

　　威尔斯缓慢地驶向密苏拉，试着逃脱这场本应该放弃的愚蠢旅行的感受，然后驾车前往华盛顿。密苏拉比汉密尔顿发展得更迅速。威尔斯曾和自己的家人在上面的丘陵骑过马。妈妈生前很喜欢骑马。妈妈，他再一次感到眼泪要夺眶而出，但是这次他抑制住了泪水。他牺牲这些岁月只是为了一个理由。如果他自行回美国的话，基地组织里没有人会信任他。他的母亲从未对他要成为士兵的决定有过争议。现在他需要控制自己的感情，接着着手他必须得做的事情。他不知道自己还有什么别的方式去尊重她。

　　他开到镇上。至少他知道希瑟是无恙的——他在纽约给她打过电话。在她接听时威尔斯挂起了电话，他感到有点儿卑鄙。

威尔斯把车泊在希瑟的屋外，一栋漂亮的白色双层房。当他看着这寓所时就感到自己不会受欢迎。他慢慢地踱向前门，按了门铃。一个小男孩儿开了门。"你妈妈在家吗?"威尔斯问道。

"妈咪!"这个男孩儿跑了进去。

他听到希瑟轻巧的双足朝着门走来。

"哪位?"她划开门链，打开门。她像他记忆中的那般美丽，一个淡亚麻色头发、深褐色双瞳的乡村女孩儿，小巧玲珑。威尔斯高出她许多，他喜欢把她抱起来然后放到床上。他们玩儿得很疯狂。但是他身上有些部分她总是难以抵达，在威尔斯加入中情局之后他们就疏远了。当他说自己参与了地下情报活动，并且承诺不了自己能何时回来时，希瑟给了他最后通牒：要工作还是我。要工作还是埃文，埃文当时才两岁。她告诉威尔斯自己不会等。而且她也这样做了。他不能责备她。

当希瑟看到他时她的双眼睁得大大的，然后从她的喉咙里——半是叹息，半是咕哝——发出一声低呼。她张开嘴像是要说话，然后合上了嘴唇。

威尔斯伸出手去碰她。她踌躇了一下，然后给了他半个拥抱，她把臀部往后缩，这样就不会碰到他。

"约翰。"她喊道。

"我能进屋吗?"

她让威尔斯进去了。就威尔斯所见，起居室布置得很漂亮。咖啡桌上放几本儿童书。墙上挂着一幅十九世纪的身着法衣、戴着假发的男子画像。这种生活和威尔斯的没有任何交叉。他摸着自己的脸，试着想出一些话题。

"他们怎么了?"他指着那幅画,感觉好像他早就感到困惑,他试着让问题随意些,"我的意思是说,他们真是优雅。"

"霍华德是个律师。"

"霍华德?"

"我的丈夫。"她指向一张照片:希瑟,还有一个英俊的大腹便便的男人,他应该就是霍华德,埃文,和两个幼儿,一个男孩儿和一个女孩儿,"那是乔治和维多利亚。霍华德有着英国王族情结。"

"你呢?"

她摇摇头,并不是对他所问的回答:"你没有出席你妈妈的葬礼,那时我想你应该战死了。"

"没有这么好运。"

"她很想你,约翰。她想你会回家的。"

"我不知道。"

"他们没有通过超级间谍无线电或是其他东西告诉你吗?给你信号,这样你就可以回家了。"

威尔斯试着不去想他母亲躺在病床上,垂死地等待着自己,然后就这么死去了。

"很抱歉,约翰。我不是这个意思。你一直是妈妈的乖孩子,这就够了。我认为如果你在这颗行星的某处你会回来的。"

"我从不觉得自己是妈妈的乖孩子。"但是他不能否认成长中最美好的记忆有许多是莫娜在家里的厨房做饭,这时赫伯特要么在医院要么在读研究报告,威尔斯笑了起来,"也许我是。这就是你的生活吗?"

她脸上出现了一个他不能了解的表情:"这就是我的生活。婚姻。三个孩子。让人厌烦。"

"希瑟——"

"不管你要说什么，请停止吧。"

"我能看看埃文吗？"

"他正在基督教青年会的小社团里实习。"

"他玩棒球吗？"

"三垒。他甚至不知道你是谁，约翰。"

威尔斯感觉好像她在侮辱他。"告诉你为什么。在这儿待一年，当他的父亲，你能看见他。他妈的，你可以教他一切间谍的玩意儿。"

"希瑟——"

"六个月？"她停顿了一下，"一个月？你的儿子对你而言值一个月吗，约翰？"

威尔斯一言不发。她是对的。他不准备告诉儿子自己是做什么的，在哪儿生活。并且要是这个孩子接受了他然后他又再消失，那便会怎么样呢？

希瑟的脸柔和起来，在她见到他点头时。

"你是怎么跟他讲的？"

"说你是个战士。在打一场我们必须得赢的仗。这是事实。"

在说最后两个字的时候她笑起来，然后他想如果她仍然爱着自己。这并非不要紧。"你记得——"她开始倾诉起来。这时电话铃响了，她停了下来，一个电子颤音响了六下就不出声了。

"没有答录机？"他问道。

"语音邮件。"

嘿！在他离开时语音邮件还没普及开来。一个念头闪现出来，没有意义的想法。但是不一会儿又把他的心思从这悲惨的日子中拉了回来："你打算问我什么？"

但是她的笑容已然消失，他知道希瑟不会告诉他。这个电话把她拉回了现在的生活，在那里没有他的位置。

"你该走了，约翰。"

他环视这个居室，试图把这景象铭刻在心上，这样他就会有关于她的记忆。突然她翘起脑袋，这是他所熟悉的痉挛："你为什么回家？"

"什么？"

"你仍在中情局工作。"这不是一个问题。他想知道如果她被要求，或者被告知，在她见到他时通知情报机关，"那么你为什么在这里？为什么是现在这个时间？"

"你知道我不能说的。"

"他们知道你在这儿？在美国？"

"当然。"

但是他从未对她说过谎，他能明白希瑟知道他正在撒谎了。她的脸色显得半信半疑。他希望他可以解释，告诉她，在那片无人可信任的边境上，自己是怎样生存下来的。威尔斯走向大门。在他离开时，感到自己的手放在她的胳膊上。他转过身去，希瑟抱住了他，这次是真真实实的。威尔斯闭上双眼然后更用力地抱住她。

她让他走了。

威尔斯坐在他租来的道奇上，试着把他儿子的照片深印在心里。最后他挂上排挡，发动车子，朝基督教青年会缓慢驶去。但是在他抵达那里时却没有向埃文打招呼。

希瑟看着他离开。道奇开走之后，她从钱包里拿出了一张名片，然后拿起电话拨了个号码，这会把美国往历史上最致命的恐怖分子袭击推进。电话响了两次。

"是詹妮弗·爱丝莉吗？"希瑟说道，她停顿了一下，"詹妮弗？我是希瑟·穆瑞……对。约翰·威尔斯的前妻。"

4

下午两点，迈阿密国际机场的入境大厅里挤满了疲倦的旅客。奥玛尔·卡德日很高兴地看到自己轻而易举地混了进去；每个人都是他的遮蔽物。他加入一条非美国公民的长队，手拿着的是一个黑色的皮革公文包，里面装着一份西班牙语唐吉·诃德复印件以及护照。

一个小时之后，他仍在排队等候。其间，那条专属美国人的队伍移动得很流畅。卡德日怒火中烧。即使我们抵达了你仍向我们显示你的轻视，他想。如果他在抵达美国时呼喊出自己的欢乐，给世界献上安拉的礼物，他会立即排到队伍前面的。最终他等到了一个工作人员。她简单地看了他的护照，然后看着他。

"您来这里是为了生意还是来消遣的？纳维欧先生？"

"生意。"卡德日说，绝对的生意。

"您会待在哪个地方？"

"迈阿密。"

"待多久？"

"两个礼拜。"

她把护照拿给他："我需要一个指纹和一张照片，然后您就可以离开了。"

"拜托？"卡德日说道。

"你的指纹和照片。这是标准程序。"

卡德日不想让自己的指纹和照片在美国政府存档。就他所知，没有情报机关有他的照片。他几乎像任何人一样毫无特色：中等身材，

88

中等体重，整齐的黑发，相较巴基斯坦人来较浅的肤色。和一腔不可思议的技能伪装出的口音，他工作的一个伟大赠品。他能被误认是埃及人，伊朗人，菲律宾人，甚至是意大利人。虽然如此，送交一个指纹会让他每次到美国时受困于使用这个护照。他更喜欢能更换名字。

"有任何问题吗？先生？"

"这是规定吗？"卡德日希望自己能耐烦些。疲劳让他的脑子一片浑浊。而且卡德日感到了一股突发的恐惧，不是为他自己，是为这个礼拜的行动。

"其他人也同样的，先生。"这个工作人员的脸上掠过一个暗示性的假笑。如果你不愿意，瘪三，她不会说出口的。你随时可以滚回家。

在卡德日看着她那张黑色的脸蛋时，他抑制了自己的愤怒。他不喜欢黑人，特别是美国黑人。这个女人是只经过专门训练的猴子，一个自大的美国佬和野蛮的非洲人的混合物。但是卡德日决定礼貌一点；他不想这只专门训练的猴子过于认真地看他的护照。"我很乐意。"他说。

这个手续只花了几分钟的时间。他把食指放在一台数字读码器上，然后看着一台数字照相机。不一会儿这位工作人员的电脑哗哗作响，接着她示意他进去。

"欢迎来到美国。"

"真高兴来到这里。"卡德日笑着说。

在他飞往洛杉矶的次日清晨，卡德日暗自对自己发怒。他会由于这个公开宣布的新指纹法令而被熟知。他不能犯这样的错误。在美国人的偏执里，他们看起来把基地组织当成了一架全能的杀人机器。但是卡德日实在过于熟识这个团体的弱点了。

当然，基地组织因为接受解体而毫无危险。八十年代时酋长本·

拉登在世界各地储存了一千万美元，现在仍有现金在秘密地流动。但是单有金钱是不够的。基地组织最大的问题是能否找到优秀的技术人员。无数的人为这个原因而死去。但是在美国强行压制从穆斯林国家来的移民之前，只有少数几个人打入美国内部。即使较少的人能够因困难的任务而被信任。但是一个失误的决定，片刻的恐慌，却能够毁掉一个操作了数年的计划。

一个乘务员推着手推车出现："请问是需要咖啡还是茶？"

"咖啡。两包糖和牛奶。"自然，卡德日并不使用毒品，但是像多数虔诚的穆斯林一样——他爱吃甜食并且有严重的咖啡瘾。

他啜饮着咖啡，想着历史会怎样裁判他。他满心期望有朝一日这个世界会知道他的名字，他真正的名字。传记作家和历史学家会调查他的生平。但是如果他们都寻找受创伤的事件，一些他们可以"责备"他的"罪行"的线索，他们会失望的，他想。

他是在英国的伯明翰长大的，是六个孩子中的老大，也是家里唯一的男孩儿。他的父亲，贾利勒，是从巴基斯坦迁居过来的工程师，一个脾气暴躁、愠怒的男人。卡德日的母亲，扎伊娜卜，曾被专门培训成为保育员的副手，但是她从未工作过。贾利勒和扎伊娜卜都异常虔诚和严厉。卡德日小时候不止一次地挨过他父亲皮带的鞭打，他很快就学会不去争执，卡德日大部分时候是个孤独的孩子；他的父亲不允许他下课后和异教徒玩耍，而贾利勒对"异教徒"的定义包括大多数穆斯林。所以卡德日逃遁到他的数学和自然科学教科书，以及《古兰经》中。在他父亲监视不到的地方，学校图书馆，他转向哲学，试图去理解权力，在尼采、马基雅弗利以及霍布斯中寻找线索。全是异教徒，但是他们向他显示了强者如何强加意志于弱者。总有一天他会向世界和他父亲证明自己的力量。

岁月流逝,他对英国和西方的敌意变得更厉害了。不像一些基地组织的士兵,他无法指出哪件具体的意外使他成了异教徒之敌,并踏上正义的道路。当然,像每个有着茶色皮肤的英国人一样,卡德日在街道被小流氓称做布包头佬。但是他从未被真正的威胁或污蔑过。不,他只是简单的因为身边的道德堕落——吸毒和同性恋以及不惜一切代价的寻欢作乐而渐渐病态起来。而且异教徒并非只是坚持玷污自己。他们想虔诚地假装传播自由,把自己的方式强加到世界的其他地方。

　　卡德日对宗教的热情是有限度的。是的,他信奉真主安拉,相信穆罕默德是最后一个真正的圣徒。他每日祈祷五次。从未用酒精和毒品玷污自己的身体。卡德日希望在自己死后能见到天国。但是在他的伙伴们唱起黑眼珠的处女会在天国永远地取悦他们的故事时,卡德日会隐藏起自己的窘迫,然后走开。天国不是一个游乐园,只有蠢货才渴望他们自己的死亡。卡德日并不会尝试把信仰建立在承诺自己的愉快上。圣战战士是职责,而不是游戏。天国应该在阴间等待,但是伊斯兰此时此地需要胜利。一如既往,穆罕默德树立了光辉榜样,卡德日想。穆罕默德不止是一个圣徒,还是一个指挥官。他的军队席卷了阿拉伯半岛。尽管他是个智者,但他同时也是统治者。在战场上,他的铁血是无止境的。他志在征服,把殉难看作是达到那个目的的工具,而不是以其本身为结果。

　　卡德日很好地利用了狂热宗教徒。那些人都心甘情愿地战死,成为危险的勇士。但是他并没有完全信任他们。他们都是无理性的,而像他这般理性的人需要去赢得这场战争。美国、英国和西方的其他国家都已经堕落了,但是他们仍然是残忍的敌国。美国是最为残忍的。他梦见数千的美国情报机构把他和他的人马送到关塔那摩和处刑的房间。他们有着他难以想象的刑具和武器。所以他需要完美。因为他和

91

基地组织是十亿穆斯林的代言人。总是伊拉克人被美国军人干掉，巴基斯坦人被以色列人的导弹给轰碎。我们为伊斯兰而战，他想。在"九一一"我们干得那么漂亮而准确。在这天搞袭击真是太天才了。用敌人自己的武器去炸毁他们最宏伟的建筑。他不介意目标都是平民办公高楼。或者把导弹对准民航客机。只要通过这手段把战争带到美国的土地上，基地组织就成功了。总有一天大批的穆斯林的战士能到处和异端的十字军战斗，正如他们已经在伊拉克干的那样。其间，基地组织会用现有的武器战斗，并且如果碰巧是这架的航班的话，那就更妙了。

卡德日对"九一一"只有一个遗憾。他想把国会大厦和白宫做靶子，而不是五角大楼，但是酋长坚持要直接攻击美国军队。不幸的是，五角大楼过于庞大，即使是一架客机也不能严重地毁坏它。破坏国会大厦能杀死数百个众议院议员和参议院成员。美国政府会陷入一片混乱。

尽管如此，这个攻击是个战略性的胜利。随之而来的是美国派遣他们的基督教十字军战士入侵两个穆斯林国家。整个世界都能看到在伊斯兰之境和战争之境之间的战争。和平之地与战争之地。但是"九一一"已经从世界的记忆里遗忘了。基地组织需要用力量提醒异教徒。卡德日多次想再撞在这个肥肉国家的脸上，直到鲜血从她的五官中涌出。而后他还会上一百次地蹂躏她，直到她撤回自己的军队，乞求和平。在像美国那样摧毁日本广岛、焚烧越南丛林之后，他将显示他的仁慈。不会多也不会少。

我们必须得赢，卡德日想。我们会做到的。因为真主安拉与我们同在。卡德日喝掉最后一口咖啡。他感到精神振作，精力充沛。攻击美国的想法总能让他激昂起来。

爱丝莉坐在桌前，翻看威尔斯的档案，寻找一些新的信息，但是知道那些东西不在这里。她左右摇摇头，试着放松自那天希瑟·穆瑞打电话以来的紧张。这个电话让中情局全体震惊，更为精确的说法，从办公室头头到知道约翰·威尔斯这个名字意味着什么的那些人。联合指挥部的主席文尼·迪多，即刻派遣了两名内部安全人员拜访希瑟和肯尼，但是他们从任何一个地方都没打探到更多情报。

　　爱丝莉再次看着测谎器的测试结果和威尔斯十年前加入基地之前的精神分析报告。他有吸大麻但是吸得不严重，他自己这样讲。偶尔会喝酒，从未得过性病。从未和男人做过爱，虽然在大学时自己曾参与三人同居。威尔斯无视于审问者的鼓励，他拒绝谈得更为详尽。明智的选择，爱丝莉想。像这样的东西会迅速地传遍整个兰利，除非你签了保密协议。

　　除大麻和两张超速罚款条以外，威尔斯从未违反过法律。他认为持异议是一项最根本的美国权利。他会在执行一个他认为不道德的命令之前退出。他从未看过精神病医生。很少做噩梦。他信仰上帝但是不会称自己为基督徒。在达特茅斯玩橄榄球时，威尔斯在与耶鲁四分卫的比赛中，他踢断了对方的腿。他没有觉得后悔。这个伤害是光明正大的，暴力是这个游戏的一部分。威尔斯唯一一次不同寻常的作答是在他被问到是否爱自己的妻子时。是的，我爱她。他答道，但是测谎器并不赞同这个答案。

　　中情局精神病医生在对威尔斯的评定上写出了明显的要点：威尔斯有高度耐力去冒险。他高度自省而不会过度的情绪化。并且极度自信。没有恋童癖和精神病倾向，但是他显露出极端暴力的能力。总而言之，威尔斯对特种行动队来说是一个优秀的候补，中情局的匣中利剑，他们的极秘特工。

对爱丝莉来说这些已不再是新闻。她看着威尔斯的照片记起自己第一次见到他的时候。那时她从伊斯兰堡一次恼人的派驻后回到兰利。她没有征募到任何重要的人员。不管她如何竭尽全力,巴基斯坦情报机构官员并没有把她当回事。如果她和在大使馆酒会上暗中爱抚过她的将军上床,或许她能取得一些进展,但是她拒绝了。

在漫长的三年之后,爱丝莉决定回美国,结婚,生孩子。她要求并接受调换到了助理参谋处。她总是过于苛刻地评价自己。她对自己在伊斯兰堡那段时间感到失望,但是爱丝莉的头头们称赞她是后起之秀;之后她在巴基斯坦征募了比其他人都多的特工。

这显露出中情局自冷战之后已僵化到了什么地步去了,爱丝莉想。不管它有多么虚张声势的神秘感,情报机构只是成为了另一个华盛顿的官僚机构。像所有的官僚机构一样。高级军官们发现总部的真正的行动,不是在实际的间谍活动而是那无聊的唧唧歪歪。他们很高兴把爱丝莉带回美国,在情报组织里她读取了从片区情报官那得到的电报,这些片区情报官们不知何故遗漏了巴基斯坦正在他们的鼻子底下研发核武器的事实。

接着沙弗让联合指挥部信服:中情局需要一些新兵打入塔利班内部。他选了威尔斯,爱丝莉知道这是那时她在去往农场的路上遇见威尔斯的原因。农场是中情局在弗吉尼亚州海岸的佩里营地的训练场地。威尔斯看起来像黑乎乎的阿拉伯人。高大健壮,也许有六尺二,二百一十磅,但是他并不把自己看做是士兵。他有一股看上去坚定不移却又睡眼惺忪的自信。实际上——即使是现在,十年后,记忆仍在她的脸上泛起了红晕——她见到他的第一个印象是他让自己显得像个性感十足的男人。并且深谙此道。太不合时宜了,她明白。特别是对一个职业女性以及快乐的已婚妇女来说完全不宜。但就是这样了。

更能说明问题的是，威尔斯会说阿拉伯语，并正在学普什图语和研习《古兰经》。他急切地同意去往喀布尔和坎大哈的侦察之旅。爱丝莉会成为他的管理员，尽管实际上和她没什么关系，但她希望威尔斯的行动与他的血统相配。

威尔斯在阿富汗绝迹了六个月，比他假定的长出一个月，然后又独身一人返回兰利。他报告说征募是不可能的。塔利班不接收外人。爱丝莉失望之余却并不惊讶。然后威尔斯说起本·拉登。情报机构把他当做恐怖主义金融家进行监视着；威尔斯却坚持声称他能做的不止这些。他说本·拉登正在阿富汗兴建训练营，并正筹备向美国与沙特阿拉伯发起圣战，但他缺乏特长。也没能看见训练营。他得到的信息都是道听途说的。爱丝莉对那一刻记忆犹新。

"人人都讨厌我们，"她曾经说过，"凭什么这个家伙就与众不同呢？"

"我曾经在喀布尔见过他一次，"威尔斯说，"他眼中有种不同寻常的东西。我们得认真对待这个人。"

"眼中有不同寻常的东西？"沙弗没有掩藏他的挖苦，"你甚至还没混进营里啊小子。你所知道的就是他们在那里烘烤蜜饯和唱'与主同行'。"

威尔斯像被打了一拳般哼了一声。爱丝莉想他之前从未像这次这样失败过。她的同情是有限度的。没有人总是对的，威尔斯越早吸取教训越好。欢迎来到现实世界。威尔斯站着，挨着她与沙弗并肩而坐的会议桌。

"我会回去。我会混进去的。"

"你不能。"

"批准它，把授权证书签了。我会混进去的。"

"好。"沙弗说。爱丝莉过后意识到沙弗自始至终都要想威尔斯这么说。

威尔斯真的混进去了。他从来没说过是怎样做到的，爱丝莉也从不问，既然答案毫无疑问会涉及到特工规则和违反美国法律。兰利不知道要拿威尔斯怎么办，大部分片区探员在晚宴派对上寻觅线人。威尔斯证明自己混入了基地组织，发回了他所了解的组织结构与计划。

一九九八年，经过数月沉默后，威尔斯报告说基地组织策划打击在东非的美国利益——极大可能是大使馆。但他没有具体细节，情报机关无法将他的警告关连起来。中央情报局没有太多兴趣，例行公事向国务院传达该报告，国务院又例行公事把它扔到别的地方。两个星期后，自杀式炸弹袭击者在肯尼亚和坦桑尼亚炸毁了美国大使馆。逾两百人因此丧生。情报机关这才开始更严肃地对待本·拉登和威尔斯。

就在千禧年前夕，新年前夜，威尔斯帮忙破坏了两起在开罗两间酒店的爆炸袭击计划。阴谋进行到最后阶段时被破坏了，情报机关相信如果没有威尔斯，这次计谋会得逞。在最后一次与爱丝莉的接洽中，威尔斯说他将前往车臣。他自荐参与任务以重建忠诚。自那次埃及计谋失败后，基地组织的副官曾公开质疑他是否该为此负责。他曾说过，我每天都得向他们证明自己，他们并非百分百地信任我，我也不确定他们以后会怎么样。爱丝莉连想也想象不出他所面对的压力。

然后是一片沉默。威尔斯与情报机关的联系仅仅是单向方式。爱丝莉没法联系上他。然而，自千禧年策谋之后，兰利把他视为法宝，如果其他一切搞砸了，他也是最后的保障。但在"九一一"事件中，这张好牌却成了笑柄。或者说威尔斯的前度支持者是如此相信他，特别是当他在二〇〇一年末写了份秘密记录便销声匿迹后。爱丝莉有一种很强烈的印象，觉得文尼·迪多希望威尔斯已经死了。如果死了，威尔斯变成了一个做出终极牺牲的特工，一位英雄；如果活着，最好的情况下他只是一个失败者，最坏的情况下他是一个叛国贼。当然迪多太聪明了，他不会把威尔斯作为他阻止"九一一"发生的替罪羊。但一旦威尔斯再出现，迪多将倾巢而出毫不留情。

如今，爱丝莉看着威尔斯的档案，疑惑着有没有可能迪多是对的。她无法理解为什么威尔斯在隐瞒情报机关和她的情况下回到美国。她翻开档案页。

问：你对踢断他的腿感到抱歉吗？

答：这是一个正当的袭击。暴力是游戏的一部分。

问：就是说你不感到抱歉？

答：一点儿也不。

万一威尔斯成了双料间谍呢？万一他已经决定对抗美国的暴力是游戏的一部分呢？爱丝莉摇了摇头。如果威尔斯真的想藏起来，将不会联系其前妻。然而，爱丝莉仍希望他会回来报告。尽快地，在有什么发生之前。

约什·戈德史密斯不想太紧张，但他控制不住自己。今早是星期四。他的受戒仪式将在两天内举行，在此之前他还要于周五晚发表讲话。似乎已经是第一千次，他看着他本应去看的旧约的复制图像，以确定自己已把它记熟。

门上的一阵敲击声惊吓了他："甜心，准备好上学了吗？"

他摇一摇头，烦躁地说："妈，我在学习。"

"你会赶不及吃早餐的。"

"我很快就好了。"他快把喉咙喊破了。上帝，他真可怜。他会像一个正常孩子那样度过青春期吗？

"至少把你的袜子穿上。"

"知道了，知道了。"正如大部分改革派犹太教信徒，戈德史密斯一家并不是特别虔诚。但约什是一个热心好学的孩子，他为自己受戒仪式的庆典努力工作。然而他依旧很紧张，既因为周六晚的庆典，也为了其后的派对。学校里的大部分孩子都拒绝了他们的邀请。约什试着不要对此太难过。他真正的朋友无论如何也会到场。他看着肖恩·格林——第一个犹太棒球员，曾经在他心爱的道奇队，如今转会去了亚利桑那队——的海报张贴在床的上方。

"忧郁地思考……"约什喃喃自语，道奇队的座右铭，这些硕大的字母可在山腰被看见，山腰越过道奇训练室的停车场，"忧郁地思考，忧郁地，忧郁地。"忧郁地思考。他向上伸出一个拳头并拍了一下肖恩·格林。他已记熟了他所读的东西。他会没事的。

铁皮鼓在小货车的悬头灯下暗淡地照耀着。卡德日用一条手帕掩着他的嘴，以免吞吸进太多灰尘，登进小货车的载货仓。他在货车后门抬起鼓起锈的上方，并用手指抚摸那占据鼓面四分之三、脱了白漆的小块儿。货车里载着成打类似的鼓，里面总共有约二千七百磅的硝酸铵。卡德日已经试验过第一个炸弹，它比其他那些体积更大，被藏在北面五十公里以外的图莱里的一个车棚的小型货车内。

卡德日自顾自地笑起来。没人会觉得阿茨或法克尔是了不起的人，但制作一个好的铵油炸弹①不需要什么了不起的素质，只要有耐性和一双稳定的手。他的人两者兼有。阿茨和法克尔按照在营里被教导的方

---

① 铵油炸药由销酸铵和燃料油混合制成，由于其原料容易获得，恐怖分子极为喜爱，以此即可制成炸弹。

式，用电线把引爆首次爆炸的硝化甘油炸药和桶连在一起，并按聚能装药安排硝酸盐桶的配置，以实现爆炸威力的最大化。卡德日再一次检查线路，一切都井然有序。他们只需倾泻燃油，搅动，扇动。

卡德日想，铵油炸药是炸弹袭击者的梦想。政府可以打击防空导弹和机枪，但是，只要农民需要化肥，卡车司机必得驾驶，硝酸铵和炸弹的燃油配料将在世界各地都可以提供。更妙的是，铵油炸药不会挥发。在被混合之后，它可以被驱动数百英里而没多少意外引爆的危险，当你的目标位于主要城市内——比如说，洛杉矶，这是很方便的。而且，铵油炸药令人震惊地有效。整整一货车的东西将轰掉一座办公楼，正像蒂姆·麦克维和特里·尼克斯已经在俄克拉荷马城证明的那样，在上世纪七十年代，美国军方甚至还曾用它来模拟核爆炸。

在前一天晚上他完成了自己的目标侦察，尽管如此，他也没有为自己花时间检查炸弹而感到抱歉。在美国航班计划出问题后，他打算亲自确保此次行动的成功。这次爆炸将是一个对接下来的特大攻击至关重要的转移，他不能允许再次犯错。

他细致地计划好这次袭击。那辆卡车和货车是无法追踪的，它们是用假名进行现金交易的。类似地，法克尔和阿茨已经一次一百磅地建立起自己的硝酸铵贮藏地，同时秘而不宣。直到两星期以前，他们跟车夫似的工作着，并住在沙尘滚滚的壁垒社区一间地下公寓内那儿位于洛杉矶市中心北部，他们按月租住，总是按时交付现金。这是他们的第五个公寓了；卡德日坚持他们得每年都搬家，因此邻居从未跟他们友好起来。即使壁垒社区因其温情而广为人知，情况也没有改变。

目前法克尔和阿茨正住在日落大道一家廉价旅馆里，这里对身份确认不大严格。他们分房住，并假装不认识对方。尽管如此，为了最大程度地保密，卡德日不会跟他们在一块待太久。在今晚执行任务前，他将只探望他们一次，以确保准备就绪。当炸弹引爆后，他们中将没几个得以存活下来。

"……十二……十三……十四！"

多特·班纳特举起胸口上方的金属杠铃，双臂颤抖着使尽力气："再来一次，不要帮我。"他向他的监训员贾维斯咆哮道。他放低杠铃，然后又把它推高，像跟重量战斗般呻吟着。重复举重二百五十五磅十五次可不是说笑的。

"差不多了。"贾维斯说。终于，班纳特尽量伸展他的双臂，胜利地咆哮着。随着一阵铮铮的巨响，他把杠铃引回其金属底座。

"二——五——五。"

"教练们都恳求你签名。"

班纳特二十岁，是克兰肖高级美洲豹的前任中后卫，一个对学院一流球员来说慢了一步，矮了几寸的人。自前年毕业后，他曾试过增磅，希望能再增加三十五磅并成为一名前锋。但他知道贾维斯说的是空话。尽管有蛋白质混合饮料与每日的训练，他仍然只有二百四十磅，还差二十磅。在没有类固醇的情况下他是没有机会了，他拒绝了注射增加体重，虽然这样他就可以成为洛杉矶加州大学第三个作假绊跑手。

在付账的时候他想到了接下来要做什么，班纳特在好莱坞的天堂俱乐部找到了一份当保镖的工作。可能对于第一选择足球来说他弱小了点，但在现实世界中，他看上去是足够吓人了。而且他又有股暴躁的脾气，作为一名保镖这是一个很有用的特征。他喜欢这份工作。薪酬很好，一晚有一百五十美元的现金，不时地，从那些尝试越界的醉酒白男孩儿那里，能再赚上二十美元，他也喜欢看着人们怎样尝试着进来，或意识到他们进不去。其中一些保持冷静，一些变得愤怒。这一切都是为了花二十五美元听一些吵嚷得无法听清的音乐。人们有时会显得很愚蠢。

　　但他并不想一辈子只是一个保镖。他曾考虑过加入军队，在没有足球奖学金的情况下获得进大学进修的机会。再者，他有点儿想念和他一块玩球的一伙人。有人朝他叫嚷，让他加油。战争可不是开玩笑的，他知道一个美洲豹的男孩儿在伊拉克炸飞了一条腿，但他已看过足够多汽车上的射击，他知道每个人或迟或早都将死去，或者加入战斗。

　　在卡德日打开门前，他就已经听到二〇二室里那部破旧的电视在播放美国有线新闻。里头，阿茨和法克尔肩并肩地坐在床沿，电视在三尺开外，它的光线在他们眼中闪烁。卡德日想，他们看上去就像吸血鬼。行尸走肉。当他关上门时法克尔一跳而起。他的双眼闪过卡德日，回到电视上，最后落到摊开在角落那张桌子上的《古兰经》。汗渍弄脏了他蓝色按扣式衬衫的腋下，卡德日并不为此恐惧感到惊讶。即使理由是正当且奉天而行时，面对死亡也不是一件愉快的事。现在他们已经开出车辆，把衣服甩掉，法克尔和阿茨除了沉思自己的死亡率外就没别的事可以做。

　　卡德日转向法克尔，很快很紧地拥抱了他。

　　"法克尔。"

　　"阿布·穆斯塔夫。"他们不知道且将永远不会知道他的真名。

　　阿茨站起来，卡德日也拥抱了他。

　　"兄弟们，"卡德日用英文说道，他示意法克尔和阿茨坐下，"兄弟们"他又说，"酋长他自己等候着这晚，"他指向电视，"今晚异教徒们将看到新闻。今晚他们将亲自见证我们的威力。"

　　法克尔的左手不由自主地抽搐着。

“法克尔。”

“要是我们失败了怎么办，阿布·穆斯塔夫？”

“我们不会失败的。”卡德日说。他们用二十分钟排演了一下计划及紧急状况：要是其中一部卡车跑迟了，或被截停该怎办？又如果炸弹没能引爆呢？卡德日集中在细节上以确保袭击的不可避免。当他们讨论了各种可能性后，卡德日拿起《古兰经》并翻到八十七章："至高者。”

“让我们一起念颂。”他说。

“Bismallah rabmani rabim.....”他们吟唱道，“奉至仁至慈的真主之名……”

三人全都对这章稔熟于心。像很多穆斯林小伙一样，作为孩子，他们甚至在还没学会识字之前，就已记住了《古兰经》里的一些重要诗节。当接近祈祷的高潮时他们会放慢节奏，这是一些卡德日希望他们能记住的句子。

> 有教养的人确已成功，
>
> 他纪念他的主的尊名，而谨守拜功。
>
> 不然，你们欲选择今世的生活；
>
> 其实，后世是更为美满，是更为久长的。
>
> 是的，这已记于经典之中，
>
> 载在易卜拉欣和穆萨的经典中的。

卡德日看了眼他手下的手。法克尔眼中的恐惧已经退去。“后世是更为美满，是更为久长，”卡德日说，“我嫉妒你们，兄弟们，你们很快就会身处天堂了。正如《古兰经》第二十二章中写道的：赞美安拉，安拉是真宰。”

"他能使死者复生，他对于万事是全能的。"阿茨念完了那句诗。

"是的，"卡德日说，"现在让我们把异教徒，"——那些不信者——"送下地狱吧。"

约什·戈德史密斯想：这场仪式将会永远持续下去的。贝弗埃尔教堂①的诵经台在前厅的台阶上，他坐在诵经台上，尽量不去看他的父母。尽管毫无理由，他依然很紧张。圣堂里的人大都是亲戚朋友，要不就是圣堂的常客。约什穿着一套灰色的新西装，一件白色衬衫，戴着条自己挑选的印有蓝色小兔子的红色领带。他尝试着放松，瞥了一眼表，已经九点三十五分了，快到他上场了。

车程一如法克尔所预期般长短，在过去的一个月里，他已在这条线路上往返多次了。他开着白色道奇车直向南边的威尔希尔驶去。到了十字路口的时候，他准备加速。交通灯已从红色变成了绿色，法克尔踩下刹车，在道奇和前面的车之间腾出更多空间。几秒钟后，他一踩油门，道奇猛地冲到前面。

"让我们刚成年的约什·戈德史密斯，来到麦克风前主持仪式。"纳什曼拉比说。约什感到双腿在颤抖。他的姐姐贝齐在前方看着他，假装挖鼻子，他的母亲立即用胳膊肘重重地碰了她一下。他望着她笑了笑，放松了些。在场的人们都只是家人和朋友罢了，他忧郁地想着。

---

① 洛杉矶市的犹太教圣堂。——译注

法克尔将车驶到教堂东北角的阶梯旁，一个靠十字路口最近的角落。一个中年的保安还没来得及站起来，旅行车已把他逼到旁边，直冲进了教堂的大门，开到了圣殿外的大堂。法克尔向门冲去，尽管他不能开进圣殿内，但这并不重要。

　　不要害怕，法克尔对自己说，动作得快点。"真主至上！"他大声嚷道。

　　他拍了拍引爆器，一个由连接着一条黑色粗电线的塑料盒子，线的另一头接在乘客座位上，因此它不会在他开上阶梯时弹起来。他把它从座位上拉下来，看了一会儿，按下盒子中间的按钮。

　　就在约什差点就拿到麦克风时，外面响起一声巨响。会众一起转过身，有三个人甚至站起来走出去看发生了什么事。

　　按钮被按下了。电流迅速通过电线到达连接着放在车后的炸药的爆炸阀。雷管爆炸了，不一会儿，铵油炸药突然发出更大的爆炸。

　　圣殿内，世界终结了。

　　这次爆炸和好莱坞电影里的汽车爆炸看上去没什么不同——冒着浓烟的火球从车窗中冒出，车体却没有什么损伤。那些爆炸是由像黑火药那样的低级炸药造成的，过分夸饰而没有多大实际威力的爆炸。销化甘油炸药造成的爆炸强度则不同，它不燃烧，引爆后立刻从固体变为气体，释放出巨大的热量。

　　还不到一秒钟，法克尔和他的车就消失了，爆炸产生的气体冲出车外，以每秒两英里的速度伴随着巨大的气压向前推进。爆炸在犹太教堂中造成了巨型的旋风，风力强至自然界中的旋风风力的五十倍。

爆炸形成的气浪和碎片冲开了教堂后面的墙壁，圣殿内的每个人都被气流和热浪撕成了碎片，其他的人则在温度高达几千度的火球中被活活烧死。没有人可以逃走，或藏起来，或者躲开。能活下来仅仅是因为好运，或是离爆炸点较远。约什的父母站在第一排，他们比他站在后面第六排的表兄们好运些，站在墙边的叔叔诺尼，则没有丝毫生还的机会。

很快，气浪改变方向，涌向气体稀薄的区域。爆炸摧毁了天花板，房顶被气流顶穿，本来列成一排的墙壁变得十分脆弱，无力支撑房顶。从教堂的后部直到前部，屋顶迅速落下，数吨的水泥、木材和钢材落在爆炸中幸存的人们身上。

对约什·戈德史密斯来说，天花板的坠毁是一种解脱。

不幸的是，爆炸发生时约什正好站着，所以身上接到了更多的爆炸碎片。车辆飞出的铁片把他的脸变得血肉模糊。一块大铁片插进了他的腹部，几乎把他的肝脏割成两半。他浑身都布满了划痕。幸运的是，他的痛苦仅仅维持了几秒钟，直到一块水泥板砸碎了他的头颅。

这不过是好莱坞大道上又一个平常的星期五。敞篷车和戏法车慢慢地行驶，低音乐器发出低沉的噪音。这个夜晚热得不像四月天，穿超短裙的女孩子们挑逗着穿紧身 T 恤的男孩子们。一辆红色的兰博基尼迪艾宝和一辆黑色的凯迪拉克凯雷德争相吸引着人们的目光。游客们在对格劳曼的中国剧场拍照。在好莱坞大道和伊瓦街的转角处，成群的孩子们正在排队进场，那是一家吸引了大批《河谷》剧迷的酒店。大道另一边，许多警察守卫着，正在阻挡上百个参加《数字》的首映式的影迷——那是一部关于一个疯狂会计师的做作的恐怖片，在电影制片厂里放映，那是座类似于伊瓦街酒店的建筑。

东边的两条街道中间，停着辆尼桑阿尔提玛车，卡德日从车里看着阿茨的车像蛇一般地驶进了西边的好莱坞。虽然卡德日并不觉得他会遇上什么麻烦，阿茨还是迟缓了几分钟。警察和消防员们应该刚赶到犹太教堂。他们需要一小时间来想明白自己正面对着一个作案现场。他们的第一反应应该是立即关闭市里其他的犹太教堂，而不是在好莱坞找炸弹。尽管如此，卡德日还是希望阿茨能抓紧时间。

卡德日的车停在爆炸所辐射的范围之外，可是依旧能够感受到爆炸的威力。他知道他本应该已经离开洛杉矶，但他没能控制自己，他希望亲眼看见自己的成果。他已设计好了逃跑路线，自然是向东，到亚利桑那州的凤凰城。他还可以停留几天，犯不上着急，把那辆阿尔提玛停在天空港国际机场，然后飞往墨西哥。没有人会注意到那车，而且，那部车也不会再和他有任何瓜葛。

卡德日看着路过的男男女女们。那些向东走的人会活下来，而那些向西走的则在步向死亡。他们的死活不在他的考虑范围之内，他并不比美国的将军们对美国袭击的城市的人们的安危所操的心多。这就是战争，而战争往往会杀害那些并非是作战者的人。这些人并不无辜，尽管他们乐意这样想。任何一个美国人，都不是无辜的。

他在方向盘上敲打着手指，焦急地等待着爆炸。

班纳特交叉着手站在天堂俱乐部外，离好莱坞大道和伊瓦街只有半条街远。天堂比伊瓦更难进，队伍虽窄些，但更难控制。今晚很早的时候，一条队伍就形成了。

"婊子！"

"浑蛋！"

队列前有两个二十出头的家伙，一个是白人，另一个是西班牙人，正在相互谩骂。班纳特走上前去。"放松点。"他说。他们立即同时向他申诉。

"这个同性恋推我。"西班牙人说。

"他死盯着我的女朋友。"

"那个肥胖的婊子吗?"

就在那一刻,白人小伙子上前了一步,疯狂地向另一个人扑去。班纳特在他触及对方之前抓住他的胳膊。这种争执通常比较晚才发生。远远地,班纳特听到西边传来刺耳的警报声,许多警报声。

白人小伙子试图从班纳特手里抽回自己的手。"你叫什么名字?"班纳特说。

"米驰。"

"米驰,你向这边走。"班纳特说,指向西边。他转向那个西班牙小伙子:"你叫什么名字?"

"里奇。"

"里奇,那边。"他指向东边。

"可是兄弟——"

班纳特摇摇头:"走吧。"

他们看着班纳特粗壮的胳膊,开始走开。他看着他们,直到警报器刺耳的鸣响引起他的注意。好莱坞的周五晚上常常嘈杂不堪,但今晚的情况却很异样。

冷空气从三菱卡车的空调气孔中冒出,但阿茨依然大汗淋漓。车里混杂着刺鼻的臭气和他的恐惧,掩盖了他准备走上天堂之路前喷在身上的玫瑰香水的淡淡芳香。九点四十五分,已经迟了五分钟了,他还没到那儿。更糟糕的是,他感到自己的决心正在慢慢减弱。在汽车旅馆的时候，他还是很有信心的，但随着关键时刻的一步步逼近，他不能继续压抑自己的恐惧了。按下按钮的时候，会痛吗？如果他没能上天堂怎么办？当然，他知道他会的。《古兰经》是这么说的。阿布·穆斯塔夫也是这么说的。他会成为殉教者，殉道者，由最美丽的纯洁童贞女包围着，喝上最清纯的水，品尝最甜美的食品。

"真主确已用乐园换取信士们的生命和财产。"第九章说，"他们为真主而战斗；他们或杀敌致果，或杀身成仁。"

因此，他知道他会上天堂。

但万一他不能呢？

头顶上的交通灯已经转为绿色，可所有的车都还没有动。阿茨按着喇叭前倾身子，终于，前面那辆车慢慢开动了。他看着周围的街道。这些人在雾气中散步，他们的士兵们却在伊拉克强奸囚犯。他们抽干了世界上的石油，过着国王一般的生活，而穆斯林的孩子们却不得不忍饥挨饿。他们不善待自己的身体。他们信仰错误的神。他们是废水沟里的猪。他们所做的一切都是被禁止的。想到这里，阿茨内心充满了怒火。他没有恐惧的理由了。他们该死。这是安拉的意愿。

灯再次转为绿灯，阿茨缓缓地开过好莱坞大道和伊瓦街的十字路口。人群拥挤在人行道上。就是这个地方，阿茨停下车。他拿起引爆器，从一只手到另一只手来回送。

我做不到，他想。安拉，原谅我，我做不到。

卡车里，时间慢慢流逝。阿茨知道他必须作出决定。人们都在看他，很快，一个交警就会走过来让他离开。但他感到自己似是瘫痪了一般。拇指在引爆器上缓慢地抚摸，他十分轻地触碰按钮，感到指尖的恐惧。他向车窗外看出去，默念着第一章。

"奉至仁至慈的真主之名……"

现在，他告诉自己。现在，或者永不。

他按下了按钮。

第二次爆炸远比第一次的威力更大。爆炸形成了一个十五英尺深、三十英尺宽的大坑，喷射出一团巨大的浓烟，还夹杂着大量碎片，五百英尺高的火舌直蹿向天空。没有墙壁的阻挡，强大的气压夺去了方圆八十英尺范围之内所有人的生命。卡车附近的人被撕碎、烤焦；远一些的还依稀可以辨别出人的模样，尽管大多都已四肢不全。有些死者看上去基本上没有受伤，爆炸产生的气流没有伤害他们的身体，却把他们的脑子震成了糨糊。

爆炸部分地损毁了四座建筑，包括街对面伊瓦电影制作厂那座楼房。那里燃起熊熊烈火，由于只有一个出口，恐慌与混乱无可避免地蔓延了整座楼房。超过八十五个人或是死于人群的相互推攘，或是死于火灾。

仅仅在爆炸后的一会儿，街道上降临了恐怖的寂静，漫溢着一种怪诞的平静。接着是骚乱：汽车的警笛响个不停，火龙咆哮，人们的尖叫——几乎已难以辨认出这些尖叫声是属于人类的了，尖锐而刺耳，在混乱中起落不断。

班纳特发现自己躺在地上。他撑起身体，奔向残垣断壁，甚至没有注意到脸上的血。他不知道要跑向哪里，要做什么；他多么希望自己曾参加了克伦肖的急救训练。

他慢下来，不小心踩碎了一副本来就坏掉的眼镜，差点被一个他本以为是蓝色牛仔包的东西给绊倒。他回头一看，发现那"包"竟是一条腿，一条没有连着身体、不再连着身体的腿。地狱，这是人间地狱。

不远处，一个男子被一台黑色捷达车压在下面不得脱身，正虚弱地呻吟着。那是里奇，排队的那个小伙子。天哪，班纳特想，是我让他走向这边的。

里奇无力地打着手势："该死的，帮帮我。"

班纳特把胳膊伸进那辆捷达，但它纹丝不动，他又试了一次。

"现在怎么样？"他大声嚷道。

班纳特看见，里奇渐渐可以动了。

"慢慢来，别着急。"一个壮硕的白人汉子过来帮助班纳特。他们一起抬车，将捷达弄高了一点点。另一个男人拉着里奇的胳膊，开始把他向外拉。

里奇发出痛苦的尖叫，这是班纳特所听到过的最悲惨的叫声了。那辆捷达压着他腿上的神经，痛苦几乎是包裹着他。现在他们可以再来试着抬一次了，里奇开始知道他痛苦的真相。

"里奇，里奇……"班纳特说。尖叫已变成了呜咽。他握起里奇的手，看着他，"救护车很快就会到了，只要……"里奇昏死了过去，他的手失去了知觉。班纳特看着另两个人，他们无声地离开了，把里奇留在那儿，另外去找他们可以帮助的人了。帮助？班纳特从未感到如此无助。

那一刻，班纳特决定第二天就签约参军。不管是谁做的，他要杀了他。这是他唯一能做的了。

卡德日在后视镜中看见卡车灰飞烟灭。过了一会儿，爆炸使他的车振动得咯咯直响。他发动了车，开走了，小心地控制着速度，心想，他和他的手下今晚在美国引发了大爆炸。KNX已经在报道韦斯特伍德的犹太教堂的爆炸了。但在他到达高速公路前，喜悦就消退了。还有那么多的工作等着他。

他的下一个任务，将使今晚的行动黯然失色。

如果能被及时送到医院的话，里奇·古提尔兹或许还能活下来，但两场接连而来的爆炸让洛杉矶的警察和消防队猝不及防，根本忙不过来。他们曾对一次爆炸进行过演习，但还没有遇到过两场相隔几里的爆炸相继发生的情形。救护车到达好莱坞的爆炸现场时，里奇和原本在初次爆炸中的幸存者们已经死了。

两周后，当最后一个受害者也在西达的"西奈山"死去，关于失踪者的报道也已经停止的时候，洛杉矶爆炸的死亡总人数已经达到了三百三十六人：一百三十二人死于犹太教堂，二百零四人死于好莱坞。这是继"九一一"以来最可怕的恐怖袭击，当基地组织承认是他们所为时，没有人感到意外。

爱丝莉在电话前守着。她没有充足的睡眠。原本对她而言很容易跨越的沉睡与清醒的界线，这些天来似乎被伤人的电线和破碎的玻璃捆绑在了一起。她拿起电话，听到沙弗的声音："詹妮弗，过来。"她的收音机电子钟显示时间为十点十五分，深夜，"发生了爆炸。在洛杉矶。"

她的思维像被钉住了一般。

"很糟糕，两起爆炸。"咔的一声。

在她去兰利的路上，她拧开收音机，洛杉矶市长正在宣布紧急戒严将在一小时后开始："只有警察、消防队和医院的车辆可以出现在紧急场所，其他车辆都是逮捕的对象。紧急场所的范围划定在桑塔莫尼卡高速公路到南边的……"

她关掉收音机，环视淹没在黑暗中的寂静的高速公路，试图想清楚为什么有人会炸死那些在周五晚去游玩的孩子们，但她想不明白。当然，从逻辑上她能想明白：她知道一切不对等的战场，恐怖分子和失败的政府的关系，以经济或宗教作为动机的自杀性袭击。但那些词语最终都只是裹着空盒子的无意义的包装纸。没有任何东西能使这些炸弹合法化。她无法控制自己把这些袭击者们视为野蛮人，一些比人类低级的生物。

她当然也知道他们对美国人的看法。

在兰利，没有人需要重述显而易见的事实：美国的智慧和法律保障彻底地失效了。又一次，数百个美国人死去，线索却至今不见踪影。携带炸弹的人不再存在了，他们已彻底消失，联邦调查局没有可能再找到任何可提供 DNA 样本的身体组织。此时，不管怎么努力，他们都无法找到线索。

但他们确实有怀疑对象，到办公室时，爱丝莉便意识到了这一点。迪多的一个助手一直在等爱丝莉来，为确保安全，请她把威尔斯的资料给他。"这是给文尼的。"助手说。她没说什么，只是打开她的保险柜，把资料给了助手。

就在她看关于第一起爆炸的资料时，沙弗出现了："你的直觉？"

她不需要问他是什么意思："不是他。"

"解释一下。"

"首先，他刚刚到蒙大拿。这些事情不能在一天内准备完毕。"

"第二呢?"

"第二,如果是他的话,为什么他要冒险拜访他的前妻再引发爆炸呢?"

"第三呢?"

"第三,就算他是个背叛者,他也不会攻击没有反抗能力的目标。"

"他是个喜欢暴力的人。"

"不会是针对普通市民,他不会那样做的。"

"第四呢?"

"我没有第四点。"

沙弗举起拇指和食指,两者隔开一寸远:"迪多准备发出关于威尔斯的一份电子简报,它滴答闪烁着。"那是给警方和联邦调查局准备的。

"证据呢?"爱丝莉问。

"证据就是他对他的手下刚杀了三百人而显得极度害怕,并且他想早他们一步动手。如果真是威尔斯干的,他至少要被枪毙。而按照通常情况来讲,我们也得进监狱。"

"他没有。"她语调的坚决令自己都感到诧异。

"来吧,我们跟文尼谈谈。"

就在那时,电话响了。

"什么事?"

"詹妮弗·爱丝莉吗?"一个男人问,她立刻认出了他的声音。

"你在哪儿?"

"这里。华盛顿。"

她不能自已地说道:"谢天谢地,约翰。"

"我想我需要加入了。"

113

"是的，"她说，"你需要。"

5

"真是个错误，"威尔斯再一次说道，"我犯了个错误。"

爱丝莉、沙弗和迪多坐在他对面的一张会议桌旁，这是个狭小、密闭的房间，完全不是那种标准样式的办公房。在房间的每个角落都很明显地摆放有一台摄录机，墙上铺着隔声垫，表面上，隔声垫意味着监听这个房间里谈话的任何努力都会付诸东流。实际上，隔声垫和摄录机都是些信号，威尔斯明白：这是一个严肃的房间，自己处于严重的麻烦之中。一个正装的男人靠着最远的那堵墙坐着。他没有自我介绍，威尔斯觉得他是个律师。他无须去猜那位站在门旁边的、穿着无领便衣的护卫员，他的手搁放在挂在臀部的格洛克手枪上。

甚至没有人装出一份亲近的样子来。在他们让他进房间之前，门卫从头到脚搜查了他一遍。在他被允许见爱丝莉和沙弗之前，重又被搜查了一遍。他们见到他只是握手示意，没有拥抱，犹如他是从一趟去往底特律的三日销售之旅后回来的。威尔斯没有流露出半点惊讶。

"约翰，"沙弗开口说，"我们有些问题要问你。"威尔斯从爱丝莉一开始看他的眼神中就看到了一些欲言却休的闪烁，但是这注视很快就消失不见了。如果她很高兴见到他，她把这些都隐匿了起来。

在离开基督教青年会后，威尔斯买了一张从密苏拉到华盛顿的灰狗巴士票，在世界开始旋转之前这是最后的独处的机会。他计划在抵达华盛顿之时知会中情局。两周前他在白沙瓦见到了扎瓦希里。两个

114

礼拜的自由对他之前在世界边缘所度过的岁月来说还是公平的。

在巴士上威尔斯感到平静而沉重。好像他的血液已被冷却，静脉里满是尸体防腐液。他翻查《古兰经》，归类那些在他流逝的光阴里所丢失的事物。他的母亲、他的前妻、他的儿子，虽然他不希望永是如此。但是他仍然有机会从那些相信真主给予他们许可去毁灭美国的人那里，去保卫自己的国家。

现在他对自己大发雷霆。这个世界一直运转不息，只是他并没有留意到。三个小时后灰狗巴士在华盛顿破烂的巴士站进站，威尔斯听到了洛杉矶的相关报道。他立刻知道自己应该在一抵达香港时就报到的。这个袭击会让中情局大动肝火地怀疑他。

他向自己承诺，不管他们对他说什么，自己都会保持冷静。他会说服他们相信自己，或许他们永远不会给他另外的选择。所以威尔斯概略地叙述了自己在西北边境度过的年月，离开伊斯兰堡后的数周时间，他待在哪里，如何旅行，在肯尼迪机场办理移民手续所用的名字。他告诉他们自己在白沙瓦和扎瓦希里、卡德日以及法鲁克的会谈，这些人如何在不知会任何具体的任务的情况下把他遣往美国。

"不是洛杉矶?"迪多问道。

"对。"

"你不知道半点儿洛杉矶的事?"

"当然。"

他用所能说出的最平静的语气道歉了。为进入国境之后没有通知他们，为自己在巴基斯坦没有伸出援助之手。为未能刺杀本·拉登。他极力地解释。但是他清楚自己不能给他们真正想要的：上一次袭击的情报，或是下一次。

在办公桌那边，爱丝莉感到自己的胃部一紧。迪多以前从未见过威尔斯，所以他不知道威尔斯在基地那里留下了些什么。但是她知道。不仅仅是他脸上的皱纹或是手臂上的疤痕。威尔斯眼中的自信没有消失，但是里面掺杂了其他一些什么，一种她以前从未见过的谦卑。

而且威尔斯的故事是说得通的，他想见见自己的家人，独自一人地待上数天。或许迪多不能理解这些，但是她能够。这些不是犯罪。她想拽着迪多的胳膊对他讲，难道你看不出他是站在我们这一边的吗？但是她没有这样做。她不想快速地失去自己所有的一点点权力。迪多能很明确地判决威尔斯是没有价值的，即使他仍然忠诚。他没能阻止"九一一"和洛杉矶事件，所以要审问他。

告诉迪多她能在威尔斯的目光里看到诚实会使她直接调任到渥太华去，去从事看守加拿大国会这项富有情趣的工作。所以她紧闭上嘴巴，同时听着迪多发问。这时门打开了，迪多的助手走了进来，在他耳边小声地说了些什么。"我很快就回来。"迪多说，然后走了出去。

迪多离开后，威尔斯看着爱丝莉和沙弗。他想知道他们是否同迪多一样憎恨他。但是他不能在这儿，在有磁带录音和律师记录的情形下，去问他们。威尔斯不想连累他们。而且，他可能会不喜欢那个答案。

爱丝莉朝他探出身："约翰。"她轻唤了他的名字。

这是她所说的全部。而且这就够了。威尔斯感到自己体内一阵放松。

迪多回来时手里拿着一个塑料包，是个透明的塑料犯罪证据包，包上系着一条监管链的标签。他把这个包拍放到桌上："这他妈的是什么？"

威尔斯的《古兰经》。

这样看来他们搜查了他的房间。他给过他们自己入住的旅馆的名字，"这要看你是有许可状，还是只是破门进去的？"威尔斯平等地说道。

迪多指着《古兰经》。

"我是穆斯林，"威尔斯说，"那是我的《古兰经》。"

沙弗抱住了脑袋。

"你是穆斯林？"迪多叫道，"这是什么时候的事？"

"约翰，"爱丝莉说，"你的档案显示你在研学宗教——"

"詹妮弗，闭嘴。"迪多叫道，他没有把目光从威尔斯身上移开，他靠在桌旁，几乎是喷出话来，"你改变了信仰？什么时候的事？"

威尔斯给爱丝莉几分钟帮自己辩护，但是她没有这样做。

"这些不是同时发生的。"

"你承认自己是个穆斯林信徒了？"

"是的。"威尔斯平静地说。对这个浑蛋他还没有失去耐性，"我对皈依伊斯兰教感到有罪。"

"你这个操蛋的家伙。"

"随你怎么骂吧。"他的声音还是那么平静。

"我他妈爱怎么做都行。"

"冷静一下，文尼。"沙弗说道。

迪多一言不发地看着沙弗。威尔斯不知道这两个人是否给他玩了什么把戏，一个好警察/坏警察的模式。

"跟我们说说是怎么回事。"沙弗说。

"你知道我的外祖母是穆斯林，"威尔斯说，"我假装是在营地获得信仰的。但是我研学得越多，越发觉得相似。"

"所以你就改变了信仰？"

威尔斯被疲乏和空虚所淹没，这种空虚在威尔斯跪在母亲坟前时就席卷了他。但是他不能在这张桌子前表现出软弱。他的信仰可能动摇，但是他不会泄露给迪多："改变。接受。我不清楚怎么称呼这种东西。伊斯兰教比基督教更完整——不仅仅是信仰，而是一种生活的方式。"

"哟，如果你生活的方式里没有包括自由和民主的话。"迪多说。

"土耳其有民主。"威尔斯说。

"如果你的孩子们按他们的方式生活你就不会这样想了。"

"我同你一样憎恨他们。"威尔斯说，"他们滥用了《古兰经》。瞧，基督教也同样不是完美的。杀光他们，让上帝将他们挑选出来。你知道这些话是出自哪里吗？"

"启蒙我吧，聪明的孩子。"

"八百年前，一支天主教军队袭击在法国城池里的一支基督教派分支出去的卡特里派教徒。那城叫贝西亚。但是这个军队遇到一个问题。在贝西亚城里天主教徒同卡特里派教徒混在一起。所以这些兵士询问指挥他们的修道士：'我们进入城中时该做些什么？怎样从卡特里派教徒里分辨出我们自己的天主教徒？'知道这个修道士说了什么吗？"

"请接着讲下去。"迪多脸上出现了一丝兴奋。

"他说：'把他们全杀光。主会辨认出哪些是他的子民。'"

迪多站起身来，探过桌子，他的脸离威尔斯只有几英尺。

"别扯狗屁了。"他平静地说道，"你在这儿谈你他妈的寓言故事，不管这些狗屁是些什么，傍晚时你的伙伴们袭击洛杉矶！如果我想从你那学历史课我会问你的，你改变宗教信仰期待着什么？你可能比我想得到的还要蠢。真是个婊子养的无赖。"

这一次迪多真的发火了。威尔斯想。他是不是离题太远了。

"文尼——"沙弗说道。

"如果我是你，艾力斯，我会他妈的闭上嘴的。"迪多说。他没有把眼睛从威尔斯身上移开。

"大多数穆斯林并不想本·拉登获胜，"威尔斯说，"他们只是因为觉得和我们太过疏远了才拥护他的。"

"就像你这样。"

威尔斯不知道迪多是否真的认为他是一个叛国者："我不是这个意思。"

"还有其他话要说吗，约翰?"

威尔斯一言不发。

"很好，"迪多说，"最后一次。昨晚的事你知道多少?"

"我不清楚。但是一些事将要发生。"威尔斯说，"或许不是立即就发生，但是会有事的。"

"不错的情报。"迪多说。

"我们都该休息一下，"沙弗说，"我们为你准备了一个房间，约翰。"

威尔斯点点头。睡上一觉听起来是个好主意。

"我们想让你今天下午做个测试。"迪多说。

威尔斯要花些时间想起那意味着什么。一个测谎器。他望向桌那头的调查员们。迪多明摆着很生气。沙弗呢，一件穿皱了的衬衫，杂乱的头发，除了他安静的目光，他身上所有的一切都显得一团糟。沙弗犹如瞧着一个错误的实验那样看着威尔斯。而爱丝莉，詹妮，她的前额布满了忧虑的皱纹。那双美丽的蓝眼睛。他觉得在那蓝色中看到了怜悯。但或许他判断错了。

现在她开口了，平静地："你没有其他选择了，约翰。我们也同样没有。"然后归于沉默了，等着迪多再次粗暴地阻止她。

威尔斯知道她是对的。情报组织需要测谎器来做实验，既缘由测

119

谎仪是官僚政治屁眼的遮羞布，同时情报机构对使用这个测谎盒子的权力不容置疑。中情局喜欢信任测谎器那些弯弯曲曲的黑线提供的事实，所有这些最珍贵的宝石。如果他不同意做测试的话，他们从此永不会再相信他。他们可能会逮捕他。那出于什么理由，威尔斯不清楚。或许是持有虚假的证件。他们可能只是把他投入某处的角落。但是自此他们永不会再相信他了。

当然，即使威尔斯通过测试他们也很可能不信任他。他们知道他能欺骗测谎器。因为他被这帮特工这样训练过。

"这很卡夫卡，不是吗？"威尔斯说。

"事实上我觉得更像第二十二条军规。"沙弗说道。

威尔斯止不住笑起来。

"没什么可乐的。"迪多说。

"詹妮是对的，"威尔斯说，"把我关起来。"

迪多站起身离开，他拿起威尔斯的《古兰经》："你想拿回去吗，约翰？"

"这也是个测验吗？"威尔斯说道，"给我吧。"

迪多轻蔑地从桌上扔过《古兰经》："我知道。"他说，"这是你的盲文。"

爱丝莉独自一人坐在会议桌后，两手抱着头，脑袋里重放着迪多向她指示自己的立场该在哪的那个时刻。他不是简单地制止她，或是咒骂威尔斯；他想让威尔斯知道他是头儿。这是个错误的策略，威尔斯不会被恐吓吓倒，但是迪多决定去尝试。他选择最弱的一个环节来证明自己的要点。对他而言，人是直觉动物，而且没有人费心去保护她，甚至是威尔斯，这个她试图给予帮助的男人。因为在鲨鱼池子里你要先自救。或许其他人不容易觉察发生了什么，不是在迪多严厉地

120

责备威尔斯之后，但是她不能停止去想这些东西。

　　她的自信到哪去了？她知道。离婚、无休止的工作⋯⋯这些事情的感受都大同小异。她无法抑止自己羡慕基地组织，他们常犯错误，却从不质疑自身。

　　威尔斯的房间有一张双人床，这间独立的卧房带有不锈钢淋浴和厕所，甚至还有一扇窄小的窗户俯瞰着中情局里草木葱茏的绿色院子。除了在角落里的摄影机之外，他几乎不能认为这是个单人牢房："很高级。"他对着德克斯讲，这人是会议室来的警卫。

　　"我只按他们要求的做。"

　　"每个人都是这样的。"

　　"睡会儿吧。我会在正午时回来。"德克斯离开了。门带着一阵电磁声关上了，威尔斯明白自己被锁起来了。

　　在乘坐灰狗巴士到中情局接受审问之间的这段时间，威尔斯自从到密苏拉之后就几乎没睡过。但是在躺上床之前他翻开《古兰经》，然后吟诵第九十四章，一章美丽的诗文：

> 奉至仁至慈的真主之名，
> 难道我没有开拓你的胸襟吗？
> 我减轻了你背负责任的重担，
> 显赫了你的声名，
> 但与艰难相伴，更是容易，
> 当你身心平静，继续辛勤劳动，
> 全心全意赞美你的主吧。

他躺下即刻就睡着了。

威尔斯隐藏在一块巨石后面，正当一个穿着黑色长袍手中拿有鞭子的男人朝他走来时，劈啪一声！这鞭子朝他抽来。空气浑浊阴沉，蝙蝠在头顶尖叫，他迷失在一个洞窟中，一丝隐约的闪光显示出外面的世界。但是这个黑袍男人，他是谁？卡德日？迪多？本·拉登？如果威尔斯能回答这个问题的话，他可以安然无恙。他退缩在岩石后面。

劈啪一声！这个洞窟自身在倒塌，它的岩壁正在粉碎。一块重石从洞窟顶部掉落，碎裂在威尔斯身旁。烟雾烧灼了他的双眼。黑袍男人失去踪迹，威尔斯试图逃出洞窟口。但是当他跑动时光线变得模糊，脚下的岩石翻转起来。威尔斯蹒跚着跌入泥沼，他被吞没在里面，他的鼻子和嘴塞满了烂泥，他不能呼吸……

他被沙弗摇醒了。

"对不起，"沙弗说，"我自己进来了。你看起来正在发梦魇。"

"我没有做噩梦，"威尔斯说。至少这一点是很容易辨认出来的。他感到自己陷入绝境。真是太惊骇了。

"大多数人在经过你这样的经历后都会这样。话又说回来，大多数人在经过你将要经历的事后都不能生存下来。"

"我不是大多数人。"

"不要这么容易动气。"

威尔斯立即感到自己的脾气上来了。

"你的意思是说他们让我活着是因为我低头了？"

"我的意思就像一个问候，约翰。你信不信？"

"当然。每个人都有工作要做，艾力斯，"威尔斯说道，"像迪多那种坏小子，你才是我真正的朋友。"

"迪多甚至不知道我在这里。我不清楚他是否对此会感到高兴。我们在观点上有些分歧。"

"是吗?"威尔斯说道,"比如呢?"

"是这样的,我认为迪多是头号笨蛋,但他认为自己顶多算二号。"

威尔斯笑起来:"只要你让我省去不说那些废话,如果我即刻告诉你,一切事情就变得容易起来。"

"如果我们真正认为你会翻脸,我们会比这次更恶劣地处理你。"沙弗后退几步,指着堆在椅子上的衬衫和牛仔裤,"这些是你的,从宾馆找到的。"

"艾力斯——"威尔斯阻止了自己。他想问沙弗关于爱丝莉的事,她站在哪一边,但是他会马上见到她的。

"有什么事?"

"谢谢。"威尔斯说道。

沙弗看着他的表:"一个小时后开始测试。"

"我是一个囚犯吗,艾力斯?"

"这要看律师怎么决定的。我们称你是个客人。"

"就像加利福尼亚宾馆?"

"你在表露你的年纪,约翰。"沙弗打开门。

"门没有上锁?"

"没有对我上锁。"沙弗说着走了出去,在身后关上了门。

威尔斯自中情局训练之后就没有做过测谎测试,而且在他了解到那台放置在审查员桌上的平板电脑监视器取代了纸针式盒形仪器后感到很惊奇。这个房间的其他方面没有变动:浅褐色的墙壁,一把厚重的衬垫椅,还有挂在墙那头的一面显而易见的单面镜。

"坐吧。"审查员说。这是个五十出头、强硬的男人，有着肥硕壮实的前臂和一副海军军士长模样的不友善的斜视眼。他在威尔斯的手臂上绕戴上一圈血压腕带，胸部绷上一条橡皮管，然后在他的手指上缚上电极条："卷起你的裤腿。"

威尔斯迟疑了一下，然后卷起他的牛仔裤。这个审查人员在威尔斯的左腿边跪下。他褪低威尔斯的短袜，从口袋里拿出一把直剃刀："不要动。"他刮光了威尔斯的小腿部位，接着把另外的电极条贴在那儿。然后便起身走回桌子旁，调试那台监视器。

"你叫什么名字?"他的语气很刺耳，好像威尔斯是个俘虏。

威尔斯控制着自己的情绪，想象着"失落的幽径"的顶部，蒙大拿的山脉。

"不要急，杀手。"他说，"你叫什么?"

"你可以叫我沃尔特。你叫什么名字?"

威尔斯知道他能赢得这场较量。他也能脱下这些电极然后走出门——接着回到开头的地方——或者回答沃尔特的问题："约翰·威尔斯。"

"在哪出生的?"

"汉密尔顿，蒙大拿。"

"出生日期?"

"一九六九年七月六号。"

"还有其他兄弟姐妹吗?"

"没有。"

沃尔特以他的工作方式，缓慢地经由威尔斯的生活：威尔斯一年级老师的名字，第一辆车的产地和型号。他操作得时快时慢，深思熟虑时从杯子里啜饮点水或者假装去考虑下一个问题。房间里的空气变得沉重，味道不对，威尔斯想知道是否是由于关掉空调而让他感觉不自在。但是他忍耐着，知道沃尔特想让自己急躁，迷惑起来，这样真正的问题就会几乎一口气地问出来。最终他们开始了。

"你第一次去到阿富汗是什么时候？"

"一九九六年。"

"你确定吗？"

"是的。"

"我说的不是你替中情局办事。"

"你是指在我大学毕业后奥萨马就招呼我，说他那儿有个工作要给我。是那次吗？沃尔特，是不是。"

沃尔特看着他。

"我在一九九六年之前从未去过阿富汗。"威尔斯一字一顿地说道，"除了奉中央情报局的命令之外我从未去过阿富汗。"

"你是怎样进入到那里的？"

"乘飞机到伊斯兰堡，再骑马越过边界。我走了一条寻常的线路。"

"你的掩护是什么？"

"NOC." 不具官方身份掩护的情报人员，美国中央情报局对没有向美国政府公开联络的特工的称呼，完全不同于人们想象中的那些为国务院或者其他联邦机构工作的特工，"非官方身份掩饰。我是一个背包客，一个无关轻重的人。"

"你有精神病吗？"

威尔斯笑起来："我蠢得无法患上精神病。"

"在喀布尔有人知道你要过去？"

"我们就不能跳过这个吗？"

"在第一次任务之前你有没有联系基地组织？"

"我直到第一次行程之前还不知道本·拉登是谁。"

这个回答看起来说服了沃尔特。他盘查了威尔斯首次去往喀布尔和坎大哈行程的细枝末节。威尔斯机械地一一回答，如实描绘他所见过的阿富汗。烤山羊在烤架上散发出浓厚的肉香味，筋疲力尽的马匹被鞭打着发出的哀嚎，因为他们不再能拉动马车。这个好客又残忍的阿富汗。

沃尔特打了个响指，把威尔斯从幻想中拉了回来："专心一点儿。"

"我能喝水吗？"威尔斯不想提出要求，但是他实在太口渴了。沃尔特从袋中取出一个杯子来，威尔斯一口气喝完了他递过来的水。第一次他感到自己跟他们是密切的。他们都是自己人，只是在例行公事。当然，沃尔特想让他去这样想。

"你首次到喀布尔时做了些什么？"

"试着征募新兵。但是失败了。"

"怎么出错的？"

"我该在哪儿开始呢？我几乎不会讲普什图语。按美国法律我不能募征那些卑鄙的人。记得那些天才的命运吗，沃尔特？我他妈的才二十七岁，而且我还要面对这些相互欺骗了数千年的家伙们。"

"你连一个人都没征募到？"

"我没有这样做。否则我会泄露自己，然后被杀。"

沃尔特走向威尔斯。

"他们什么时候告诉你关于'九一一'的事？"

从一个正在问的舒适问题上突地转变是他们的惯用伎俩，但这个手法却是非常有效。威尔斯的脉搏加快："我像其他人一样后来才发现的。"

"你为什么事前不向局里发出警告。"

假装没听到被审人的否定回答是另一个伎俩。

"我告诉过你我事前并不知道。"

"所以你失败了。"

"我失败了。"

"你在洛杉矶的袭击中充当什么角色?"

"我跟那个事件无关。"

沃尔特走回桌旁看着显示器:"你在说谎。"

"我没有。"

"电脑显示你在说谎。"

"那是显示错误。"

"你什么时候入境美国的?"

"一个礼拜前。"

"你还在撒谎。"

威尔斯摇摇头。"我没有。"

"你杀了多少人?"

"大概十五个。"

"大概?"沃尔特冷笑道。

"我不知道确切的数目。"

"有美国人?"

"没有。"

"其中有多少美国人,约翰?"

"没有,从来就没有。"

现在问题来得更快。

"但是你想杀害美国人。"

"我没有这样想。"

"为什么不会这样想？"

"什么？"

"基地组织就是干这个的，不是吗？你是一个基地特工。"

"我是奉中情局之命打入基地的。"

"中情局还命令你去改信伊斯兰教吗？"

"不是。"

沃尔特斜着身子朝威尔斯靠近："基地有大规模杀伤性武器吗？"

"我不认为有。"

"你不认为有？"沃尔特开口反问，好像威尔斯是个只有五岁、不太聪明的叛逆小孩儿。威尔斯希望自己能从椅子上跳起来把沃尔特揍死。

"获得这些武器是优先构想的事，但是我没有看到任何证据表明他们成功到手这些武器了。"

"你打入基地这么些年还不知道他们有没有搞到了大规模杀伤性武器？你称不上是个特工了，是不是？"

"我不这样认为。"

"或者说你已经是双料间谍了。"

威尔斯站起身拔掉电极和血压腕。这时门打开了，德克斯走了进来，手里拿着九毫米口径手枪："放轻松点儿。"

威尔斯坐了下来。"告诉文尼这小把戏结束了。"他说道，"你爱怎么问就怎么问吧，可以叫我傻子，但是不要说我是个叛徒。"沃尔特走出房间，这时德克斯拿着他的手枪，坐在桌边一角。

"让我们猜猜看？"威尔斯说，"只是按命令办事。"

在隔壁房间，爱丝莉和沙弗从单面镜观察着审问的过程。同他们一起还有瑞加娜·柏克，另一个审问员，她正在看测验中的一份即时数据传送专线。

当审问继续，瑞加娜，这个留着灰短头发的小个子女人，凑近她的屏幕。偶尔会点击鼠标，在那些滚动穿过显示器的曲线下进行标注。爱丝莉希望自己能知道怎么去读那些曲线图表。但是她不需要成为职业的测谎专家就能看到沃尔特惹怒了威尔斯。

在威尔斯被气坏时，瑞加娜拿起了电话："你能告知迪多先生那个特工中断了测试吗？"停了一下，"谢谢。"她挂上电话。"迪多的秘书说他几分钟后到。"

沃尔特走进了房间。

"就这样？"沙弗问道。

"他说了实话。"瑞加娜说道。

"是的。"沃尔特说。

"你怎么知道的？"爱丝莉问。

"你不可能百分之一百地清楚。"瑞加娜说，"但是他的回答都和生理一致。他没有在压力下压制情绪，如果他试图说谎，就不会那样做。"

"如果他是伪装的话，那就太了不起了。"沃尔特说，"我觉得他是忠诚的。"

爱丝莉看着威尔斯，他正脸色难看地凝视着单面镜。有时威尔斯会绕着房间走一下，在德克斯的注视下跨着大步缓慢地从一个角落迈向另一个角落。几个星期前，爱丝莉带着孩子们去过华盛顿动物园。现在，观察着威尔斯，她识别出一头控制着怒火，在笼中踱步的狮子。如果他们不加小心，威尔斯不会再费力去抑制愤怒了，她想。

迪多听到沃尔特的评估时脸色阴沉起来："你让他停了下来？你让坐在那个椅子里的人告诉你该怎样做？"

"这不是重点，"沃尔特说，"他没有撒谎。"

"或者对你来说他太强硬了。他需要一个更加震慑的环境。"

震慑。这个神奇的字眼。震慑意味着数周不眠不休地待在狭小的房间里，没有暖气和新鲜水，感官丧失在这密闭而漆黑的房间中，直至产生幻觉。震慑不是拷打，但也差不多是。

爱丝莉觉得自己现在不说些什么，还倒不如辞职的好："文尼，你不能这样做。"她的声音很镇定。

"我需要别人的允许吗?"

"你忘了他是个美国公民，这样做是违法的。他能帮助我们。"

"我跟你说得很清楚了。"迪多说，"他已很长时间没有给我们提供任何情报了，而且这个伊斯兰垃圾佬是最后的一招。"

"他是我们安插进基地组织内部唯一的特工。"爱丝莉说。

"他不再是内部人士了，尽管你知道他骗我们和扎瓦希里有过密谈。但即使是确有其事，他得到了什么? 几百美元，还有回趟家? 那些人比我还不信任他。"

迪多只是解释了他对威尔斯这样粗暴的真实原因，爱丝莉想。他不在乎威尔斯是否忠诚。在他眼中，威尔斯失败了，迪多会做任何一切来使自己和失败保持距离。

"文尼，震慑是不能接受的。"

"谁不能接受?"

"放弃吧。"

"你在教训谁，爱丝莉?"迪多厌烦地说道，"你那些在参议院和《华盛顿邮报》的朋友?"他环视着这个房间，好像第一次见到瑞加娜、沃尔特和爱丝莉，想象着如果这些人被叫去作证会说些什么："很好。"迪多说，"他对测谎机撒谎了。"

"他已经通过了。"沙弗说道，"我们为什么不在明天和他做个友好的谈话呢。可以更多放在卡德日和法鲁克这两人身上。也许威尔斯能把一个名字和一张脸给对上去。也许他比自己认为的知道得更多。"

"我拿不准，这是你的办公建议吗，艾力斯？"

"你可以这样说。"

"写下来，我会考虑的。事实上，或者我们不能再拘留威尔斯先生了，让他随意来去。你觉得怎样？"

沙弗退缩了，爱丝莉看得出来。

"只要他处在监视之下，"沙弗说，"或许得放一个监视器。"

"一个监视器。他会喜欢这玩意儿的。把这也写进你的记录里。"迪多转向沃尔特，"我想要一份今天下午测谎机的详细报告。谢谢。"迪多走出房间。

爱丝莉感到半是感动半是厌恶。这些人如此费力地演了一出官僚政治的集体游戏，以致轻易忘了真正的敌人。沙弗可以支配威尔斯，但是迪多逼沙弗把事情控制在一个限度内。任何明争暗斗对那些在洛杉矶死去的人来说都没什么作用。

"去接我们的孩子吧。"沙弗说道。

在连接着房间的走廊上，沙弗停下脚步，朝她说："我们进去之后，不要告诉约翰他通过了测试。不要太过友好。"

"为什么？"

"对这点你要相信我。我不想让他过于舒服。"

那为什么你要费劲从迪多那儿把他弄过来？她想知道。但是沙弗没有打算告诉她，所以她没有问。刚才发生了一些重要的事情。她希望自己知道是些什么事。

这个晚上沙弗将威尔斯转移到了位于华盛顿美国国会山附近的一

所中情局安全房内。表面看来这地方像一所破败的别墅。在房子内部，每个房间都设有摄影机和警报器。监视仍是那么不着痕迹地进行着。两个看守通宵站在房子外面，威尔斯铐着一副能播报着他的位置的电子脚链。

每一天德克斯都开车送威尔斯去和沙弗以及爱丝莉谈话。他们交谈得当，但不是很亲密。没有人提及测谎机，而且威尔斯也没有问。他用很多时间来解释基地组织的结构，而且试着从监视照片里识别基地成员。他很确定自己没有提供太多新的或是有价值的情报。在他提及卡德日的牛津剑桥口音之后，沙弗给了他在最近二十年来每一个升入英国高级学府的阿拉伯学生的照片。没有一个相符。他们告诉他奥玛尔·卡德日这个名字也没有在国家安全局的数据库中出现过。卡德日究竟是谁，他藏于暗处。这让他更显危险。

私下里，威尔斯因困在监狱里感到激愤。他从未提及或是核对卡德日为他创建的电子邮件账户，害怕如果卡德日发了一封邮件，中情局会立马让他永远翻不了身。但是账户没有被使用过。卡德日不信任威尔斯，不然对自己的计划他不会隐瞒威尔斯。威尔斯得学习卡德日的自信，尽管他不想去推测这些会带来什么。卡德日无疑地在设计下一场袭击——无论是何种的——撇下他去自己完成。他们同时需要浏览卡德日的网络，这只有内部的人才能办得到。要咬住卡德日，威尔斯需要有自由去操作，而他恰恰没有。

爱丝莉和沙弗没有告诉威尔斯太多关于洛杉矶爆炸事件的调查，他也不需要开口。从《时代周刊》和《华盛顿邮报》上威尔斯了解到调查进展得并不顺利。满纸都是匿名的联邦调查局特工们对罪犯没有被确认所造成的破案困难的评论，很少有疑问。在美国有线新闻网和福克斯电视台节目中，通常谈话的负责人都在责难联邦调查局和中情局没能预防袭击，争论他们认为还会有新一轮的恐怖行动还是这次一次性解决了。威尔斯认为自己知道这个问题的答案。可是在经过一周的震惊和临时纪念后，大多数民众——特别是加利福尼亚南部以外的——看起来已经把这场袭击抛诸脑后了。

"我很高兴这并不至于太坏。"某个人在《时代周刊》的一篇文章里说道，"是我们偿付的各种款项建立起的美国。"如果这个家伙知道在中情局和其他这些应该保护他的机构内部真正发生的事就不会这么大方了，威尔斯想。铺张浪费、官僚主义、效率低下……这些袭击不一定会发生。他们可以阻止的。威尔斯行动受缚地被困在安全房里，而不是帮忙去阻止恐怖活动，只因为他没有去舔文尼·迪多那狗娘养的屁股。

在无效的两周之后，他决定行动。或许他在自毁前途，但是他有什么选择？若卡德日已经联系了他而另一场袭击也已迫在眉睫呢？

现在是四月中旬，樱花开满了华盛顿。雷雨清洗过了这座城市，这一切暗示着炙热的夏季临近了。但是这个周五的夜晚却反季节地寒冷起来。威尔斯穿了一件夹克，离开了安全房，向西朝国会大厦走去。他手中轻拿的纸袋里装有他头一天买的锤子和螺丝刀。同他一向离开房后那样，一辆黑色的福特轿车隔他三个房子远地跟着他。晚些时候另一辆车就会接着跟上来。

自从沙弗把他带到这儿后，威尔斯每个晚上都会到附近散步。他确信监视在那儿结束了——没有散步的人，没有真正的隐蔽的轿车，没有狙击兵和窥视者。他几乎要气坏了。他们看来不知道或者关心威尔斯能多容易地摆脱他们。在一个街道的小便利店里，他买了杯可乐，然后在福特车尾随下走回家。

大约十点钟，威尔斯决定等一辆真正的出租车。国会山东边这一带还没彻底中产化。他会偶然看见遛狗的人，但是街道非常冷清。电视机在街道的窗户里发着怪诞的蓝色荧光。威尔斯啜饮着可乐，对着在福特轿车里的监查人员微笑，没有理会他们催促的挥手。他感觉就像一个孩子在整个夏季第一次高台跳水。

一辆彩色车窗的出租汽车开了过来。很好，威尔斯挥手停下它。"我能坐前面的位子吗？"

这个五十出头的黑人司机打量着他。收音机正在播报着巴尔的摩金莺队对波士顿红袜队的比赛，刚刚进入十一局。"可以。不过当心我的帽子。"座位上放着一顶棕色浅顶软呢帽。

威尔斯坐了进去。

"去哪儿？"

"东第。本宁路。"

"下车吧。"东第，在安那考斯蒂亚河另一边的东部两公里处，是特区最贫困的街区之一。几乎全是公营房屋。出租司机甚至在白天也不愿去那边。

威尔斯给了司机二十美元。"还有更多。"

这个男人猜疑地看着他。"是去嗑药吗？"

"不是。"

"不然我无法帮你。"

"我不吸毒。我发誓。"

"玩女人？"

"不是的。"

车子开动起来。

"怎么称呼？"威尔斯问道。

"沃尔特。"

威尔斯无心地笑起来，发出短促、尖利的笑声。

"我的名字很好笑吗？"

"我恰好见过另一个沃尔特。他同样不相信我。"

"你很古怪。"

收音机播报着巴尔的摩金莺队的击球手的一个双打。"你喜欢巴尔的摩金莺队胜过国民队？"威尔斯说道。

"支持这支队太久了。改不了。你呢？"

"我得跟你讲我是红袜队的球迷。但是每场比赛我都喜欢额外局。"

"打得比扬基队好。"

他们绕过肯尼迪体育场驶向连接安那考斯蒂亚和二九五大道的高架桥。二九五大道是一条和安那考斯蒂亚河并行的通勤公路。福特车跟着他们。星期五晚上东第的交通在两个方向都异常繁忙，威尔斯看起来很开心。

"你知道有人跟踪我们吗？"

威尔斯给了沃尔特另一张二十美元的钞票："他们有两辆车，都是朋友。我们正在玩个游戏。"

"游戏？"沃尔特看着威尔斯。

"这个游戏叫失踪。"

"我不想加入这狗屁游戏。"

"再来张百元钞票如何？"

沃尔特猛地拉开他的夹克，让威尔斯看自己用旧了的左轮手枪："你马上给我滚蛋。"

威尔斯摇摇头："二百元怎么样？我只有这么多。"

他们下了高架桥，开上了斜坡。沃尔特死死盯住威尔斯："我说……你坐进我的车子……"沃尔特摇着头："你不是警察！"

135

"如果你要求，我现在下车。"

沃尔特皱起嘴唇。他看上去在脑子里翻转着硬币。然后他点点头："一百块。还有什么？"

"你对东第熟吗？"

"我猜比你要熟。我在这儿长大。"

他们开下坡朝着本宁和东国会街的交叉处的光亮驶去。越过山坡一路通过这个城市最差的区域。在他们右方有一个灌木丛生的公园，一座真正的市内森林。它像个梦魇一样笼罩着公路，里面充斥着不可知的怪物。

"待在东第。在灯转绿时快速地开过去，上了坡然后找一个他们不能跟上的车流入口。你对这些要有把握。然后开车朝左转，穿过车流。我会在看不见的地方滚翻出去。这会花大概三秒的时间。在我关上门后继续开车。如果他们找到你，让他们把你靠边停截下，但是不要做得太容易了。"

"你该动身了。"

"我会处理好的。"

他们等着交通灯，福特车跟在几辆轿车后面。威尔斯取下螺丝刀。他把螺丝刀旋进他的脚铐，然后开始旋动。这个塑料脚铐变形，折断。现在没有退路了。

"这是什么？"沃尔特问道。

"这首歌是十九世纪的某个时间里传下来的，我不知道。"威尔斯说道，不顾沃尔特，"时间恰到好处。"

沃尔特厌恶地摇着脑袋："给我那一百块吧，小子。"

威尔斯把钱递给他。交通灯变了。沃尔特开了出去。

威尔斯抱着纸袋滚出出租车，他顺利地用肩着地然后曲膝站起来。快速地跑向一辆黑色切诺基吉普后面。出租车失去了踪影。威尔斯知道沃尔特已经关上了车门。两辆福特从旁驶过，亮起了应急灯，但没有鸣响警笛。然后福特车也开远了。

这辆切诺基可以用。车上没有警报器。威尔斯用锤子砸在前排乘客窗上，敲打车窗。他再次砸下扩大了碎口，然后用手臂穿通窗玻璃，打开驾驶位的车门。他慢步绕过吉普。然后坐进驾驶位。威尔斯用螺丝刀旋紧一组金属线驱动驾驶杆。引擎在第二次操作时发动起来。他看向路面。福特车已消失在视野之外。他驾车开了出去。

威尔斯在马萨诸塞大道的一个付费电话厅里给爱丝莉家里去电话。"你好。"她在第二声铃响时接了电话，嗓音平静而有些微的沙哑；在威尔斯上次见到爱丝莉时她已经开始抽烟了，但她应该戒掉。威尔斯浑身感到一阵惬意的颤抖。

"是我。"他说道。

"约翰？"

"五分钟后我会在你前门的台阶上。"他挂断电话。给她电话是个错误。他应该已在开往纽约的路上。他会扔掉吉普，取出藏起来的钱，然后搭一辆不经由华盛顿特区的灰狗巴士直达亚特兰大市。爱丝莉可以用一个十秒钟的电话阻止他。但是他需要跟她道别。他需要相信至少还有一个人自己可以信任。

她朝吉普小跑着过来。威尔斯打开车门，伸出一只手。

"小心玻璃。"他试着把玻璃扫到地上，但是完全做不到。见到她穿着一件及膝的裙子时，威尔斯感到惊奇。她应该经常穿裙子，他想。甚至塔利班人也会赞成的。好吧，也许不会。

爱丝莉清扫干净了玻璃碎片，然后让自己小心地坐在位子上。威尔斯发动了车,在十三街区向南开去。

"你偷的车?"

"借的。"他拿出吉普的登记卡,"我猜我欠伊丽莎白·琼斯一些钱。"

"我们去哪儿?"

"离开。"

"约翰——"

爱丝莉即刻明白了。沙弗安排了这些,就像多年前他安排威尔斯去基地营地的密踪一样。沙弗了解迪多,他会出于愚蠢或是怨恨,阻止任何威尔斯试图去做的事。所以沙弗把威尔斯带了出来。然后他使威尔斯苦恼到认为他除了逃跑以外没有其他选择。这就是为什么他们没有告诉威尔斯他通过了测试,为什么他们会和威尔斯保持距离,为什么沙弗把威尔斯安置在安全房而不是其他更牢固的寓所。这是把威尔斯弄出去的唯一的途径。

"你太冒险了!"爱丝莉大声说道。如果迪多出动他的猎狗怎么办?但是他不会这样做。迪多认为威尔斯不值得提防,他会因为沙弗丧失了他骄傲的宠物备受折腾而感到开心。

"我清楚我在干什么。"威尔斯说道。

真的吗,约翰?爱丝莉想着。她把手放在了他的手臂上。

在她的触摸下,威尔斯想把吉普停靠在路边,在街边占有她。让那些邻居去瞧吧。让他们报警。然后中情局会把我们两个都保释出来,他想着。她把手从他胳膊上拿开。

"约翰?我有些事想知道。"

"什么?"

"你为什么要去见希瑟?"

"我想见的不是希瑟，是埃文。"

他们有一刻陷入了沉默，威尔斯想如果他能恰当地理解这个问题：他是不是仍然爱着她？这时爱丝莉重又把手放在他胳膊上，他知道自己是对的。

"给我讲个故事。"他说。为了分散自己的注意，为了在他消失前多听一会儿她的声音。

"你想听什么故事？"

"都可以。我不在乎。私人的故事。"

她想着给他讲些什么。她所有的只是工作。她该谈谈在上一次见面时她的儿子是怎样冲她大喊大叫的，告诉她自己更爱兰迪？她怎样坚持把卧室中收音机转台到体育解说，她不是关心国民队，而是因为如果她在深夜三点醒来时，她确信打开收音机能听到一个男人的声音？

"你想听故事，"她说，"那好。"在她能阻止自己之前她开口道，"那个夜晚我失去了我的童贞。那年我十五岁……"

"十五岁？"威尔斯很吃惊，她想。他不知道他把自己带向了哪里。她也不清楚。她之前从未把这些说给其他男人听，甚至是她的丈夫。

"你想让我接着讲下去吗？"她想接着讲下去。

"继续吧。"

"总之，那时我十五岁。我的家庭正在度过一段艰难的时期。我的父亲，他始终是个酒鬼，那时他开始悬崖勒马。他有五年多的时间不幸到了极点，我们能看见他到了什么地步。还有我的哥哥，丹尼，他还是一年级新生时就被洛杉矶加利福尼亚大学开除。他用辣椒油瓶打伤了室友的头。"

"一个辣椒油瓶？"

她尖刻地笑起来："我知道这听起来很荒谬，但是这个瓶子不是你

139

在餐馆里看到的那些小小的。这个辣椒油瓶大到足以致人死地。我哥哥受到了严重攻击的指控，他停了学。如果我们没有说服法官他是精神分裂症患者，他本来是要送到监狱里去的。但他确实是。"

"我甚至不知道你有个兄弟，詹妮。"

"在这件事过后几年，他自杀了。我没有讲过。"

威尔斯放慢速度，把手放到她的肩膀上："爱丝莉。"

"大多数精神分裂症患者都会这样做，你知道的。他只是不能忍受这些。"她从身上拿开他的手。他们仍向南在十三街区中开着。那些公寓建筑变成了在夜晚不能区别的双层房屋。

"你得立马把我放下车了，"她说，"他们会给我打电话说你逃跑的事，如果我没有应答，他们会起怀疑。你想不想听我故事的剩下部分？"

"你还想说吗？"

"是的，虽然奇怪但是事实。"她搞不清楚自己。或者她知道，那在告诉了他之后，那些事也会成为他的了。一个她从未给过任何人的礼物，比其他任何礼物都要来得亲密，"那时我十五岁，整日旷课，抽大麻，演出，穿丧服。你知道，这就是整个生活。我的哥哥疯了，我的父亲是个酒鬼，而我不理睬妈妈，她尽了自己最大的努力。而后我在生日前的几个星期决定了，我不想——绝不想——在十六岁时仍是个处女。很棒的计划，对不对，约翰？"

"幸运的男朋友。"

"只有——不，当时我没有男朋友。而且我不想一个高中生做我的男朋友。我想要一个男人。能搞我的男人。我甚至不知道这是什么意思，但是那些同我一起旷课的新女友们，她们总是谈论那些搞了自己的男人，真正搞了她们。其中有些人是在说慌，或许很多人都是，我知道的。但是有些人说的是实话。所以，在我生日的前一个礼拜，一个比我年长几岁的女孩儿，朱迪，她们中最美的那个，跟我描述了她要去的那个在奥克兰市的舞会，要越过海湾才能参加。去参加的都是一些大学生。她说我应该去的。然后第二天她告诉我自己去不了。但我要她给我地址。然后我告诉妈妈说去听音乐会——我记得自己很高兴把她给骗了，可怜的妈妈——然后就费心打扮得漂漂亮亮地过去了。"

他慢下车来："和你一起回顾往昔是不是一件错事？"

"我很高兴。我是说，现在我年老时能说出来，我很兴奋。而且我穿着这件及膝的裙子和这靴子……我的母亲心操得太多了，不然她不会让我出门的。"

"你还年轻，詹妮。"

"你太体贴了。总之，我搭了城铁去奥克兰，因为我不能合法驾车，记得是这样。然后我开始在那片廉价的街区里闲逛，那是在海湾地区每平方英尺价值一百万美元之前，接着我开始有点紧张，接着就找到了舞会所在地。那里太喧闹了，在一座巨大的破旧房子里的巨型舞会。有些是柏克莱的学生，但是他们也是高中生；还有一些从邻近过来的家伙，他们从旁路过甚至还有一些骑摩托车的人。因为奥克兰就是这样的。如果你要办个晚会你就最好邀请当地人。女孩子们都很年轻，但是她们至少已经在读大学了。我给自己拿了瓶啤酒，从那肯定有四英尺长的水烟枪里抽了几口大麻。然后开始寻找合适的男人。"

"詹妮——"

"太晚了。让我讲完吧。"她知道她得告诉他一切。去惹怒他，去唤醒他，她也不清楚，"然后我看见一个冲浪员似的金发男人，高大风趣，举止有礼。他或许是二十一二岁。我开始朝他走去，但是在我接触到他之前，一个穿着黑色 T 恤的家伙抓住了我。他的胳臂上纹有刺青。他把我拉得相当的近。问我要不要啤酒或者其他更刺激的东西，在他说这些的时候几乎把舌头舔在我的脖子上。但是我推开他，然后向冲浪员走去。

"这个金发男孩儿对我很有兴趣，只花了半小时我们就去到了楼上的卧室，之后我们更进了一步，他的身体很结实，当时我口齿不清地叫唤着：'插进来，种马。'他看着我说道：'你说什么？'然后他再次看着我，问道：'你究竟多大了？'当我说'但是我想要你干我。我不想再做处女了'时，他快速地跑出了门。"

"这么说你终究没在那晚失去童贞。"

"让女孩儿把话说完，约翰。之后我就下了楼，然后找到刺青男人。跟他说，'喝一杯如何？'十分钟后他在地下室的桌球台上和我做爱，他在我身后垫了一块毛巾，因为他最感兴趣的是我的童贞，我不能在毛毡上四处流血，因为他认识租这房子的人。他也许只做了五分钟，但是看上去像是很长一段时间。我很幸运经过那个冲浪员后仍有点潮湿，不然真的会受伤。"

"詹妮——"

"但没有意料到的是，在他做完时，我的血流遍了毛巾，他把避孕套扔在我旁边，穿上裤子，然后一句话也没说就转身离开了。"

威尔斯把吉普停在路边。小雨开始下起来，在挡风玻璃上形成了雾气，给街灯挂上了晕轮。车流缓慢地动着，开车的是那些在市区商场、医院、办公室工作，过着体面平静生活的男人和女人。这些他从不知道的人们。

为什么，詹妮，他几乎要大声说出来。你为什么要这样？但是他抑制了自己。她做这些只是因为她想这样，告诉他因为她想这样，他要去裁判谁？他在职业上的选择没有确切地给他太多道德上的权威。"那你做了之后感到高兴吗？"他最后问道。

她从座位上向他移近了一些，他明白自己问了个该问的问题。"是的，即使我从未再做那样的事。这很像是吸毒。一丁点儿可以持续很长一段时间。但是事实是，我把些什么给了那个男人，即使他认为是他从我这拿走的。我就像我想要的那样做了。或许这听起来很疯狂，但是这就是我的感受。而且我再也没有跟他说过话。甚至连他的名字也不知道。即使数年后我很清楚自己在柏克莱见到过他，当时我从大学回来。幸运的是我待在车里，接着我也只是继续开着车。那么这就是你要的故事了，约翰，我希望不管你走到哪它都能温暖你。"她低沉沙哑地笑着。

他看着她，再看向别处，然后又看回来。"我能问你些事吗？"他终于开口了，他的声音低得让她难以听见。

"没有什么故事了。"

"那晚你没有现身，我走之前的那晚，是不是？"

"对。而且我知道你也不会出现。我们在不断地挥霍掉机会。除非你想和文尼·迪多待久一点儿，你现在最好离开。"

"詹妮。詹妮弗——"在威尔斯说出口之前她清楚他会问些什么。或者在这想法在他脑中成形之前。

"是的。我相信。"

"相信什么？"

"我相信你，约翰。当然。你认为我为什么只告诉你关于我的事情？"他看上去想再多说些什么，但是他没有这样做。他朝她俯身下去，这一刻她想他是会吻自己的。她一动不动，没有朝他移过去，也没有抽开身子。像被催眠一般，同时感到期待、愤怒和恐惧。但是期待比其他的要多得多。然后他吻了她，越过里程和岁月。一个纯真的吻，嘴唇对着嘴唇，然后变暖，张开嘴时所感到的甜蜜，直到最后她停下这亲吻。

"走吧。"她说。

"你知道位于肯纳尔沃斯的公园，水上花园？"他问。这个花园是在安那考斯蒂亚河东岸的一个小型的国家公园，在威尔斯偷这辆吉普的地方的不远处。

"在东第？"

"如果我需要你，我会用'甜蜜'这个词给你留信息。我就会在那儿。"

"如果我需要你？"

他没有再说什么。她伸出手放在他的面颊上。他抬起下巴好像接收到一个祝福一般。

"保重，约翰。"

他沉默着。最后，他笑起来，一个依恋的声音："再见。"

她下了车。威尔斯犹豫着，然后驾车走了。她看着切诺基离开，直到自己不能再看到它为止，仍在继续看着。仿如她静静地站在这儿就能轻易地把他带回来。比起任何事来她最想的是坐进那部吉普。

再见，约翰。

拜托了。

第二部　信仰者

6

伊拉克，巴格达

在军方电台里，其中 A 连用"疯狗"作为呼号。比如说"疯狗六号呼叫巨蝮六号，开始行动，完毕"。第七骑兵团二营的其他连，负责巴格达西北部的装甲部队，发现呼号跟自身连的名字相呼应。B 连的巨蝮以 B 开头，C 连最后用了"突击队"为名，虽然此前他们用过"十字军"。

但是 A 连的家伙想不出什么很酷的名字可以跟 A 呼应，除了"无政府主义者"。这和"十字军"一样，都会引起别人误会。A 连曾用过那么一会儿"怒狗"作呼号，但它听起来很傻气。后来改为"愤怒的疯狗"①，更加糟糕。最后 A 连的吉米·杰克逊连长放弃了这个押头韵游戏，决定用疯狗作为呼号。特勤人员拉米雷兹就认为这是件好事，因为在电台里听到"愤怒的疯狗六号呼叫愤怒的疯狗二号"这样的话简直让他要发疯。

站在杰克逊连长悍马车上的机枪旁边，拉米雷兹擦了擦脸上的汗。他本以为得州够热的了，但是伊拉克的夏天更可怕。太阳几乎下山了，但是温度还有华氏一百度。他穿的防弹衣根本没帮助。一天喝一加仑水，但居然一次小解也没去，因为水都变成汗流干了。虽然他食量很

---

① 文中述及的呼号是这样对应的：A 连先后用 Anarchist（无政府主义者）、Angry Dogs（怒狗）、Angry Mad Dogs（愤怒的疯狗）、Mad Dogs（疯狗）；B 连呼号为 Bushmaster（巨蝮）；C 连先用 Crusader（十字军），后用 Commando（突击队）。——译注

大，但还是在九个月里掉了二十磅。巴格达的饮食真够呛。军装穿在他瘦削的身上显得松垮垮的。

七月份时他休假两周，回到埃尔帕索时，他妈妈问他："军队里没吃的吗？""他们让你饿肚子是为了省钱，是吧？"他告诉她那边伙食挺好的，但是她不相信。没等他让她冷静下来，她就准备好要给总统写信了。他明白到食物转移了她的注意力，这些卑微的事情可以让她不去想真正的问题。或者也许这只是一位墨西哥妈妈的天性，为了让他吃上卷肉玉米面而找的借口。

不管怎样，他很快就可以跟母亲和女儿团聚了。再过两个月，他就不用再面对那种环境，直到下一轮派遣。他已经在巴格达服役了一次，不过第七团二营许多士兵都已经是第二次派遣了。像大部分士兵那样，无论政客们说什么，拉米雷兹认为这场战争还会持续下去。

时间差不多七点半，他们在等同僚过来轮班一小时。拉米雷兹感到百无聊赖，又是假警报。他们计划了四次搜捕。他嚷着对悍马车司机、下士麦克·沃斯说："你认为什么时候能结束？"沃斯摇摇头。

拉米雷兹看到杰克逊连长走来。凭杰克逊快速的步调拉米雷兹就知道晚上他们有行动了。

悍马开到了格拉菲斯提营的门口，钢铁大门有两英寸那么厚。拉米雷兹拉紧肩上的装甲，从手枪皮套中拔出枪。他一天前才给它清洁过，然而他还是再检查了一次滑套，一如他每次在离开营地前做的那样。滑套顺畅回到原位，很好，他又上了一次膛，然后把枪塞回到腿上的套子里。他并没有预计到要用九毫米口径的手枪，相对于悍马顶部的点五零机关枪而言，这只能算是玩具枪，和布雷德利步兵战车上的机枪和顶部的一百二十毫米的滑膛炮相比则更是如此了，如果有谁被击中，不管有没有携带枪支，他都一定会受到重创，但反击的火力往往找不到攻击目标。

他们穿过一道道大门，拉米雷兹听到脚下咆哮般的合唱声，那是已经听过上百次的旋律"谁把狗放了出来"：

> 谁把狗放了出来
> 呜汪呜汪呜汪呜汪

一般来说，"疯狗"们用这首歌作为他们的口号。每次离开营地前，他们都要这样嚷一回。拉米雷兹试着回想这首歌刚出现的时候。他是还在八年级吗？还是九年级？可能是九年级吧。他嘴角泛起一丝笑意。这首歌虽单调，却能带来好运气。这里的"疯狗"一个都没有死。第七团二营的其他连都没有如此走运。一个汽车炸弹炸毁了"巨蟒"的悍马，一个狙击手一枪结果了"突击队"的波莱中尉，变态的狙击手。或许"疯狗"们今晚会有机会逮捕到他。

悍马摇摇晃晃地驶过那些保卫着大门、用来迷惑敌人的水泥路障，然后加速驶上巴格达颓败的动物园西边的一条宽阔大路。拉米雷兹将注意力集中在动物园废弃的地面上，这对一个带着火箭弹的人，是绝佳的天然藏身处。曾经的艰难经历让他知道，任何地方、任何时候，都可能有伏兵。

拉米雷兹是一个机枪手。他的伙伴们认为他担任了部队里最糟糕的职务：待在悍马车顶下一个没有危险的洞里，拿着机关枪三百六十度射击。无论每天多么炎热，他都在太阳下烤着。当他们在高速公路上行驶的时候，他不得不吃灰尘和柴油废气，回到营地不得不咳出黑色的痰块。机枪手周围有最多的隐患因素。当你在一个遍布着危险的环境中时，你的屁眼似乎都能看到身后的恐惧。坦克和布雷德利战车配备着厚厚的钢甲。哪怕悍马也有防护底盘和防弹玻璃。拉米雷兹只有头盔和防弹衣，这丝毫不能抵挡火箭炮的威力。

但是他喜欢他的工作。他不想被困在坦克里。在这里他可以发现埋伏者和炸弹。他有那么多的目标需要观测，但他不能动不动就开枪，一个 A 连机枪手向一个拿着玩具枪的小孩开枪，拉米雷兹对自己承诺绝对不能犯这样的错误。他知道如何不开一枪就让人群退开，知道怎么分辨迫击炮的重击和火箭炮发出的致命的咝咝声。甚至连长官们也发现，他是连里最优秀的炮手，可能在全营都是最优秀的。所以，他常常和杰克逊上尉一起出车。

这辆悍马左转到圣菲，一条贯通巴格达市中心东西向的主干道。当然，伊拉克人并不将这条路称为圣菲。他们用专门的伊斯兰名称来称呼它，穆罕默德大道或别的什么。拉米雷兹不能完全肯定。可没有士兵会说阿拉伯语，所以为了方便，营队对当地的道路都另取了美国城市的名字。

此刻，护卫队正向西前进，眯眼看向夕阳的拉米雷兹，希望自己对伊拉克有更多的了解。他曾经向杰克逊上尉的翻译萨林姆学过几个阿拉伯词汇。萨林姆还是一个十几岁的孩子，"疯狗"们都叫他哈利，因为他戴着圆形的眼镜，这令他看上去很像哈利·波特。萨林姆曾教过他 abu 的意思是父亲，umm 则指母亲。他能数到十：wahid, ithnien, thalatha……萨林姆甚至还教了他 haji——拉米雷兹和其他所有的士兵都用这个词来描述当地的东西——但并不是一个可以随意使用的词，那意味着某个赴麦加朝圣过的伊斯兰教徒，对这些人来说，这意义重大。

即使如此，大部分时间里拉米雷兹还是觉得自己像是到了月球一般。他不了解这个地方。为什么那些男人们要穿些看上去像裙子的长袍呢？为什么他们要手拉手？女人们都怎么了？他曾和杰克逊中尉一起在伊拉克的民居中待过，女人似乎根本不存在。有一次，主人用茶招待他们，但上茶的女人往往躲在屋子后面。拉米雷兹并不是没有尝试着找过她们。营队里的高级官员，指挥长官豪德少校曾说得很清楚：不要看女人，不要和女人说话，永远不要、绝对不要触碰到女人。

伊拉克人其实还是很好客的。哪怕是那些没有什么家具的人家，当杰克逊上尉去拜访他们时，他们也确保能为客人提供茶和可乐。但你不能过于信任他们。拉米雷兹曾亲眼见到杰克逊上尉在一次对一位当地的酋长做长时间的拜访后，失去耐心，甚至发脾气。"对我老实一点，我要的是真相。"杰克逊说。酋长听到萨林姆的翻译后，立即大笑起来。"真相？"他说，"真相是为安拉保存的。"

由于前方交通堵塞，悍马不得不停了下来。绑架儿童的强盗和游击队员混据街道，恶棍们开着降下了车窗的黑色宝马在街上穿巡，在这个的时代，每个人都希望在天黑前赶回家。看着路上那排出柴油废气的奔驰卡车，拉米雷兹嘟哝地诅咒着。他讨厌塞车，任何人都可以朝他们开枪。他讨厌黄昏，尽管昏暗的天光为他们提供了掩护，但光线对于夜视镜来说却又太强了。

在他周围，街上尽是晚祷的回声，拉米雷兹知道他总能听到一种阴森可怕的吟诵声，不管他离开这个地方有多远。这是巴格达的声音。

他架好点五零炮，看了看人行道上的行人，搜寻隐藏在长袍里的金属光。悍马一耸一耸地前进，不久，又停了。"动啊。"他向下面驾驶室的沃斯嚷到。

"你想开车吗？"沃斯回嚷着。

"当然不想。"

"那就闭嘴。"

就在他们又前进了一丁点儿时，拉米雷兹沉思着这个国家到底发生了什么事。任何人都能看出，这里曾经富裕过。他们的营地就是过去萨达姆的一所宫殿，一座有着三层楼高的大厅的巨型建筑，大理石的地板，镶金的墙壁。巴格达机场看上去比埃尔帕索的机场还要新。通向法鲁加的高速公路，那"屎坑"，有六条道那么宽，比任何洲际公路都要宽。巴格达拥有二十四层的酒店和蓝色屋顶的宏伟的清真寺。拉米雷兹甚至看见过布满尘灰的破裂了的广告牌——法国航空和日本航空的广告牌。人们曾一度想来这里，这里的人们也曾有足够的钱离开这里。

然而，一切都不再有了。现在，这个地方是灾难，每天都比之前死更多一些人。男人们晃着肩膀、满脸怒容地在路上无精打采地走着。他们不仅仅是不快乐，而是绝望，似乎生命长久以来都一再地变得更糟糕，并且毫无好转的希望。他们眼里的怨恨是不容易误解的。

在第七营二队巡逻的地区，下水道和焚烧垃圾产生的恶臭漫溢在街上。每次他们停下来，总有不穿鞋的小男孩儿向他们乞讨糖果。几个月前的一次汽车爆炸，"疯狗"们在巴格达西部的金迪医院负了伤。那儿遍地是血渍，拉米雷兹曾看见苍蝇在手术室里飞来飞去，围着一个脸被划得支离破碎的小姑娘直转。那天，就是最爱开玩笑的人也沉默了。巴格达比贾鲁兹还要穷，比他所见过的墨西哥的任何地方都要穷。拉米雷兹无法理解，这些人拥有所有的石油，他们却活得如此艰难。

拉米雷兹知道自己想得太多了。他的伙伴们则想得很简单：存钱，活下来，期待自己的女朋友在家里管好自己的腿。他们是对的。他的任务就是让自己和"疯狗"伙伴们活下来，让圣战分子们自己照顾自己。但有时候，晚饭后在宫殿里玩多米诺骨牌时，疑惑又偷偷地潜入他的脑中：这个地方怎会变得如此混乱？是我们的错吗？

悍马内，杰克逊上尉正祈祷着一点好运气。三天前，营队里安排的最好的情报员传来情报，这个名叫萨雷尔的大学生，说想得到一张签证，好与他在底特律的表兄会合。他至今没有误导过杰克逊。然而事实上，杰克逊总担心萨雷尔向营队提供的情报太多了。如果让他的朋友知道了他正在出卖他们，他的生命安全无疑将受到威胁。但杰克逊知道萨雷尔比任何人都更清楚其中的风险。

无论如何，如果这次袭击成功了，萨雷尔会再向八英里路前进一步。他报告了数次，说一些"四八八"——用以描述高价值目标的军用黑话——计划于今晚在伽扎利亚的一家理发店见面，巴格达的一个郊区，将成为反抗的中心。萨雷尔没有提供任何名字，但他保证那不会是一些一般的罪犯或街头打手。其中有一个刚刚到伊拉克、绰号叫"医生"的外国人。

如果军队的情报部门能确定这个说法，袭击任务将交给121特遣部队——特种部队/中情局专门负责伊拉克和阿富汗的高级目标的行动组。但"医生"不曾在任何人的资料库中出现过，因此，从来不会追捕任何不重要对象的特别武装部便拒绝了这次任务。杰克逊对此感到高兴。"疯狗"们拥有五辆坦克、六辆布雷德利战车、四辆装甲齐备的悍马，这些火力足够摧毁一个小镇。他没有考虑是否会遇见游击队员。他只希望行动能物有所值。直到现在，萨雷尔都没有错过，但凡事都有第一次。

杰克逊不需要担心。"医生"的真名是法鲁克·坎，就是五个月前在白沙瓦的公寓楼和约翰·威尔斯见面的胖家伙。尽管为自己挣得了头衔，但法鲁克并没有医生执照。他是一名物理学家，A. Q. 坎的第三个表兄弟，他曾见证了巴基斯坦核武器的发展。法鲁克曾参与那个项目，但因为他曾在伊斯兰堡的清真寺中听一名伊玛目①传道——这名伊玛目宣扬要推翻巴基斯坦政府，后来被解雇了。

一年后，法鲁克联系上了奥萨玛·本·拉登在西北部边境的潜伏者，那里的酋长给了他一个颇有吹捧性质的名号"原子项目指挥官"，法鲁克开始着手试着从巴基斯坦的军火库中弄出炸弹来。即便他还有以前的人脉，但法鲁克发现这项任务实在是不容易。巴基斯坦的将军们很清楚，如果基地组织在纽约爆破一枚巴基斯坦的核武器，美国会在伊斯兰堡的住宅区丢下他们的炸弹。对德里的袭击将会更加危险，那将不可避免地引发大规模的核战争，足以将印度和巴基斯坦夷为平地。法鲁克必须谨慎行动。

虽然如此，他还是找到了三个逃过了政府监察制度、赞同基地组织立场的初级科技人员。他们不能运送给他一枚装配好的炸弹，但他们可以向法鲁克提供非常有用的器材。他找到了德米奇·乔治戈夫，一个追求现钱的俄罗斯失业的核武器科学家。对于他们的第一次会面，法鲁克和德米奇都很小心谨慎，法鲁克谨慎是因为害怕中情局的突袭圈套，德米奇谨慎是因为他不愿身首异处。最后，双方对这次会面都感到满意。经过协商后，德米奇同意向法鲁克提供两个装满必须的原料的衬铅的箱子。这两个箱子价值六万七千五百美元。这对法鲁克来说，是一次高额的投资。首领本·拉登亲自同意了这次交易。

基地组织依旧没有任何可以使一座城市灰飞烟灭的核武器。但让

---

① 伊玛目，清真寺内率领伊斯兰教徒做礼拜的人。

153

敌人恐慌并不一定需要核武器。一个附有放射性材料的普通炸弹——脏弹①——就能击垮那些异教徒。放射性质料让人们恐惧不已。他们看不见、闻不着、无法感受到，然而它却能在几年后伤害他们。一些放射性的同位素能够污染一个地区长达几十年，哪怕一座建筑依旧伫立，也归于无用。在适当的地点——比如说，曼哈顿中心，一枚脏弹会毁掉价值上亿美元的资产，夺去数千异教徒的生命。并且，与核武器不同，脏弹的制作容易得多。最困难的步骤是找到放射性物质，但法鲁克已经解决了这个问题。他已经将至少足够制作一枚炸弹的放射性物质海运到了美国。

现在，他希望得到更多。三周前，一个自称叫奥马尔·卡德日的人给法鲁克下达了一个新任务。伊拉克的居民在法鲁贾南部沙漠找到了一个废弃的地下军事基地。他们确信里面藏有放射性物质。他们希望把找到的东西献给首领本·拉登。

因此，法鲁克做了一次最为危险的旅行，向西从巴基斯坦到阿富汗再到伊朗，然后跨过伊朗的山地边境进入伊拉克，全程长达两千英里。他一路躲闪阿富汗的异教徒和伊朗的秘密警察这些对基地组织不友好的人。法鲁克完全可以先飞到约旦然后开车去巴格达，但对于这样一个敏感的任务，他宁可选择不在航班的旅客名单上留下任何明显的踪迹。另外，向海关人员解释他所携带的物品也是一件麻烦事。

法鲁克曾一再地提醒自己不要过于兴奋。他今晚要与之见面的不是物理学家，而是战士。他能从照片上看到的只是看似有价值却没有任何实际意义的棍棒和架子鼓。但他仍心怀希望。如果他们真的找到

---

① 脏弹，又称放射性炸弹，是通过引爆传统的爆炸物如黄色炸药等，释放巨大的爆炸力，将内含的放射性物质，主要是放射性颗粒，抛射散布到空气中，造成相当于核放射性尘埃的污染，能够形成灾难性生态破坏的"辐射散布"。

了新的物质……在美国人的眼皮底下！

　　美国人都是蠢货，法鲁克想。几十年前，犹太人炸毁了萨达姆的核反应堆，毁掉了伊拉克制作核弹的一切努力。是安拉的意愿，让他今晚看到那次计划留下的物质，那从沙漠中的坟墓里挖掘出来的物质。最好就是那些放射性垃圾，比如碘和铯那种永远都无法制成真正的核武器的物质。没有哪个政府会在乎这些。然而，它们却正好符合基地组织的用途。如果美国人没有入侵伊拉克，基地组织永远也没有机会得到它们。因为萨达姆从来不和首领本·拉登分享他的秘密。但美国人已经"照看"了萨达姆，伊拉克的大门现在向所有基地组织的战士们打开了。

　　是的，美国人都是蠢货。你们入侵伊拉克，因为你们声称这里满地都是"恐怖分子"，法鲁克想。好的，现在果真如此了。这是安拉的神迹。

　　"疯狗"们驶过库达警局门口的水泥防暴墙时，太阳已经落山了，这是一座外墙布满弹痕的两层建筑，还插着一面残破的伊拉克国旗。自杀性汽车炸弹曾三次袭击这座警局。现在，几乎所有的警察都不能出警局，甚至连巡逻都不行，更不用说逮捕什么人了。但部分警官还是跟第七营二队合作；杰克逊不确定他们是勇敢还是疯了。不管怎么样，他们比他对伽扎利亚的道路清楚得多。他希望今晚能带上他们其中的几个一起行动。

　　杰克逊大步流星地走到警局的门口，也就是在这时候，上校副局长凯夫·法赫德站了起来，手里还拿着半截燃着的香烟。他们相互用手碰了碰对方的胸脯，然后握手。法赫德是杰克逊在库达一带唯一信赖的人。"愿真主与你同在。"杰克逊说。

“愿真主与你同在。”

“你听说了我们要来吗？”

“是的。”

杰克逊并不感到意外。他的坦克发动机非常大，而且很吵，改进过的喷射涡轮早在他们到达之前就告诉人们他们来了。噪声是他们最严重的战略弱点。但今晚，这缺陷反而成了有利条件。

“吸烟吗？”法赫德说，向杰克逊递上他的烟盒。

“登喜路？真有意思，上校。”杰克逊抖了一支烟，接在手掌上。

“我的升迁通过了。”法赫德笑着说。

杰克逊点燃了烟，愉悦地吸了一口，尽管他并不吸烟，至少在他来这儿之前是不抽的。“你知道这些玩意儿会杀了你的。”他告诉法赫德。

“不比别的东西快就是了，上尉。”

杰克逊对法赫德的冷静感到惊奇。对于这一带的伊拉克官员来说，哪怕是被美国兵看见，也是一项非常勇敢的行为。然而法赫德看上去既不疲惫也不紧张，更不害怕。他们走上街道，以防警局里隔墙有耳。

“你今晚有什么计划吗？”法赫德问道。

“是的，一场袭击。”

“你需要多少人？”

“只需要那些你真正信任的人。”

法赫德点点头。“五个……不，四个。埃哈巴今天回家了。”

“只有四个？”当班的警察有五十个。

“是的。”

“那很糟糕，是吗？”

“还有更糟的，上尉。”法赫德把烟递给杰克逊，“再来一支登喜路吧。我要收起来了。"

十分钟后，法赫德回来了，四个男人跟在他后面。

"正如你希望的，上尉。"这是一个伊拉克的表达，意思是：随时待命。

杰克逊看了看表，八点四十分。萨雷尔说过会议会在九点开始，并将持续一个小时。但他也提醒过杰克逊，游击队常常会迟到。杰克逊也知道他不能冒险去探查那家发廊——任何美国人的出现都会显得过于显眼。他已经决定在九点四十五分的时候行动，希望能得到最好的结果。

"我们还有一点时间。你的防弹衣呢，上校。"

"我没有。"

"我们提供给你们的物资足够装备库达的每个警员。"杰克逊的声音难掩他的沮丧。

法赫德发出一阵冷笑。"我给你讲一个故事吧，"他又点燃一支烟，"这支登喜路燃尽前就能讲完。"

"好的。"

"我的父亲在萨达尔开了一家商店。你自然是知道萨达尔的。"

"当然。"萨达尔是巴格达东北部一个大贫民窟，在底格里斯河的对岸，一个极度赤贫的地区。

"我们不富有。萨达尔的人都不富裕。但我们过得很好。"法赫德说，他狠狠地吸了一口，"不幸的是，我的父亲——穆罕默德——喜欢开玩笑。有时候他还拿萨达姆开玩笑。一九八七年，穆克哈巴拉特①洗劫了他的商店。他们把他和我的兄弟萨迪克带到了巴格达的格莱布监

_____

① 作者原注：萨达姆的秘密警察。

157

狱。你能猜到结果。"

"你再见过他们没有?"

"萨迪克活了下来,只是一段时间。两年后他就死了。"

"他告诉你都发生了什么事吗?"

"他们把他放了后他就再没有说过什么。"

"他没说他们都做了什么?"

"他没有再开过口了。"法赫德指着自己的嘴,"没有了舌头。"

杰克逊正准备说什么,却感到自己的舌头卷了起来。

"我很抱歉。"

"他们一定是找了个非常恶劣的情报局探员,"法赫德说,"我父亲的玩笑没有那么糟糕。"

"你逃跑了吗?"

"我当时不在那儿。他们没有回来抓我。我不知道为什么。可能是因为——那个词是什么?——懒。"

"听天由命吧。"

"听天由命。"法赫德说,"他们把我派去打伊朗了。我活了下来——战争快结束的时候——然后不知怎么回事我就进了警校。现在我是伊拉克警局的副职官员,一个上校,被我的手下尊敬和爱戴。"法赫德笑了。"一种很让人羡慕的生活,你说呢上尉?"他抬起他的烟,还燃着。"现在,故事讲完了,正如我保证的那样。"法赫德最后深吸了一口,然后将烟头弹到沥青地上。

"这么说,你不会穿防弹衣啰?"杰克逊说。

"如果安拉希望我活下来,我会活下来的。如果他希望我再次见到我的父亲,我也愿意。无论怎样,我都感激他对我的佑福。"

158

由拉米雷兹领着的装甲悍马带路，"疯狗"们的护航队向北开往一条贯穿伽扎利亚中心的宽阔大道，道奇大道。路上的坑坑洼洼，都是炸弹留下的。差不多每晚都有巡逻人员在这里遭到袭击，尽管到目前为止还没有士兵死在这附近。

街道空旷无人，他们占据了整条道路。巡逻队拉开队伍，从头到尾几乎有半里长，法赫德的兰德·路虎夹在队伍中间，在布雷德利战车和坦克之间像玩具一般。

透过夜视镜，拉米雷兹眼中的世界变成了黄色和黑色。东边耸立着"战争之母"清真寺，一个水泥怪物，顶部尖塔的外形设计明显模仿了坦克上的转动炮塔。萨达姆下令建造这座清真寺，以庆祝他和伊朗间长达十年的战争，二十万人在战争中丧失了生命。晚上通电后，寺顶的塔尖邪恶地在夜空照耀。现在电源被截断了，清真寺和附近一带一片漆黑，尽管有几户幸运的人家还是可以靠发电机发电。灯火管制是一项很好的决定，新月也很好。夜色愈浓，夜视镜的功能发挥得愈好。

曳光弹划破了夜间的寂静，当巡逻队经过的时候，响起了一记枪声。他们就在那儿，拉米雷兹想，监视着我们，等着我们犯错，好吧，让他们来吧，他的手指紧扣着点五〇的扳机。

当护航队到达伽扎利亚公路北端终点时，悍马停了下来。在那儿，一座狭长的桥通往拥挤的贫民窟，苏拉。杰克逊已经告诉"疯狗"们，巡逻队需要仔细注意路线。他们知道我们来了。护航队慢慢转了U字，开往南方。

伽扎利亚发廊狭窄的房间里，法鲁克以理发师阿尔-贾克拉身份出现，很不适地坐在廉价的蓝色沙发上。旧的洗发水瓶子躺在地上，三把 AK－47 步枪随意地躺在靠着后壁的架子下。电灯的照明和为泡茶而烧水的水壶，全靠墙角的一台嘈杂的发电机发电。他再次看了看手表，九点二十分。为什么他们还没来呢？法鲁克不是个懦夫，懦夫不会长时间地做核武器侦察员。尽管如此，他还是很讨厌没有意义的冒险。

门打开了，但却只是扎以德，这个消瘦的伊拉克人领着法鲁克从伊斯兰堡来到巴格达。法鲁克彻底厌烦了扎以德。伊拉克人的举止真是糟透了。他随地吐痰，毫无拘束地乱挖鼻孔，而且他还从不洗澡。加上，法鲁克不信任任何瘦小的人。开怀大吃多让人痛快，谁会对着饭愁眉苦脸呢？但法鲁克得承认扎以德迟早派得上用场。他会说阿拉伯语、现代波斯语、乌尔都语、普什图语以及英语。实际上，法鲁克没有听到一种会让扎以德摸不到头脑的语言。而且他认识这儿和巴基斯坦之间的半数部落领导人。所以法鲁克接受了这个男人的中古世纪的生活习惯。

"很有趣吧，扎以德。"法鲁克说，"你可以很容易地从一座医院或是一家超市判断出这个城市的财富。但是我所待过的地方的理发店都是一模一样的。这里，巴基斯坦，欧洲。全是黑色转椅，柜台上堆满了神秘的玻璃罐，墙上贴着剪成平顶头的年轻男模特的海报。"

"嗯。"扎以德把手指塞进了鼻孔。法鲁克想知道这个手势是不是意味着一种回答。相对于巧舌如簧的人来讲，扎以德的话惊人的少。或许他脑瓜子里正想着什么大事呢。

法鲁克舒舒服服地坐在长沙发椅上，感到椅子在他肥胖的身体下吱嘎作响。外面他可以听到在远处的美国坦克低沉笨重的隆隆声。他快速地把盖格计数器塞进衣兜，然后试着控制住自己的紧张情绪。"他们很快就会到这儿吗，扎以德？"他的伙伴只不过耸耸肩，跟着倒了两杯茶，用他的脏指头把糖扔了进去。法鲁克苦皱着脸吞了下去。这时他听到这些车停了下来。

　　杰克逊上尉的计划很简单。目标就是那家位于伽扎利亚西边角落的理发店。在他的车队抵达大街时便朝发廊开去，悍马和路虎离队比赛着向西面进发。坦克和布雷德利战车跟在它们身后。那些好运气的游击队员直到悍马已经抵达发廊时还会搞不清现在的状况。在那些重型装甲车抵达时，他们会建起一条环行防线。

　　这是个颇有风险的战略。杰克逊有十五个士兵在悍马里，一起还有坐在路虎里的五名伊拉克警官。他们应该带上四名游击队员的。但是如果这个发廊增强了防御，他们就会开战起来。特别是在布雷德利载着援军到达之前。正常情况下，杰克逊会把重火力安排在前头，让轻型车辆跟在后头。但是这一次他不会冒风险提醒他的目标。

　　甚至在他的手下冲入发廊之后，他们的问题还远没有结束。杰克逊不知道这商店的布局，甚至于不清楚它会不会有第二个出口。他的侦察兵在最近的三天里巡视了发廊两次，但是他担心过多的侦探惊吓到了目标。他仍然肯定自己的连队会赢得这次任务。他们经历过更糟的情况。

　　杰克逊的目光越过他所乘坐的装甲车的窗户，看着那个冷清的店面，时间给了老板们最后一次临阵逃脱的机会。他拿起军队步话机呼叫在格拉菲斯提营的作战中心。"疯狗六号呼叫骑士六号，完毕。"骑士六号是营长、中校史蒂夫·高桥。

　　"我是骑士六号。"

　　杰克逊看着表。九点三十三分。悍马应该在数分钟内攻入发廊。"我们的食物是九四 TREE。""TREE"是军队里"三"的行话。

"九四三。"高桥重复道,"知道了。你要开始行动了。"

"明白。"杰克逊说。在他把步话机放下时,身上洋溢着一种冷酷的兴奋。

法鲁克朝着一个六英寸长的钢制胶囊挥动着盖格计数器的棒子。在他戴上的耳机里发出快速的咔嗒声,每一次咔嗒声都是胶囊发射出辐射的信号。他把棒子对准第二个钢制胶囊,再一次地听着发出的咔嗒声。

穆加希德的指挥官马增是个大块头,他是法鲁克见过最为高大的阿拉伯人。讲着一口刺耳的农民腔调的阿拉伯语,他双手拿着 AK – 47 步枪,腰间绑着一把刺刀。自从他把胶囊给了法鲁克之后就一言不发地站在房屋后面的楼梯旁,紧张地观察着法鲁克摆动着盖格计数器。他害怕带给我的是假货,法鲁克想。

"这东西有多少个?"法鲁克问道。

"数千个,"马增说道,"太多了都数不过来。"

听到这个回答,法鲁克知道他的这次行程值得冒险。数千个钴胶囊。今晚真主赐予了他的战士们一份盛大的礼物。卡德日会很快活的。

一阵电话铃声把法鲁克吓了一跳。

"好。"马增说,然后挂断了。"我们的一位兄弟在监视着大马路,以防美国人从这条路上过来。"他对法鲁克和扎以德说,"但是他们没有抄这条路过。在夜晚他们害怕。"

"这样?"扎以德问法鲁克,"你怎么看?"

但是法鲁克没有完全准备好去分享他的兴奋。"把黄铜给我。"

马增递给他一个帆布包,这个装满黄铜的包极其沉重。法鲁克朝这些黄铜挥动着棒子,盖格计数器再一次有了反应,大声快速地发出咔嗒声。这些小球都是二氧化铀，他想。黄饼①。法鲁克举起帆布包来。

"你是在圆筒里找到这些的?"

"对。"马增说道。"这个东西非常重。我们几乎搬不动它。"

"那是唯一的圆筒吗?"

"那里有四个，博士。"

四个装着黄饼的圆筒? 法鲁克试着抑制住他的兴奋。他提醒自己这只是个开始。他们需要聚集这些物质再把它们带入美国。但是有很多途径。他们可以用货车装着这些铀和钴胶囊进到约旦。然后再运往迪拜，或是土耳其。向东去到巴基斯坦和新加坡。朝西去到尼日利亚，然后再经过大西洋到巴西。他不清楚细节，卡德日会操作这些的。但是他知道这些途径。

"我的兄弟，"法鲁克说道，"你应答了我们的祈祷。"

"真主至大!"马增尖叫道。这时他的手机再次响了起来。

早在数秒之前疯狗的悍马开到街道西面封住了道奇路，随后关掉车灯，加速朝理发店开去。悍马没有像坦克那般的喷射式涡轮机，但话说回来他们也没有七十吨重。他们在黑暗中以每小时七十五公里的速度从寂静的道路上发起了突袭，风倒吹着拉米雷兹的脸。他瞪着眼死盯着公路，察看着动静，但是他没有注意到那个在欧宝轿车里瘦小的男人疯狂地拨着电话。

在他们逼近目标时，拉米雷兹想知道他们能发现什么。大概什么都发现不了。他希望待在里面的人能聪明到不会开战。袭击的开头几

---

① 低浓缩铀，百分之二或三，尽管远没有达到武器等级。

163

秒钟是非常危险的。疯狗在区分对方是敌是友之前不会采取行动。

但是今晚这不会是个问题。侯塞因通知得太晚了。在他的电话打出去之时，疯狗已经快抵达发廊了。这些游击队员——总共八个，包括法鲁克和扎以德——只能抓起他们的枪支跑上车。

悍马猛压过一块街石开进了狭小的停车场。拉米雷兹看见三个拿着 AK 步枪的男人从店里冲出来。他用机关枪对准了他们。"停下！"拉米雷兹大叫着。

他们疯狂地开起枪来。子弹蜂拥着朝悍马射去，另一些子弹在杰西的脑袋旁边呼啸而过。这可不是误伤，他无意识地想着。这种情况下，交战法令允许发动致命攻击。甚至在这些字眼蹦出他的脑袋时，拉米雷兹已经把点五〇大口径的机关枪对准了目标，然后扣动扳机。

火舌从枪管喷射而出。大口径机关枪在近射程里对人身袭击有着致命的作用。一个敌军的脑袋像熟透的南瓜一样被爆掉了；其他两个则半身被打得稀巴烂。在他们的身体碰到地面之前拉米雷兹已经把枪口对准了店铺的前头，那里还站着两个敌人，在绝望地开着火。这一次其中一人在突袭中幸存了下来。但另外那个可没有这么幸运。

死了五人。拉米雷兹根本没有任何感觉。这个任务远未结束。

马增冲进库房，他的衬衫浸透了鲜血。"你告诉他们的？"他朝法鲁克咆哮着，"你这个间谍，犹太间谍。"马增用枪瞄准了他，法鲁克躬下身来，紧抓着他右肩膀上的枪伤。一阵麻木的疼痛在他的手臂蔓延开。

"我向真主发誓——"法鲁克嘶哑地叫嚷起来，他感觉自己的内脏都松散掉了。

"你这个白痴。"扎以德对马增吼道，"你没瞧见他比你还害怕吗？"

扎以德从他的皮带上拿起一个手榴弹，跑向门边，看也没看就把手榴弹扔向理发店的前室。"但凭天意，这会给我们争取到时间。"他说道。手榴弹爆炸，屋子颤动起来。

"你待在这儿，"扎以德对马增说道，"尽可能多地杀死敌人。法鲁克，我们走。"

法鲁克摇着脑袋。他看起来像是忘了怎么开口说话。

"死蠢胖子，"扎以德说道，"谁也帮不了你了。"但是法鲁克疯了一般紧紧抓住柜台。他今晚不会在这里死掉的。真主不会容许这种事发生。不会在他发现了那些物质之后就让他了结生命的。

扎以德转身小跑上楼梯。法鲁克跟在他后面，气喘吁吁地跨着每一步。但是在楼梯顶部扎以德激动地咒骂起来。门被一把廉价的钢锁锁上了。

换作其他地方，杰克逊上尉会从容地进攻，带领着连队的坦克把理发店夷为平地，然后让伊拉克警方清理这些瓦砾。但是不会在伽扎利亚，也不是在今晚。人们已经群聚到街道，朝着理发店和悍马指点议论着。

在首轮突袭之后，理发店暂时变得一片死寂。杰克逊缓步走向理发店，希望他们已经杀死了房子里面所有的人。这时一枚手榴弹从前门的窗玻璃处爆炸开来，一阵玻璃碎屑冲向杰克逊的脸颊，血从他脸上滴落。比起受惊，杰克逊更多的是恼怒；他不该让自己这么易受伤害地走出来。

现在他站在悍马打开的装甲门后面，耳朵贴着步话器，命令他的疯狗连就位。法赫德在几英尺之外等着，手里拿着一根登喜路。他一言不发，但杰克逊能看见他眼中的热切。

坦克停靠在街道的边角上，用警戒线隔离了发廊，这样就没人能进出了。三辆汽车泊在理发店的前头，拉米雷兹已经带好了五个队员。杰克逊认为只有几个圣战战士能留下来。他接通了步话机。

"蓝色六号呼叫蓝色三号，"他说道，"三号，你严守环行防线，我们要行动了。"

"收到，上尉。"

杰克逊挂上步话器看着法赫德。"准备好了吗，上校？"

法赫德弹掉香烟。"如你所愿，上尉。"

拉米雷兹拿着 M16 突击步枪悄悄地走向理发店门的前门，杰克逊的司机，下士沃斯隐藏在几英尺开外的发廊另一边炸裂的前门窗户处。伊拉克的警察都在他后面半步左右，拉米雷兹不喜欢这样子。如果出了什么差错他们就没有办法把消息传递出去。但这是杰克逊上尉的命令。

自从那个手榴弹爆炸之后，发廊就静悄悄的。但是除非它是自杀式爆炸，不然那些武装分子仍在里面活着。拉米雷兹把脑袋伸进房门的转角检视着里面的情况。这个发廊看上去像被龙卷风刮过一样：玻璃散裂成碎片，理发椅翻倒在地，地板上还躺着两具尸体。这时他看到了理发店后屋的房门打开了一条缝，一道影子在门后面闪动。他朝沃斯看去，知道他也同样看到了这个动静。沃斯指着拉米雷兹，然后指指自己。拉米雷兹点点头，就仿如他们做好了个计划一般。

沃斯伸出三根手指。二根，一根。

拉米雷兹穿过理发店的前门跑向沃斯，这个跑动肯定会遭到袭击。果不其然，后门打开了，一个男人手拿 AK 冲锋枪冲了出来。沃斯在他

166

能够开枪之前——这个大块头男人的腰间绑着几把刺刀，拉米雷兹在跑动时瞧见了他——开枪连发打在这个男人的肩膀上。这个男人旋转起来，然后躺倒在地，这时拉米雷兹扑过去掩藏在沃斯后面。

"冲进去！"杰克逊朝着伊拉克警察吼道。那些警察拥进理发店，轻率地开着火，滑倒在血滩和满布残骸的地板上。第一位警员，陆军上校法赫德，走去后屋。第二个警察跟着他，这时——砰！当手榴弹在后屋的某处爆炸时，房子剧烈地摇晃起来，一阵金属碎屑冲向拉米雷兹的脑袋。那个在门道的警察被爆炸冲击得往后倒去。他后背着地，没能爬起来。

拉米雷兹慢慢走入发廊，沃斯跟在他后面。他只听到一阵从后屋传来的虚弱的悲鸣，他不认为有人能在第二个手榴弹下生存下来。但是他不想冒险。一切动乱都平静下来。这时杰克逊上尉急走着穿过他迈向后门。

"长官。"拉米雷兹叫道。太晚了。杰克逊走进了后屋。

法赫德死了。杰克逊在走入后门时就知道了。手榴弹炸出的锋利碎片撕碎了法赫德的胸膛；他那身粉蓝色的制服，被血水染成了酒红色。即使有防弹衣也不能救到他。他的双腿血肉横飞，左腿被齐膝炸断了。只有他的脸是完好无损的，但法赫德的脸色却奇异地平静。他看起来是即刻就送命了。但是在楼梯角落里的另一个男人却没有完全停止移动，这个大块头的圣战战士避开了最凶猛的爆炸。

杰克逊想自己应该为这个男人呼叫紧急救护，一个外科医生或者其他什么之类的。这时他再次注视着法赫德的尸体，决定等着。有人碰了碰他的胳臂。他惊讶地转过身，瞧见了拉米雷兹。

"长官，还不安全。"拉米雷兹指着楼梯。

拉米雷兹说得对，杰克逊想。地下那个人不是第一个这么死的。他不该比"疯狗们"的生死更重要。他指着楼梯。"你和沃斯，"他说道，"行动。"

　　法鲁克和扎以德沿着屋顶走着，试着在避开那些包围着他们脚下街道的美国士兵时能找到一条下去的路。从街道上看，理发店的前头看上去是单个高楼的一部分，但是从上面望去，理发店的前廊和后室就像是分开修建起来一样。邻居的墙壁分开了理发店的屋顶。在屋顶的角落，一个空的香烟盒和一张没牌子的避孕套包装纸不知被谁塞进了混凝土屋顶的一个洞里面。两者都在经月的太阳暴晒下泛黄了。

　　扎以德攀上墙壁朝北走去。法鲁克奋力地跟在他后头。他爬上墙壁后瞧见扎以德推着一扇锁上的门。屋顶在门后平展开去，没有楼梯下去。

　　从理发店传来手榴弹低沉的重击声。马增在做最后的抵抗，法鲁克想。扎以德看上去无动于衷。他在屋顶转了一圈然后爬回了他们刚攀上的墙壁。但是法鲁克感觉到他的精神垮了下去。除非真主亲自送来托架，否则他们不可能从屋顶下去。

　　拉米雷兹走到了楼梯的顶部，一扇通向屋顶的大门被弯曲地挂了起来，上面的锁被射穿了。沃斯紧跟在他身后。拉米雷兹推开门转向右面。沃斯跟着向左面行动。拉米雷兹看见两个男人在三十英尺外攀爬着一堵墙。但是在他跑上去之前，沃斯踢翻了一个手榴弹。这个手榴弹是扎以德绑在门上的饵雷。手榴弹的拉环被踢开了。

　　"卧倒！"沃斯吼道。他拼命地朝手榴弹踢去。拉米雷兹扑倒在屋顶上，死死地护住了脸。瞬间天翻地动，他感觉这阵巨大的爆炸声就像是从自己的脑袋里传出来一样。

拉米雷兹慢慢爬到门后向沃斯靠近，但是沃斯看起来已不在那里了。至少他浑身没有剩下完整的一块。其他一切也都丧失了原有的形态。世界变得一片死寂。"谁——把——狗——放——了——出——来?"他咆哮着。或者幻想着他在咆哮。"谁把狗放了出来?"

　　拉米雷兹站起身来，朝着翻墙的男人开火，但是他的步枪没有子弹了。他妈的，拉米雷兹咒骂着。他丢掉步枪，向围墙猛跑过去，就在这时两个疯狗队员从楼梯口上来了。他们大吼着要他停下来，但是他听不见。即使能听到，他也只会继续跑过去。

　　他们陷入困境了，法鲁克现在能够看清这一点。一个疯子般的男人朝他们猛冲过来，手里只拿着一把手枪，这时扎以德在作最后的抵抗，他的 AK 枪调到了全自动，子弹喷涌而出，AK 枪在他手里疯狂地跳动着，散射的子弹飞穿过夜空。

　　法鲁克后退几步。他想投降，但是如果这样做扎以德非杀了他不可。他会等到扎以德被射死，然后，如果他仍活着的话，就会像电影里面看到的那样把手举起来。他认为自己终究只是个懦夫。但是比起躺倒在屋顶上，他还是首选关塔那摩的监狱。

　　那个美国人踉跄了几步，但仍边继续前进，边不停地射击。他一枪打中了扎以德的肩膀。接着便在这种情形下，翻上了墙壁。扎以德转向他，连连开枪射击。法鲁克不能相信他竟然一颗子弹也没打中。但是这个大兵看起来有如天助般刀枪不入。他举起手枪开起火来，射穿了扎以德的胸膛，然后一次又一次地扣动着扳机。

　　法鲁克扔掉盖格计数器，举起双手。这个美国大兵已经掉转枪口对准了他。"我投降。"法鲁克说，"不要开枪。不要开枪。"

　　这个肥胖的男人在说着些什么，但是拉米雷兹听不清。他断然地用枪瞄准这个男人的胸膛，接着便扣动了扳机。

手枪咔嚓一声，法鲁克等着他的胸部爆裂开来，接着黑暗——或者无论下面发生的什么——会把他带走。他应该立刻能感觉到自己接近了真主，而不是感觉离他更遥远了。

另一声枪响。什么也没有发生。法鲁克屈膝跪在地上，他认识到自己还活着。

拉米雷兹呆呆地盯着这个男人，然后看着自己的手枪，这把枪现在已造不成致死的威胁。肯定是子弹用光了。他身体里的肾上腺素即刻全都蒸发了。他没有再填充子弹，而是把枪扔到一边，接着便俯下身直到他的脸离那个肥胖的男人的脸只有数英寸的距离。这个男人颤抖着，嘟囔地说着一些拉米雷兹听不懂也理解不了的话，从嘴里喷出的唾沫飞溅到了他的制服上。拉米雷兹想告诉这个男人一些话，但是他记不起是什么了。

直到杰克逊上尉把拉米雷兹扳回来时，他们一直保持着这种姿态。

防弹衣也救不到陆军上校法赫德，但是肯定救了杰西·拉米雷兹的命。他的"凯夫拉尔"挡住了两颗子弹。由于他被震裂了耳膜的缘故，拉米雷兹得到了一张提前回家的车票，虽然他拼命地想同他的伙计们待在一起。由于消灭了六个暴动分子并且近距离地直面攻击敌军的枪火，拉米雷兹获得了仅次于国会荣誉勋章的军事奖章：特别服务勋章。

至于杰克逊所关心的是，拉米雷兹应该得到最大的奖章。这个小伙是他所见过的最优秀的士兵。但是陆军中校史蒂夫·高桥声称有几个高级军官表示不想大肆宣扬这场突袭。国会荣誉勋章会引起注意。杰克逊并不感到惊讶，想起在他向上级报告军队俘获了一个手持盖格计数器和巴基斯坦护照的男子之后，那些一二一特遣部队的家伙是多

170

么迅猛地现身登场。他们把这个男子塞进他们的悍马里，接着便告诉杰克逊载着这些游击队员的尸体，领着他的人马撤回格拉菲斯提营地接受检查。就像他是供他们差遣的该死的仆人。

"我们都确信你会因为这次突袭而获得荣誉。"他们里面的其中一个说道，这个自称为上校的特遣部队官员，制服上根本没有徽章。就像荣誉是杰克逊所该关心的一切，而法赫德和沃斯却没什么关系了。杰克逊痛惜失去他的士兵中的任何一个。而失去了两个，则取决于你是怎么想的了。

但是当突袭之后的第二天清晨他在行军床上躺下时，太阳已经升起，气温也升高了，杰克逊承认他为自己的连队感到骄傲。所有这些特遣部队的家伙们所奔波的就是疯狗们获得的胜利。他确信他的部下会理解他们所做的事情，即使他们不被允许谈论它。完成这类任务就是他们被遣送到这块不毛之地的理由。他们使基地组织陷入混乱，和恐怖分子直接斗争，而不是走其他的弯路。

杰克逊叠起双手放到脑后，瞪着天花板。他已经到了极限，他清楚自己需要睡眠。他明天应该做几个关于突袭的简报。这对一个二十九岁的上尉来说还不算太坏。"我只是希望情报部门知道该怎么对待那个被我们抓捕的男人，"杰克逊想，就在他最终迷迷糊糊地睡去时，"而且我希望这不会太迟了。"

7

亚特亚大，佐治亚州

那个头戴便宜网球帽，眼神泛着饥饿的褐色皮肤的男人，站在巨型的露天停车场的人群中。尽管太阳只是在一小时前才升起，天气已经闷热、潮湿，这些男人们缓慢地走动着，为前头漫长的一天保存着力气。他们那表面上的了无生气是骗人的。当一辆皮卡货车开进停车场时，一转眼这些人就蜂拥而上了。

一个穿着短袖衬衫、脸色红润的男人从货车里探出身，将拥挤过来的人群往后推。"轻松点儿，你们这些偷渡者。"这些个男人叽咕地抱怨着退后。在皮卡里的男人举起四根手指。"四个人，干一整天的活。"他说道，"每个人八十美元。有会说英语的吗？"

约翰·威尔斯用肩开路，穿过人群。"我会。"

"你。"这个男人说道，"在最前面。"他指着另外三个劳工，"你，你，还有你。跟在后面。"

在其他人拖着疲乏的步子走开时，威尔斯挤进了皮卡，这是一辆雪佛兰四门双轮驱动车，带有商用盘和一行白色的广告口号：李氏绿化公司——自一九六五以来美化着亚特兰大。"你叫什么？"那个男人问道。

"杰西。"

"我是戴尔。你会讲西班牙语吗？"

"一点点。"威尔斯用西班牙语说，"少许。"

"管住这些民工，你会额外得到二十美元。"

"si，senor."

戴尔笑了起来："si，senor？这很可乐。"

雪佛兰开出停车场，驶入布福德高速公路，这条十三号公路是从亚特兰大通往查伯利、多拉维尔东北部郊区的六线车道。在四月，威尔斯抵达亚特兰大时还不知道能期望从这个城市得到什么。在他简短有限的军旅生活之外，他从未在南方生活过。他对马丁·路德·金和斯佳丽·郝思佳茫然不知。亚特兰大让他感到惊奇。这个城市比他预期中的要大，那些郊区蔓延到数公里外低矮的佐治亚山丘旁边，整个城市浑然一体。这里也不只生活着黑人和白人，还有遍地的西班牙人和亚洲人，甚至还有一些阿拉伯人。

特别是在布福德高速公路这儿，在沿公路的商业区里，一片越南语、日语和威尔斯从未见过的文字写成的招牌混杂在一起。墨西哥料理、韩国桑拿和坐落在安逸旅馆和华夫饼店隔壁的第一银行"tu banco local"，华夫是美国人较为熟知的一个餐饼店。向北几公里就是布福德农夫市场，这是个迎合中美洲移民的有名无实的超市，以每磅二点九九美元的价格售卖塑料包装的牛尾和公牛睾丸。

当地人称查伯利为"查伯地亚"，但是这种称呼很难捕捉到这都市的多元化。布福德高速公路是前美国时代的美洲，美国以其丑陋、低俗的一面不太情愿地接受着各种肤色的移民，威尔斯这样想。更实际地讲，这儿是个隐蔽的好场所。任何想要工作的人都能在这儿生活下来，而这里的房主不会担心把房子租给那些证件不妥当的人。他们欢迎任何能按时缴付租金、不多话的人，比如威尔斯。

他已经在公路旁边的一间设备齐全的单人公寓里生活了四个月。每个早晨他都混迹在危地马拉人和尼加拉瓜人中，在露天停车场守候工作。一开始时，他们都怀疑威尔斯不是移民署的就是个警察，都会避开他，不与他交谈。但是不久后这些劳工对他放松了一些。但仍不太喜欢他；威尔斯被挑选去工作，比他能工作的份额要多，因为他是个能说英语的白人。

但是威尔斯认为自己知道如何装扮成局外人。另一个名字，另一个新的身份，另一场无止境的等待命令。他有时会想，在他告诉戴尔这类雇主自己的真实身份后，这些人会有什么举动。大概是开怀大笑：

"真是可乐"，然后叫他赶紧回去工作。

他们在环绕着亚特兰大城的环城公路二八五国道向西行驶，在经过巨型的环行商城时把多拉维尔的砾石抛在后头。环行商城是家小规模城镇般大小的购物中心。甚至到现在威尔斯仍不能习惯于美国这种毫不费力的繁荣：那些光泽闪烁的阔绰的汽车和办公大楼。在沙泉市的二十四出口，他们从二八五国道转弯，数分钟后戴尔拐进了一条带有四座新建房屋的尽头路，这条险峻的道路称之为隐藏的山顶小径：一条私人车道。一辆装满树苗的货车，连同一位头戴杰夫乔登帽的少年一起等着他们。

"卡尔。"戴尔冲这孩子喊道。

"戴尔，你个狗娘养的。"他们快速、略带深意地握了握手。

"给你带了几个墨西哥人。"戴尔说，"这个是约翰。他会说西班牙语——他会告诉那些西班牙仔要怎么做。"

威尔斯的心脏怦怦地跳起来。戴尔怎么可能知道他的真名？

"我叫杰西，"威尔斯说。

"随便他妈什么，"戴尔说，"只要你会挖洞就成。"

威尔斯只能摇摇头。这句不经意的话是他数月以来所受到的最大的惊吓。

戴尔指着那些放在货车中的树苗："卡尔会指给你看把这些幼苗搬到什么地方去，"他说，"你可得把洞挖深点儿。"

他们在正午时停下手上的活，在房屋的侧边上避开太阳，开始吃午饭。这些危地马拉人打开家庭自制的玉米面团包馅卷，还有几罐常温啤酒；威尔斯则拿出一桶肯德基炸鸡，这个是他不为人知的毛病。他一边贪婪地咀嚼着这些油腻的咸鸡腿，一边揉着疲惫酸痛的肩膀，试着放松下来。他的衬衫已被汗水给湿透了，但是他不介意做这份工。数月的挖挑锤钉已经使他回复了在西北边境失去的肌肉。

威尔斯朝着那伙危地马拉人斜举起那桶炸鸡腿："要不要来一块？"

其中一个男人朝肯德鸡桶伸出手，接着又停在半空中。

"吃吧，没关系的。"威尔斯说，"真的可以吃。"

这个男人拿了一块炸鸡腿："谢谢。"

"你叫什么名字？"

"埃东多。你呢？"

"杰西。"

"你每天都在工作？"

"有就干。"威尔斯说。

"但你是白人啊。"

"这不是道理。"威尔斯说。一个刚开始在埃东多脸上成形的笑容，立马就消失了。

"你没有移民证吗？"

"没有。"

埃东多看起来很困惑，他试着去理解为什么一个美国佬会同他们一起工作。威尔斯大部分时间都会被提到这类话题。而且通常这个话题也就停在这儿了。这些异国人都很尊重别人的隐私，而且，不管怎样他们中大多数人的英文都不够谈得更深入些。果然，埃东多之后便一语不发地嚼下最后一口炸鸡腿。

"谢谢。"他再次感谢这次邀请，然后走回到那伙危地马拉人当中。

威尔斯背靠着墙，瞅着他四周的房子，全都高屋阔瓴，旁边附建的车库可以容纳三四辆车。每座房屋大概有十五个房间。这些都只是为一个家庭而建。真是太惊人了，他想。很多人会高兴住在这种地方的，或者说应该会乐意。

他们在下午五点时把活全都干完了，那些厚积在天空的云层，预示着将要有一场倾盆的夏日暴雨。"有人想抽烟不?"卡尔大声问道。他走到货车那去——然后突地迅速跳进皮卡，发动起车来。"晚点再说，狗娘养的。"他嚷道。就像他不付工钱就要溜走一样。这伙危地马拉人群起追赶这辆皮卡，但是在它消失在弗农山大道后，他们就放弃了。

"这个婊子养的。"埃东多朝着大道无用地大喊道，"×你妈的婊子。"

这类事之前也在威尔斯身上发生过一次。大多数承包人都会守信用，因为他们都很诚实，或说因为他们都明白说出去的话如同泼出去的水。但是有些人却是真正的刺头。威尔斯感到强烈地想用石头砸烂这些奢华房子的窗玻璃。但是戴尔会带着警察在停车场现身，没人愿意冒这个险。尤其是威尔斯。他把炸鸡桶扔在草坪上——或许这个味道会引来浣熊。

这时雨已变得倾盆而下，他们在大雨中跋涉数公里走下弗农山大道。威尔斯强迫自己和埃东多这几个危地马拉人走在一起。尽管他担心警察会拘捕他们。沙泉市是亚特兰大最富庶的郊区，这里的警察对那些在街头游荡的棕色人种总是心存恶意。

在很长一段路程里，这条大道没有人行道，并且有两次为了避开疾驶而过的越野车，他们被迫跳入灌木丛中。

最终他们抵达了二八五国道，然后开始没完没了地等着巴士。从现在开始再做这类的工作，威尔斯就会带上手机和二十美元，这样一旦被抛弃在路上他就可以打电话叫来出租车。威尔斯多数时候一直在打冷战，同时还饿得要命，但是他不记得自己曾几何时有如此激愤过。

176

他对自己的国家期望过多了。在他身旁的这些危地马拉人一直喊喊喳喳，直到最后威尔斯拍拍埃东多的肩膀："你会说英语不？"他问道。

埃东多笑了起来："和你说的西班牙语一样好。"

"那我能不能跟你聊聊？你喜欢生活在这里吗？"

"每个月我都会汇七百美元回家。我家里的人正在埃斯昆特拉建房子，那里是我的出生地。"埃东多说，"等到房子建好了，我就要回家了。"

"你不想待在这儿吗？"

"你真的想知道吗？"

"我想请你回答。"

埃东多看着威尔斯，考虑着。

"那么我告诉你，伙计。在来之前我就对美国了如指掌。这个国家强势、富有。同时你还可以享有民一主和自一由。"虽说英语不是埃东多的母语，但是他能很好地理解讽刺，威尔斯想。

埃东多咳嗽起来，然后朝车流吐了口痰。"你说得好像这里是世界上唯一一块土地。而且每个不住在这儿的人都应该感到伤心。所以我很高兴我来了一遭，伙计。现在我正亲眼瞧着美国。我不会想念它的。这地方，对我来说，只是为了工作而已。就是这样。"

在威尔斯最终回到自己的公寓时已近深夜。他太疲倦了，但他不忘确认粘在门槛高处的薄胶带和底部的细长黑丝线；这些东西都没有被动过。他避开他的追踪者又多了一天。如果有人费心来追踪他的话。

他的起居室比平常看上去更加阴郁。一床邋遢的褥子和一张满是香烟烙印的木制咖啡桌。屋里还摆着一具刨花板打成的书架，一台附有数张碟片的电视影碟光驱，这些碟片大部分是类似于《原野奇侠》这类的西部片。一张图为老鹰在一个普通的山脉上盘旋的机动海报。

除了几张碟片和几本书之外，这个公寓看起来如同威尔斯首次租下它时一样破旧。桌上没有摆放照片和小饰物。地板上没有堆起衣服，洗涤盆里空无器皿。没有什么可以表明有人类而不是机器居住在这里。好的，有一样东西可以证明：威尔斯在几周前买的一个金鱼缸，里面游弋着数条蝶鱼。

"嘿，露西。"他对着鱼缸打招呼，"还有你，瑞奇。"他从来都没有格外地喜欢金鱼，但是他乐意有些活物生存在公寓里。至少是半死不活的——最近几日这几条鱼都游得越来越缓慢了。

他跪在祈祷用的地毡上，随之毫无热情地把《古兰经》翻开到第一章。"奉至仁至慈的真主之名，"他用阿拉伯语喃喃低语着，"赞美真主安拉，世界之主，至仁至慈——"

威尔斯停了下来，把《古兰经》合上。他试着在每天清晨和夜晚都对主祈祷，但是他对自己掩饰不了那个事实：自那天清晨他绝望地跪在父母的墓穴前以后，他的信仰已如一个漏气的轮胎般干瘪下来。他仍然相信，或者拼命地想去相信：主、慈善以及手足情谊。但是他对迪多实话实说了，伊斯兰对他而言如同信仰般是生活的一种方式。成为穆斯林分子意味着每日要祈祷五次，每周五都要在清真寺摩肩接踵地听告示，未必非得相信穆罕默德已然驾着白马飞升到天国。现在他独自一人祈祷，身畔没有乌玛①，没有兄弟情谊的慰藉，《古兰经》越来越像是身外之物。

这种距离在某种程度上让他觉得高兴。他知道在去制止卡德日的那一刻到来时，他不会有任何疑虑。他仍希望自己能相信些什么。没

---

① 阿拉伯语《古兰经》中对人群称为"umma"（乌玛），这个词汇其含义是：一种宗教信仰、社团、民族、道路、日期、身材、表率、独特等，在《古兰经》中是不同地域、不同时期、不同文化的人群的称谓。——译注

有国家，没有信仰，没有家庭。他试着给儿子写信，但是他能对这孩子说些什么呢？"亲爱的埃文，你不认识我，但我是你的亲生父亲，那个抚养了你多年的好心律师不是……""亲爱的埃文，爸爸知道自己在你两岁时从你的生活里消失了……""我最亲爱的埃文，是我，爸爸。我不能告诉你我在哪儿，也不能跟你说我在做什么还有现在生活用的别名，这里有五十美元。你给自己买个电视游戏，这样你就会在玩游戏时想着我了。"在经过六次令人难过的努力之后，他放弃了。

他没有猜想到自己在美国会比待在西北边境还要来得孤独。他认为自己可以相信爱丝莉·詹妮。他每隔数周就会梦到她。梦境里有时他会回到和她待在吉普里的光景。有时他会在她失去贞洁的夜晚陪伴着她。他一向是伴着撑起拳击短裤的勃起醒来。他手头没有一张她的相片，但是他几乎能看见她那蓝色的眼睛，白皙透明的皮肤。她那蹒跚的步伐。他确信自己能在一百码的距离以外就能把她从人群中认出来。而且他也确信她对自己有着同样的感觉。

然而关于她，自己真正知道些什么？她甚至可能捏造了那个悲伤的青春期故事，接受了某个上级的指示来迷惑他。这些特工在早先都像使用武器那般运用美色。威尔斯摇着头。如果那些个故事是捏造的，那么她就该是在好莱坞发展了，而不是在兰利。他相信自己的本能，不然他会落得在每个角落都能看到有中情局的特工在转悠。不，爱丝莉如同他想到她那般爱着他。他们会再一次相见的。眼下他必须做好自己的工作，这些工作都是为基地组织最终想起他的那一刻做好的准备。

带着这种意念他把爱丝莉放置到一边，接着便成百次地猜想卡德日为何会把他派到亚特兰大来。疾病预防中心就在他的公寓向南的数公里处，中心的冷冻库里装满了天花和埃博拉病毒。但是疾病预防中心的校区是个要塞。里面有移动传感器，全副武装的警卫以及生物锁。要是卡德日幻想自己能够偷溜进去的话，那他可真是太蠢了。而且卡德日给威尔斯的印象不是个蠢蛋。那是个真真实实残暴的杂种。洛杉矶的爆炸就能证明。

那么卡德日到这来干什么？举办一九九六年奥林匹克运动会的百年纪念公园？没有人在乎一九九六年的奥林匹克运动会。地区的联邦储备银行？那也没人会在乎。可口可乐大厦？是的，可口可乐大厦。可乐是美国帝国主义的象征。或者说卡德日对本宁堡军事基地有什么大计划？这个军事基地就在这儿南向的数百英里处。事实上，威尔斯对卡德日的计划毫无头绪，要么卡德日会再一次和他联系上。每隔几天他都会到多拉维尔图书馆查看自己的电子邮件账户，每次都是失望而返。

威尔斯转着他的脖子，这是他的老习惯。在这里伴随着那些垂死的金鱼闹脾气对他来说可没有半点好处。他向房门走去。"对不起，露西，"他看着鱼缸说道，"对不起，瑞奇。但是至少你们还有彼此。"

蝶鱼们一言不发。

威尔斯的福特漫游者曾经很体面；现在车子的空调几乎不能工作了，而且仪表上的杂物箱也被人取了下来。但是这辆货车不会引起任何关注，这是辆小型的白色皮卡，你可以在佐治亚州找到成千上百辆这类车子。即使他把车开到路边也不会有任何事，在他保险单和注册时用的名字是杰西·汉密尔顿，跟他驾驶执照上相吻合。他还有一辆旧款的本田 CB500 摩托车，是三个月前在田纳西买的。用现金付的款，而且为了以防万一，他从未登记过这辆摩托车。这样车子就跟他扯不上关系了。

威尔斯开着皮卡下到布福德高速公路，驶入锈钉餐馆狭小的停车场内。这个餐馆的前门由一座六英尺长的黑色左轮手枪守护着，这把手枪实际上是烧烤炉来着。锈钉餐馆因其烧烤而闻名，而这把左轮手枪的枪管夜以继日地喷出一根直直的蓝色烟雾。餐馆的内部看起来很奇怪，像一座滑雪度假小屋，在中央用八角木搭起一个吧台，吧台四周是小隔间，在角落架子上的电视里播着亚特兰大勇士队的赛事，空气里满是浓重的烟草味和烧烤味。如果换一个夜晚，这经久不散的烟味会把威尔斯给熏走，但是今晚那感觉刚好对味。

威尔斯把自己扔在一台荧屏泛亮闪烁的小游戏机旁。这个地方几乎是空的，只有少数几个老主顾在酒吧里用一双双闪烁着酒醇的眼睛看着第九局比赛，还有几个从埃默里大学来的小孩儿，他们正找一块廉价的地方喝上几杯。威尔斯之前来过锈钉一次，那是个如这般的夜晚，当时他公寓变得过于死寂。他会更喜欢在这儿吃饭，每周一次在这吃顿晚饭，看场比赛，但是老主顾们注意到他了。

"无论什么时候，都要成为不引人注意的人。"诺斯维尔·比尔·戴利，中情局的顶级伪装导师，在农场的训练期间这样教他，"现在有人看见你走进一个房间。你要变成一个不会给别人留有印象的人。"

从那时到现在，威尔斯尽最大的努力去让行动慢下来，并且把嘴闭上。当然他没有在阿富汗成为那种潜伏的卧底，在那里他有着引人注目的存在感。即使在那边保持沉默也是有帮助的。有时威尔斯想知道他是不是照比尔的指点做得太过头了，过于掩盖自己的个性来取代他自己，这使得他长久不知道自己是个怎么样的人了。但这个问题的答案未必重要。

长年生活在西北边境，他盼望着回家。但是现在他重回故里，却拿不定主意一旦这个任务结束后，自己该干些什么，该成为怎样的人。

如果它结束的话。恐怖战争仍没有显示出任何失去动力的迹象。他会永不再需要其他的工作。他可以永远扮演着无人注意的卧底。

诺斯维尔·比尔的意见是威尔斯所受训练中最重要的部分。出了农场之后，他从未摸到一个情报秘密传递点或是摆脱敌方特工小组。他为自己未在冷战时期成为特工感到遗憾。当时这个游戏有着某种合乎体面的优雅。中情局和克格勃几乎独立于政府之外存在着，在只有他们能看见的棋盘上下着三维象棋。两方都没有真正地期望对方去引爆这个世界，而作为替身的非洲士兵和中美洲打的那些恶劣的战争。少部分不那么幸运的苏联地下工作者们被处决，但不是他们自己的间谍。对失败最严重的处罚是放逐，或许是一个恶意的特别情报委员会听证会。

这种情况不再有了。今日一旦你被错误的对手捕获只会落得个死刑，全世界都会在网上看见你被斩首的视频。而且如果这些恐怖分子有能力的话，他们的确想炸毁这个世界。隐形墨水和针孔照相机都只是早期间谍活动的一些可爱的把戏。

酒吧招待朝他走了过来，这个瘦长的女人戴着鼻钉，有着一双温柔的蓝眼睛，身上穿着一件亚特兰大勇士队的长袖上衣。"你要点什么？"

她朝威尔斯倾下身来，威尔斯差点儿从凳子上跌落下来。在将近十年的独身生活之后，这么近距离地接近女人让他按捺不住。特别是这个女人。她看上去很像……好吧，她看上去很像年轻时的爱丝莉。更高挑些，更有一种无助感。怪不得他会做这个锈钉餐馆的回头客。

她笑了起来。他尽力地向她回笑过去："汉堡包和炸薯条，四分熟。"

她傻笑起来："四分熟对我们的'大厨'来讲可有点困难哦。"她用手指比画出引号，他明白她是在戏弄自己，"我会挑其他人来做。我

182

不确定他讲的是哪国话，但是他不会说英语。"

"那么就五分熟吧。"威尔斯说道。

"不错的选择。"

"再来一杯可乐。"

"可乐？"

"不，来一杯啤酒，"威尔斯说，他对自己的话感到很讶异。他的血管流过一阵内疚的欢愉。他已经很长一段时间没有舔过啤酒沫了。他觉得这跟那些嗜酒成性的人每天头一遭痛饮时的感受差不多。

她轻轻地耸了耸肩，表示对他的节制饮酒不感兴趣："什么牌子？"

"罐装的百威啤。"威尔斯说，"麻烦和汉堡包一起拿过来。"

"好的。你叫什么？"

"杰西。"

"我叫妮可。"她说。

在威尔斯能制止自己之前，他伸出了一只手。她看着这只伸出的手，过了片刻，她跟威尔斯握了握手。"很高兴认识你。"他说。

"嘿。"她走回厨房，威尔斯看着她走动的每一个步伐，感到自己满脸通红。很高兴认识你？一个握手？她是个酒吧招待，而不是保险代理人。但是他不知道该说些什么。他只想要她回到这边来，这样他就可以满足地看够她。

威尔斯投了一枚硬币进游戏机，开始玩起了文娱小游戏，用他贫乏的知识消遣消遣自己。"有史以来最高票房的电影是 A）星球大战 B）泰坦尼克号 C）史莱克 D）蜘蛛侠。"威尔斯选了星球大战；他都没听说过其他三个电影。答案是泰坦尼克号。

妮可穿过吧台拿来他的啤酒和汉堡包，随之把手从容地搭在他肩膀上："你真的不知道这个答案是泰坦尼克号？"

"啊哈。"威尔斯啜饮起啤酒来,他并没有试着去说任何愚蠢的话。百威啤冰凉、刺激,稍微带点苦味。太美了。品尝起来就像家一样。

"这部电影太棒了。"

"我从未看过这电影。"

"真的吗?你难道住在山洞里?"

"差不多。"

"我来瞧瞧你的胳膊。"她握起他的手,然后拉着他的手臂前后伸展,"没有文身。你没在监狱里待过?"

"当然没有,"威尔斯回答说,"难道我看起来像坐过牢?"

"有那么一点,"她说,"而且看起来你好像很久都没喝过啤酒了。"

"你这点就说对了。"

她拍了拍小游戏机:"接着玩吧。不然会吞掉你的硬币的。"

威尔斯点击下一个问题:"这个昙花一现的明星是电视真人节目秀美国偶像的第一任获胜者;A)杰西卡·辛普森 B)凯莉·克莱克森 C)鲁本·斯坦德 D)贾斯汀·布莱克。"

"这些人都是谁?"威尔斯摸不着头脑。

"杰西卡·辛普森。金发,巨乳——有什么印象没?"她轻点了屏幕上的 B 选项,奖励了九百分,"或者你更会中意鲁本?从伯明翰来的乡下小子?"

"就像是葛斯布鲁克?"

"对了,只不过鲁本又黑又肥,他唱的是民歌。不是吧,你从未听说过他们之中的任何一个?你可是难住我了。"

"自从科本死后我就再没有关心过流行音乐了。"

他并没有完全停止关心音乐,他想。但是摇滚乐在他住的地方没

184

有多少演出。威尔斯不能断言自己有复杂的音乐口味。在高中时他很喜欢斯普林斯廷和齐柏林飞艇以及王子这类酷酷的风格音乐。然后在大学和其他人一样沉迷上垃圾摇滚和另类摇滚。在阿富汗和西北边境他想念着音乐，比他预期的要强烈得多，尽管在出发前他把几首歌铭刻在心里，这样他可以不时地唤起它们。

"你从哪来的啊？"妮可问，"月球？"

"比月球更糟。加拿大。"

"或许我全部的生活都陷在佐治亚了，可我知道加拿大都会有电视机的啊。"她意味深长地看着他，然后摇晃着脑袋，"加拿大是有的。"

"嘿，妮可。"一个在吧台另一边的男人叫，"给其他人来杯酒，你要整晚都在那儿调情吗？"

"别人？哦，你是指你自己。"她说道。

"你并不像自己想的那么可爱。"那个家伙说。

"她当然是。"威尔斯大声叫道。他正在喝第二杯啤酒，已然感到头昏眼花了。

"我这就来，弗雷德。"她朝威尔斯俯下身说，"我会让他自己倒酒，但是他肯定会把整个瓶子都吞下去。"

"我可听到了——"

"那你知道我说的没错，"她扭过肩膀对弗雷德说。然后便朝威尔斯使了个眼色，走开了。威尔斯咽下啤酒，并且试着不让自己去瞄妮可的屁股。他失败了。

四个小时后，威尔斯驾着福特汽车开进台球馆店前的停车场，这是在锈钉高速公路的下方，那些非法移民都在这里边喝着两美元的百威，边看墨西哥足球。他看着镜子。果然，她的丰田皮卡同样跟着开

185

了进来。

他知道自己正在犯错，他给这个女人缠住了——即使是一晚——这会导致不必要的纠纷。他明白不管妮可有何魅力，只是爱丝莉可怜的替代品。但是在这时候他不在乎这个。他需要一个女人，而苛刻的事实是他可能永远也见不到爱丝莉了。他轻按着肩膀，想象着一个天使在一股烟雾中消逝无影。

在他们走进店里时，柜台后面的男人朝着他们不太友善地点点头。除了不定期地去看电影，打台球是威尔斯唯一的消遣；他之前来过这里两次。

"我们在一个小时之内就关门了，伙计。"

"那我就没多少时间踢你的屁股了。"妮可说，"我们开始玩吧。"

让他感到惊奇的是，她是认真的。她开始冷静下来，在输掉第一盘之后旋即就赢了下两盘，而且如果不是擦过八号球的话，她可以连续拿下第三盘。"早该知道招待也会玩桌球的。"他说，并观察着她平稳地把一个球击入中袋。

"这么介意被女孩占上风？"

"你没有排在我前面。现在是二比二。"

她差一点儿错失了一个双擦球，她绕着台球桌朝威尔斯走去。即使在喝了一点儿酒后，她还可以行动自如。"你真是有趣，"她说，"你假装不在乎，但你讨厌失败。"

威尔斯耸耸肩。"你说得很对。"他说。

"而且你一直在观察。从未停下来过。你在瞧什么呢，杰西？"

即使是在这么多年的独处之后，威尔斯仍然知道这个问题的正确答案。"你。"

186

她笑起来。"你看得太久了。你就像是那种接近人类但还不彻底的机器人。对，像终结者。"

威尔斯突然感觉自己仿佛去到一个超现实的五元店里，他不仅被告知自己会死掉，还有确切的时间、地点和死法。她不知道自己有多敏锐。为了掩饰不自在，威尔斯尴尬地大笑起来："这话可不动人。"他说道。他俯身在台球桌上，校准着目标。她偷偷地走到他背后，把手搭在他身上。威尔斯能闻见她，她身上的威士忌和香烟味。他转身去亲吻她，但是她把威尔斯的嘴唇推开。这一刻他全然忘了她而想起了爱丝莉，她躺在奥克兰的一座肮脏的地窖的桌子上。随之他回过神来。

"不，我在帮你。再靠近些球桌。"她说，"集中注意力，看着角落。"她又再笑开来："我恨那些男人做这些把戏，在桌上占我便宜。所以我总是先输掉第一盘，来看看他们会不会这样做。"

"吻我。"威尔斯说。

"你打了这一杆，我就会吻你。"

他严重地失手了。"我本该打那个五号球的。"

"这可不像是终结者做的事。"她说道。

"我不是终结者，"威尔斯说，"我是那个试图去阻止他的好人。他叫什么名字来着？"

她拿起弹子棒，瞄准了球："你太坏了。我一向对阿诺·施瓦辛格有着憧憬的。"

"真的？"

"耶……我两三年前曾和我最好的女伴布兰妮谈过男人，你知道的？他们的设备。"

"他们的鸡巴，"威尔斯说，"是这样说吧。"

"是的，教授。"

"然后呢?"

她的脸红起来:"我不能相信我正跟你说这个。"

"只要不是关于你怎样失去贞洁就成。"威尔斯说。

"什么?"

"我和我自己的内部笑话。"

"很好。管他是什么。我和布兰妮觉得没办法知道男人的那玩意儿有多大……除了一个方法。"她挥杆一击,球没进,"这真是分散注意力。"

"是你开的头。"威尔斯说。他惊讶地发现自己的焦虑消失了,并且现在他觉得很快乐。或许她已经上百次做这种事了,在吧台里调情,表示有更进一步的发展。他不能拒绝。"让我猜猜——身高?"

"想得美。不是。"

"真的? 那么是大的脚? 大的手? ——"威尔斯伸出他的手掌,她照样伸出手来。他们手掌对手掌地碰在一起。她的手指刚好到他的第一节指关节。

她咯咯地笑起来:"我很乐意认为这是个好的信号,但不是这个。"

"那是什么呢?"

"好吧。瞧,我可不像是有了一吨经验——"

"本来可以愚弄我的。"

她把他的手臂交叠起来。

"你逗我吧,"威尔斯说道,"这能说明什么?"

"德国血统。"

"什么?"

"德国血统。德国男人都非常……装备精良。"

"真的?"

"我还得补充说明白吗?"

"多纯正的德国血统？你能肯定全是德国的男人？"

"我当然没有做过鉴定了，杰西。"她开怀大笑起来。

威尔斯希望能够告诉她自己的真名。"这就是你喜欢施瓦辛格的原因？"

"好吧，不是这样的。我一直认为他很有趣。我是说，你能辨别得出他在这些电影里都掺进了笑料。但是这种德国情节增加了纠葛。"

"但你知道他是奥地利人。"

"听起来不一样，该你击球了。"

威尔斯拿起台球杆，朝台球桌俯下身去。

"你为什么不打偏这个球，这样我就可以赢了这一局，接着我们就可以离开这里了？"

他照她的话做了。

他们走上通往她公寓的台阶，每隔一步就停下来亲吻，威尔斯用手紧紧揑着她的臀部，推起她的 T 恤，抚摸她柔软的肚子。在她的房门外，妮可抽身离开他。

"你不能在这过夜。真的不能。"

他吻了她的脖子。

"五分，十分钟。这就够了。你可要答应我不会把我的地方弄得一团糟。现在里面有点儿像猪圈，至少以女孩子的标准来说。"她打开门，威尔斯跟着她走入房间。长沙发椅上堆满了衣服，污水槽里塞满了没有洗的杯子。

威尔斯快速翻看了放在咖啡桌上的教科书——护理学概论 I——"你没有说自己在学护理啊。"

"坐吧。你让我有点神经紧张。"

威尔斯坐了下来。

"你想喝点儿什么吗?"她说。

"不,谢谢。"

她打开收音机。一首伤感的民谣溢满了整个公寓。"嘿,终结者。现在唱歌的就是鲁本·斯坦德。"

"你在哪里上学?"

她把两杯水放在桌上,然后在他身旁坐下来。"你有十分钟。你是想盘问我呢,还是亲我?"他吻了她,在她寻找他身体时把手放在了她的面庞上。他品尝着她嘴里的烟味,接着却感到一丝内疚,因为她不是爱丝莉。但重要的是这种渴望是如此凶猛,使得这房子在他们周围逐渐缩小直到她成为他所能见到和感受到的全部。他把她推倒在长椅沙发上,双手在她的 T 恤下游走——

嘭—嘭—嘭!门上响起三道猛烈的敲门声。她从他身上跳了起来。

"谁在门外?"

"闭嘴。"她说道。

嘭!嘭!敲门声越来越大。

"我知道你在里面。荡妇。"从门外传来一阵含混不清的声音,"快点开门。"

"我的前男友。"她说。

"他叫什么名字,海因里希?"

"不要开玩笑了。我们在七月分的手。他还没有恢复过来。"嘭!嘭!"他隔个两天就要过来。只是——之前不曾有人在这儿过夜。"

威尔斯能够感到他勃起的阴茎渐渐缩小下去,他的欲望凝结成了愤怒。"操他妈的!"他说,"我要修理他一顿。"

"我可以处理的。"

"打开门!"

她向房门走去。威尔斯跟在后面,躲在门后那人看不到的位置。她摇着头,指着卧室里面,但是他把手指放在嘴唇了,一动也不动。她把门打开一条缝。

"克雷格。"

"妮可——"

"回家吧。求你了。"

"你不能对我不忠。"他的声音让威尔斯感到难过,这人只是个爱发牢骚的小男人。

"克雷格,我们已经分手两个月了。"

"我知道你在里面藏了个男人。"门被猛地推开了一道缝隙。

"我没有。"

"我在停车场就都瞧见了。"

妮可蹒跚地向后退,克雷格用力地推着她。

威尔斯不再控制那已升至他胸膛的怒火。他瞧够了。瞧够了男人把女人像奴隶一样对待。瞧够一辈子愚蠢的男子气概。他大力地打开门,面向克雷格。这个男人还不至于过于瘦小,可能有二百一十磅,他脸色红涨,身上散发着威士忌的酒气。

"我就知道。"不知怎的,在说这句话时克雷格设法做出扬扬得意的样子,就像威尔斯的现身证明了自己的话。

"回家吧。"威尔斯柔声说道,他知道克雷格不会照他的话做,"我不想揍酒鬼。"

"操你妈的!"克雷格手臂一环,抢拳朝威尔斯打来,威尔斯毫不费力地躲开了。

"不要让我伤害你。"威尔斯说,"回家吧。"这个家伙再次挥动起手臂。威尔斯再次避开了这一拳。他的眼睛里罩了一层红雾。他几乎能闻到克雷格的血的味道。过于长久的孤独，过于长久的欲望，都没有得到报答。

"我在好好地请求你。"威尔斯说，他和克雷格一样为自己辩护。

"好好的。"克雷格讥笑地撇着嘴唇，"你现在和同性恋一起出门，妮可？"克雷格又一次挥动着手，另一记醉酒的蛮拳。

威尔斯抓住克雷格的胳膊，然后反击起来，重重地打在他的胃部，这手凶狠的右拳把克雷格揍弯了腰。然后是攻向脸部的一记迅猛的左刺拳。再接着又一记攻向胃部的右击拳，这时克雷格气喘吁吁，他的双手垂落下来。

"杰西——"妮可说，"还是让我叫警察吧。"

威尔斯再次对克雷格动起手来，这一次是用上钩拳，他走上前去，用全力挥出这一拳。克雷格的嘴巴砰地猛咬上，向后倒在二楼的通道里。威尔斯跟着他走在门外，等待着。不出所料，克雷格拽着通道的栏杆想试着站起来。威尔斯踢中了他的肋骨。克雷格侧身滚起来，死命地护着自己的肋骨，嘴里直吐出鲜血和牙齿，这时威尔斯正考虑着下面该拿他身体哪个部位开刀。

妮可从威尔斯的背后跳出来，惊声尖叫着："停下停下你这个发疯的神经病停下！"

"妮可——"

"你快要杀死他了！"她放开威尔斯然后朝克雷格跪身下去。

威尔斯向后退了几步。妮可抬头望着他："你这个神经病。离我们远点儿。"她向下指着楼梯，"快走。永远不要再到锈钉去。不然我就叫警察。"

他举起双手往后退着，缓慢地下了楼梯。

在开回家的布福德高速公路上，威尔斯没有看见别的车。他感到如同公路在他车轮下退绕而去般的空虚。他不能理解自己刚刚做了什么。首先，如果妮可和克雷格叫警察的话，他会陷入真正的麻烦中去。他看来不该带她到那个台球室去。在那里有些家伙知道他从停车场出来。妈的。这对一个没有面目的人来说太过失败了。

他们不会去叫警察的。克雷格不会想要承认自己的屁股被踢得有多严重。妮可想要他们两个都消失。警察也不会成为真正的问题。他才是真正的问题。不是暴力让妮可陷入崩溃。总之不只是暴力。她肯定在锈钉见过打架。但是他的冷漠，他的效率，这都吓坏了她。这些人，这些市民，他们不能理解。而且如果他试图解释的话那只是在浪费时间。他该记起来这不是场战争。这里是美国。

他把车开到路边，拿起电话，这个预付电话是他在田纳西买的。他可以打完之后就扔到沟里，明天再买一部新的。

"你好？"爱丝莉用困乏的声音说道。

"詹妮弗？"

"你是哪位？"她的声音觉察到了，"约翰？"

"是我。"

"我的上帝。你在哪儿？"

"我需要见你。"

"我们可以见面。"

"我们？谁是我们？"

"我是说——只有你和我。就这样。"

"忘记这事吧。"

"你现在有麻烦上身吗？"

"我没有惹麻烦。但是告诉我。如果我走得太远的话，要怎样才能知道呢？"

"你会知道的，约翰。"她的声音里有一股他没预料到的信任，"我信任你。"

"因为我不知道我还能这样干多久。"

"干什么？"

他沉默不语。

"你为什么不过来，这样我们就可以讨论这个问题？"

"你会永远不让我再次出走的。"

"约翰——"

他挂起了电话。

第二天清晨他去多拉维尔的图书馆查看电子邮件。然而，第一次，他在自己的收件箱里找到了一封邮件，是从 bigboyK2@ hotmail. com 这个地址发过来的。"哈茨菲尔德。上午十一点四十五分。九月十九日。DL561。确认这个地址。"威尔斯尽可能迅速地点击答复键。他对卡德日感到一股奇怪的谢意。至少现在他有事情可以等待了。并且有地方可以发泄他的愤怒。

8

蒙特利尔市，魁北克省（加拿大）

这是栋看上去普普通通的房子，木质结构的双层小楼，年久失修，边角上的灰色油漆已经逐渐剥落。它位于蒙特利尔的穆斯林社区中心，离圣劳伦大道不远的一条宁静的小街上，和它的邻居们隔着几坪大的短草皮。某个细心的观察者可能会注意到，这栋灰色小楼比周围的邻居们更缺少生气，没有孩子，只有一男一女，都是皮肤白皙的阿拉伯人。没有孩子倒也并不犯法，人们可能会疑惑为什么这墙上的百叶窗永远紧闭，即使在适合打开窗户迎接圣劳伦斯河上涌动的习习凉风和夏日的夜晚也是如此。不过附近大多数房子的百叶窗也是关闭的，穆斯林妇女相当注重隐私。某个非常细心的观察者可能会疑惑房主人是否在干着什么不法的营生，那个男人常常把纸皮箱子从他的小货车上搬下来放在前门。他通常只在黎明时分，街上全无人迹时搬这些东西。不过和没有孩子一样，在一大早开始做事也是完全合法的。总之，无论那个观察者注意到了什么也无关紧要，全都是猜想。并没有人会去观察这栋房子，塔里克·杜朗特先生可以心无旁骛地继续工作。

和大多数蒙特利尔的阿拉伯人一样，塔里克来自法国，他在巴黎北郊的圣德尼区出生长大，那是法国政府用来收容那些不愿也无法将其遣返回国的穆斯林移民的破落郊区之一。

即使以圣德尼那极低的标准来看，塔里克也拥有一个黯淡的童年。他的母亲，卡丽达，是一个来自阿尔及利亚的护士，他的父亲查尔斯则是个在结束一天工作后爬到卡丽达身上大肆射精发泄兽欲的法国水暖工。当卡丽达拒绝做人工流产的时候，他试图把她打到流产。他失败了，但这顿毒打让卡丽达几近失明。她失去了工作，在此后的日子里靠着伤残救济金和塔里克相依为命。她对止痛药的依赖年年增大，先是昏睡，然后是煎熬。在塔里克十七岁那年卡丽达死于吗啡吸入过量，官方认定为事故。同时，法国的法律系统毫不意外地给了查尔斯宽大处理，他在监狱外度过了两年刑期。

　　附近的孩子没有因为他母亲的悲惨命运而让塔里克好过。正好相反，虽然他从来没有见过自己的父亲，他们还是把他当做法国人来嘲笑，身材瘦小的事实和比起踢球更喜欢读书的个性对他的境遇没有什么帮助。但护士和水暖工的结合却产生了一个天才儿童。还在幼儿园时他就展现出了在理科上的天赋，引起了法国教育官员的关注。十几岁时塔里克就进入了公立路易大帝高中，那是法国最顶尖的高中，他在物理和生物学上表现优异。但是随着年级的不断升高，塔里克的处境也每况愈下。路易大帝高中的学生们毫不掩饰对混在他们中间的阿拉伯穷鬼的蔑视。当时，他们像对待一个叛徒般地欺辱他，称他"怪脑"，"小样王子"，撕碎他的作业。十四岁的生日是他人生的最低谷，没有一个人，甚至包括他的母亲，记得这个日子。

　　一周之后，塔里克申请了离他的公寓只有几个街区远的一个穆斯林社区中心开办的一个阿拉伯学校，出乎他的意料，中心里的每个人都在鼓励他。几个月后他每天早上都会去当地的一座清真寺做祷告。之后又换了更加激进的一座。他发现他去的每个地方的信徒都接受了他的祈望，这在他的生命中还是第一次。

　　到卡丽达去世的时候，塔里克已经将自己的身体和灵魂都转变成了一个穆斯林。他痛恨父亲，痛恨法国，痛恨西方世界对自己母亲所做的一切；他也恨母亲，为她对自己所做的一切。他无比渴望前往阿富汗并加入圣战。但伊玛目们不允许他走，他们告诉他应该继续学习。

　　他们有足够的战士，但他们还需要服从命令的科学家。他在巴黎大学获得了分子生物学本科学位，然后离开法国来到了蒙特利尔市中心的麦吉尔大学。他的导师们承认他非常勤奋，虽然他们私下谈论他在二年就已跳级加入了研究生级别的研究计划，以及塔里克在巴黎的导师可能夸大了他的潜力，毕竟阿拉伯人在科学界的地位是很低的。麦吉尔的教授们错了，塔里克就像他的分数所显示的一样聪明到足够做好每个研究。但可惜他不能全身心地投入到他们的实验室中。在那栋无名的灰色房子的地下室里，他还有自己的计划。

"鼠疫"，对普通人来说，这个词会让人联想到世界末日的景象。但对一个生物学家来说，这个单词有一个更加准确的含义：鼠疫杆菌。死亡的学名，在中世纪鼠疫是最恐怖的疾病，甚至比天花更加恐怖。十四世纪中期，数以千万的欧洲人，这块大陆上三分之一的人口在被携带鼠疫菌的跳蚤咬到后痛苦地死去。

"那景象惨不忍睹。"一个意大利人在回顾这场灾难时写道，"许多人就死在大街上，其余的人死在他们家里，只有从他们那已经腐烂的身体上散发出的恶臭宣告了他们的死亡。"另外一次鼠疫大流行发生在一八九〇年的中国，整整持续了一代，杀死了一千二百①万人。

从那以后鼠疫在欧洲和美国就已经几乎消失了，这要归功于更好的卫生条件和积极努力地扑杀老鼠和跳蚤。但是鼠疫杆菌依然广泛分布在野外，每年都有上千人感染。像埃博拉那样的怪异病毒得到了媒体的高度关注，但鼠疫已经杀死了更多的人。

在人类身上，鼠疫杆菌导致的几种症状中最有名的就是淋巴腺鼠疫。开始是发冷和打摆子，然后是温度最高可到达一百零五度的发热。淋巴结肿大——也称淋巴腺爆炸——到棒球的尺寸，这是因为身体里的免疫系统正在竭尽全力清除血液里的鼠疫杆菌。身体变得极度衰弱，以至于许多患者发现自己已经全然不在乎是生是死了。在最后阶段，

---

① 编注：作者原文为制造惊悚气氛死亡人数严重夸大。

197

鼠疫杆菌在血液中的大量繁殖导致败血性休克，皮下也大量出血，手臂和腿部呈现深紫黑色，这正是所谓黑死病的标志性症状。

然而黑死病还不是鼠疫最危险的形式，淋巴腺鼠疫不能在人际间传播，而且某些患者未经治疗也能复原。真正恐怖的是红死病：肺鼠疫。当鼠疫杆菌感染肺部时就会导致这种疾病，在这温暖潮湿的环境中，细菌会以疯狂的速度分裂繁殖。

患者开始会注意到有点发烧、头疼和轻微的咳嗽，这些生活里的小烦扰。但是在几个小时后鼠疫杆菌就会开始大呈淫威，头疼从小麻烦变成了剧痛，咳嗽转变为螺旋性肺炎，因为细菌充满肺部引发胸腔紧缩而产生了钳子夹住般的疼痛，心脏挣扎着泵出血液。患者呕出痰液、水，和刚开始稀薄之后厚实的血液凝块。

四十八小时内，即使带上呼吸器并对静脉进行抗生素注射，罹患红死病的人也只有不到百分之五十的存活概率。如果不及时治疗，他们会在几天之内死于休克，呼吸衰竭或因肺部积满血液而导致的窒息。不经治疗而在肺鼠疫下生存下来的可能就和买彩票中大奖一样稀缺。

更糟糕的是，感染者每次咳嗽都会吐出鼠疫杆菌的菌团。因此这种病能轻易地在人际间传播。虽然现代的抗生素在鼠疫被及时检测出来时能遏止它，但是没有一种疫苗能阻挡存活着的菌体。事实上，鼠疫杆菌最大的敌人从某种意义上说就是它自己，就像埃博拉病毒，肺鼠疫如此之快地杀死自己的受害者，以至于在正常情况下它无法大面积传播。这限制了它在野外大流行的危险。

但是如果鼠疫被作为恐怖武器刻意散布这一情况就不存在了，在某个大城市的空气里喷洒鼠疫杆菌一次就能感染数十万人，压垮所有医院并导致全球性的恐慌。世界卫生组织估计在一块有五百万人口、华盛顿特区大小的地方散布鼠疫杆菌的话，将会导致十五万个肺鼠疫病例并杀死三万六千人，世卫组织不敢猜想鼠疫在一个特大城市能干出什么来，比如纽约。

　　塔里克·杜朗特在他的地下室里储存了半打的鼠疫杆菌。

　　他没有必要袭击疾病控制中心总部，或者潜入维克托尔，苏联在冷战时期暗中进行细菌武器研究的位于西伯利亚的巨大细菌工厂，他甚至无须离开房子。他只需要当联邦快递的送货车到达时待在家里，这样他就能签收来自达累斯萨拉姆市的莫谦比利医疗中心的邮包了。

　　坦桑尼亚每年都有若干鼠疫病例，当地政府努力防止其流行开来。任何发现了疑似病例的医生都必须采取血样送往莫谦比利的传染病研究室——东非最先进的研究室，进行检查。在这里这些样本被一位搬到坦桑尼亚并在莫谦比利得到了一份工作的、巴基斯坦技术员所管理，在简历上这位男子自称奥玛尔·卡德里。卡德里明白一位巴基斯坦穆斯林在坦桑尼亚将比在任何其他疾病控制中心都更容易得到聘用。他是对的。

　　如此一来鼠疫菌就找到了连接塔里克的途径，一个尚处二十三岁稚龄、接受神启、曾为基地组织工作过的最高等级的科学家。所以塔里克才没法把他的全部精力都放在他在麦吉尔的研究中。

　　灰色的房子就像打开未锁的前门并走入其中的塔里克一般沉默。"法蒂玛？"他喊道，"法蒂玛？"

　　没有回答，她现在本来应该已经在家中做晚饭了，胃酸在他的胃里涌动。这一周他的妻子已经迟到两次了，这些天来她对他的尊重似乎已经消失。

　　塔里克是在他大学最后一年的春天在巴黎邂逅法蒂玛的，她是布鲁塞尔一位伊玛目家中最小的女儿，一个娇小可人，戴着衬托出她褐色大眼睛的希贾德——许多穆斯林女孩儿都会戴的头巾——的十八岁少女，塔里克对她一见钟情，当知道她对他也有相似感觉，并且不在意他那布满疤痕的皮肤和厚重的眼镜时他感到欣喜若狂。四个月后他们结婚了，就在他搬去加拿大之前。一年后她也跟来了。在头几个月里她看上去就像完美的妻子，爱他并且支持他。她对他在麦吉尔的实验室和地下室里花费的漫长时间没有任何疑问。但是之后她开始抱怨塔里克不让她去工作，她说她整天只能无聊地坐在家里。春天，她在市中心的一家法律事务所找到了一份秘书的工作。他曾试图阻止她这么做，但她只是笑了笑。

"那么我就离婚。"她说，她知道他绝对不会这么做，她是他唯一相处过的女性，他有时会为自己在她身上渴求那么多而觉得害怕。但是她的工作已经在他们之间产生了距离。她几乎不再听他的话，他无法理解她的这另外一面，自从来到加拿大后她似乎已经忽略了他的地位，不过也许她从来也没有在意过他，也许她只是把他当做一个借以离开父亲的机会。

一个月之前他第一次打了她，当时他试图和她做爱，而她又一次背过了身。他已经举起了拳头，但并未打算碰到她。然后她笑了。他以为她在嘲笑他，嘲笑他的弱点，他那瘦弱的胳膊和塌陷的胸部，就像圣德尼市的那些孩子们曾做的那样。他也许瘦小，但他依然是个男人。她应该记住这一点。他挥舞拳头打在她的肚子上，她号哭起来。仅仅一下，然后他就试图安慰她并告诉她自己很抱歉，但她一言不发。

那天晚上晚些时候当他碰触她时，她毫无怨言地就把自己给了他，她再也没有提起过他所做的事。几天之后，当塔里克以为她已经受到了教训时，她在厨房里对着手机窃窃私语，当看到他在听时她马上挂断了电话并假装自己什么也没有说。他再次对她举起了拳头，但她只是摇了摇头，他放下手，屈辱地转过身。

塔里克努力把法蒂玛赶出自己的思绪，当她回来时他会和她好好谈谈。现在他必须去工作。他打开通往地下室的门，露出通往另一扇紧锁的门的狭长的楼梯。塔里克知道双重锁看起来令人怀疑，但是他不能让任何人有机会下到这里来。除了鼠疫，他在楼下的冷藏仓库里还有炭疽菌和兔热病菌，都是被疾病预防控制中心定为A级的病原体，全部来自莫谦比利。

为了保护他的秘密，塔里克和麦吉尔的其他研究生们保持着距离，只有在若不出席会显得十分蹊跷的情况下他才接受他们的社交邀请。他告诉同学们他的妻子是个从不出家门的虔诚穆斯林。而对妻子说其他学生都歧视他并从未邀请过他。他没法阻止她和邻居们接触，但是他不准她把任何人带进家里来。这是她坚持要去工作的原因之一。或许这是个错误，或许他应该允许她结交一些朋友。

塔里克将他的钥匙插进楼梯底部的锁里，他应该停止想法蒂玛。现在，如果他注意力不集中会很容易导致死亡。他深吸一口气，闭上了眼睛，将法蒂玛驱逐出自己的脑袋。

当确定已准备好时，他打开了第二道门，走了进去。

在过去两年他把大部分时间都花在了建立这个实验室上，设备很难找，特别是他还不得不独自完成这些。但是在今年夏天，就在鼠疫杆菌送到的时候，一切终于都准备就绪了。

他把地下室分成两个工作区域。大部分空间都是开放的，墙壁和地板铺上了透明而厚重的塑料布以隔绝病原体和灰尘污染。靠着墙的试验台上堆放着他宝贵的设备：一台一千瓦的电子显微镜、一台气体光谱议、一个用来进行细菌培养的发酵罐、带冷冻库的冰箱、鼠笼、高压灭菌锅、本生灯、放着吸管和玻片的托盘。在某个角落他设置了一个通过过滤器连接着这房子通风口的密封安全储柜。在门边的一个柜子里常备着护目镜、手套、试验服和一个便携式呼吸器，旁边则是一个小型淋浴器。顶射荧光灯投下的单调而明亮的光线充满了这个房间。

这个空间基本上就是一个二级生物安全实验室的粗糙翻版，就和麦吉尔和全世界任何大学都有的那样。在二级生物安全实验室处理细菌和病毒是中度危险并容易发生感染的。病原体可能会让受害者们染上严重的热病。讽刺的是，鼠疫有时却可以在二级生物安全实验室里处理，因为鼠疫杆菌并不是烈性细菌，它繁殖缓慢并且极其容易被阳光、雨水和风杀死，只有在人体内鼠疫才会变得可怕。

但是塔里克需要一个更高级别的生物安全实验室。他不仅仅是在培养鼠疫和炭疽，他还要将它们雾化，转化为容易吸收的气溶颗粒。为此他应该需要一个三级安全实验室，甚至更好的，一个像疾病控制中心那样的安全级别为四的生物实验室。

一个标准的四级生物安全实验室有数百页的管理说明，它必须拥有自己的空气供应，绝对不会同时打开的双重空气锁，和用于清洁内外交换空气的过滤器。科学家们被禁止身穿实验服走出实验室，他们在离开之前必须淋浴而且淋浴用水须先经过化学处理。细菌在被放入牢不可破的双重容器之前绝不可以被移动。当进行真正重大的项目时，科学家们要在一个"特殊区域"工作，一个需要穿着有自带氧气供应的连体服才能进去的特别房间。这样他们才不会因意外而吸入四周的空气。

塔里克理解这个标准。他看过天花和鼠疫受害者的照片，面容痛苦地扭曲，身体肿胀地死去，他很清楚他的冷冻库里那些小瓶子的力量，他更愿意在疾病控制中心进行他的实验。

但该机构可能会对他的工作大皱眉头，所以塔里克建起了自己的特殊区域。他用连天接地的有机玻璃密封了地下室一个五英尺宽的角落，然后在上面覆盖了厚厚的塑料布，创造出一个内部空气除非通过由小型高效过滤器所保护的排气系统否则绝不会流入房间其余部分的减压罩。

在这个罩子内塔里克需要他自己的封闭空气供应，因为加拿大就和其他工业化国家一样，限制连身型正压防护服的出售，塔里克无法买到一个。作为代替他使用了一个呼吸器和氧气瓶，就像那些带着水肺的潜水者一样。为了避免进出口给减压罩带进污染，还装上了一个简陋的气压过渡舱。他经常更换过渡舱内他所用的呼吸器。他还设置了一个装着鼠笼和喷雾器的独立的安全储柜，喷雾器室通过把气体吹过液体来制造气溶胶。罩内地板上放着一个一半大小的冰箱和一个笼子，但他还是希望尽快改变这种状况。

这个空间并不理想。塔里克在他的氧气罐氧气耗尽之前只能在里面工作很短一段时间，而且他的呼吸器并不像一个真正的四级安全防护服那么可靠。即使如此，这个减压罩还是已经开始工作了。他还没有得病。房间开放的另一半也没有出现老鼠，一个原始但是有效的风险评估方式。不能将这一切展现给他的导师们看看实在太可惜了——他们一定会印象深刻的。

塔里克轻轻打开顶射灯并检查实验台，烧杯和琼脂培养皿是否完好，因为他已经离开了它们。下到这里后外面的街道和整个世界都显得那么遥远。只有他的小鼠们发出微弱的沙沙声打破了这种宁静。他数了数它们，确保一只不少。

他全身脱光，将衣服折叠好放在椅子上。通常在进入减压罩前他首先会处理一些不那么危险的细菌，但是今晚他想先接触他的"宝贝"，鼠疫杆菌和炭疽芽孢杆菌——炭疽。他打开减压罩的第一道门——通往过渡舱的门——步入其中。他穿上内衣、衬衫和他在减压罩内穿的宽松长裤，然后在衣服上套上一件白色的罩衫。他将门关上并抚平门边的塑料布，让减压罩和地下室的其余部分隔离开来。他戴上呼吸器，背上氧气瓶并把面罩罩在脸上。深呼吸，确保氧气流动顺畅，然后降低流量以维持氧气罐的供应。然后是帽子、靴子和手套。

最后他打开了过渡舱的内门，走进减压罩。

在这里他就像身处深海，或者月球，只有他的呼吸声打破了这完美的宁静。他轻轻拉开安全储柜，一周之前他已经第一次培养了鼠疫杆菌，将菌体接种在保持二十八摄氏度，大约八十二华摄氏度温度的血液琼脂培养皿上。两天之后，出现看似小小白色煎蛋的菌落，鼠疫杆菌的特征形态。它们很丑陋，塔里克告诉自己，又小又丑，但是任何轻视它们的人都会大吃一惊，而他控制着它们的力量，这个念头让他感到异常兴奋。

在培养出鼠疫菌后，塔里克将它们注射进六只小鼠体内，只有一只活过了两天，现在它也躺倒在了安全箱的一边。塔里克将老鼠的尸体放入一个玻璃容器，然后在容器中灌满盐酸以破坏掉剩下的东西。在麦吉尔他会解剖这只动物弄清楚它到底是怎么死的。但是在这里这并不重要，他只想证明自己能够培养出健康的鼠疫杆菌有毒菌株，现在他已经做到了。

但是塔里克知道他仅仅朝着他的最终目标迈出了一小步。让人感染肺鼠疫可比在老鼠身上扎针头困难得多。他需要找出一种办法让菌体分散成能够被肺部吸入并吸收的喷雾，他可能需要测试不同的方法，不同的鼠疫菌浓度，以及能够让雾气更易扩散却又不会杀死其中细菌的化学溶剂。

这个挑战困扰着比这个地下室先进得多的那些实验室里的科学家。奥姆真理教，日本的一个末日教派，在上个世纪九十年代花费了上百万美元尝试发展生物武器，甚至还在东京散布了肉毒杆菌和炭疽，但是却从来没有感染到任何人。它们唯一成功的一次袭击使用的是神经毒气，这比生物武器要容易制造得多。

另外，军事科学家们不会把他们的鼠疫菌试验成果清楚地发表出来，塔里克也会犯错误，他希望能和谁讨论一下技术难题。但是他唯一的同伴就是奥玛尔·卡德日。卡德日是个典型的外行人，他似乎认为引发流行病应该就像在烧杯里培养细菌然后扔到地铁站里那么容易。当塔里克向他解释并非如此时他显得非常失望。

"你已经收到我的礼物了？"卡德日在他们最近一次的谈话里问。那是在鼠疫细菌抵达的几天后。塔里克在郎基尔市一个加油站的公用电话亭打电话，在圣劳伦斯河的另一面，离他的住处有好几英里。

"是的，谢谢，叔叔。"他们总是用法语交谈并且绝不提到姓名或者细节。

"那么还要多久呢？"

"我说不准，叔叔。"

"在最好的情况下，一个月？几个月？"

"多亏您的帮助，最快还需要几个月。"

"你知道我很渴望看到你的成果。"

塔里克焦躁地不断换脚，他很不想让卡德日失望："我祈求您的宽恕，但这事儿急不得。"

"你还需要更多钱吗？"

"是的。"

"多少？"

"和一月份一样。"那是二十万美元，塔里克已经很节省了，但他需要的设备却是昂贵得无法变通。

"一样多？"卡德日笑了，但笑里带刺，"你以为你叔叔那么有钱吗？"

塔里克无言。

"我会安排好的。"卡德日最后说道，"你妻子怎么样了？"

"叔叔，我不知道该怎么办。"

"别让她分了你的心，我的侄子。"

说得倒是简单，塔里克想。"您会来看我吗？我很想见见您。"

"我很想来，"卡德日说，"但这些天我非常忙，你确定你没有任何竞争对手吗？"

"我一直非常小心。"

"那就好，侄子，我全靠你了。"卡德日叹了口气，好像承认这点让他特别难受似的，"继续工作，你知道整个家族都对你期望很大。我会再给你打电话的。"

"我不会辜负你的，叔叔。"

电话挂断。

塔里克希望卡德日现在能看看这个地下室。他确定他的"叔叔"一定会印象深刻。两天之前，塔里克把鼠疫杆菌的菌落从琼脂培养基转移到了装着脑心浸液肉汤的烧杯里。现在他可以尝试将菌液雾化了。他用一根普通的橡胶管连上一个小型电泵。让橡胶管的另一头垂到皿里并打开电泵，一会儿之后肉汤中开始冒出股股泡沫，好像那是一锅即将沸腾的原始汤一样。

塔里克知道这只是雾化细菌最基本的途径，但是他想知道鼠疫杆菌在烧杯和培养皿之间移动后是否还能存活，以及这是否是一个概念验证试验。所以塔里克已经从混合皿旁的笼子里取出了六只以上的小鼠。它们安静地围挤在金属盘边，对自己的命运浑然不觉。塔里克又在减压罩里工作了半个小时，在肉汤烧杯和琼脂培养基之间转移鼠疫菌落，他还需要更多的鼠疫杆菌。他仔细地做记录，记录笼子里的温度和湿度，每秒钟从培养皿中涌出的泡沫的数量，越简单的数据越要清楚。但是大多数外行人都不明白正是这实验室里单调的一千小时为每一次突破铺平了道路。一次一个台阶，他终会得到自己想要的东西。

9

爱丝莉走进杰斐逊旅馆时，门房轻触帽檐跟她打招呼。她的低跟鞋踏在门廊的大理石地板上，旅馆的空调缓解了夏夜的闷热。

"晚上好，爱丝莉女士。"

"你好吗？拉菲尔。"

"再好不过了，女士。"

她向右走去，去到起居室，这是个安静的红墙壁卧房，里面摆放着看起来应该被政治家和说客挤满的黑檀木桌椅。而不是太过于空荡的空间。杰斐逊旅馆比不过亚当斯酒店的奢华，而随着丽兹卡尔顿酒店和其他五星级酒店的到来，这个旅馆永久地沦落到二级酒店的地位。

但是爱丝莉喜欢这个旅馆那种凋谢的优雅，那门廊上的花束，门房的体贴。附带说一句：杰斐逊旅馆位于十五街，距她的公寓一小段路。在饮过几杯酒后她还可以摇晃着回家。今晚她来这是出于一个特殊的宴请，俱乐部的聚会。每隔几周五个职场女士都会得空过来相互见见，喝上几杯。其中一个是《华盛顿邮报》的记者，另一个是威廉和科诺里律师所的律师。这五人要么离婚了，要么待嫁，都是人到中年或是上了年纪。爱丝莉痛恨把自己归到中年这个类别。哦，从任何合情合理的标准来看，她确实是。她很快就要到更年期了。很好，也许不会这么快，但还是会发生的。

俱乐部一无规章，二不收费，除了给组织里的五名成员一个机会对工作和家庭发泄一番以及背着她们的孩子暗地里抽几包烟以外，也没有实际目的。爱丝莉是在一个冗长的美国国庆日晚会上见到俱乐部的非正式领导人琳内特的，那是三年前的事。

她们五个都是朋友，但不是彼此生活的一部分。所以她们能够互相坦诚地谈自己唠叨的父母、棘手的小孩儿。谈前夫再婚后决定不再给自己的小孩儿付私立学校的学费了。谈在工作和家庭中的一些轻微的快乐，官僚政治的胜利或是他们孩子获得的荣誉。事实上，这或许是这个俱乐部最好的事。女人们不会夸夸其谈，当一切顺利时，爱丝莉喜欢借机小庆祝一番。她期待着这些个聚会，甚至——特别是——在工作重压时。但是今晚她显得心烦意乱。

像平常一样，她们都已经坐在角落，而她也照常迟到了。她在最后一个位子上坐下，已经给她备好了酒。“敬老于世故的女士们。”她们齐齐说道，举起了杯。

“敬老于世故的女士们。”叮当碰杯声。

一句稍带心酸的玩笑话。最初是为了表示自我厌恶。她们真的恨自己吗？可能不会。但是爱丝莉经常在她脑袋深处听到一细小的些声音，她猜想其他四个女人都能听到：你的孩子们再也不把你当他们真正的母亲了。在余生你会孤独终老。最糟的是，她知道其他人不会听到的是：中年的生活和事业是有模式的。这些事正在发生，你太蠢了，看不见它。

她需要在自己动摇之前去停下这短暂的猜想。没有什么模式。她不能分析不存在的消息。这个该死的声音。男人听不到这声音。男人们即使失败了还期待成功，女人即使在成功之后仍等待着失败。

国家广播公司的记者琳内特，这个苗条的黑人注意到她："你还好吧，宝贝？你看上去很紧张。"

"我很好。"爱丝莉试着微笑。

"找到本·拉登了？"她们都知道爱丝莉在中情局工作，尽管不清楚她的工作内容。

"你们问错人了，"爱丝莉说道，"我只是个秘书。"

"我知道你在做自己喜欢的事。"

"如果是这样的话，事情就太不一样了。"这个玩笑几乎是不假思索地说出来的，但是琳内特笑了，不久爱丝莉也笑起来。

"这是事实。"琳内特举起了酒杯。

自从洛杉矶爆炸案后，中情局和洛杉矶反恐指挥部在这个月不停息地工作。但是调查人员仍没有确认轰炸者，更别谈查出他们是如何不动声响地积聚三吨硝酸铵的。他们不是通过海关得到这些东西就是在美国住上数年一点一点地建了个藏匿处。爱丝莉不能判断哪个预期会更糟糕。而且她担心这个袭击被设计成了一个消遣。甚至美国政府都没有无限的能源。联邦调查局把几个最能干的特工从其他公开调查中调过来，派来调查爆炸真相。爱丝莉明白这种本能，死难者的家属不惜任何代价都想要答案和逮捕犯人。她只是希望这代价不会包括其他的袭击。

她和沙弗都在考虑将来的事。整个春季和夏季他们都在集中精神地阅读那些数据库，那是反恐指挥部用来追踪每个查出的基地组织成员的动向和消息建立起来的。搜查第一线系统分析中遗失的样本。到目前为止，他们没有找到太多资源。美国情报界多年来积聚的证据，证明基地组织在美国内部某个地点至少有一处网络。一些中情局人员称它为 X 网络。二至三个恐怖小组，六到二十个之间的恐怖分子。在"九一一"之前他们就已准备好基地组织的秘密武器，等待着命令发动一场大袭击，这秘密武器大概是化学武器，或是生物武器和放射性武器，但愿不是核武器。而且上个月国家安全局查获了一封电子邮件，里面暗示基地组织设法将不明物质带入美国。但是这个情报还未经证实，而且没有人知道——或者即使知道——那些人是如何运作 X 网络的。

倒不是爱丝莉想对久经世故的女士们提及这些事。更别说两周前的清晨接到的电话。她另给自己倒了杯酒，试着放松一下。"女孩子们，"她说道，"很高兴见到你们。"

格雷琴，一个娇小灰发的女人跟着说："那么……"

"什么？"

"不要跟我们装聋作哑，詹妮弗。你的约会如何？"

爱丝莉不想再提及这个话题："这难道不让人惊奇吗？"

"什么？"格雷琴说道。

"我们五个，都那么妩媚动人，都能够经济稳定，而且头脑都那么清醒。"

"谈你自己。"琳内特大笑道。

"不，真的。我们都很幸运能一个月聚两次——是不是？不是每个人两次。我们五个人每月两次。"

"嘿，"律师安说道，"我上个礼拜刚在亚特兰大的协商会上得到一个性要求。我是说,他已经结婚了,但是在向我提出请求前他把结婚戒指脱下了。我感到这样很贴心。"

这次她们已经狂笑得一发不可收拾。这些久经世故的女人们从已婚男人那儿得到很多性请求,在巴士上——或者,更糟的是,在工作中。她们从未婚男人那里收到邀请去鸡尾酒会,但那些男人可能是没出柜的同志。她们没有接收到在她们这个年纪的离婚男人的真正约会的邀请。除非他们不想要更多的孩子,这些男人都不可避免地对比他们小上十岁的女人感到兴奋。

"不要拖延了,"格雷琴对爱丝莉说,"究竟怎么样?"

通常情况下爱丝莉都会毫无抗拒地顺从于这些久经世故的女人们,尽管她私下希望她们能少花点时间谈论男人。但一切不曾改变,所以女人的重点是什么?但是今晚她没有欲望去回答格雷琴的问题。她想待着,喝杯中的酒。

"那应该很不错。"安说道,"你看上去很累。"

"让她安静待着吧,"琳内特说,"至少让这位女士喝完她的酒。"

爱丝莉在心里重放了一百遍威尔斯打来的电话。她追踪了那个号码——在纳什维尔电话局,是移动电话。这就是说可以是从任何地方打来的。她能很容易地拜托在联邦调查局的朋友找出是在哪个地点。但是她不确定自己是否想走这一步。

她也没有告诉情报机关的任何人关于这个电话的事,甚至是沙弗。如果这样做了,她害怕自己会失控。他们会窃听她的电话,监视她的公寓,毕竟,威尔斯是个逃犯。在联邦调查局不知情的情况下,迪多手下有一帮打手在美国搜查威尔斯——即使中情局的章法明确地禁止在美国领土上出现这种行为。迪多设法说服他的法律总顾问,表示在允许限制调查内安局漏洞的特权之外,国家安全局能够搜查到威尔斯。

爱丝莉认为这次搜查行动只是小规模的作秀，为的是让迪多的屁股有所遮挡而免得威尔斯出什么事。她不认为迪多当真会把威尔斯当成威胁。事实上，他会很高兴地见到威尔斯逍遥法外。迪多仍会相信威尔斯有极小的可能性能阻止袭击的，如果威尔斯把事情搞砸了，或是突然死去，这样他就能够羞辱沙弗了。但是她不肯定，自从迪多拒绝给她或是沙弗对搜查提供任何细节后——尽管他告诫自己如果威尔斯联络她的话，一定得向他汇报。

"我想亲自知道。"他这样说道，"你明白吗，詹妮弗？"

直接违抗文尼·迪多的命令是个坏主意。但是爱丝莉不在乎。她确信威尔斯没有失控。她想尽全力去保护他，从某处的牢房中救出他。如果他发现重要的事情，他会出手行动的。

同时，她希望自己知道他现在在哪儿，在做什么，对中情局的游戏抱有何种想法。在离开数年之后，对美国有什么想法？对她呢？他会像她想念他一样想她吗？他在爱丝莉的心中是个不变的存在，同时他的电话也使她相信他也有同样的感觉，但是她不能确定。或许只是因为他再没其他人才向她伸手。同样在她挂起电话时，了解到自己对这个电话没有感到意外；潜意识里，她始终在期待着这个电话。

她对威尔斯无法抵挡的欲望让她混乱，她基本上是条理分明的人，同时却不知怎的爱上了在将近十年的时间总共只见过两个礼拜的男人，这个男人很可能在阿富汗的高山上失去理智。但是在吉普里他看起来没有疯，威尔斯棕色的眼睛相当冷静。总之，他不像她所见过的任何人。

在那些荒诞的时刻她想知道自己是否迷失在逃跑的幻想中。一个强壮、沉默的男人把她带走。如果碰巧这个人是叛逃的特工，那就更好了。她希望自己能够告诉这些久经世故的女人这个情境。她们会理解这个笑话。她常常为自己能在办公室之外保持自我而感到骄傲。女人很容易得到一种标签，例如在强压下不能信任的软弱者。甚至在她离婚期间，只有沙弗知道她是受了多么大的伤害。现在她为了一个可能永远不会再见到的男人扔掉自己的准则。如果这个赌注不是这么的高，她会嘲笑自己的。

她决定暂时把这个电话当成是个梦。她不准备讲述它。

格雷琴轻拍着把她从幻想中摇醒："来，詹妮弗。跟我讲讲吧。"

那好。她会告诉她们这个约会："没有什么要分享的，他叫查尔斯·李，是乔治敦的心脏病专家。离婚男士。上周我们一起出去了。"

"去了哪儿？"

"奥利韦斯。"

"太棒了。"

这太不可预知了，爱丝莉想。奥利韦斯是位于十六街的一个高价位的餐馆，那里有个非常有名的主厨同一份美妙的酒单，她想威尔斯永远都不会带她去奥利韦斯。

"那么……接下来呢？"

"约会进行得很顺利。我学到很多关于斯滕特和立普妥的事。你们都该控制自己的胆固醇。知道吗？心脏病对女人来说比任何疾病更致命，甚至乳腺癌也比不上它。"

琳内特摇着头："这太坏了，嗯？"

"刚说了我不会讲太多。"

"你知道在第一次约会时应该让他们谈谈自己。"格雷琴说，"他有打电话吗？"

"有的。"电话、送花，更多的电话。李医生是个坚持的人。太过坚持使得她考虑忽视他的秃顶和大腹便便，给他下一次机会。至少这个善良的医生付出了努力。

"这意味着——"格雷琴在爱丝莉的手机响起时说道。她接了电话。

"收拾一些暖天气穿的衣服，然后过来。"是沙弗。他挂上了电话。

她很高兴有理由离开了。爱丝莉飞快地说了再见，一小时后她抵达兰利，发现沙弗坐在她的桌旁，脚边有个手提箱。

"怎么花了这么多时间?"

"艾力斯。我是用陆地速度的最高记录到这里的。"

"走吧，我有个特殊的邀请。"他拿起手提箱然后阔步走出她的办公室，爱丝莉跟在他身后。看来她并不是唯一一个失去理智的人。

沙弗在最佳状态时是个靠不住的司机。今晚他在车道上左突右转，转向急驶，他们先是驾车朝北，然后在环行公路上转向东，朝着安德鲁斯空军基地进发。

"我们这是去哪儿? 艾力斯。"

"你是一个分析员。分析现在的情境。"

她感到自己充满了愤怒，沙弗一定是疯了。他从不会这么幼稚的。

"艾力斯，这他妈的不是郊游。"

"控制好情绪。"

"很好，"她说道，"我们看起来是朝安德鲁斯开去。然后你跟我说为温暖的天气收拾行李。我会认为是关塔那摩。"

"关塔那摩?"沙弗笑起来，"拜托，记者们都参观过那个基地。你觉得我们在那边藏了一些重头人物吗?"

"那么到底是去哪里?"

"很远的地方。"

"科威特? 阿曼?"

214

"一个不存在的地方。"

"迪戈加西亚岛。"

"答对了。"

迪戈加西亚岛是美国海军在印度洋的英属维京群岛上建立的一个基地，距印度南端一千英里，甚至远过到非洲。这不是个秘密基地，但是它也并非广为人知。五角大楼一直否认在这里关押有基地组织的成员，主要是为了缓和英国政府的情绪。五角大楼撒了谎，爱丝莉知道：对几个基地组织的操作者来说，迪戈像他们的家一样。

"我能问为什么吗？"她说，"或者是我还要再问上二十个问题？"

"一个月前我们在巴格达抓获了一名巴基斯坦核科学家。"

"你为什么不跟我说这事？"

"我现在正在跟你讲。"

"然后呢？"

"他得到一些有趣的情报。我认为我们该亲自去见见他。"

他们坐在安德鲁斯空军基地的一架 C – 5 "银河"的上层，这排前头坐的是两个愁眉苦脸的男人，他们的通行证上仅仅标注着史密斯先生和琼斯先生，在这两人下面，一群突击队员连同装满即食口粮的货盘一道坐在飞机巨大的货物舱里。在下面甚至还有数辆装甲悍马。

"这真的能飞吗？"沙弗问。

"你害怕了？"

"我只是不能相信它这么大。你知道它能载两辆 M – 1 坦克吗？这是空军基地最大的飞鸟了。"

"你从什么时候开始称呼飞机为'飞鸟'的？"

"他们不常搭载老百姓，我们两个很幸运才能搭乘这玩意儿。我是用了些真正的影响力才达到目的。"

"我不认为你还有多少影响力。"

沙弗望向爱丝莉时 C－5 的引擎尖响着发动起来。"我没有多少了。"他在战机的噪声之下平静地说，"你要记住，詹妮弗。"

爱丝莉不知道该说什么，是沙弗在夸大其词还是他真的有问题？尖响声变成了咆哮，从机架传来一阵强力的颤动。爱丝莉感到 C－5 加速得很缓慢，不望向窗外就察觉不到飞机在动。

沙弗递给她耳机和一些白色药片："要不要吃些维他命 A？"

"维他命 A？"

"安眠药，明天见。"

他扔了一片药进嘴巴。顷刻间她跟着他进入了一个不同的世界。

爱丝莉的电话频繁地响着，她知道是威尔斯打来的，但是自己不能接。她的床正处在地震控制之中，这个地震持续得比其他的要长，而且每当她试图拿起电话时，它都会跳开。

不久电话便不响了，恐惧攫紧了她。她失去了威尔斯——

爱丝莉醒来了，有一刻她不清楚自己身在何处。有人碰了碰她的肩膀，她尖叫起来。

"你还好吗？"

当她听到沙弗的声音时世界恢复了清晰："我睡了多久？"

沙弗看着手表："十小时。还有一段路要走。你错过了电影。"

她需要几秒钟才了解到他在开玩笑。安眠药没有完全失效。飞机在晃动，她的梦就得归功于此。

沙弗朝她歪了歪头，他的脸上越过了一个她读不懂的表情。

"怎么了？"

"你知道吗？你做噩梦时看起来和威尔斯一模一样。"

爱丝莉在座位上惊愕地看他。沙弗怎么知道威尔斯做梦的时候是什么样子？他跟她说过自己知道吉普和电话的事？还是他只是在猜测？

"你和他一道睡过？"她问道。

沙弗笑起来："我有次在兰利看到他睡觉，就是这样。"

"飞鸟上有吃的给我们吗？"

"我省下了你的晚饭。"他递给她一份速食，一盒封上的褐色塑料包，从上面的标签得知里面有意大利面条和肉丸，爱丝莉怀疑地看着这份东西。

"味道还不错。只是你要用加热器。你也可以伸伸腿。"

"不管你信不信，我之前坐过飞机。"

他递给她一沓文件："在着陆前你需要在这些上面签名。"

她翻了翻这些文件："一份保密协议？艾力斯，我这儿有每个保密级别。"

"但不是对这份文件的，没有人会高兴见到这些东西。"

爱丝莉感到她的胃再次疼痛起来。这次它没有太过紊乱，她把杰斐逊旅馆远远地落在后面："只是我们要如何处理这家伙？"

法鲁克·坎度过了极差的一天，白天或是夜晚不再对他有任何意义；自从这周特种部队在用头巾蒙住他的头，带他去到胜利营的地下牢房后，法鲁克的时间观念就化为乌有。尽管法鲁克的护照是伪造的，他的盖格计数器却是真的，所以一二一特遣队立刻了解到他的重要性。

在数小时之内，关于他被逮捕的消息已经传达到了国家安全局和美国中央司令部，这两个部门的高级军官那里。美国中央司令部是运作美国在中东的军事行动的部门。等到第二天的太阳在华盛顿上空升起时，白宫也得知消息。在正午前总统签署了一份执行命令，将法鲁克划为 C-1 级敌方战斗人员。

217

在二〇〇一年之后，美国只有六次使用了 C−1 标签，当时美国刚开始依据日内瓦会议对那些传统战犯提出的保护措施，赦免被拘留的基地分子。这个名称意味着在法定期限，美国政府已确定法鲁克可能有逼近的 C 范畴大规模一级恐怖袭击的消息。因此，法鲁克会处在日内瓦条例、最高法院对关押在关塔那摩的囚犯要求的权利之外。

在少数法定期限内，这个名称将把法鲁克脖子套入大麻烦里。

当然，美国政府不会抵消刑罚。即使是对法鲁克这类囚犯。文明国家不会刑罚俘虏。但是在手册上刑罚能勉强地详细说清楚，它规定了对法鲁克这样的 C−1 被拘留者可允许使用的审问手段。手册因为封面的颜色，名为白皮书，注明了审问者可以权衡危害，对带有潜在危险恐怖行为的拘留者处以刑罚。例如白皮书上表示在不促成"严重和永久性"的伤害之外，审问者能够实施任何手段。这个用斜体字印刷的连接词，会让手册的要点显得明晰。严重的伤害是被允许的，只要他们不是永久性的。同样地，只要导致了"严重和永久性"脑部伤害或是精神病，精神药物是被禁用的。同样的法令也适用在感觉遮断、限制监禁和抑止食物和水上。

白皮书同样注明疼痛是一种主观概念，个人与个人之间是不同的。因此很多的疼痛是被允许的，只要这痛苦不会引发"严重和永久性"的伤害。白皮书同样枯燥无味地注明"对多数传统审问手法而言，疼痛不是必然替代品。疼痛的威胁常比疼痛本身更有效。"

法鲁克的旅程是从巴格达开始的。

就在他仍跪在屋顶上的时候，在距扎以德的尸体几步远的地方，那些人把他的双手铐在身后。一个身着美军制服的男人用面罩套住他的头，再把它紧绑在他脖子上。世界变得一片漆黑。这个面罩绑得太紧了。他们必定不是有意把它绑得这么紧的。他不能呼吸。只是短浅

218

地呼出口气，接着另一口，通过面罩争吸空气。很快法鲁克像条狗一样喘气。在喉咙开始绷紧时，法鲁克开始感到恐慌。他就要昏倒，死在这儿了。直到他的呼吸越来越急促，屋顶看起来在他脚下倾斜起来。

保持冷静，法鲁克告诉自己。他们不会这样让你死掉的。放松，呼吸。他放慢自己的呼吸。数分钟后他确认自己还活着。他集中自己的其他感官，听见他身边男人的叫喊声，感觉到紧触着他的脸的面罩的那种粗糙感，以及他的口水滴进面罩里的潮湿感。

两个男人抓过法鲁克然后一把把他拉了起来。他蹒跚着站起，不一会儿，一记重拳猛击在他沉重的胃部，他哼了一声，接着便跌倒在地，翻滚蜷缩起来。这种凶狠的突袭所产生的巨痛，使得他现在真的不能呼吸了。法鲁克的脸在粗糙的地面上磨着，希望能把口袋从脸上扯下来。

"真主。"法鲁克喃喃喘息着，"真主。"他感到腿部被打了一针，一阵平和蔓延到他的脑袋，恐惧消失了。而后黑暗降临在他身上，噩梦结束。

但是在他醒来后发现这些远没有结束。法鲁克张开双眼，除了极深的黑色，什么也看不见。自己犹如眩晕在一片黑色海洋之中。是面罩，他一定是还戴着那该死的面罩。他试着把它扯掉……随后法鲁克发现双手还绑在后面。接着，肩膀和腿开始痛起来，他发觉自己的脚被铐在地板上。随之感觉到自己松弛的屁股暴露在冷空气中。这把坐着的椅子是没有座部的。而喘息也开始时断时续。同样，他很奇怪地感觉到，像有小型的鳄鱼夹在右手食指上。法鲁克的左脚踝上绑着尼龙褡扣。他试图磨掉这些烦人的东西，却发现自己办不到。

法鲁克渴极了。他用干燥的舌头舔着同样干燥的嘴唇。

"愿主与你同在。"他叫道，嗓音很刺耳。

没有回话。他这次叫的声更大："愿主与你同在。有人吗？"然后再是一声真正的喊叫："真主至大——"

但是没人应答，随即法鲁克意识到自己听不到任何声音。没有声音，听不见急速的风声或是狗吠声或是汽车引擎的隆隆声。里面同样没有声音，比如管道声和空调声。他的耳朵像被棉花塞住一样，但是它们没有被塞住。

难道美国人把他忘在这儿了，这里是哪儿呢？难道他渴死了？

法鲁克闭上了嘴，他需要保持注意力集中。我是一个科学家，他想。我必须动动脑子。我的名字是法鲁克·坎。异教徒把我关押起来。我不知道过去了多久。也不知道自己身在何处。他们麻醉了我，让我睡了过去，然后把我转移到了某地。很好。他一下一下地呼吸着，意识到有人在面具上开了个洞，这样他能呼吸得更通畅。很好。

他们为什么要对我做这些？他们想知道关于盖格计数器的事。当然。野兽扎以德是正确的，他应该把计数器留在理发室，尽管美国人迟早会找到它。

他试着放松。他不是未开化的乡下人。他知道美国有法案。他们可以让他戴着这头套，但是不能把他伤得太厉害。他们会向他提问，然后把他掷上一架飞机运到关塔那摩去。如果他们问他关于盖格计数器的事，他会说……他会说自己甚至不知道那是什么。他会虚构一个名字。一个什叶派的名字是最好的选择。侯赛因，对。他会称自己为侯赛因。只要他不告诉他们自己是谁和在伊拉克所做的事情，他会安然无恙的。

美国有法案。他所需要做的仅仅是保持冷静。

时间一点一滴地流逝，保持冷静变得越来越困难。他想着自己的夫人、儿子和女儿，想着他工作的实验室里肮脏的混凝土地板，想着除了照片以外，就再也没见过的麦加大清寺的黑石，想着在他见到本·拉登的那个光荣时刻，想着在等那个乡下人带着黄铀饼来时，扎以德挖着鼻孔，想着自己从德米奇那买来的铅箱，如果严重破坏，这东西会造成灾祸。他在回忆中微笑起来。但是饥渴常常使他分心，把他拉回到这空荡荡的黑房间里。他的膀胱也憋得满满的。如果他需要清空大便该怎么办？这就是他们为什么在他嘴上开一个口吗？

"卑贱的异教徒。"他大声叫，"我叫侯赛因。侯赛因·阿里。"他的声调高了起来："放我走！"他从六次重复到一百次，直至自己声嘶力竭，法鲁克的脸在头套下发红。

必须有人回答。但是没人这样做。

或许美国人真的忘记了他。不，这是不可能的。这是个游戏。他们想吓唬住他。但是真主会保佑他的。

所以他边同恐惧斗争边等待。他得舔舔干燥的嘴唇，接着继续缓慢地喊至一千遍再放弃。但是在外界的沉默和自身的口渴中，他的恐惧越发加重。

"请听我说。"他嘶哑地叫道，"请听我说。"

其后，法鲁克不能想象过了多久，突地一股急流把他全身给湿透了。这股刺骨寒冷的水流，透过头套和衣服刺痛着他。太冰冷了。法鲁克伸出头去饮这水，他甚至为这水感到庆幸，同时也为他们知道他在这儿的任何迹象而感到放心。

"真主至大。"他嘟嚷着。真主回应了他发出的请求。法鲁克在喝饱了水之后还一直不停地在喝，害怕这水不会再有了。

但是冰冷的水流持续喷射过来，解脱迅速变成了新的痛苦。他左右扭动着身子，但就是不能从这急流下逃脱。他的衣服被冷水浸透，直到全身上下没有任何干燥的地方，随后冷水开始浸透他的皮肤。水从他的胃部淌过，落在他的腿上，流至他的脚部。他能感觉到这水淹没了地板升到了他的脚踝处。

法鲁克开始打冷战。他无法了解几分钟前自己是多么地感动。那是对于干燥而言。他是多么地憎恨这些美国人和他们的把戏。他知道他们在某处嘲笑他。他应该愤怒起来。但他又怕又冷。他们会让他在这里坐多久？他们下一步要对他做什么？"真主，"他叫道，"我请求你的宽恕。再次地请你宽恕我。"

不久，一个注射针戳进他的背部。几乎在法鲁克露出被它刺痛的表情之前，黑暗重又把他带走了。

法鲁克身上盖了一层薄毯，在小房间里一张凹陷的帆布床上醒来。他坐了起来，发现自己全身赤裸。他能够看得见。头套已经被取了下来，房间也被天花板上的灯泡所照亮。他的双手铐在身前，但是腿能自由行动。

一堆衣服扔在地板上，一件宽衬衫和一条橡皮筋腰带的运动裤。法鲁克笨拙地穿上裤子和衬衫，接着他的精神快活起来。他们认识到伤害他没有什么用。他在这个测试里生存了下来。所以他充满了希望。

法鲁克在咳嗽时打了个冷战。他坐在帆布床上，试图思考。他发觉自己又累又饿，还有些微的感冒。但是在其他方面都正常。这些美国佬想吓唬他。但是他才不会掉进陷阱。法鲁克等了数分钟。然后，觉得好像自己没得选择，他站起身，用力地拉起门来。在他的晃动下，房门打开了。

他们一直等待着法鲁克有所行动。这很符合对他的简介，索尔想着。在监视器上可以看到他坐在帆布床上抓着头。法鲁克表现得很不安，加之他又生病了，并且照血氧计和脉冲监控器显示，他在禁闭室中的反应非常糟糕，尽管他在慢慢地控制住自己。索尔并不觉得奇怪。

法鲁克是个科学家，不是像哈立德·谢赫·穆罕默德那样的杀手。禁闭室对那些不是十足的精神病患来说都过于可怖。

但是索尔不能低估这些人。他们都有高度的热情。他们的信仰给了他们超强的能力。他们从不突然泄露一切，尤其是那些攸关信仰的事。他们会泄露一些情报，然后就开始再次撒谎。一切都进行得那么从容。

索尔是一二一特遣部队审讯者的领导，他是三角洲部队少校，同时也获有杜克大学的精神病学的博士学位。索尔自己清楚他突破了白皮书的底限。甚至其他的审讯者担心他的方法超过了……T－口令……他甚至不喜欢在心里想这个词。有时，在一场特别的清户会议之后，索尔同样担忧起来。他不想有一天在看向镜中时见到一个约瑟夫·门格勒。他知道自己的父母和妻子在 CNN 上见到他所做的事的时候会怎么想。

但是索尔从未杀掉任何一个囚犯，或是把其中一个伤害到无法治愈。他突破了底限，但如果索尔不清楚某一个审问步骤是否被法律允许，他就会问永久隶属于一二一特遣部队的军法律师耶茨上校。这些问题从未留下过口实；上校同样不想在 CNN 上终结。耶茨只不过到场抑制住了审讯者们最可怕的冲动。同时，他们密切地监视着囚犯的身体状况。哪怕只是为了确认他们实施的手段都在运作。一二一特遣部队的审讯者已审讯过将近一百名囚犯，其中只有一个因为一场强烈的心脏病发作而死掉，这病或许无论如何都会伤害他。

审讯者有其他的限制。他们从不单独工作，一年两次，每次休两个月的假。每年一次，他们都要被军队精神病学家面试，还要举行一场长时间的人格测试。这条法案是用来预防他们发展中的上帝情节的——一个真正的冒险，索尔明白。他们拥有掌控他人的权力，不仅仅是杀生的权力，同时也是伤害的权力，这多让人迷醉。看着对方当

223

事人在摄影机里割开喉咙。没有什么比这更令人反感的了。索尔尚能理解这种刺激，这种病态的刺激缘于有能力让他人为自己的生命乞求和阿谀奉承，或是乞求死亡，因为这痛苦太过绝望了。

是的，他是处在滑坡谬误中，而且他自己知道这一点。但是他只有滑得足够远才能得到他想要的情报。索尔对他的工作极少有良心上的谴责。在他的办公室收藏着一张镇纸，上面刻有乔治·奥威尔的语录："人们在夜晚平和地躺在床上，只因为强盗准备为了自己利益而实施暴力。"他制伏了哈立德·谢赫·穆罕默德，他至少中断了三次袭击，拯救了数百名公民。他不知道这些公民的名字，同样他们也永远不会知道他的存在，但是他们仍在这世界上生活着。

而这个他所审问的人，这些法鲁克们？他们都不是无辜者。这些人不是被伊拉克的农民用网捕住，然后再送到阿布哈里卜监狱的。他们是恐怖分子，真正的恐怖分子，他们都清楚自己的选择所冒的风险。索尔蔑视国际特赦组这类的组织，他们只会抱怨说任何一种高压策略都是不公平的。如果这些软蛋相信像法鲁克这类人为了茶和烧饼就会献出机密，那他们比他想的还要幼稚。

而一二一特遣队真正的问题是他们所倡导的手段传播得太过广泛，索尔想。强压是只有在需要的时候才能使用——在监督之下，用在被预期可能有好的情报的囚犯身上。他不能理解那些二十二岁，来自西弗吉尼亚的下士，为什么永远都学不会在阿布哈里卜监狱、关塔那摩和阿富汗的巴格达姆殴打被拘留者这些基本的技能。倒不是说五角大楼的某些人员询问过他的意见。

至于他的方法不能使用的争论，是因为这些手段不起作用。索尔唯有苦笑。它们当然很有用。事实上，它们太有用了。因此它们不能被用在警察的调查中。在和索尔待过几周后，大部分人会承认一切，很容易地和盘托出甚至是他们没有犯的罪。这些强制的口供几乎没用的，因为甚至被审问者都不能断定他们所交代的是否属实。

但是索尔不会试图去解决罪行。他要做的是试着阻止罪行。他想得到关于未发生的袭击的情报：藏匿炸弹的地点，恐怖分子组织的结构，操作者真正的名字和地址。这些具体的可证实的情报。只要能在最终得到真相，他不在乎自己常久被骗。谎言只能换来痛苦。最终每个被拘留者会理解这个事实，当他们认识到这一点，这些囚犯就会给他想要的东西。

法鲁克走出了单人牢房，进到一个巨大的房间，房间的正中间摆放着一张桌子。

两个高大的男人走进来。"坐。"一人用英语说。法鲁克明白没理由假装自己听不懂。他坐了下来。其中一个男人站在他身后，不久另一个人把他的腿铐在椅子上。然后他们拿出一碟面包，一盘鹰嘴豆泥和一杯橙汁。

法鲁克的嘴里满是口水。他记得自己从未这般饥饿过，甚至当他还是个男孩时，他的母亲不得不做三公斤面粉来维持一个礼拜。他想知道这些食物是否安全。一个男人拿起一片面包蘸了蘸鹰嘴豆泥便吃起来。就这样法鲁克把头埋向桌子，用铐住的双手铲起食物塞进嘴里。美味的食物填满了他的胃，接着他对这些逮捕者们产生一股瞬息涌现的感激。他立即遏止了这种反应。不要感激这些异教徒，他告诉自己。他们要的就是这效果。

在他吃完后，男子收拾好盘碟走了出去。让法鲁克一人待在房中。他突然感到不可思议的疲乏。除了把头埋在桌上睡觉之外他不想做任何事情，几分钟后他就昏昏入睡了。

啪的一声！灯光明亮地照耀过来，法鲁克试着无精打采地抬起自己的脑袋。一个未见过的男人监视着他。其他人从后面摇晃他。他为什么会睡着？睡了多久了？那盘豆泥一定搅了什么东西。他真是个白痴。法鲁克擦去一丝从嘴中流下的口水。

"醒醒。"这个男人说道。他高个黑发，颌下留有打理得整洁的山羊胡子。这个人在桌子上放了一沓厚厚的文件夹。法鲁克拼命地摇动着身体。他需要头脑清醒。

男子在他对面坐下，从夹克的口袋里拿出一包万宝路："抽烟？"

"不。"法鲁克说，尽管他非常想来一支。

这个男人耸耸肩："你叫什么？"

"侯赛因。你怎么称呼？"

"我的名字无关紧要。我觉得你在骗我。你叫什么？"

"侯赛因。侯赛因·阿里。"法鲁克说，"我是巴士拉的农民。这是一个误会。"

"你不是伊拉克人。不要侮辱我。"这个不知其名的男人冷笑着，"最后一次。你叫什么？"

"我告诉了你，"法鲁克尽力真挚地说道，"侯赛因。"

"你想回到囚禁室吗？"

不要这样，法鲁克想着。请不要这样。他用力地咽下口水，尝试着保持沉着，这时他的审问者从桌上的烟盒中轻拍出一根万宝路。

"你想回到囚禁室吗？想还是不想？"

"当然不想，"法鲁克说，"但是我的名字确实是侯赛因。"只要他保持冷静就能打败这些美国人。

就是现在，索尔告诉自己。让这个畜生见识见识谁在看管他，他打开文件夹。"你的名字是法鲁克·坎，"他说，"一九五四年生于在巴基斯坦的白沙瓦，高中毕业后，作为交换的留学生入读荷兰的代尔夫特工业大学。在大学获得物理学的学士学位，然后是高级学位。紧接着你回到巴基斯坦，被政府部门雇用。"

法鲁克过于愚蠢地用了巴基斯坦的护照，即使用的是假名，索尔想到。巴基斯坦情报处确认了他的身份，再将他过去的资料传给了一二一特遣队，尽管只是含糊的简历。巴基斯坦对他们的核武器计划不会吐露太多，即使是对美国也是这样。但是巴基斯坦的沉默无关紧要。只要国家安全局知道法鲁克真实的姓名，中情局就能从他的心理曲线图上发掘出足够的信息。这样做的目的是为了使得法鲁克相信他们知道他的一切，说谎只是浪费时间而已。对他们的被审问者而言，最好的审问者要显出全知全能的能力。

在这个男人读文件时，法鲁克的头脑迅速恢复过来。他要拼命去抑制干呕。为什么这些美国人会知道这些？

"我的名字是侯赛因。"他绝望地说。

山羊胡子的男人停止读文件，站起来，然后一巴掌打在法鲁克里脸上。法鲁克尖叫起来，他同时感到疼痛和震惊。他无法忍受像个女人那样被掌脸。法鲁克莫名其妙地意识到自己因为撒谎而受罚是如此的愚蠢。

"不要再装傻了。你的名字是法鲁克·坎。在二〇〇〇年时丢掉了政府的工作。你想告诉我是什么原因吗？"

法鲁克一声不吭。

"没关系，"这个男子说，"我已经知道了。"他走回桌边，点上万宝路："你的身高是一百七十四公分，体重是一百零五公斤。五尺八和二百三十一磅。静息心率约每分钟跳动九十下，血压是一百七十到一百一十之间。你的身体很虚弱，同时，迄今为止面对压力你都会有糟糕的反应。即使是最小的压力。"

"真主至大。"法鲁克喃喃自语。他的血液看起来要脱离身体了。他不能自已地颤抖着。

这个不知名的审讯员狠狠地吸了一口万宝路。"对，上帝是伟大的，"他说，"但是上帝对这件事也束手无策。"他朝法鲁克弯下身子，把夹着的万宝路凑近这个囚犯的脸。"法鲁克，你是个聪明人，受过良好的教育。"他说道，"你知道美国在关塔那摩湾有一个囚犯营。"他停下等着。

"是的。"法鲁克刺耳地回道。

"同时这也不是个秘密，那些在关塔那摩的囚犯都有很好的待遇。他们一日能吃上三餐。可以自由地祈祷。你甚至应该听说过他们还有律师的，是不是？"

"是的。"

"但是你不会去到关塔那摩的。"

这个无名的男人把他烧到屁股头的香烟滑向法鲁克的眼睛。

"不要。"法鲁克后退到椅子上去，猛地眨起眼来，试着去看除了两英尺开外的余烬外的其他一切。

"我很高兴你同意了。是的。你不会去到关塔那摩。"这个男人吸了最后一口万宝路，然后在桌上把烟捻熄。再把烟屁股弹出去。"法鲁克，我不想伤害你，"他说，"但是你要告诉我真相和你的意愿。你要把我想知道的所有事都坦白地说出来。"

法鲁克找回了他的声音。"美国还有法案，"他说，"你不能违抗法案。"

但是即使在他说这句话时也知道自己错了。

"我会告诉你一些我本不该说的，"这个美国人说道，"只有一条法案。我不能杀你。当然也不会故意而为。"

228

然后他笑起来。他嘴唇上的这个表情比任何发生过的事都要让法鲁克害怕。这个男人是个魔鬼，有着人形的魔鬼。法鲁克几乎要吓出声来。我会给你一切的。我会跟你讲关于卡德日的事，我从德米奇那得到的箱子。甚至会告诉你所有的最高机密，现在那个箱子在哪儿。只是离我远点。这时法鲁克提醒自己必须镇定。或许他可以给这个男人一些能让这个笑容消失的情报。

　　"法鲁克，你在听吗?"

　　法鲁克点点头。他恨自己回答这个男人，但是他的意志似乎消失了。

　　"我不能杀你。但我可以把你折磨得生不如死。"

　　这个美国人走了出去。在他关上房门之前，法鲁克感到头套落回他的头上。

　　"不!"法鲁克叫道，"请不要走。问我吧。我会告诉你的。"他高叫起来，"我会告诉你的。"

　　房间变得一片漆黑，法鲁克知道囚禁室在等待着他。

　　接下的几周都是这样的情形。当审问继续，法鲁克被监禁的经历越发可怖。他被注射肾上腺素直到心脏跳动得太过剧烈以使自己相信心脏快要爆炸了。他被塞入麦角酸二乙基酰胺而在这死寂的房间里追逐自己的思绪。当他试图睡觉时被看不见的人又踢又打。

　　同时，索尔延长了法鲁克单独监禁之外的刑期，为的是让他对照出禁闭室和满是欺诈犯的世界之间的差异。索尔希望法鲁克明白索尔掌握着他的生杀大权，他能偷天换日，颠倒黑白。

　　这个过程非常有效，在每次讯问期间法鲁克都会泄露出新的机密。他告诉他们自己是如何见到本·拉登的，自己在巴基斯坦核计划中如何招募三名职员的，如何见到一个为基地服务的美国特工被送回美国

229

去帮助完成一个巨大的袭击任务。索尔没有料到法鲁克会这么快就交待出这么多情报。他完全不似哈立德·穆罕默德和其他基地组织高层助理那般强硬。这些人要花上数月才会放弃。索尔仍相信法鲁克还隐瞒着情报。

当C-5银河在印度洋上空飞行时，爱丝莉翻阅着法鲁克的审问记录和他在单独监禁时反应的副本。这份报告的描述客观、冷酷："这个受审者在失去意识的前几分钟叫喊着'真主'，但他苏醒时……"爱丝莉感到自己正变得冷漠起来，希望飞机能转向把她带回家。

"你在想什么？"沙弗问道。

"我明白为什么我得去签这些安全调查了。"她说道，"我们有视频记录吗？"

"没有。"

她不觉得奇怪。美国国防部从阿布哈里卜监狱那学到了一些方法，或许尽管这些手段不是那些权利组织所希望看到的。"我不是真的无知，艾力斯，"她说道，"我知道这些事已经发生了。"她哆嗦着："但我感觉第一手读到这些东西时是不同的。这就是我所想的全部。"

沙弗只是嘟哝了一声，在余下的航程里他们沉默地坐着。银河非常平稳地降落在迪戈加西亚岛上，以至于爱丝莉难以相信他们已经着陆了。当运输机巨大的后门打开时，阳光溢满了整个C-5银河，突击队员们欢呼着跑下飞机。她从未感到这么多地想念着二十五岁。尽管她被这个事实所安慰：沙弗看上去比她感觉得还要糟糕，他两眼通红，脸上长出了一层的胡楂儿。

"今天周几？"

沙弗看着表："周六。周六清晨。"

"我们是在周四的晚上起飞的。"

沙弗打了个大大的哈欠："飞了十九小时，我们早了华盛顿十一个小时。"

他们小心地在柏油碎石地面上走着。赤道的太阳强烈地照射在泊在他们周围的悍马上，闪耀着镜子和车窗。爱丝莉很高兴自己带来了太阳镜。椰子树和铁木散布在跑道四围，奇怪地和武器装备并列一排。温暖潮湿的空气让她想起了华盛顿，虽然淡淡的海域和风使得这儿容易变得潮湿。在他们周围，突击队员们都在一边卸着自己的袋子一边和善地咒骂着这次飞行。对这些士兵而言迪戈只是另一个基地。和他们一样，爱丝莉在别的地方同样有着不安的冲动。

一个士兵向他们走来。"你们应该是沙弗先生和爱丝莉小姐。请跟我来。"

法鲁克坐在魔鬼的黑暗之中，魔鬼入彀的黑暗。从未有过的黑暗。这么的漆黑，几乎让他说服了自己这黑暗就是光亮。可它并不是。

现在他知道真主抛弃了他，把他扔在异教徒的刀爪之下腐烂。他只有黑暗。这个房间和其他的房间。它们事实上是同样的房间，但是这间房是黑的，而其他的不是，这就是所有的一切。

"我做不到，"他说自言自语，"我不能这样做。"真主你抛弃了我。你抛弃了我。

泪水从他面颊掉落。在他逐渐失去理性的心灵角落，法鲁克知道美国人设法建了这间房用来关押他。这仅仅是个经过特殊设计的死寂、黑暗的牢房。有时他试着想象他们是怎样把这些手段组合起来的。但是他不能连续地想太久。不久黑暗就接管了他。黑暗……诡计。他不知道还能怎么称呼它们。诡计。他们伤害了他。

法鲁克泄露了很多机密给索尔，比他曾经想要说得还要多。但是索尔想得到更多的情报。"我知道这不是一切，法鲁克。"他会平静地说。然后头套会重新套回他脑袋。不管法鲁克如何努力尝试，他不能用别的东西来糊弄，说服索尔。因为想当然地，法鲁克没有告诉索尔最大的机密，那个从德米奇手里得来的包裹。他得暗中对他保守这个秘密。

索尔想在今天让法鲁克说出全部，让那些从兰利来的家伙们开开眼。他不觉得需要对他们隐藏自己的手段。他们既不是红十字会的，也不是那些傲慢的记者。这些人是从中情局的分析员，他们是获准来看这个场面的，那么就让他们睁大眼睛瞧着吧。

一名中尉陪同沙弗和爱丝莉走入位于围场北部边缘一栋庞大的混凝土大楼。十二号大楼。限制进入：一级一二一特遣队通关证，进门者需要说出红色信用证中的一个暗号。一个高大、凶狠的男人头戴着软帽，看守在大楼的铁门前，他正试图在下午的阳光下找到遮荫处。

"沙弗先生，爱丝莉女士，我就送到这里了。"副官说道，"在你们离开时，我会在那儿等着你们的。"他指向一栋他们刚刚经过的大楼。

"谢谢你，中尉。"

"不客气，女士。"他转过身然后大步走开。他不能在这大楼下等着把他们送走，爱丝莉明白。

在红外监视器中的男人几乎没有动弹。他戴着头套，这样他们就看不见他的表情。但是可以听见他在哭泣："他常这样哭吗？"

"他是在第三阶段后开始哭的。"索尔说道，"现在几乎每过几个小时就会哭泣。"

"他经过几次审问了？"

"八次。进展得令人满意。"索尔说。

"他是在什么时候提到威尔斯的？"

"大约是一周前。如果你喜欢的话我可以和他回到这个话题。对于我们已经讨论过的事他是非常合作的。"

索尔在带他们进到这里来之前先是让他们参观了大楼。囚禁室是在大楼第一层的侧楼，牢房专门隔绝了声音和光线，他说道。通常情况下这类牢房都是在建在地下室，但是迪戈加西亚岛下的珊瑚不允许深度建筑。

"请不要这样对我，"这个屏幕中的男子啜泣着，"不要。"如果有审问者有注意到，他的啜泣声越来越大，但他们不会在意。

"他待在这儿多久了？"爱丝莉尽量中立地问。

索尔看了一下表："只有十九小时。但是他对囚禁室的耐性看起来要垮掉了。"

"这难道不是常有的事？"

"这些人里有部分人会强硬一段时间，这就让审问变得很棘手。但是法鲁克——我想他已经准备好说出一切了。"

"那现在怎么办？"爱丝莉问道。

"通常我们会在他的审问过程中的某个时段另外加入一个额外的应力单元，有时会加入得早些，有时会晚些。时早时晚——我们不希望他能预料得到。现在看起来是个好机会。"

黑暗黑暗黑暗。法鲁克试着数上一千句，但是他不再能连贯地数下去。他试着背诵一点《古兰经》。但是每次他呼喊真主的名字就会感到更深的被遗弃感。所以他也放弃了，只是待在黑暗中。

美国人是对的，法鲁克想到。这比死亡还可怖。事实上，他可能已经死掉了。或许他在巴格达的屋顶上就死掉了，现在他在地狱。但是这不可能。他全心全意地侍奉着真主。他应归入天国。

"天国！"他大声说道，"天国！"

在他喊出这些词时一股强烈的电击涌入他的双腿。法鲁克的头猛地向后一仰紧接着发出疼痛的尖叫声。他的肌肉无法控制地痉挛，反复地强直收缩。从这条腿到另一条腿，他从来没有感到像这样的疼痛。

"停下停下停下！"他大喊道。

最终电流消失了。"真主。"他乞求道。他清楚电流只是持续了短短的数秒。感谢上帝。他不能承受再长的时间了。他的双腿仍由于电击而颤抖着，肌肉感觉……在发着热，就像自己正被融化一般。他尝试着摇动双腿，它们还在。

这时疼痛再次袭来，先从他左腿的小腿和大腿升起，接着穿过腰部下落到另一条腿上。"停下！停下！"他感到心脏狂跳不止，但是他动不了。时间不再存在一般。他不能判断也无法猜测，电流在他身上流击了多长时间。

电流停了下来。他有时间在下次电击开始前做三次快速的呼吸。不知怎地这次电击得更加痛苦难耐。他试着跟自己暗示这些人不会持续地这样电击他，除非他们真的想要他死掉……但是就算知道这一点也起不了任何作用。他想乞求他们停止，但是话都融化在他舌头上，他只能够呻吟着直到电流停止流入。

他不在坚持了，他会告诉他们一切，所有的一切，为了不再坐在这该死的椅子上等着受罪，被折磨。他左右地猛扭着头。

"不要……不要……不要……"

"让他冷静一点儿再带出房间。"索尔说，他看着法鲁克，"我想一切都解决了。"

他们只是对法鲁克用了泰瑟枪，这类能发射五万伏特电流的电击枪，可以导使肌肉无意识地痉挛。索尔说。泰瑟枪的前端绑在法鲁克的脚踝上，并且这种手枪不需要烧坏皮肤来释放电流，所以法鲁克拿不准这疼痛是从哪儿来的。"我自己曾经做过实验，非常痛苦。"索尔说，"但是非常有效。"

爱丝莉没有露出任何表情。她应该感到非常得意。一名基地组织高级特工精神失常了。如果他是基地组织的高级特工的话。如果他真的精神失常，那就不需要再在监禁室待上一个月。但是她不能把眼睛从荧幕上那个哆嗦着的废物身上移开。我不知道自己是否还能直面这些景象，她想。非常痛苦但很有效。但要是这种等级的刑罚还达不到效果呢？接着还有什么？

我只想和自己的孩子们在某个地方的郊区生活，一周工作四十小时，有一段甜蜜、卑微的人生。有人能够实现这些，但这不是我的生活。或许没有人能这样过活。或许这些人只是需要休息一下，再像对待人类那样对那些敌人。

这时她对自己小声地说：你这不是发傻吗，詹妮。你希望这个男人用核武器攻击纽约城吗？

难道沙弗带她到这儿来是为了直观教学？难道他相信这些刑罚是必须的吗？这还不算是刑罚吗？法鲁克会好起来，至少是肉体上的。她不再有任何回答，只有疑问，而且她不能面对更多的问题。

突然她意识到威尔斯将会死去。他会成为这场战争祭坛上的牺牲品。他会死去，而且她会永远见不到他。这个想法搅动着她的内脏，她只想回到她的小卧房里，躺下来，望着天花板，威尔斯就在她身边，拥抱着她。她不想待在这儿。

沙弗拍了拍她："你还好吧，詹妮？"

她不好，一点也不。

"我没事，"她说，"只是在想他要对我们交代些什么。真是了不起的工作，索尔。"

10

纽约，奥尔巴尼

捅一下，再捅一下。一根手指捅了捅卡德日的肩膀。他转过身，发现一个面目邋遢的流浪女紧贴着自己。这个女人黏腻的棕发绑成了马尾辫，脖子上挂着一个超大的十字架，她那暖乎乎的带着恶臭的呼吸喷到了他的脸上。

"你好，先生？能施舍点儿零钱给我买些吃的吗？"

"你找错人了。"卡德日能听到自己渗出的英国口音，他不喜欢惊喜，即使是非常普通的惊喜。

"求求你了，先生。你看起来是个大好人。"

卡德日从他的口袋里拿出一美元，这样她就可以走人了。这个女人看到钱时眼睛发出亮光，猛地从他手里抢了过去。

"谢谢你，先生。"卡德日摇摇头便转身走开，听到她最后一句几近耳语的话："我会为你祈祷的。"

一个异教徒的祷告。在他打开去往肮脏的市中心巴士站的玻璃门时默想着那个女人的承诺，这是他今天清晨第三次换乘。她对实现目标是有帮助，还是会损害呢？他缓慢地穿过车站的穿堂，软运动鞋——美国人称之为胶底运动鞋——咯吱咯吱地踩在肮脏的地板上，和软运动鞋相配的是牛仔裤和一件蓝色的衬衫，这些衣服让他能够在这个以其极尽贫乏的衣着为荣的荒谬的国家里伪装起来。

半小时之后，在恍如绕着这个车站走了一百圈之后，卡德日买了杯咖啡，坐在一张金属线椅上，这把长短腿椅子在他身下摇晃起来。

卡德日一手抚过他浓密的黑发，把使他厌烦的事情一一归类。咖啡又冷又苦。空气沉滞闷热。

他周围都是些美国人，一些浑身汗透的肥胖、贫困的美国人。女人们穿着廉价的白制服，戴着发网蹒跚地走过。她们的嘴巴松弛，笑不遮齿。完工后她们会赚到一丁点儿钞票，运气好的话这些钞票还足够供养她们的家庭。这个车站装有灯光和自来水，但是它那种十足绝望的生活让卡德日想起了伊斯兰堡一些极其凄凉的地区。

卡德日极其同情这些愚蠢的人们。他们那异端的信仰使得他们对真实熟视无睹：除了膜拜统率着美国的犹大人以外，他们一无是处，如果他们能认识到真主安拉才是唯一的神，穆罕默德是他的先知；如果他们能够起来反抗这腐化堕落的城市和他们那恶魔般的领主……但是他们都沉迷于对基督的崇拜中，并且大多数美国人并不都这么贫困，卡德日提醒自己。他们享受着自己的生活，支持美国的战争。不，美国永不会给自己赎罪，直到基地组织毋庸置疑地证明只有蠢货才会与伊斯兰为敌。

卡德日相信这一天将会来临，他像相信自己心脏的每一下跳动那样对这事深信不疑。所以他试着不要变得反应过激而显得失望，比如，他刚从蒙特利尔的塔里克·杜朗特那里得到的坏消息。比起自己的妻子，塔里克把更多的精力放在工作上，卡德日想，塔里克是个优秀的生物化学家，正致力于实现这次的目标，但是卡德日很担心他。这个男人不是单枪匹马来到基地的，他几乎被西方的残酷行为伤害得体无完肤。

比起那些请求自杀殉教的狂热的信徒来，卡德日不再信任那些征募来的人。他们都是镜像，盲信徒往往坚强却不理性。像塔里克就是那种虚弱而且容易惊慌的人。一个坚强的人是不会让妻子坚持在异教徒人群中工作的。塔里克需要夺回对法蒂玛的控制，不然就和她离婚，而不只是无用地在那抱怨，好像她是个丈夫而他却是妻子。事实上卡德日并不真的在乎塔里克怎么对法蒂玛，只要他工作就成。

卡德日把两袋糖放进咖啡调和苦味。一个月前法鲁克·坎在巴格达的一次美国士兵突袭之后就失踪了，并且从那以后他就再没有回应卡德日的信息。卡德日最害怕的情况出现了。如果美国人生擒了法鲁克，他们可能会从他那儿获悉基地组织带去美国的包裹。卡德日需要知道法鲁克有没有泄露了这个机密。

所以卡德日到奥尔巴尼来进行一些实验，现在他需要一个不知情的助手。这个人完全是冲着钱来的，只是服从而不会对自己的任务发问。而且这个人是可以牺牲掉的。这个巴士站，顺着高速公路的影子直下到这座丑陋的城市的东部边缘，外表上看去好似天然场所。但是卡德日没有找到合适的人选。他永远不会相信女人能做这个工作，但是在这儿闲逛的男人都是些衣衫褴褛的老人。他需要年轻人。或者是个黑人。他们为了钱不惜一切，而奥尔巴尼装满了这种人。

他离开巴士站，穿过奥尔巴尼颓败的市中心。在那儿，有个黑人坐在一家冷清的咖啡屋的门阶上，一顶往下拉的蓝色棒球帽遮住这个男人的前额。在他双腿处的袋子里有一瓶酒半露出来。在卡德日朝他走去时，从这个男人的眼中露出了敌意。"你好。"卡德日说。

回复他的只是个瞪眼。显然这个黑人受到什么刺激。

"不好意思打扰你，先生。"

"有什么事可以效劳的吗？"这个男人说的话很客气，但他的音调可不是。

"这可能会让你觉得奇怪，但是我想请你帮个忙。"

这个男人冷笑起来。"帮个忙？"这个男人重复这个词来表示自己的怀疑。这些傲慢的蠢货。卡德日提醒自己得保持冷静。

"我会付钱的。"黑人的脸上闪过一丝兴趣，正中卡德日的下怀。"我需要拿个包裹。"

这时愤怒取代了兴趣。"你他妈的除了纠缠我外就没什么好做的吗？"这个黑人站起来，他的个子高过卡德日，"我刚从里面出来，现在你就想把我给送回去——"

这个黑人以为他是当局人士，卡德日明白。"我不是巡警——或警务人员，"他说道，"请您待着听一会儿。"

"我才不在乎你是谁，"黑人说，"赶快从我面前消失。"

卡德日决定顺着他的意思做。在他转身走开时，听到这个黑鬼在身后咕哝着叫骂道："他妈的破布裹头仔。"

他说不出有多憎恨这个城市。

夜晚卡德日回到金斯敦的汽车旅馆时，他感到了挫败。卡德日没有预料到寻找助手会这么麻烦。他给人嘲弄了三次。这些人不是蠢货，他们看得出他这个人靠不住。他要在明天解决这个问题。卡德日不想以寻求帮助的奇怪阿拉伯人闻名于奥尔巴尼，这也是他为什么会选择待在离城五十五公里远的破烂汽车旅馆里。当然他可以带自己人去取这个包裹，但是这样做意味着操作会有风险，会损害到整个行动小组的安全。他在美国只有几个可以信赖的人。而现在他把这件事看做是个人挑战。他有能力让美国人上当，去完成他的命令。

卡德日打开房间里破烂的电视机。当电视荧屏上满是《学徒》电视秀的重播时他的心情变好了。卡德日喜欢这类所谓的真实秀，美国人让自己拜倒在他们虚伪的名利——上帝面前。

节目秀结束了。卡德日看了看表，该是他早祷的时间了。他核对了指南针，接着便朝麦加方向铺开地毡，开始静默地祈祷，头轻磕着地面，屈跪在真主面前，在结束祷告时卡德日感到冷静，头脑一片清醒，这为今晚的睡眠和明日的工作做好了准备。这时他的脑袋有了个想法，必定是由万能的真主安排的，或者是——卡德日不能控制地笑了起来——好好先生。

这些美国人，他们知道自己动机不纯。所以卡德日也不会再找他们了。

在第二天下午早些时候，卡德日在做了一些搜查以及在金考快印店停留之后，折回到奥尔巴尼的街上，他缓慢地驾着车穿过市中心北部的破败邻区。在一家破烂的停车场内，一名结实的男子坐在一辆破旧的灰色福特福克斯里，在这人手里拿有一个任务必须的纸袋。这个壮汉卷起的 T 恤露出结实白花的肱二头肌。很好。卡德日厌恶那些黑鬼，这感受看起来是相互的。

今天卡德日穿着衬衣和卡其裤，他将车泊近这辆福特接着走了下车去。"你好，朋友。"这次他没有隐藏自己的英国口音。

这个男人猜疑地看着他。

"您能告诉我您的名字吗？"

"托尼。"

"您的姓呢？"

"德弗瑞。"

"托尼·德弗瑞，很高兴见到你。"

卡德日伸出手，片刻后这个男人握了握他的手。

"我叫波卡。"卡德日说，"你想上电视节目吗？"

"什么？"

"我是星探，正为一档新的真实电视秀寻找参赛者。"

托尼好似卡德日宣称自己是个外星人那样看着他："为什么挑我？"

"我们是一台英国秀。这个节目需要混合的参赛者。不是往常那种好莱坞模式。这个节目更为多元化。"美国人喜欢这个词。

"你当真吗？"

"当然，先生。当然。"卡德日用他所能汇集起来的圆润的伦敦口音吐出这些词，他开始乐在其中。现在是棘手的部分："但是我们需要对你资格预审。"

这个男人一脸茫然："资格预审？"

"确定你的能力。这样你就实实在在能赢。"

"当然。"

"有五个任务需要你完成。好消息是每个任务都会付给你钱，参与就会有五十五美元。坏消息是如果你失败了一次，我们会被迫淘汰你。你感兴趣吗？"

托尼不只是感兴趣，卡德日能看得出来。他几乎是从卡德日的手里夺过笔去签那份十页的合同，上面的法律样板文件是卡德日今天清晨打印出来的。

规程说明只花了数分钟。德弗瑞听得非常仔细，甚至借用卡德日的笔来为自己写了个生动的备注。然后从卡德日手上拿到了 D – 2471 柜的钥匙，然后驾车走了。他的目的地是位于中央大街的一家改装过的货栈，那里是国会地区的自动储存库。

捕猎行动在一周前开始了，在法鲁克·坎在迪戈加西亚岛呜咽着向他的审讯员说出最后的那个机密之后。在过目完审讯的副本之后。爱丝莉不能相信法鲁克泄露了这么多的情报：银行账户以及电子邮件地址的细节；基地组织在伊斯兰堡的藏匿处的地点，三个基地组织在巴基斯坦的核武器计划的支持者的名字。法鲁克被证明是美国近年来最重大的捕犯。

最耸人听闻的是，法鲁克泄露自己从一个俄罗斯物理学家德米奇·乔治戈夫那买了一公斤——大约两磅的钚和一公斤的高度浓缩铀。中情局和联合反恐特遣部队立即动身搜查乔治戈夫，但获悉三个月前他在莫斯科被谋杀了。这桩谋杀官方仍未破获。但是俄罗斯联邦安全局，克格勃的继任机构，在答复一项谨慎调查时汇报说德米特里在逝世时深陷于伊滋马伊尔夫斯基黑帮的债务之中。

德米奇是个患有强迫症的赌徒，曾调查出他花两千美元一夜召妓。这是俄罗斯官方的说法。这是个真正迷人的男人，爱丝莉想。他的死对基地组织来说仍是个坏消息，他们真切地希望和他再次交易。而对中情局来说更糟，他们希望德米奇能够证实法鲁克的供认。尽管是头一遭亲眼所见法鲁克的会谈，爱丝莉就倾向去相信他。

无论如何，法鲁克的情报到目前为止都是真实的。在国会地区的自助储存库的 D－2471 柜的超大号的帆布包和从防辐射铝箱内部的包裹中放射渗出的痕迹就足够验证他的话。法鲁克已经告诉索尔在夏季之前买到了钚和铀，然后把原料转交给一位名叫奥玛尔·卡德日的神秘男子。法鲁克几乎将近一年的时间没有得到更多的消息。

然后，在他动身前往伊拉克之前，卡德日告诉法鲁克基地组织把这些原料从墨西哥私运到美国。这个线路让爱丝莉明白不少。亚利桑那沙漠既没有辐射探测器，也没有海关人员，更没有航运公司所建立的个人档案。最好的土狼几乎有百分之百的机会能够穿过这片未受监视的边境，当然基地组织必定是雇了最好的土狼来走这趟行程。

在想象基地组织的活动时爱丝莉摇了摇脑袋。这些圣战分子的忍耐力太让她惊讶了。他们落后于时代，却又坚定地永远不会放弃自己的目标。她近来想着把自己住的那间公寓卖出去，搬回弗吉尼亚州，这样就可以离自己的孩子近点。现在，在读完这份报告之后，她再次想把自己的房子列个清单，最好是马上。洛根广场离白宫只有一公里远，而且放射性微尘对真实的房地产价格来说是个威胁。

在迪戈加西亚岛下午两点时法鲁克向索尔交代出了钚和铀的藏匿地点。迪戈加西亚岛的下午两点是东海岸的凌晨三点。这个时间即便是在周日也无关紧要。在特遣部队的临界代码抵至中情局和白宫之后不超过九十秒的时间，加密电话开始在弗吉尼亚州城郊的各处的家里响起。在起床四小时之后，总统听闻到消息。根据一项常规命令，除非在美国土地上的全面袭击以外，总统的睡眠是不能被打扰的。

等到太阳升起，反恐指挥部已开始了一项调查，名为捕獾行动。情报局看起来有一项不成文的规定：特别重大工作往往有个滑稽的名字，爱丝莉想。这个名字不是第一次周末会议上唯一荒谬的情况。联邦调查局和中情局花了一个多小时争论该用哪边作为捕獾的名号。最终他们同意用合名：爱丝莉的老朋友文尼·迪多和桑福德·欣二，那帮联邦特工的副局长。以他们那为官僚政治荣誉而战的名誉，迪多和桑福德开始认真地着手事宜，部署了五十五人的紧急核搜寻小组——又名 NEST——去到奥尔巴尼。

能源部门于一九七五年建立了紧急核搜寻小组，起因是波士顿的一场恶作剧的核警告之后，这个事件表明有必要建立专门的能迅速地调查出核武器威胁的特遣队。紧急核搜寻小组现在有一千名左右的成员，尽管只有少数几十人是专职带薪员工。其余的都是志愿者，这些志愿者多数是来自于洛斯阿拉莫斯和橡树顶国家实验室的政府核实验室的科学工作者们。紧急搜寻小组里甚至有一少部分退休人员年龄老到在一九五〇年的室外试验期间就目睹了首次核武器的威力。

爱丝莉很钦佩科学家们的勇气，无论他们是何种年纪。他们承担着那些不值得羡慕的搜查核武器和放射性炸弹的任务，以及冒生命危险去拆除任何他们所找到的武器的工作。他们和联邦调查局反恐特工肩并肩地工作，和特种部队突击队同样，紧急核搜寻小组有一份秘密议长的指令，这道指令授权他们，一旦发现任何占有核设备的可疑分子可以立即就地处决。

在冷战期间，只有高级情报局和军队官员知道紧急核搜寻小组的存在。现在这层面纱已有些许揭开了。政府仍特别谨慎地预防民众获悉核威胁的状况，希望能阻挡相关的欺骗和勒索。紧急核搜寻小组和联邦调查局从未泄露过这些威胁，甚至——或说是尤其——是那些经过慎重考虑的可信事件。

紧急核搜寻小组的科学家们是穿着市民的装束执行任务的，把便携式辐射探测器装放在公文包和超大号的钱袋里。这种探测仪能够收集到四十英尺范围内的不寻常程度的阿尔法和伽马射线。科学家们使用无线电信号发送给那些带着微型接收器的科学家。这种接收器看起来很像是助听器。紧急核搜寻小组同样拥有车队，车辆虽然外型看上去像普通厢式送货车，但实际上隐藏有巨大的探测仪，可以搜索到百尺范围内的辐射。而对于拆除炸弹，在位于拉斯维加斯外围的内利斯空军基地，紧急核搜寻小组在该基地设有总部，仓库里装满了外国制造的工具：可以在数英里开外距离控制的仪器，还有已被制造起来的极具威力的便携式 X 射线仪，用高压急水射流取代金属生产出来的锯子；事实上，紧急核搜寻小组所有的装备都用塑料和铝那类无磁性金属制造的，因为强大的磁场会扰乱核武器内部的电脑芯片。

到目前为止，紧急核搜寻小组曾调查过在美国历史上极为重大的核武器威胁，那是在二〇〇一年八月，意大利对外情报机关（SISMI）警告美国中情局，称基地组织会偷运一万吨的核武器——一种名为手提箱的核炸弹——到纽约。

一万吨的炸弹就如同一个小型的核武器，刚好是二战末期美国投放到广岛，绰号为"胖子"的钚炸弹的一半威力。这个炸弹仍有足够的威力把城市中心曼哈顿炸毁，让二十万人死无全尸。大多数市民的确不能充分了解核武器会有什么后果，爱丝莉想。她很是羡慕他们。想太多关于基地组织如何想得到核弹的事，无疑如同展望世界末日一般，或者是你自身的死亡——过分的担忧会成为病态的迷恋的。

爱丝莉还清楚地记得在意大利对外情报机关的警告下进行的搜查。国家安全局疯狂似的部署了数百名科学家，派他们去搜查曼哈顿的每条街角巷道，每座机场候机楼，帝国大厦的每条走廊。但是国家安全局没有发现任何的炸弹。同时中情局或是其他情报机构也没能证实意大利情报机关最初的报告。在二〇〇一年的圣诞节，搜查停止了。四个月后国家安全局和反恐指挥部声明这份报告是个骗局。这个时候还是中情局行动总部的第二号人物迪多，亲自飞往罗马去请求意大利对外情报机关给些新的资源。爱丝莉真希望自己能够亲眼见到这幕会谈。

如果其他任何努力都失败的话，她同样希望通过手提箱式核炸弹的事件让自己相信国家核安全局有能力找到核炸弹。但是她知道得很清楚。在搜查期间，国家核安全局的科学家们并没有试着去隐藏起自己能力的局限，只是责备他们的搜查装备，声称自己有些许机会在一场单凭仪器的搜查中定位炸弹的位置。这些人面对一个几乎不可能的问题：钚和铀在直到爆炸前都只是中等的放射性物质。而城市满是放射性的热点：牙科医生办公室的 X 射线的机器、医院的电脑分层扫描仪，这些都是用微小数量的钚来驱动的。甚至是新近剖开花岗岩也发射着足以导致假警报的射线。

在投入搜查手提箱式炸弹的三天里，斯坦·卡普，这个身材圆胖，来自洛斯阿拉莫斯国家实验室的物理学家，这人无论何时来华盛顿都会威胁着约爱丝莉共进晚餐。说了一些爱丝莉仍记得的事情。在会面期间，有人——她记不起是谁，在被问及找出炸弹的可能性时，回答的人说只要炸弹存在，国家核安全局就有能力把它找出来。

"在纽约城里找出这样一枚炸弹无疑是大海捞针。"卡普说道。没有人想听到这些。但是卡普现在率领着国家核安全局在奥尔巴尼的团队，他说的是实话，爱丝莉想。没有准确的情报，地球上所有的科学家都不可能找到炸弹。钻到敌人的脑袋里才是胜利的唯一途径。

在爱丝莉看着放在 D－2471 地板上粗呢包的照片时，她感到奇怪地颤抖。尽管说是柜子，但它却是汽车库大小的尺寸。在周日法鲁克的口供送到后，总统考虑要下令疏散奥尔巴尼的民众。可是在国家核安全局科学家们的报告说包里装的皮箱体积太小，装不下整个核武器时，这个举措才被证明是不需要的。

在用脉冲快中子扫描仪和改良的计算机断层析象器检查过 D－2471 后，国家核安全局最准确的猜测是，这个皮箱装有大约八磅的 C－4炸药。里面塞着两个小型的防辐射钢板箱，箱内装着钚或是铀。换个说法，这个皮箱是个迷你型脏弹。有能力让奥尔巴尼周围的数百人丧命。但是国家核安全局不能确切地估计这个炸弹里含有多少放射性物质。同时，军队未爆弹处置组报告说这个皮箱似乎设了诡雷，如果移动或是用不适当的钥匙打开皮箱的话会导致炸弹突然爆炸。

在争论两天之后，总统决定把炸弹留在它本来放置的地方，接着便签署了一份执行命令，以"国家安全非常时期"的名义将位于不明晰的土地上的储物中心国有化。甚至白宫法律顾问处都认为这个命令是不合法的。而且国会区域自助储物中心的产权所有者，乔伊·奥·唐奈尔拒绝放弃他的财产。但是联邦调查局副局长桑福德给了乔伊一个不那么客气的解释：乔伊有一个简单的选择。他在成为一个优秀的美国市民同时可以接受政府提供的一百万美元，这就相当于这块地两倍的价格，而且是免税的。或者他能够通过起诉保护自己的宪法权利，惹怒总统和联邦调查局。"你中了彩票，乔伊。"桑福德说道，"拿着这张支票，去度个假吧。你想要我们查看你的赋税吗?"

乔伊拿了支票就跑去度假了。甚至在他签字移交这栋储物中心之前，一队战地工程师就已抵达现场，开始用六英尺厚的钢铅金属板加固 D－2471 四周的墙壁和天花板。到九月末整栋大楼会有一个全新的天花板和墙壁，其厚度足够挡住爆炸产生的辐射微尘。

连同一块新的天花板一起，国会区自助储存库换了一批新的员工。先前的职员没有因为被辞退而抗议。他们收到了比预期数目还要大得多的解雇支票。取代他们的是礼貌待客的三角洲特种部队的突击队员，尽管他们的中南部口音同纽约州的北部地区不相称。同时，联邦调查局和中情局的技术人员着手于不那么难的挑战，比赛看谁能够在角落安置监视设备。因为法律妨碍了中情局在美国国土上的行动，情报机构应该把工作留给联邦调查局人员来做。但是这种限制在总统命令成立后被撤销了。或许这也是迪多坚决要求的。

这两组决斗的工程师工作队把国会地区的自动储存库看守得比任何想象得到的场面还要紧，爱丝莉想。四百个摄影机，热传感器和运动检测器被装置在大楼的各个角落。一只蟑螂在进入炸弹周围二十英尺的范围就会触发静音报警器。上帝保佑那些打开，或是询问，甚至是瞧着 D－2471 这个柜子太久的人们。

糟糕的是反恐指挥部拿不定谁会是特工。两个月前这个储存库被一位自称为劳伦·卡比拉的男子租了出去，这个名字的姓和无人哀悼的刚果前任总统的一致。"劳伦"存款人银行预付了三年的租金现金。在对柜子的初期的检查之后他就再没有现身。当然这并不让人惊讶，不论是柜子还是包都没有泄露任何指纹或是 DNA 的痕迹。任何能偷运核物质进入美国的聪明人大概都知道要戴手套的。

所以迪多和桑福德作了个决定，对那些冲着包裹而来的人，只要他从中心移动了包裹就会被即刻逮捕。要不然这人在离开之后会受到跟踪。当然，特遣部队不会立刻逮捕信使，他们会冒着信使在储存中心内部引爆炸弹的风险允许他进到 D – 2471。但是如果他们即刻逮捕了信使，恐怖组织其余的线索就会中断。而且他们极度地需要更多关于基地组织在美国的情报。另一方面，他们不会冒险允许这个炸弹被带到中心外部去。

爱丝莉明白这个决定。作为一个分析专家，她渴望尽可能多的情报。但是如果她的家人在奥尔巴尼生活，如果总统为了取得对脏弹的控制，甚至只是让基地恐怖分子在储物中心外围进行枪战。她就会想要对总统进行谋反。

爱丝莉决意这周至少一次在天黑之前离开办公室，给自己一些机会在外面放松放松。到圣詹姆斯公园林荫道散散步，但不是今天。她想再翻阅一次法鲁克的副本。一个字都不放过。

在此刻她了解到有些事确确实实地发生在她身上。自我欺骗是没有意义的。自从从迪戈加西亚岛返回后她产生了一些心理问题。她常会对工作感到厌烦，但是在状况越来越严重时她会更享受这种状态，享受这个机会去看其他人不能看见的，去听其他人不能听到的。甚至是对法鲁克的审问——拷打，她说了这个词。在看到索尔工作时她的厌恶全都快速地消失了。他只是在刑罚法鲁克上算是个能手。她喜欢看天才全方位地展示自己。

你只是一颗螺丝钉，那个脑袋里微弱的声音告诉她说。你放弃了自己的生活去当一颗螺丝钉。现在你也正在放弃自己的道德。但只有一次她无视这个声音。很好，我是颗螺丝钉，她想。但是我是在一架在历史中极具威力的、庞大的机器里的一颗螺丝钉，这架机器能到达世界的任何角落，可以在伊拉克的某一屋顶上将你射死，在他人觉察到你离开之前将你消踪灭迹，它能上天入地，穿墙入室。

啊哈！真是胡言乱语。真是他妈的狗屁。但同时她的骄傲也是真的。至少现在我知道这些事是如何发生的，她想着。我知道权力是如何败坏的。

一阵敲门声让她惊醒过来。她抬头看见沙弗扭曲着他那小小的身子走进办公室。

"艾力斯。我刚才在想着你。"

"我希望是愉快的想念。"

"通常都是。"

"怎么回事？"沙弗用西班牙语问。

爱丝莉止住了叹息。整个夏天沙弗的大儿子都在学习西班牙语。沙弗在这儿现学现卖，常在谈话中胡乱地抖搂出一些西班牙习惯用语。每个断开的单词都会刺激到爱丝莉，提醒她和自己的小孩子之间的距离。加上在一些人吃力地学习三种语言时，她发现油炸三明治风格的语言是多么烦人的愚蠢。

她拿起报告："我在想是否要卖掉我的公寓。不管一个脏弹会不会破坏房屋所有权的价值。"

"大概不会。"沙弗说，"对于华盛顿的房地产商来说，'九一一'可算是所有发生的事情中最棒的了。"

"你应该不会用这种口气说话的。"

"但这是真的。"

确实如此。中情局和安全部门在袭击之后增加了成千上万份工作，将华盛顿地区的房地价格推向了最高价位。另一个"九一一"袭击无意识的后果。本·拉登必定预料不到，袭击五角大楼会让美国政府的官僚们富足起来。

"你有在看第一百遍的时候发现第九十九遍时没注意到的东西吗?"沙弗问道,"有没有发现什么精彩的?"

"我把这个机会留给你,艾力斯。可是……"她陷入沉默,不确定自己是否想就在此时谈论关于威尔斯的事。

忍耐不是沙弗的美德:"什么? 什么?"

"跟我谈谈。我们还得解决海关和移民问题。去年在港口安置了伽马射线探测器时在这玩意儿身上花了,多少,一百亿美元? 那么为什么还能够从墨西哥私运炸弹进来?"

"这是修辞学上的问题吗? 因为你和我一样知道答案。"他说道,"我们想要一个开放的边境,所以墨西哥人能够进来做一些过于疯狂、我们不能自己干的工作。"他歪了歪脑袋:"现在,你其实想要讲什么? 不会是这个吧。"

"你从不会让我全身而退,不是吗?"沙弗知道她会让他满意,她必须说出来。

"说说看。"

"你会觉得我痴迷在上面了。"

"你本来就痴迷。所以我才会喜欢你。"

"我觉得从法鲁克得到的口供证明了威尔斯告诉了我们实情。"

在听到威尔斯名字的时候沙弗皱起了鼻子,犹如他行走在一条恶臭的阴沟里。"约翰·威尔斯?"沙弗说,"那个失踪于无形的先生? 我工作生涯里最大的错误?"

"他是第一个告诉我们关于卡德日的人。法鲁克证实了这点。并且法鲁克肯定了在上个春季在白沙瓦见到了威尔斯。"

沙弗摇摇头："很好。那么在潜逃了五个月之后他现在身在何处呢？"

"他没有潜逃，是逃跑了。"因为你怂恿的，她没有说出来。

"逃跑，潜逃，管他是什么。他失踪了。我恐怕文尼·迪多对这个看不见的先生的看法是正确的。我不认为基地组织同我们一样不再信任他了。"

"你有替他想过吗？"爱丝莉现在不能自持了，"他为何必须得这样？他们不信任他，我们无疑也不信任他。"

"在他签约雇佣时就知道自己会陷入到什么状况。"

"他没有预料到要这么久地从事间谍活动。没有人能预料到。我的意思是，他已经成为了世界上最孤独的人了。"她记起了那晚威尔斯打电话给她时所说的话："我不知道自己能从事这项工作多久。"

沙弗脸上那使人厌恶的表情把她带回现实："我不在乎约翰·威尔斯有多孤独，詹妮弗。我要从他身上得到有可操作性的情报。我们能在情报之下行动。"

"如果他只是在等待呢？等待他的时机？"

沙弗吮吸着嘴唇。他朝她的桌子俯下身，压低了声音："詹妮弗，你是要告诉我一些事情吗？"

"没有。"她为自己提及威尔斯而感到内疚。

"那么我们换一个愉快的话题吧。"沙弗说，"为什么卡德日要告诉法鲁克炸弹藏在哪里？"

"很明显，法鲁克比其余的基地组织成员加在一起更懂核武器。他会把核物质带过来组合在一起。"

"但是核物质已经在一起了，不是吗？"沙弗说，"它们放在那个柜子里等着被人取走。"

爱丝莉感到脑子转不过来:"所以基地组织——"

"至少还有另外一个人懂得如何操作钚。"

"那卡德日为什么要告诉法鲁克这些核物质在哪儿呢?这可会破坏这个爆炸行动。"

"或许法鲁克不是唯一知道地点的人,"他自言自语,"或许卡德日不想炸弹在柜子里哑掉,要是我们抓住法鲁克的话。"

"他可以用上百种方法把这个消息编码加密。所有安全操作中最要避免的就是告诉其他人。这不合逻辑。"

"做了这个炸弹的人逻辑真他妈的强。"

"真是有趣的择词。"

"你想开玩笑是吧,很好。我还有事要做。"沙弗准备离开。

"艾力斯,放轻松。我很抱歉。"

他停了下来。"我只是憎恨那些不明了的事情。"他说,"这个也是如此,这个卡德日在跟我们玩游戏。"

"还有个问题,"爱丝莉说,"这个炸弹太小了。"

"他们总共只有这些了。"

"这也许是他们所有的钚了,C-4很容易找到。他们为什么不造一些大一点的炸弹?这个东西比自爆卡车能炸死的人还要少。"

"或许是用来暗杀的。"沙弗说,"恐怖分子会在总统的政治募捐期间把这个炸弹放在华尔道夫。"出于爱丝莉不能理解的理由,每个华盛顿的居民都坚持使用 POTUS①——代表着"美国总统"——而不仅仅

---

① POTUS 是 President of the United States 的缩写,意为"美国总统",potus 另有钦剂之意,华盛顿居民这么说有调侃的意味。——译注

是称呼他为总统。

"如果他们的目标是这样的话，为何要麻烦到用一枚放射性炸弹？用一枚独立包装的C－4炸弹就能达到他们的目的。死亡就是死亡，不是吗？"

沙弗皱起了眉头，用力地拽着自己的头发。爱丝莉希望他不要这样做。总有一天他会变成一个头发稀疏的胖子的。

最后他点点头："死亡就是死亡。是的。不需要造这么小的钚弹。那么他要做的是什么呢？"

"或许他犯了一个错误。"

沙弗激烈地摇着脑袋。"他非常聪明，不可能犯错的。"沙弗说。"我觉得他不喜欢别人知道他所做的事情。甚至对他自己的同伴也是如此。"

"这人是个控制狂。"

"他把机密捂得异常严实。他知道他的同伴都很脆弱的，我们能像抓捕法鲁克那般抓捕他们。"

"那么为何他要告诉法鲁克？"

"我先问你的，詹妮弗。"

接着沙弗走了出去，留给她另一个无法回答的问题。

托尼·德弗瑞手里拿着香烟，走进国会地区自助储存库的管理部门，这个黄色墙壁的简朴房间里摆放着几把黑塑料椅，还有一台供应袋装变味的多力多滋玉米脆片的自动售货机。主管李克·哈里斯是个衣着整洁的黑人，他坐在柜台后面，厌烦地在乔伊·奥·唐奈尔记录储存中心资料的老式戴尔电脑上玩着单人纸牌游戏。

"先生，这里禁止吸烟。"哈里斯说。他的妹妹死于肺癌，而且他的一个小孩儿得了哮喘病。

"好的。"德弗瑞嘟囔了一句，用脚后跟碾灭了已抽了半支的万宝路。

"有什么事吗？"

"是的，"德弗瑞说，"我在找 D－2471 号柜子。"

哈里斯几乎从椅子上跌了下来。这可不是他所预想的那个家伙。他设法让自己面无表情："好的。柜子是在二楼穿堂尽头靠后的地方。我可以带你过去。"

"我能自己找到那地儿。"

"没问题。请让我看看你的钥匙。"

果真，德弗瑞拿着 D－2471 柜的钥匙。哈里斯按下了绿色按钮，解锁了隔开办公室和储存库的铁门。几秒钟后德弗瑞就进到里面去了。哈里斯直等到看不见他之后，接通了别在胸部的微型迷你电话。

"代号蓝色，"他说，"重复，代号蓝色。这不是演习。可疑人物是个粗壮的白人，中等身高，身穿白 T 恤，体重偏重，四十岁年龄大小。"

几乎是不知不觉的，主管哈里斯发现自己正看着柜台下面的盒子，里面放着他的防化服。

德弗瑞笨重地走上台阶，气喘吁吁地推开通向二楼的门。他没有太多喘息的时间。他新认识的朋友波卡要他搞清楚袋子里装了什么东西，然后在下午四点半时汇报给他。

"我只是检查一下然后再告诉你袋子里装着什么？"德弗瑞问。

"就是这样。"

"不是毒品之类违法的东西吧。"

"不是非法物品。"

"这听起来不难。然后——"

"我会给你另外的五十美元，再对你说明下一个任务。"

德弗瑞没有完全理解这个游戏，但是他认为即使袋子里的物品让自己感觉不爽，他也会保持安静的。甚至这整个事情只是些玩笑，但他已经到手了五十美元。这些好莱坞的家伙有的是钱。而且，自从第一次打赌之后他身上还没有发生过如此有趣的事，而且那次打赌也是很久之前的事了。所以在松口气之后，德弗瑞又开始走动起来，他下到储存中心的大厅，寻找 D - 2471 号柜。

爱丝莉的电话响起来。"快赶去健康酒吧，"沙弗说，"奥尔巴尼有事发生了。"

加密的卫星通信线路给中情局传输着储存中心的实时影像，这个礼堂大小的房间装有三百台平面显示屏电视，每一台可以显示一种不同的卫星输入图像。这个房间官方声明为反恐指挥部的保密通讯展示中心。但是在一个周日的深夜，迪多命令该中心的技术人员秘密地观察他心爱的迈阿密海豚之后，沙弗就开始管这个地方叫健康酒吧了。

从爱丝莉的办公室到健康酒吧有十分钟的路程。但是小跑五分钟就到了。她跑了起来。

德弗瑞在找到 D - 2471 前走了一些弯路，柜子在储存中心的二楼的东北角附近。他停在柜前，然后插入了他带来的钥匙，满脑是对他所要见到的物品的疑惑。难道这儿有个摄影组？还是说像在电影里演的那样，包里装满了数百捆钞票，或是他的钥匙失灵了？

但是柜门很轻易地就打开了，在德弗瑞打开顶灯时看到一个超大码的帆布包。这就是波卡跟他交代的那个包，他犹豫地走进房间，随手带上门。房门在他身后稳稳地关上了，他不知道是不是把自己给锁了起来。但是在他转动把手时门平稳地打开了，而且外面的走廊看上去跟几秒钟前没任何差别。德弗瑞再次关上门，想知道自己为什么要这样偷偷摸摸。他看过无数次的勇敢者的游戏真人秀。里面那些花招都那么不可思议。而这只是一个放在柜中的袋子。

在来这儿的路上德弗瑞看到半打"禁止吸烟"的警告牌，但是在这里没有见到类似的说明。为了气气前台的那家伙，他轻拍出一支烟到掌心，然后点了起来。

在那个拿着钥匙的男人进来时只有少数几个市民待在储存中心。他们没有被疏散；迪多和桑福德吩咐中心要照常营业，除非有人要去动那个包。他们也不允许突击队员靠近 D－2471 柜。但是在储存中心的每个人都在暗中警惕。如果炸弹爆炸，突击队员要从大楼疏散市民，有必要的话还要强制执行，将他们带去国家核安全中心在一公里外设置的临时污染中心。

国家核安全局的电脑模拟显示只要每个人在爆炸的三分钟内逃出大楼，因为放射能的等级，无人受到伤害的概率有百分之七十。当然，还有剩下百分之三十的机会是会受到有害的辐射，这是避免不了的。

在健康酒吧，爱丝莉发现有十二个中情局官员在看着监视器。一个茫然不知所措的白人在存物柜里吸着香烟，用脚轻踢着那个帆布包。

"是这个人？"她问沙弗。这个男人看上去很像是技工，或者是个失业的卡车司机。总之，除了恐怖分子以外，他可以是任何职业。

"我知道的和你一样多。"

"国家安全局呢？"国家安全局的识别系统能够使用数据库匹配面部照片来测定基地组织的成员。

"没有找到任何线索。这人很可能只是个纸杯，"沙弗说，"被雇来以防我们监视的。"

"真是可爱的说法。"爱丝莉说。"纸杯"是中情局对一些被利用完一次后就处理掉的不知情分子的专用术语，这些人可以不顾后果地被逮捕和杀害。"我不明白，"她又说，"如果他们费那么多麻烦把这枚炸弹带进来，为什么还要这样处理？"

在屏幕上，这个身处 D – 2471 的男人轻轻地拨动袋子，然后在它旁边蹲下来。

"我们真是两头犯难。"沙弗说。

她知道他真正所想的是什么。中情局和联邦调查局都在一个很难对付的情境里。这个身在储存柜中的男人很可能不知道自己正在玩的是什么。话又说回来，他有那把钥匙。他可能是基地组织的天才技工，这个真正的信徒碰巧看上去像卡车司机。除非他们逮捕他，否则不会清楚的。反恐指挥部不能行动得太快，要不他们就会全盘失策。但要是这帮人行动过慢，他们会冒着让这个男人炸死自己的风险，特别是当他是受害人时。

爱丝莉感到了在她十七岁试着学习操作变速杆时的经历，刹住油门，踩低离合器踏板，滑动变速器来换挡。就这么简单。

只是她做不到。她烧掉了哥哥老式威力斯吉普的离合器。孩子，这是极其糟糕的一天。更糟的是她的哥哥太封闭于和自己的幻觉斗争，在爱丝莉告诉他自己干了什么时还全然不在状况。

她把注意力转回到屏幕上。这个男人仍在玩着袋子。"那么……我们就让他打开袋子？"她对沙弗说道。

"如果你有更好的主意，现在是拿出来让我们见识的好机会。"

她脑袋一片空白。

托尼·德弗瑞在储物柜的混凝土地板上踩熄香烟。是时候动手了。他慎重地打开大号的帆布包，拉开包上的黑色塑料拉链，露出里面光滑的铝制金属箱顶。

他试着从帆布包里拿出铝箱。这个东西比他预想的要重得多。他紧拉着滑倒箱子，咕哝着移动着它。这时铝箱重重地砸在地板上，撞到他的膝部。

"该死的！"他大叫。抱怨声在储物柜里发出回响，他再次考虑离开，然后告诉波卡他打不开箱子。不，他一直以来都想着要上电视，自己不能搞砸这个机会。

他把铝箱侧翻过来，再次试着打开它。德弗瑞发现箱上并不是钥匙孔，而是带有数字盘的数码锁。跟波卡事前说的一样。数码锁的红色液晶显示屏上闪现着时间：十五点四十七分零五秒……十五点四十七分零六秒……他妈的。他只剩不到一个小时的时间去到市中心。照波卡跟他说的，德弗瑞轻按了三次数字盘上的#号键。时间消失了，取而代之的是一行闪光的破折号。德弗瑞从口袋里掏出一个破烂的钱包，翻出写有波卡给他的密码的纸片。4308512112 – 9447563 – 01072884。

德弗瑞小心翼翼地在数字盘上敲打着密码。等到完成时他发觉自己在冒汗，当然并不是因为这个不通风的房间里的热气。他希望自己输入了正确的密码。就像被要求的那样，德弗瑞按了三次#号键。密码消失了，即刻取而代之的是个定时器。

十……九……八……七……

妈的。

六……五……四……三……二……一……

他缓慢地移动着双脚，试着后退出门。

同其他人在兰利所见到的一般，爱丝莉能真实地看见 D – 2471 里面正在发生的一切。

摄像机足够完美地捕捉了这个男人在后退时脸上所呈现出的恐惧。然后炸弹爆炸了。爆炸声在通信中心回荡，随之监视器变得一片漆黑。

258

酒吧里一片死寂。爱丝莉不能停歇地在脑中重放着她刚刚所见到的惊恐的表情。那个人不是恐怖分子。他不是这个柜子的主人。她只是见到一个无辜人的死亡。历史上首次，一枚放射性武器在美国国土上爆炸。然而她同所有在这房间的人都允许了这事的发生。他们会无止境地犯错。沙弗那个关于纸杯的玩笑现在看起来不可思议的冷酷。

这时一通电话响了起来，随后间歇不停的电话打破了室内的沉默。通信中心就像除夕的娱乐场所一般开始热闹沸腾起来。技术人员呼叫着埋伏在储物中心的突击队员。任务没有结束。在国家核安全局的科学家们确定这个放射性炸弹释放了多少辐射能时，三角洲特种部队队员和奥尔巴尼的警察要疏散四分之一英里范围内的群众。加上，他们要找出这个待在储物柜的男子的身份，然后就他们之前所知的追踪他的行动，找出同谋者。尽管爱丝莉有点儿怀疑——如果他们能够追踪到底——这个追踪最终会回到奥玛尔·卡德日身上。

一阵凶恶的愤怒取代了她的羞耻感。爱丝莉在中情局的这些年都没有像这样愤怒过。她知道将这些战争个人化对赢得胜利没有帮助，但是她不能停止愤怒。这个卡德日在嬉弄他们，他为了好玩选择杀死美国人。他应该被清除、被消灭掉。"无论用什么手段。"她压着嗓子对自己说。

沙弗听到这话。"是的。"他说道。

卡德日在金斯敦的汽车旅馆内刷着牙，这时他听到了第一时间的电视新闻简报。

"现在是首都地区首席新闻播报员，二频道的斯科特·扬尼为您播报突发新闻。在一场位于中央大道的储物中心的爆炸之后，奥尔巴尼警察局疏散了奥尔巴尼西部部分地区的民众。政府当局劝告居住于该地区的其他市民至少在家中待上两小时。迄今为止，警方对此次爆炸事件的性质一直保持沉默。但是他们承诺会尽快地给民众更多的相关消息……"

这么说来法鲁克告诉了美国人炸弹的事，卡德日想。否则他们不会从城市里疏散民众。他们一直监视着那个柜子，而且还知道里面放了什么东西。或是考虑他们该怎么处理，管他呢。这些蠢货进去后会感到惊喜的。卡德日看到浴室的镜中倒影时短促地笑了一下。他的预防措施非常聪明。

但是在想到法鲁克的背叛行为时笑容消失了。他假定法鲁克告诉了美国人一切。那么至少有一个巴基斯坦的组织被端掉了。而且很可能是法鲁克募征来的所有核武器技术人员。卡德日小心翼翼地把这次行动分成独立的部门。他有可能会及时切断被端掉的小组来挽救他在巴基斯坦的其他恐怖分子。但他逃避不了这个事实，法鲁克被俘是一个严重的挫败。

压力让卡德日的胸部收缩起来。他提醒自己自身没有确切的理由去担忧法鲁克。这个炸弹一定炸死了那个蠢货德弗瑞。但他仍想尽量远离奥尔巴尼。

他快步走回卧房，然后开始把衣服扔进手提箱。这时他停了下来。控制住，他想，努力控制住。他把手提箱的衣服倾倒在床上，折叠整齐，再开始重新装箱。

在一小时之内，国家核安全局的科学家们身穿辐射防护服走入 D - 2471 储物柜，他们努力地忍住呕吐，在托尼·德弗瑞那些布满房间的尸块中择路而行。

他们被什么发现给困惑住了。或者更正确的是，他们什么也没找到。相比他们之前预期的反射性反应堆，他们的探测器只捕获短波的阿尔法射线，而且实际上并没有伽马射线。也没有钚 - 238，更没有高浓缩铀，铯－137或是钴－57。代替国家核安全局小组所探测到的钋－238的踪迹的，是一种钋的同位素。事实上这种元素安全得可以入口品尝，还有几克低浓铀。而这些显然解释了在他们首次仔细扫描储物柜时所发现的辐射的踪迹。这个区域既没有任何生物学上迹象的显示也没有化学污染。没有炭疽、天花，没有沙林，更没有 VX 毒剂。

总之这个脏炸弹看起来异常干净。

当探测消息传进兰利时，这里的气氛变得略少了些阴森。在向白宫征求意见之后，迪多和桑福德决定撤销疏散民众的命令，并且责备当地警察局反应过度。在三千五百万的附加联邦政府补贴的承诺之下，奥尔巴尼市长和警察局长忍受了责骂。这个爆炸声照传统被归入机密，接着在未来，国会区域自助储存库会无限期地归为联邦政府的财产。在二十四小时内，国家媒体会忘掉这个炸弹，而在一周之内地方报纸上甚至会看不到一则相关新闻。美国始终有人在自杀性爆炸，换句话来说，除了托尼·德弗瑞之外，没有人会明白中情局的这些蠢蛋们把这事搞得有多糟。

"真是个坏消息，"沙弗对爱丝莉说，"我们回到出发点了。有人把核物质带入了美国，但是我们对藏匿地点一无所知。"

接近凌晨两点，他们走回到爱丝莉的办公室。花剩下的数小时疯狂地接听从白宫到奥尔巴尼到兰利再到内利斯空军基地，甚至还有迪戈加西亚岛的电话会议。这些电话全是官僚政治屁眼的遮羞布，但是在推脱之中，负责人员腾出了几分钟来讨论在奥尔巴尼发生了什么，这件事意味着什么。他们现在分类出三个可能性，不能完全令人满意。

第一种，是俄罗斯物理学家德米奇欺骗了法鲁克·坎，卖给他钋的同位素，用原子能的零碎废物取代了他所承诺的珍稀的真货。白宫负责人采纳了这个意见。毕竟，总统正式地视察了正处消弱状态的基

261

地组织，并且在其的防御上，与伊朗和其他的麻烦制造国相比，基地几乎不值得关注。这个事实使得这群人推测恐怖分子把一枚脏炸弹偷运到美国国土和这次视察本身并不相符，所以白宫方面正在寻找证据来怀疑炸弹本身。

或许这些身在宾夕法尼亚大道一六〇〇号的乐观派是对的，爱丝莉想。但这个观点的唯一问题，法鲁克是个老道的物理学家，他对索尔讲解了自己是如何测试那些买来的核物质的。

第二种，可能是法鲁克只是在从德米奇那买来的放射性物质的数量上欺骗了索尔，希望——像被拘留者有时会做的那样——可以让自己比实际上要重要得多。白宫方面同样喜欢这个观点。无论如何，这种推测能相对轻易地校对。法鲁克已经被扔回了禁闭室。如果他撒谎了，他们可以马上查实。爱丝莉甚至不愿去想索尔会如何对待那些欺骗他的人。

接着是第三种观点，当然白宫方面对此观点持谨慎态度。这个观点是法鲁克并未就炸弹藏匿地点的事对索尔撒谎。总之他不是故意的。法鲁克受到了他人的欺骗。某个人——叫做奥玛尔·卡德日——不怕麻烦地造了一枚假的脏弹，或者不止一枚。那么卡德日为什么要这样做？为了掩饰真正炸弹的地点，同时也作为一个反调查的圈套，这样他就能知道美国是否侦破了他的行动。

如果第三种观点是对的，不管索尔如何对待法鲁克，他也没有东西可说。这意味着追踪那枚真正的脏弹的线索中断了。最糟的是，因为反恐指挥部已开始在爆炸后疏散民众时摊了牌，卡德日现在知道他们一直监视着储物中心。

这表示他知道法鲁克被拘捕起来，美国政府部门已经发觉基地组织在美国国土上藏着一枚脏弹。这可能会使得他加快引爆炸弹。

不，这第三种观点太不让人欣慰了。

沙弗和爱丝莉都对这个观点持深信态度。

11

威尔斯举起格洛克手枪，对准靶子。

待手枪平稳，他便扣动扳机。格洛克发出一声短促而尖锐的呼啸声。滑套弹了回去，吐出一个弹壳，格洛克在他手中反冲起来，像是对他的射击表示愤怒。威尔斯控制住后坐力，再次扣动扳机，接着再一次，在第五次时他把枪放低了一些。

最终他放下手枪，向下看着靶场。在靶子的中央射穿了四个洞，距靶心都不到一英寸。第五个洞在靶心下的六英寸处，稍微偏右。

自从收到卡德日的信息后，威尔斯便在美国经典神射手靶场练习射击。这个小型的靶场位于诺克罗斯的单排商业区里，离他的公寓只有几公里远。他已经遗忘了手中持有枪支的那份快感。他没有回想起他杀掉的那些人，而是记起在每年秋季和父亲赫伯特的狩猎之旅。

一年一次，他们会徒步走进蒙大拿山脉，寻觅鹿和麋。威尔斯几乎能闻到每个早晨冲的黑咖啡那浓重的香味，听到熏肉在煎锅中的吱吱声。自从他更换信仰后就再没有吃过熏肉。尽管这样，他还很怀念那味道。他和父亲深入山脉，寻找一块站立点，可以屏息以待做出完美的射击。自从赫伯特只允许威尔斯在每个季节捕杀一头雄鹿后，这一枪必须是完美的；如果他没有击中，只能两手空空的回家。让狩猎过于简单是没什么意思的，他父亲这样说。

在他们狩猎的第三个秋天，威尔斯终于猎获了一头白尾鹿。他仍能记得自己在看到鹿被击倒时，脉搏跳动得有多么快，那头鹿用后脚站起，然后向右侧倾，接着就跌死在地。一次干净利落的猎杀。威尔斯在扣动扳机前还会想杀死这头鹿是否会让自己困恼。但是在这刻之后他从未害怕去射杀。他佯装不出自己痛恨舐血。弱肉强食，这就是自然法则。

威尔斯把格洛克放在一旁，然后拿起一把马卡洛夫。是两周前他在查伯利的枪械展销会上买的。这手枪和他在首次见到卡德日那天留在棚屋中的那把型号相同。在他拿到手时，意料不到的关于西北边境山脉的记忆淹没了他：在夏日里未处理的污水散发出来的浓厚的恶臭；一个穿着布卡的小巧的女孩儿被爸爸牵着手领着穿过阿卡拉卡达克的市场；有一晚他在清真寺外发现了一瓶没喝光的威士忌，他在打开瓶盖将酒倒掉时那刺鼻的香味所带来的震动。

他几乎不能相信自己离开巴基斯坦只过去了六个月。一般他都不会想太多关于那地方的事，包括酋长古尔、纳吉和其他那些自己认识的圣战分子。他们看起来属于另一种生活。或许是他已离开的生活，正在快速地消失；或者忘记边境是很容易的，因为在那儿的生活是那么地艰辛；又或者他只是不想知道在回首时会看到怎样的过去。

现在他着眼于未来，为即将到来的事情做好准备。除了这把马卡洛夫之外，他还在枪械展上买了一把突击步枪，是把中国造的 AK－47 的仿制品。AK 放在他的公寓里，因为他非法地把它从半自动改为全自动。

为了近身战需要，他买了一把旧式的十二号专用霰弹枪，枪虽已破旧但技工一流，而且枪管给锯短了，这把霰弹枪现在只比格洛克手枪长几英寸。同样，他把这枪留在公寓里。锯短的十二号霰弹枪也是不合法的。出于充分的理由。当超出十英尺的范围，这些枪就毫无价值，但是接近这个范围它们就如同火箭助推榴弹发射器般致命。运气好的话，扣动一次扳机它们就能夺走二至三人的性命。

安装消音器被证明更加麻烦。查伯利枪械展的商人不愿去谈及这些东西，威尔斯也不想过于强迫他，最后他从火器管理局的探员那里买了一个。但是借助于在枪械展买到的一本手册的帮助下，他在自己的公寓里组装了一个消音器。对这个东西能持续用多久，他是不抱幻想的，同时还会对枪支的准确度造成一些偏差。但是它能够让马卡洛夫安静一些。

无论如何，除非别无选择，他不计划用到这个消音器。在需要无声行动时他首选使用的是刀子。连同手枪皮套，发烟手榴弹和催泪弹一起，他已在佐治亚州合法地买了数把尖刀。在梅肯一家自称为"专攻家庭防御"的商店里买了四部警察专用的对讲机，它们是徒手式的，可以别在肩上。还有一件防弹背心和防弹衣，以及一个防毒面具，以防自己受到攻击。他去了一趟剩余军用物资商店，买了一件绿色迷彩制服，和一顶夜间工作时的黑色滑雪面罩，黑运动裤，黑色的头巾以及黑皮手套。

在接近亚特兰大的一家医药供应商店，威尔斯配备了一个急救医药箱：布织绷带、优碘、凝血药剂、纱布敷料、乳胶手套、解剖刀、骨赘、无菌溶液、手术剪、注射器、环丙沙星、德美罗和从哥斯达黎加的一家网络药店上订购的维柯丁。他在三角洲的培训包括新式的战地医学，在车臣的战斗期间，威尔斯复位过骨骼，处理过弹片的伤口。他买了几本关于急救医药的书来重新调整自己。

威尔斯已经准备好了。他只是希望自己知道是为何而准备。

威尔斯看着自己手中的马卡洛夫，感受着枪把柄上的金属毛刺。马卡洛夫比格洛克的枪身要小，也更轻。威尔斯仍喜欢使用那些他可以插入腰带中的枪械。他把马卡洛夫的滑套向后拉，上膛了一环子弹。然后瞄准靶子，想象着卡德日的脸就在靶子的中央。

第一枪向右偏大概三英寸远。马卡洛夫不像格洛克那般稳。威尔斯再次瞄准。这一枪直中但有些射高了。威尔斯吸了口气，然后全然平静地站着，肉眼观察着靶心，看着子弹射入卡德日的面颊，鲜血在他的眼睛下方往外涌着，卡德日像重力使他下跌那般迅速地倒下了。正中靶心。

他又接着练习了半小时，然后退出枪中的弹药，将它们塞入携带箱。在走出靶场时，威尔斯买了一点油和一块麂皮。他并不认为这些枪支需要擦拭清洁，但是他想把它们拆开，只是为了更有把握些。

"今天有进步吗？"靶场的老板问道，他是个金发碧眼的男人，名叫兰德尔。

"只是恢复了原来的水平。"

兰德尔笑了起来："真高兴听到这一切。"

威尔斯回到公寓便把枪支都给拆解开，一一擦拭。他把匕首磨到刀锋看起来准备好舐血。最后他让自己停了下来。按理卡德日——或者他的手下——明天会抵达哈茨菲尔德酒店，威尔斯记不起曾在任务前感到如此地急切。他不在乎自己是否会死掉，但是他不能失败。他不能失败。他不能阻止"九一一"，也阻止不了洛杉矶的大爆炸，但这次不会失手。

自从和妮可度过那个倒霉的夜晚之后他就不与她来往了，妮可是锈钉酒吧的女招待。他甚至放弃了做散工，为了见卡德日做好准备。钱不是问题，即使是在买了这些枪支和设备后，他还有几千美元存放了起来。据他所知，妮可从未通知警察；他也去停车场核查是否有人看见了他，但是没有这样的人。他有时会想妮可和他前男友会不会复

266

合。如果他们重新牵手，威尔斯认为自己应该得到称赞。

同样地他每天要祈祷五次，以数年来在边境所表现出来的那种热情在研究《古兰经》。事实上，他的信仰是虚弱的，但他不能让卡德日看出他的激情有半点儿衰退。他想确定自己恢复了修道生活的昼夜节律直到他的同伴圣战战士们的到来。

大部分时间他都在编排着自始至终可能出现的场面：如果卡德日运过来的是一小瓶天花菌怎么办？如果他说基地组织造了个核武器，但是不提及地点怎么办？如果他和一打其他的人过来怎么办？我要在现场杀了他吗？我要试着装作同他在一起，这样他就会坦诚地交代一切？把他交到中情局的手里？威尔斯希望自己能够和爱丝莉谈这些事情，但是他知道跟她通话只会让她陷入麻烦。在有很多情报告诉她时他已出手了。他需要做好准备，因为这场表演就意味着大事件的开始。卡德日的作风看起来像是先等待，接着才迅速地移动。一个只会在最后的时刻才分享情报的男人，这是他给威尔斯的印象。当他们在白沙瓦碰面时卡德日甚至没有暗示关于洛杉矶的爆炸。但是在一些要点他会解释自己的计划，这时威尔斯就有机会去阻止他。

威尔斯没有预期在今晚入睡。但是他沉入无梦的睡眠里，当闹钟鸣响时他立即警觉起来，就像那些他在蒙大拿度过的干冷的秋日清晨，和他父亲肩并肩地狩猎。他给自己冲了一杯咖啡，然后在真主面前低垂下自己的脑袋。接着便把匕首绑在大腿处，然后朝哈茨菲尔德机场出发，这个巨型的机场位于亚特兰大的西北边境处。

二八五国道上的早班交通比威尔斯预期的还要糟糕。但是他给了自己充足的时间。威尔斯打开皮卡车里的收音机，不久他就愉快地听着 WATK 电台了。WATK 是个右翼电台，这个清脆地高扬于调频收音机的声音是清晨节目的主持人鲍勃·拉维尔。他喜欢阴谋理论。最近这一周拉维尔只谈了一件事：奥尔巴尼的爆炸，这个新闻很多人早就忘却了。

"那么政府方面为什么要撤空城市？"拉维尔说道。"我告诉你，我们对这件事还有太多不清楚的地方。"拉维尔的音调升高了，"请你花一分钟的时间听我说。停下你手头上的事。放下手中的《自由党报》。用自己的脑袋想一想。你会不会因为几个微不足道的失败者在储物柜中把自己炸成碎片而去疏散市民的，这样做没有意义——"

威尔斯关低了收音机的声音。拉维尔对很多事情的看法都是错误的——威尔斯相信登月已经发生了——但是这个家伙关于奥尔巴尼的分析是对的。那儿所发生的事情毫无意义。威尔斯认为中情局或是联邦调查局已经在那个柜子里注意到生物或是化学武器，但是他完全不能理解他们为什么要让其他人进入那个柜子。卡德日大概能给这件事填补上一些缺少的片段，但是威尔斯不打算问他。

当威尔斯关掉收音机时拉维尔仍在高喊着。向卡德日解释他为什么要听 WATK 是无意义的。这些主持人对穆斯林分子的憎恨远远超过他们对政府的不满。

在哈茨菲尔德机场，威尔斯把匕首留在皮卡里；不然在安检关卡他会陷入麻烦。春季后他就再没有进过一家机场，而且他也不想走进这里。这儿可能有比佐治亚的其他地方更多的警察和联邦政府特工。他在兰利的老朋友能够不费力气地给交通安全管理局发出一个关于他的 BOLO——防范警告。

为了防止他们认出自己来，威尔斯尽力去改变自己的外表。他没有花太多材料用于精致的伪装，这些伪装通常比反向而行更会引起注意。但自春季后他就留长了头发，今天他戴着一顶红短袜球员帽，一副透明镜片的边框眼镜。只要威尔斯没有任何傻帽儿的举动，他应该不会被觉察。机场警卫人员都被人群所淹没，他们的主要精力放在保持乘客队伍的移动上。为了更好地保护自己，威尔斯已告诉卡德日自己会在哈茨菲尔德机场的登机大厅等他，而不是机场候车室，因为那个地方要求他通过安全关卡。在大厅里穿行了数分钟之后，威尔斯拿着一份《亚特兰大宪章报》坐了下来，他想读一读关于亚特兰大勇士队最新的胜利——六连胜——但是他不能集中精神。

最后他放弃了阅读，让思绪游走起来。这思绪落在了爱丝莉身上。这个时候她大概会在自己的办公室里。他还未曾见过她工作的地方，但是他能想象得出来。她会一直让自己的桌子保持整洁，但是桌上依然会很凌乱，上面密密地摆满了未分类的报告、图表和文件副本。她会把机密文件的复印本存放在保险箱里——爱丝莉拿不到原始的文件。她会摆着孩子们的照片，或者还有一些他们为她画的图片。威尔斯希望如此。

她没有和其他人结婚。如果她有男朋友，或是情人的话，她会有那人的照片。但是威尔斯很清楚这类事得慎重。她不是那类把生活带入办公室的人。但是她会把工作带入家庭吗？几乎每个在中情局的人都已经结婚了。威尔斯不能想象她有一些糟糕的工作场所里的风流韵事，那类秘书们即使在开始之前就知道要发生什么的情事，而老板们在一周之内就能解决她们。那类因丈夫回归妻儿和家庭而不可避免地告终的情事。毫无疑问，爱丝莉比这些人要明事理。但是威尔斯比其他人都要清楚，巨大的孤独会把人扭曲到何种程度。连他们都认不出自己。

那么她有情人吗？男朋友呢？当她在吉普中向他吐露心声后，他不能想象她当真还会跟其他男人有什么亲密关系。总之，没有人和她生活在一起。一个月前的那个清晨他给她打电话时，是她亲自接听的。而且她的声音没有丝毫惊奇。就像她正等着他的电话。就像她如他想念着她那般地思念着他。他闭上眼睛然后想象着她，她孤独地躺在床上，一层薄薄的棉被盖在她赤裸的皮肤上，窗户开着，外面是华盛顿潮湿的夜晚，一把风扇在她头上缓慢地转着。这个幻象让他颤抖，仿若不一会儿他就快要触碰到她了。

威尔斯睁开双眼，看了看表。十一点四十分。卡德日会在五分钟之内乘底特律出发的五六一三角翼飞机抵达。

航班准时达到，但是卡德日不在飞机上。

从自动扶梯上走出的是个三十出头的青年，高个，胡子刮得干干净净，穿着一条宽松的裤子和一件宽大的开领短袖衬衫，这个男人掩饰不了自己橄榄色的皮肤和铁丝似的黑发。但是在其他方面，他和那些正午的商务乘客恰好融为一体。这得归功于他的便携式电脑。一个专业的商务人员。他扫视四周，看见了那件亚特兰大爵士音乐节的 T 恤，那是威尔斯在自己的电子邮件里承诺要穿的——这是在公众场合联系的一个简单而又安全的方式。然后径直朝他走来。

"你应该是杰克?"这个男人清晰地说，他说的是含有一点沙特阿拉伯口音的普通英语，"我是托马斯。"

名字对上了。卡德日应该不在这儿，但这个是他的手下。"很高兴见到你。"威尔斯说，"底特律的天气怎么样?"一个简单的问题，只是为了证实他已经知道的事情。

"昨晚乌云密布，但是今天放晴了。"

威尔斯伸出手，接着他们便握了握手。

一路上他们都保持沉默，威尔斯转向二八五国道，朝着东边开回他的公寓。这个自称为托马斯的男人弯腰瞅着右边的座后镜，查看有没有人尾随跟踪。

"你能开快点儿吗，开上左车道？"托马斯说。威尔斯照做了。

几分钟后托马斯要他转向右方并且放慢车速。然后再加速，威尔斯遵从了每道指示。

"你住在哪里？"在他们到达二八五国道和二十号公路的岔路口时托马斯问道。

"多拉维尔市，亚特兰大的东南部地区。大概有十五公里。从这儿出发要二十分钟。"

"确切点儿呢？"

"地址？"

"对。"

威尔斯告诉了他。

"我们不是去你的公寓。从这儿出发，再朝西开上二十号州际公路。"

"去市中心？"

"对。"托马斯没再多说一个字。威尔斯明白自己的等待远没有结束。

威尔斯把车开进了一家破旧餐厅的停车场，这里位于亚特兰大西南地区。他已经连续开了四个钟头。在架绕着城市的高速公路上无止境地绕圈。现在他们实际上回到了原先出发的地点，距离哈茨菲尔德机场的边缘几公里远。靠近机场时，飞机在他们头上低低地飞过。威尔斯努力抑制住他心里升起来的急躁，告诉自己多费小时无关紧要。

威尔斯泊下车，随之托马斯领着他走向停车场的后部，在一辆绿色的雪佛兰卢米那旁站着一名男子。他比托马斯要矮点儿，穿着很随便，牛仔裤和一件猎鹰 T 恤。

"这是萨米。"托马斯介绍说。他拥抱了萨米并在他耳边说了些什么。

"萨米。"威尔斯伸出手，但是萨米让他的手停在空中，直到威尔斯最后收了回去。

"把你的钥匙给他。"托马斯表情严肃地说道。

威尔斯一言不发地把钥匙扔给了萨米，他利落地抓住它们，随后便走向威尔斯的皮卡。托马斯坐入卢米那，作了个要威尔斯必须跟随他的手势。

在看着福特从停车场消失时，威尔斯仍保持着冷静。这些人搞出所有这些麻烦只是出于一个理由。卡德日正在让他通过最后一个测试，在最后降下吊桥，让他进入城堡之前。正如他所希望的。

他们再次漫无目的地开着车。雪佛兰车上的小型原装刻度表显示现在是下午五点。交通开始繁忙起来。但是托马斯安然自得。威尔斯认为他正给出时间让萨米搜寻他的公寓。很好，让他们玩这个游戏吧。不管他们如何努力地睁开眼睛，还是无法足够深地探询撕开他掩护的东西。

终于，托马斯的手机响了起来。他接了进来："是的。"通话结束后他把手机塞进了口袋。

"那里很干净。"威尔斯说。

"什么意思？"

"我的公寓。除了枪支之外。那些枪都是我们的。"

托马斯第一次露出了笑容："萨米也是这样说的。"

他们飞驰着驶过透纳球场和佐治亚穹顶体育馆，直到托马斯转向右方驶入第十四街区，进入城市中心的街道地段，那儿混杂着高耸的办公大楼和低层的公寓大厦。托马斯发现了一家汽车库，然后就驾车绕着圈上了斜坡，当车子在地面腾空时他对自己点了点头。最终他把车泊在了汽车库顶部的地面上，停在一片空旷的沥青海洋的正中。

"出去。"

"托马斯，"威尔斯问道，"我们是朋友吗？"他现在是用阿拉伯语跟他交谈，威尔斯很享受这些词语带来的流利的感受。除了祈祷之外，自巴基斯坦之后他就从未开口说过这种语言。

"我想是的。"托马斯同样用阿拉伯语说，"我们正在确认这件事。"

"那么你会告诉我你的真名吗？"

"盖斯。"

"盖斯。你不觉得我知道座位下面藏着把枪吗？你不觉得只要我愿意就能拿起它吗？"威尔斯挨得紧紧地对着盖斯笑着。我同样是专业人员，他没有讲出来。给我一点尊重。

盖斯一副波澜不惊的样子："你可以试试看。"

威尔斯对这类家伙充满了厌恶感，也不喜欢他们所说的一切。他下了车，盖斯锁上车门，伸手到驾驶员的座位下，拿出一把小型点二二式手枪，他把枪塞在衬衫下，走出车门。

"把双手放在帽子上，张开双腿，"他用回英语对威尔斯说，高效率地搜查了威尔斯，"很好。"

"你以前是做警察的？"

"有时会做这类事。我们走吧，还有人在等着。你会很高兴见到他的。"

等到他们离开车库时，太阳已滑落在西方办公高楼的身后。盖斯现在驾驶得顺畅、舒适。没有人在后面跟踪。数分钟后他们抵达了皮

273

德蒙特公园，里面有着一百英里宽大辽阔的草地和树丛，这些草地和树丛正中是一座人工湖。在公园边缘丘陵起伏的草坪上，赤膊的大学生们在薄暮中投掷着一个飞盘；慢跑者们挥摆着他们手臂，沿着山丘底部的一条小径跑着。

在他们旁边，有个男人独自坐在长椅上，安静地读着《纽约时报》。

是卡德日。

卡德日在威尔斯和盖斯朝他走去时站了起来，把报纸折放在胳膊下。他现在只有一百码远，五十码，二十五码，十码。这时他已近到触手可碰。现在杀了他，威尔斯告诉自己。袭倒他，再扭断他的脖子，或是从盖斯手里抢过枪把他们两个全部射杀掉。

但威尔斯只不过微笑着伸出手，就像他们最初见面时所做的那样。威尔斯觉得自己大概可以把盖斯拿下，但是他没有把握同时干掉两个。卡德日身上可能也会有枪。他再次记起了伴他成长的那些狩猎。他只有一次机会射击卡德日，他要确认这个机会。

让威尔斯感到惊奇的是，卡德日没有看他那只伸出的手，而是拥抱了他。他把威尔斯抓近身旁，把手放在他的后背快速地搜了身。

他放开威尔斯，随之后退几步。"贾拉尔。"自从在白沙瓦之后就没人这样叫过他，"愿主与你同在。"

"愿主与你同在。"

"你变了不少。"

"我，哈——我留长了头发。要遮蔽一下，你知道的。"

卡德日看着威尔斯的衬衫："你去了爵士音乐节?"

他那标准的英国口音在威尔斯的耳朵里擦响："玩了几小时。他们是在这个公园里举办这个音乐节的，就在那儿。"他指向西面。

"你喜欢爵士乐?"

威尔斯耸耸肩:"还好。爵士乐很有趣。让我有些事可做。"

"在你等待的时候?"

"在我等的时候。"

"那么盖斯呢? 在机场一切还顺利吧?"

盖斯只是摇摇脑袋。他已经后退了几步,但是他的手随意地放在了腰间,离手枪只有几英寸。

"不如我们散下步吧,贾拉尔? 这么个美妙的夜晚。"

他们沿着跑步的小径慢步走着,盖斯在他们身后几步远地跟着,他不在听力所及的范围。

"这地方太迷人了。"卡德日说,"据我读到的,是修建纽约中央公园的那人的儿子设计了这里。但是中央公园比这儿大得多。"

威尔斯希望自己能知道卡德日是不是在探试些什么,或者他只是在自言自语。

"你穿过纽约来到这儿的,贾拉尔。"

"嗯。"

"你有什么想法?"

"纽约? 我觉得那是一个巨大的靶子。"威尔斯诚实地回答道。他想一把抓住住卡德日的脖子,然后死死地掐着直到这个男人的脸变成灰色,眼珠在脑袋上翻白。

"你不认为那很让人兴奋吗? 时代广场?"

"当然,那太让人兴奋了。"

"但不是你中意的地方。"

"我是在蒙大拿长大的,奥玛尔。我喜欢那些山峦。"

"这儿怎么样?"

"就像你所说的，很迷人。"卡德日只是在聊天，威尔斯了解到这点。闲谈一下美国。甚至他需要在谈话不时地打断一下。

"但奇怪的是，有些地方是如此地——迷人——而其他一些地方都是那么糟，不是吗，贾拉尔？你国家的人都生活得这么安适。"

"太安逸了。"威尔斯说道，"他们应该看到这个世界的苦难。他们这般无知跟魔鬼没什么差别。而且，他们不是我的同胞。"

"你总是说出正确的事来，贾拉尔。很对。你总是把自己说得像我们之中的一员。"

现在正是时候，威尔斯明白。如果他现在没能说服卡德日那么他永远没有机会了："因为我就是圣战的一分子。我不知道还要再说些什么。无论你怎么吩咐，我都会照做的。"

卡德日停下脚步，朝威尔斯转过身去："我想信任你，贾拉尔。否则我就不会跑到这儿来了。你相信我所说的吗？"

"是的。"

"你对我，对我们而言，有着不可估计的价值。我们在前头有重大的工作。而且我只有几个有能力的人——"卡德日突然停住话头。他有什么事不想泄露出来，威尔斯想。

"不管怎样，"卡德日拾起话题，"你是独一无二的。你适应这里——"卡德日朝着环绕着他们的城市挥了挥手："这是我永远不会有的经历，盖斯也一样。这对我们而言是一个伟大的礼物。"

"是的。"

"无论在车臣、阿富汗，还是在巴基斯坦。你从未让我们有理由去怀疑你。"

"我一直在做必须做的事情。"

"可是。我不能理解你，贾拉尔。我曾和酋长谈论过你。并且在我

276

们派送你到这儿之后，我询问了那些在边境认识你的人关于你的事。关于所有这些年以来你的学习、祈祷和训练。你从未不耐烦过——"

"我很急躁的。"威尔斯说道。

"如果是这样，你也从未让其他人见到你这个样子。你从不抱怨。也从来不喝酒或是抽烟，更从没有过一个女人。真是最完美的战士。但是我明白这些锻炼，而且这些都让我感到害怕。我想知道，我该如何判断你是为我们而战——还是为他们呢？"

威尔斯紧握住卡德日的手臂，把这个瘦小的男人转着朝向自己。盖斯大跨步地朝他们走来，但是卡德日挥手让他停下。

"奥玛尔，我不是一个完美的战士。那些在洛杉矶死去的战士，和那些每日在伊拉克牺牲自己的勇士，那些殉教者们，他们才配得上这个称号。我所做的只是在等待。我只是想得到一个机会去献身。并且如果必须的话，我会永远等着这个机会。"

威尔斯停下话来。他挑明了要点，不需要走太远了。他要让卡德日把话接下去，但是卡德日没有这样做。而是将身子倾向威尔斯，盯着他的脸。最后他点了点头："你想要机会去献身？那么你就会得到这个机会的。"

威尔斯低垂下他的脑袋。吊桥已经放了下来，他得以进入城堡。所有这些岁月，所有这些等待，他们最终被偿还。这就是死而复生的感觉吗？"谢谢你，奥玛尔。"

卡德日拍了拍他的肩膀："我必须得走了。盖斯会跟你解释这次行动的。他代表我讲话。"

"谢谢你，"威尔斯再次说道，"真主至大。"上帝是伟大的。

"真主至大。"

卡德日离开了。他爬上山峦，然后越过公园便消失了。

"他看起来好似很确切知道自己要走的方向。"威尔斯平静地对盖斯说道。

"他一向如此。"

在修车库里，萨米坐在威尔斯的皮卡里等待着他们。

"愿主与你同在。"萨米说道。

"愿主与你同在。"

"这么说来你同我们是一道的。"

"如果安拉允许。"

萨米笑着把威尔斯的钥匙扔回给他。

威尔斯驾驶着漫游者，盖斯坐在乘客位。萨米开着卢米那跟在其后。

"你们的旅馆在哪儿？"

"没有旅馆，我们会待在你的公寓里。"

"邻居们会觉得奇怪的。"

"我们不会待太久。"

威尔斯等着他说出更多情况来，但是盖斯没有进一步说明。

"是谁训练你的，盖斯？"

"沙特·穆卡巴拉。另外我还在你们联邦调查局的匡堤科学院培训了六个月。"

"不足为奇。"

"谢谢。"

"那么……"威尔斯用阿拉伯语说，"你和萨米来亚特兰大不只是来看我的吧，不是吗？"

盖斯笑了起来："不，也不是为了浪费汽油。"

"那么你能告诉我这次的任务吗？还是要我猜呢？"

"你猜不着的。"在卡德日对威尔斯点头肯定之后,盖斯放松了不少。

"CDC? 美国疾病控制中心?"

"不是。"

"美国有线新闻中心? 可口可乐大楼?"

"不对。而且卡德日喜欢可口可乐。他只喝这个。"

"我也是。"威尔斯说,"佐治亚穹顶体育馆? 透纳球场?"

"我甚至不知道这些是什么地方。"盖斯说,"瞧,只有你,我还有萨米。而且这次不是殉教任务。奥玛尔需要我们全活着。"

"这么说……应该是些简单的事了。是暗杀吧。"

"真棒。那么去暗杀谁呢?"

威尔斯拿不准主意。亚特兰大的市长? 美国疾病控制中心的科学家? 佐治亚的参议院成员? 不会是他们。也没有人真正重要到能有这么强的保护势力。

"你说对了,盖斯。我猜不着。"

"你听说过霍华德·韦斯特中将吗?"

霍华德·韦斯特中将在九十年代指挥着军方的特种部队和反恐联盟。威尔斯曾见过他一次。韦斯特简短地说着话,然后消失在一架直升飞机中,执行着三星中将该做的任务。

在这之后几个月韦斯特就退役了——威尔斯记不起确切的时间。现在他干着类似"顾问"这种的工作。这就是说他从贩卖间谍设备的连队里领着六位数的支票。作为报答,他用这些款子与他那些在国防部的老朋友们保持着联系。他保持着低调的形象,威尔斯甚至不知道他住在亚特兰大。

让威尔斯有所感触的是基地组织宣称的自己与美国同等的这个英

明的行为。你伤害了我们的带头人？那么我就要埋伏你的。而且自从他退职之后，韦斯特的保安防卫比现役的中将要少得多。但是暗杀韦斯特不是卡德日计划实施的头号工作，威尔斯想。"奥玛尔需要我们都活着。"盖斯这样说道。这次暗杀是次牵制，吊桥只放下了一半。卡德日给威尔斯开出了一个协议：杀死韦斯特，或是拼死尝试。那么我会信任你。只有杀死了韦斯特你才能进来。否则的话，你就会永远见不到我了。

威尔斯后背一阵疼痛。他感觉就像一个绳子被拉得过紧的木偶。卡德日再次打败了他，但是也许他能找到一条出路。

"我们可以接触到韦斯特，"威尔斯对盖斯说，"虽然这要做些计划，奥玛尔想我们什么时候下手？"

"今晚。"

"今晚……"在他说出这个词时，威尔斯感到无法自拔。

12

在威尔斯打开房门后，发现萨米已把他的武器库摆放在厨房桌面上，枪支和刀械如等待着答复的邀请。除了这些武器以外，这地方看上去像没有被动过一样。威尔斯对这并不感到奇怪。像盖斯一样，萨米也是职业好手，他过去是约旦的警察。

"我们要说马格里布吗？"威尔斯用阿拉伯语问着这两个晚祈者。

"你的邻居不会听到吧？"盖斯说道。他们透过墙壁听到了隔壁公寓喧闹的电视声，干瘪无味的笑话和预先录音的哄笑声单调地会聚在一起。

"温德尔将近八十岁了，"威尔斯说道，"而且他几乎是聋的，只要我们响动不太大就可以了。"

他拿出一条毛毡，接着这三个男人跪下念着他们的晚祷词。随后他们便开始进餐。在回来的路上威尔斯在 7 - 11 便利店停了一会儿，买了些预先做好的三明治和一夸脱容量的大杯咖啡。他饿极了，而且他以为盖斯和萨米这两人也该是饿了。但是在咀嚼着那些无味的火鸡肉三明治时威尔斯感到倒尽了胃口，吃这些东西连时间也越发漫长了。他艰难地咽下最后一口火鸡肉然后看了看表。九点。他还有四个小时，最多也只有六个小时。不管他怎么费尽心思，还是不能找到一条明晰的出路。他不能杀害韦斯特。可是如果韦斯特活着的话卡德日也永远不会再相信他。

要是在一周前得到暗杀的消息，甚至是一天之前，威尔斯就能够警告爱丝莉。然后中情局和联邦调查局就能设好陷阱。他们会活捉住盖斯和萨米，再让威尔斯抽身。他们甚至可以向外宣称盖斯和萨米已经死在韦斯特的家中，而且韦斯特也身负枪伤。卡德日会接受这个情况的，他没有别的方法核对事实。

但是威尔斯现在不能警告爱丝莉。盖斯和萨米今晚都会紧跟他不放。这两个人都明白这个任务的真正重点是检验威尔斯是否忠心。当然，他现在就可以干掉盖斯和萨米，但是那样他就会丧失他们持有的任何消息，同时对卡德日的追踪也会终止。更好的处理方法是将他们上缴给中情局，但是这两种做法都不能肯定。这两个人当然不会真的在他拿起电话找警察时一边微笑一边坐着等死。

如果盖斯要求他亲自扣动扳机，威尔斯不清楚自己会不会让韦斯特牺牲掉。这是场战争，韦斯特曾是个战士。不，他不只是战士，而且还是个中将。他现在年近七十，已走过了充足完整的人生。他会理解的。

威尔斯把这些想法驱逐出自己的脑袋。出于私人以及大众缘故，他必须确定今晚韦斯特能活下来。有些界线他是不会逾越的。他不能暗杀掉那些他曾被委托保护的人。他不能扮演上帝然后怀着拯救其他人的希望而牺牲掉他的一个手足同胞。不。他必须得在不破坏自己竭尽全力所建立起来的掩护之下让韦斯特生存下去。

可是无论他怎么搅尽脑汁都找不到一条明确的出路。通知警察？不行。干掉盖斯！不行。牺牲韦斯特？不行。警告爱丝莉？不行。通知警察？不行……

他把注意力转回到厨房，这时萨米在餐桌上铺开一张巴克海特区的街道图。从理论上讲，这片区域是亚特兰大市的一部分，在城市的西北部，而实际上，巴克海特区是一片豪华的市郊住宅区。那里住的全是亚特兰大市市政当局的富豪们，他们奢华庞大的豪宅临近着曲折迂回的林荫街道。威尔斯曾在那儿干过多项环境美化工作。

"他住在这里。"萨米指向一个红色标点，距北侧路和维努尔路的十字路口数百英尺远。

盖斯从他的手提电脑箱里取出一个马尼拉文件夹。"财产记录上注明，这房子是二〇〇一年花了二千一百万美元买下来的。"盖斯说道，"三层楼房，旁边带有一栋平房。"

"二千一百万？看来军队的待遇要比我记忆中的好得多。我们有他的照片吗？"

盖斯拿出一张从互联网上找到的照片。威尔斯认出了这位中将，高个秃头，嘴唇丰厚而具弹性，额头布满了皱纹。"我们怎么就认定了他今晚会在家呢？他应该有无数的交际应酬吧。"

盖斯看着另外一张纸。"他会在家里的。佐治亚州防卫部承包商联

282

合会在今晚的酒会上授予了他终身成就奖。酒会是在罗斯韦尔城办的。"

"罗斯韦尔在这儿的北方。"

"然后明天下午他会在市中心的城市俱乐部发言。他会在家的。"

威尔斯不能持否定态度了。"护卫呢?"

"他只有一个保镖。"萨米说道。

"你确定吗?"

"我曾监视过他。他外出时坐的是一辆金锡。"那是阿拉伯人对通用越野车的黑话。"那个司机同时也是保镖,他也住在那个房子里。"

"住在平房的可能性较大。"

一个计划在威尔斯脑子里成形了。或许他还是可以把盖斯和萨米分开。

"嗯。"威尔斯说,"或许是住在平房里。"他转过身对着萨米。"你确定韦斯特没有其他警卫了?"

"我只见着一个。"

卡德日确实想让他们全都活下来,威尔斯想。韦斯特只有如此少的防护,这让威尔斯感到惊讶。但是这个男人已退役了一段时间了,隐姓埋名是他最佳的防御手段。

"这栋房子有一道围墙和一扇大门。"萨米说,"上个礼拜我拍了照片。"他把这些照片在桌上摆成一道。围墙有一道砖砌的基顶,上面安有装饰用的不高的尖钉。在围墙后,建起一座假山,那栋庞大的佐治亚风格的豪宅就建在假山的一百英尺后。有一条私人车道分了楼宅和平房。萨米指向那道围墙。

"这道墙只有六英尺高,而且是没有安棘铁丝网的。"

"在巴克海是不允许设铁丝网的,"威尔斯说,"邻居们都不会接受

283

这事的。整个面积有多大？"

"长一百二十米，宽是六十米。"四百英尺和二百英尺，威尔斯在心里换算着。有两英亩。

"这地方大到可以给我们做一个小型的隐居所！"威尔斯说，"有没有狗？"

"我觉得有一条狗。有些时候我能听到叫唤声。"

威尔斯摇摇头。狗是一个真正的问题，大只的狗更成问题。有狗就意味会有吵闹声。"他结婚了没有？有几个家庭？"

"他离婚了。"盖斯说，"在他退职一年之后离的。他的前妻住在休斯敦。"

"只有一个妻子？"

盖斯笑了起来。"只有一个。"

很好。这样一来犯错的机会也更少了。"卡德日想在今晚就落实这个计划吗？一定得是今晚？"

盖斯点点头。"他说你会理解的。"

威尔斯只有点点头。"我能理解。"

他指着那张街道图。"我在做环境绿化时熟悉了这片区域。这块地方看上去要隐蔽得多。维尔努是条主干道，交通很拥挤——我们可以抄近路越过草坪，如若需要的话还要留下这条近路。办完事之后就及时回来睡个好觉，然后把盖斯送回底特律。"

他们花了两个小时讨论这次的任务。威尔斯喜欢花更多的时间来计划和收集更多的信息。韦斯特楼宅的楼层平面图，包括他睡觉的卧房。警车和监视着四邻的私人安全巡逻队的数量，还有他们平常的巡逻路线。韦斯特是否配有枪，如果他有的话会摆放在哪里。反而他们甚至不知道这房子里是否装有报警器，还有这个报警器是否监控着那道围墙。

他们需要快速行动，来弥补自身在程序和火力上的不足。他们必须在警察来阻止他们之前离开。威尔斯认为自进到房子里后至多有五分钟的时间行动，即使这房子没有安装报警器。他们打算在三分钟内把事情搞定。一旦巡逻队大规模地抵达，逃跑基本上是不可能的。特别是在巴克海这片怀有敌意的领地。

"一听到警报器声，我们就得撤。"威尔斯说，"马上撤。"

慢慢地，他把盖斯和萨米领到他的计划里去了，威尔斯会让他们制订出细节来，这样他们就不会认为这个计划是他全盘操作的了。

"够了，"盖斯最后说，"我感觉自己就像回到了联邦调查局的训练。你知道的，一旦我们投身进去无论如何一切都会变成一堆狗屎。事情常是这样的。"

"当然，"威尔斯说，"但是我们不得不假装还没到那地步。"威尔斯怨恨自己，他喜欢这些家伙。当他们明天清晨在飞往关塔那摩的航班上醒来时，他们只能埋怨自己。

萨米给自己和盖斯买好了行动穿的衣服，黑套头和黑裤子，跟威尔斯在剩余军用物资商店买到的一模一样。

"我们看起来像一班表演哑剧的。"在他们穿衣时威尔斯开玩笑说。

"哑剧？"萨米问。

"那些表演者都全身穿黑色，还有——忘了它吧。"

萨米还买了枪支，一把带有消音器的点四五手枪和一支通用冲锋枪，一把带有三十二发弹夹的短套全自动步枪。通用冲锋枪虽然射击不够准确，同时太过引人注目，但仍然是最具危险性的武器。圣战战士抗拒不了冲锋枪，威尔斯记了起来：他们看了太多的动作电影。点四五手枪则是真正的奖品；它射击的是次音速子弹，而接在枪身上的消音器则让它能杀人于无声。

威尔斯没有问萨米是从哪儿搞到这些枪的。它们看上去全是新的，这让他有一刻觉得是不是中情局在幕后操作这一切，用这些疯狂的圈套来测试他的忠诚。或许在那栋豪宅里等待着他的不是韦斯特，而是文尼·迪多。

但是卡德日派了盖斯和萨米过来监视他，而且如果卡德日是中情局的地下工作者的话，美国老早就捉捕了本·拉登，把基地给端掉了。不，这些枪械是实实在在的，而且它们的弹药都上膛了，韦斯特独自一人待在那房子里。如果威尔斯不加以援手的话，他今晚就得丧命。

他们同时开出漫游者皮卡和卢米那，就盖斯所承诺的，如果他们抛弃了这辆卢米那也不会被追踪到。萨米已经把车从里到外擦个干净，清除掉了所有指纹。以防他们被拦截下来，他们会把手枪和面罩放在卢米那尾部的行李箱里，尽管威尔斯认为警察无论如何都会随便找个理由来搜查这车子。三个男人，其中两个是阿拉伯人，子夜之后驾着车在巴克海巡游打转，而且打扮得如同特警队成员……不，他们必须驾驶得小心点儿。

"萨米，帮我个忙，"威尔斯对萨米说，"不要超速驾驶。"

"没问题。"

他们再祈祷了一次，企求真主安拉的恩赐，让伊斯兰的天谴降临在身为异教徒的中将身上。威尔斯希望真主不会注意到他为自己曾在父母的墓穴旁的表现所做的祈祷。

在凌晨一点前他们就驾车出发了，威尔斯和盖斯开着那辆皮卡，萨米则驾着卢米那跟在他们后面。置危险于不顾——或者可以说因为危险的缘故——威尔斯的双手稳稳地握着方向盘，他的呼吸平稳，短促。自己是如何到达这地步是无关紧要的。他自己也无关紧要。只有任务才有价值。

他们在二八五国道上朝西向驾驶，除了十八轮大卡车灯火轰鸣地驶过沉静的夜晚，这条宽阔的高速公路多半是空荡荡的。之后他们在维尔努路开往西南方向，接着在权渡路上的东北方向和普拉纳路的西北方向，每次更换方向车辆都越渐稀少，直到最后他们孤独地在车道上奔驰着。

这两辆车缓慢曲折地穿过环绕着中将住宅的大楼，寻找着安全巡逻队或是灯光通明的大楼，等着听见犬吠声或者丈夫们的大声叫嚷，但是像巴克海这样文明的城市已经全然入睡了，或者假装入睡了。

威尔斯看着表。1 点 33 分。他们不会有更好的机会了。

"现在行动。"他对盖斯说。

"行动。"

威尔斯把左手伸出车窗外，这是他们的暗号。他在韦斯特住宅拐角处的一座盖了一半的砖瓦大厦前泊下皮卡。萨米打开卢米那的后车箱。他们取了枪支和面具。威尔斯拿了自己的格洛克，给了萨米带有消音器的点四五口径手枪；而盖斯则抓起了另一把点四五手枪和通用冲锋枪。他们坐入雪佛兰。萨米驾车绕过街角，在韦斯特的住宅前停了下来。

萨米泊下车，但他仍把引擎开着。三个人套上面罩和手套。威尔斯把格洛克手枪塞进绑在臀部的手枪皮套里。萨米把通用冲锋枪挂在胸前，就像是史蒂文·席格电影里的恶棍一样。"最多只有五分钟，"威尔斯说，"一听到警报就得撤退。"

"明白。"盖斯说。

"明白。"

287

威尔斯再一次看着表：一点三十四分五十八秒……五十九秒……三点三十五分。

"真主至大。"威尔斯说，"行动。"

他们全都下了车。轻轻地关上车门，然后跑向围墙。

威尔斯第一个到达围墙处。他敏捷地爬上围墙，接着便跳落院中，轻松着地。如果围墙装有警报器的话，也没有任何动静，一个幸运的开局。隔壁四邻应该早就入睡了。盖斯动作迅速地跟在他后面，但是萨米却因为围墙上的护栏钩住了通用冲锋枪而暂时耽搁了下来，这些情况可从未在电影里出现过。

院内的草坪茂盛，嫩绿，被修剪得整齐利落，就如在赛季开球前的足球场一般。威尔斯四处搜寻那只狗，但是草地上空无一物。接着他就听见了犬吠声。在威尔斯跑过假山，朝巨型的白色房屋靠近时，这声音变得越来越大。

他抵达前廊，看了一眼时间：一点三十五分二十秒。他给自己十五秒来弄开前门上的锁。如果在这时间内打不开，他们就得打破一面窗户。但是在他抓握住门把手时，门顺利地开了。前门没有锁上？真是太古怪了。但是他没有时间去考虑这些，这只狗现在咆哮得更大声了，犬吠一声紧接一声。从声音判断，它就待在房子里面，而且还是一只巨型犬。他们得迅速地把这只狗给搞定。

在他身后，盖斯抵达了门廊，这时萨米也爬下了围墙，这段延误正是威尔斯想要的。萨米跑过山丘后，转向远离楼房，朝平房跑去，正如他们所计划的那样。

"狗。"威尔斯说。盖斯点点头，举起点四五手枪。威尔斯转动门把手，一脚踢开前门。

那只狗飞速地跑了出来，是只巨大、粗壮的罗特韦尔牧犬，它张牙咧嘴地朝盖斯扑去。盖斯第一枪射在它的胸部，把它撂倒在地。罗特韦尔牧犬还继续地悲嚎着保护自己的地盘。盖斯接着射在它的两眼正中，子弹粉碎了罗特韦尔牧犬的脑壳。泼溅出来的混拌着皮毛和脑浆的鲜血流过门廊。这只狗瘫了下去，一动不动。盖斯的双眼在黑面罩后闪闪发光。

他们跨过狗的尸体，进到房内。威尔斯关上门，随之他们两人都花了点儿时间让自己的眼睛适应房内的光线。然后盖斯朝威尔斯转过身——威尔斯正握着格洛克的枪管朝他挥击过去。盖斯试着争取到时间来避开这一击。但是格洛克来的太急了，枪托撞向他眼睛后面的太阳穴，脑壳上面最柔弱的地方。

盖斯说道，不。他的脸松弛下来。身子前倾后摆，但是没有倒下去。

在这种情形下，威尔斯再用枪托猛击他的太阳穴。这一次威尔斯能感到手枪撞穿了骨头。盖斯发出咕噜一声，这可不同于罗特韦尔牧犬的那种哀鸣，蹒跚着跌倒，在撞到地面前盖斯就失去了知觉。

威尔斯的计划很简单。把这两个圣战分子分离开来。先在这边制伏盖斯，如果可能的话，让他尚存一息接受中情局的审讯。在萨米袭击韦斯特的警卫前将他制住。再把警卫缴械，使得他无法破坏局面。然后再找到韦斯特，对他解释一切事故的缘由。接着便通知爱丝莉，告诉她所有的一切。要求中情局出版一期封面故事来说服卡德日，使他相信盖斯和萨米在暗杀袭击中死去。或者可以捏造韦斯特也已负伤死亡。这一切要赶在亚特兰大的警察露面把他的头爆掉之前安排妥当。

那么，"简单"对这个计划来说也许是个错误的修饰用词。但这是他在这种突如其来的情况之下所能做的一切，而且迄今为止一切都在他掌握之中。"FBI！"他朝着楼梯大吼着，希望韦斯特没有因为过于紧张而下到楼梯来朝他开火。或者更糟的，因为突发的心脏病而当场倒毙。

"FBI！中将，请保持冷静——"

但是没有任何动静。

"中将——"

整栋楼房都一片死寂。或许韦斯特现在正藏在卧房里，致电警察，大喊救命……尽管这不是威尔斯预期一位三星中将准会作出的行动，甚至这个将军老到可以领取社会保险金的地步。现在这些都不要紧，威尔斯给自己下镇定剂。我得行动了。他转过身朝平房跑去。

在他飞奔过草坪时，就清楚地听到从平房里传来的萨米的通用冲锋枪射击的嗒嗒声，先是半打子弹，然后稍作沉寂，接着又是半打，枪击的回声穿过了佐治亚潮湿的夜晚。

在几秒钟后威尔斯赶到了平房，发现萨米在门外咧着嘴冲他笑，手里乱晃着那把通用冲锋枪。威尔斯能瞅见邻居楼房里亮起了灯光。这状况大出他的计划之外。

"萨米——"

"你永远不会相信发生了什么，伙计。"萨米用阿拉伯语说，"盖斯人呢？"

"在楼房里，正在找韦斯特。"

萨米转身朝向那屋子。"你进去瞧一瞧吧。"他对威尔斯说。

威尔斯忐忑地走进平房内。

萨米说对了。威尔斯不能相信自己的眼睛。即使在他最荒唐的想象里也预料不到是这种情况，但是事实就摆在眼前。怪不得前门没有锁上。怪不得楼房会一片死寂。怪不得韦斯特的妻子会在他退职之后跟他离婚。

一打通用冲锋枪射出的子弹足够使得韦斯特和他的警卫面目全非地死去，但却不能遮掩在萨米抵达之前这平房里所正发生的一切。警卫全身赤裸地横躺在床上，他那下垂的阴茎的根部套着一个涂了润滑油的避孕套。韦斯特戴着一条嵌满颗粒的黑皮狗用的项圈，穿着一身看起来像是紧身皮质胸衣的东西。他的一只手臂被铐在床上；另一只则无力地垂在身侧。很明显，在萨米抵达时这个警卫正要给他开锁。他失败了。威尔斯的计划同样破灭了。

威尔斯再次瞄了一眼时间：一点三十六分三十四秒。时间已经不重要了。韦斯特死了，还有那个警卫也丧命了。他永远都不可能解释得清楚今晚这里到底发生了什么。他也永不能向萨米解释盖斯发生了什么事。处在这种状况中，他只有一条路可走，而且没有时间可吝惜了。他走出平房。萨米转身对着他。

"你能——"

威尔斯举起格洛克，朝他射击。一枪打在胸部，接着再一枪打在脑袋上，这一枪只是为了确定他已经死了。威尔斯没有碰通用冲锋枪，而是拾起了那把点四五式手枪。这个出色的消音器早晚会派上用场。

威尔斯跑进楼房里。在奔跑的这段距离他听到了警报声。他得去把盖斯给了结掉。盖斯现在已经确认他是个卧底，而且他会把这次袭击归咎到威尔斯头上好让中情局追捕他。中情局或许会断定盖斯出卖了他，但如果盖斯每次都透露出一些威尔斯的消息，就像是他真的想保护威尔斯那样的话，中情局就不会这样判断了。不，威尔斯不会让这事发生的。盖斯必须得死。

威尔斯跨过已经慢慢僵硬的罗特韦尔牧犬的尸体，走进入口处的大厅。盖斯失去知觉地躺在威尔斯放倒他的地板上。威尔斯低头瞧见盖斯在微弱地呼吸着，好像他已准备好接受他的命运。"但凭天意。"

威尔斯平静地说道。

　　他用点四五式手枪射在了盖斯的后脑壳上。一道轻声的砰响。另一个人死了。然后威尔斯干着他所憎恨的事情。他把盖斯翻转过来，用点四五式手枪对准他的脸。威尔斯退后几步，这样血就不会飞溅到他的腿上。接着便扣动扳机，直到盖斯的鼻子、嘴巴和眼球变得血肉模糊，捣如烂泥。威尔斯假定哈茨菲尔德机场的监视镜头会显示他和盖斯接头的画面，接着这些警察便会尽最快的速度核对这些记录画面。但是盖斯没有身份证明，并且照威尔斯刚刚对他所做的那些，记录画面辨别不出任何东西。

　　威尔斯慢跑着穿过楼房去到后部的厨房，警报声越来越大了。他打开厨房的门，疾跑着越过房屋后面的花园，紧接着爬上围墙，稳稳地跳落在砾石堆上，这里正好是那栋盖了一半的大楼尚未修葺好的后院。

　　威尔斯一把扯下滑雪面罩，急速穿过那栋未建好的房子，跑到通往街道的私人车道上，在那边他泊下了自己的福特漫游者。这边的房子都仍熟睡在黑夜中。一个幸运的突围。

　　他坐进漫游者，把"红色短袜"帽戴在头上，然后发动车子。在威尔斯驾车转向维尔努大道时，他能看见一辆警察的巡视车急速地朝他这边的方向开来，警报信号灯耀眼地闪烁着，警笛尖声长鸣。威尔斯的漫游者和警车擦身而过时，坐在里面的警察狠狠地盯着他，但是警车没有放慢速度就扬长而去。而威尔斯则毫无拘阻地驾车消失在夜色中。

　　回到公寓后，威尔斯就在餐桌旁坐了下来，试着控制住那软弱无力地颤抖着的左手。他的肾上腺素现在下降了不少，威尔斯感到全身心的疲倦。在疲倦之外，精疲力竭也深入了他的骨髓。

　　在四月的那次审问里，他告诉审问员沃尔特自己记不清杀了多少人。他撒谎了。他清清楚楚地记得每一个死在他手下的人。现在又有两个添入他的死亡名单里。威尔斯想着多年以前自己射杀的第一头雄鹿。不，他不憎恨杀戮。但是他对此感到厌烦，厌烦自己精于此道。厌烦自己很明白他得再一次地大开杀戒。他长期地伴随着过多的死亡。

威尔斯强迫自己把关于死亡的想法逐出脑袋，他把手握成拳。再次打开手掌时，颤抖消失了。对于今晚的事他不能责备自己。卡德日把他逼入一个难以处理的困境中。他已经尽了全力。他算计不到韦斯特会和他的警卫待在一块。"不要问，不要说。"他朝着空荡荡的厨房默念着，随之便感到自己的脸上浮现出一阵怯弱而邪恶的怪笑。

他考虑过给爱丝莉电话，告发自己，试着向她解释所发生的一切。但这是不可能的。事情在今晚变得失控起来。他已被牵涉入对中将的谋杀中，真相被隐蔽了。即使中情局相信他，也会别无选择地把他关入看守室。或是让他自此蒸发。不，他永不能恢复自己的清白，除非他捉住卡德日，无论生死。没有什么可以把他从中情局那里拯救出来。没有什么可以把他从自己的手里拯救出来。所有这一切的杀戮已经把他带去了沉沦的某处。

抓捕坏蛋，拯救国家，然后赢得美人归。简单、实在。"耶！我做的都是正确的！"他朝着空荡荡的厨房大声喊道。

好的消息是这些警察和联邦调查局的特工会有一段艰难的时间来断定今晚所发生的事，威尔斯想。加上他们会对媒体保留那些暗杀的细节。搞臭韦斯特的声望是没有意义的。

这样说来卡德日只会得知盖斯和萨米同韦斯特与他的警卫一道死了。卡德日不会比今晚之前更多地信任威尔斯，同样也不会比过去更少。威尔斯觉得自己会马上从卡德日那得到消息，要不就什么也得不到。还有他的下一次任务，如果还存在有第二道任务，那将不会再是考验自己的运气了。今天在公园时，卡德日看起来就像他的时间快要耗尽了一般。

威尔斯明白了卡德日的感受。

13

那只猫形容惨淡。

一周前塔里克把她从动物收容所中抱出来的时候，它还是一只看上去虽稍显瘦小，但仍算是健康、有活力的虎斑猫，黑、褐、白色的毛不均匀地混杂着。它不像别的流浪猫，并不怕人。塔里克驾车把它带回家的时候，它顽皮地对他挥舞了一路小爪子。甚至当他把它锁进地下室的密封室中的笼子里时，它也没有反抗。

"你一定会喜欢它的。"动物保护协会的女工作人员对他说，"选它选对了。"

这个女人没有说错，只是她的正确并不是因为她所乐意的理由。暴露在雾化的肺鼠疫耶尔森菌整整三天后，那只小猫仰面而躺，无声地、衰弱地啜泣着。塔里克甚至不忍心瞧它。它的毛因吐出的油脂和血而缠结在一起。脓液在它的绿眼睛上结成硬块。裂开的疮口覆盖了它的腹部。当他进入密封室，走近笼子时，它连头都转不过来。

够了，塔里克想。他将一支注射器浸入装有戊巴比妥钠溶液的小玻璃瓶中，小心翼翼地抽出两毫升的溶液。他提起猫的左后腿，在它的腹部找到一条血管。通常情况下，它一定会挣扎不已。然而现在它却只是无力地在空中挥舞它的爪子，闭上了眼睛。塔里克对准血管刺

294

了进去。不到几秒钟，猫便变得更加衰弱无力。

"可怜的小家伙，"塔里克说，"我很抱歉。"

他并不喜欢折磨动物，尤其是猫。他宁可用狗来试验，但狗却天生对瘟疫免疫。所以，他别无选择。尽管他对这只猫的惨死感到痛惜，他却不能否认，因为自己在瘟疫研究上取得进展的速度之快，他同时也感到自豪。他停下了对其他细菌的研究，甚至炭疽病菌，专注于肺鼠疫耶尔森菌。

塔里克愿意为成功付出辛劳。然而事实却是，他从坦桑尼亚收到的细菌是致命的瘟疫菌株。这些细菌在脑心浸液琼浆中能快速生长，而且能在可以轻易通过喷雾器的稀释豆浆琼脂溶液中存活几个小时。这种细菌也比塔里克预计的更能抗温。

在缺少一种色层分离法和一条聚合酶链反应的情况下，他不能确定试验结果，但他怀疑肺鼠疫耶尔森菌株包括了 pPCP1 和 pPM1 质粒。那是产生和免疫系统与血液凝块有关的生化酶 DNA 链条。一个星期以前，在看到实验老鼠的迅速死亡后，塔里克开始服用一种对抗瘟疫的抗生素，强效霉素。他知道，他还没有暴露在细菌中，但他想更加谨慎。

看着小猫血淋淋的尸体，他庆幸自己服用了药物。他小心谨慎地将它拖出笼子，顺着瓶壁放进一个装有盐酸的大玻璃瓶，在那儿，它会被溶解掉。明天，他会到动物收容所另找一只猫。或许还是去宠物店比较好，那儿的人不会问那么多。当收容所的女工作人员问他给小猫取了个什么名字的时候，他感到甚为突然。

"我还没有想好。"他最后不得不支支吾吾道。

嗯，去宠物店，塔里克想。可是如果他一再地试验成功，很快就会没有猫可用了。下一个试验对象将会是猴子，猴子的呼吸系统和人更为接近。不幸的是，猴子并不容易弄到手，生物学供给公司只会将它们卖给有执照的研究中心，很少人会把猴子当宠物养。他曾见过美国的动物饲养者们放在网上的广告，但他不确定自己能独自穿越边境，如果拖着一只猴子，机会就更低了。并且他很怀疑，如果他在网上订购一只猴子的话，关口的检查人员——甚至是警察们——是否会来他家拜访。

然而，即便没有猴子，塔里克也相信，他现在已经有足够的能力在不通风的房间里通过喷雾器使人们感染了——如果他能想到一种让这些气体在释放时不被注意到的方法的话。当然，那并不意味着他可以实施一次大范围的散播。他有几个月的时间来思考如何贮存足够的细菌以实施一次大规模的生化袭击。并且，他还担心，或许需要几个月甚至几年的时间来克服实现大规模喷散的技术性问题。在实验室里用适量毫升的溶液来调制喷雾剂，远比用撒药飞机或卡车来喷洒几百升的液体要容易得多。

但他确实正在取得进展。他已经每天六个小时、八个小时，有时甚至是十个小时地待在地下室里了。随着工作热情的增加，他睡觉的时间越来越短。他知道应该一步步来——在洗手间的镜子里看到自己疲惫不堪的面容时，他是何其的惊讶——然而，瘟疫占据了他的整个头脑，瘟疫和法蒂玛。

一想到她，工作激起的兴奋就减退了。上个月以来，法蒂玛离她越来越远。她晚上总是很晚才下班回家，当他尝试着与她交谈的时候，她没有丝毫笑意，当他在她身上爱抚时，她将他推开。一周以前，他从地下室出来的时候，发现她躲在厨房小声地说电话。

"你在乎些什么？"她说，"反正你总是待在那下面。"

那次他打了她，尽管只是几下。

"求你了，塔里克，"她哀求道，"你到底怎么了？"

你和你的邪恶就是正在发生的一切，塔里克在心里回答。他希望可以与其他人谈谈她，但卡德日是他唯一信任并能与之交谈的人，而卡德日的建议永远都是：专注于你的工作。"这是你的问题，"他们最后一次交谈的时候卡德日对他说，"解决它。"

好的。我会解决的，塔里克心想。我今晚就解决它。

调节器的氧气测量表标示氧气含量已经降到了零。他走向气闸室，拉开门，屏住呼吸，用漂白剂抹拭液氧筒的内壁。当容器内洁净后，他把它们从气闸室拉到地下室的空旷处，把它们固定在一个氧气泵上，再次注满。

他冲了淋浴，慢慢穿戴整齐，享受着处理鼠疫耶尔森菌带来的强烈快感。他不想离开地下室。这个地方只属于他，没有人能够夺走。

最后，他走上楼梯。当他将要面对妻子的时候，他的身体莫名地颤抖了一下。法蒂玛要支持他，支持他的工作，不能以晚归的方式不尊重他。她曾经将自己作为一个贤淑的穆斯林妻子、一个先知的女儿献身于他，她必须信守她对他和对阿拉的誓言。这一刻，他几乎已经不在乎她是否爱他，只要她尊重他。

走到最高一阶楼梯，打开地下室的门时，一股混杂着愤怒和释然的情绪充盈着他。她坐在厨房的餐桌旁，正在黄色便条纸上写着什么。他可爱的妻子。这时，他见到她穿着一条露腿的裙子，怒火骤时爆发出来。她什么时候买了那样的裙子？此刻的她看上去像个异教徒。他曾警告过她，在法律事务所上班，即使不用穿长袍，也要穿着得体。但她毫不在乎他的不满，告诉他她的穿戴得适合工作环境。不能再放纵她了，塔里克心想。从现在开始，她必须按照他的意思去做。

"你好，亲爱的。"他说着，走过去亲吻她。她却转过她的嘴唇，向他送上自己的面颊。"工作怎么样？"

她没有回答。

"亲爱的，我们对这个问题已经讨论很多次了。为什么你总是那么晚回来？你必须打个电话……"

"塔里克……"

"法蒂玛。"她脸上的怒容让他停顿了一瞬间，但他很快决定要继续对她施压。"你听我说……"

"塔里克！"她嚷道，"我听够了！现在你听我说！"

她的声音在狭小的厨房里回荡，他震惊得无法出声。她还从不曾在他面前如此高声过。

她向餐桌外一撑，从椅子上站起来。他注意到她脚边的一只黑色小匣子，还有一只他从未见过的镶着花边的手提包。他尝试着不去想这意味着什么。可他意识到这不过是自欺欺人。他不仅希望她尊重他，还希望她重新爱上他，对他露出他们初次见面时所展露的微笑。

她深吸了一口气，让自己冷静下来。厨房里安静得可怕，塔里克似乎感到他突然拥有了视觉和听觉上的超能力。他能听见漏水的水龙头中缓慢滴落的水滴声，看见她常常用碗盛着放在柜台上的桃子的表面模糊的深色细毛，看见水池中洗碗布上的细纹。他抬起头，头顶上的灯泡发出的灯光照耀他的眼睛。

当法蒂玛再次开口，她的声音平静而笃定。

"塔里克。我不能与你生活……"

他的思想集中在一个字上：不。"亲爱的。你当然能与我一起生活。"

她苦笑道："难道你没发现你证实了我的话吗？我说我不能与你生

活下去，而你甚至不让我把话说完……"

"难道你不爱我了吗，法蒂玛？"

她脸上闪过一丝痛苦的表情。"你知道我为什么嫁给你吗，塔里克？我曾以为你是位科学家。你会理解什么是现代婚姻。但你和他们一样，甚至比他们更糟。"

"不能这么谈下去了。"他尝试着让自己的声音保持平稳。

"塔里克。"她的声音撕裂了，"你以为我希望这样吗？自春天以来，我曾数十次，数百次地尝试和你谈谈，但你不听。"

"我想谈谈……"

"你说你想谈，但是你不谈。你消失在那个洞里。"她责备地指向地下室锁着的门，"并且几个小时都不上来。你不告诉我你在干什么。你从不让我带任何人回家。我觉得自己是这间屋子的囚犯。"

"你不是一个囚犯……"

"你在变，塔里克。你不睡觉……"

"我睡……"

"你不。你甚至不是一个月前的那个你了。我不知道你在那下面做些什么。"——她再一次望着地下室的门，塔里克感到了胃部的痉挛——"但你变成了让我恐惧的人。上星期你打了我，塔里克。我简直不敢想象。"

"我没有打你……"

她挽起衬衫的袖子，露出左臂关节上那信用卡大小的黑蓝色的鞭痕。"你说这是什么？"

羞愧和愤怒在他体内燃烧。"我不是故意的……"但即使当他说这番话时，他觉察到了自己紧握的拳头。

现在，愧疚消失了。一股单纯的震怒充斥了他全身。他回想起母亲的尸体躺在他们圣德尼的公寓里的情景。黄色的油漆从墙上剥落下来，卡丽达黄色的眼睛也是，针头还在她的胳膊里。在那一刻，他恨极了他的母亲。但此刻比那时更糟。

"你不能离开。"他说，"你要去哪儿？"

"你以为我没有朋友吗？"

"什么样的朋友？"他说，"我不允许你走。你属于我。"

他说这话时，她的唇间泛起一丝讥笑。"你认为我没有男朋友吗？我可怜的小塔里克……"

她真的说了那些话吗？他狠狠地给了她一巴掌，直打在脸上。

"够了，塔里克……"

他又扇了她。她踉踉跄跄地向后退，重重地撞在了橱柜上。她只是摇摇头，重新站直，褐色的眼睛射出凶狠的目光。她很娇小，只有五尺高，可当她挺直背，看上去有他两倍那么高。

"是的，男朋友。"她说，"一个异教徒男朋友。一个真正的情人，不像你——"

塔里克知道他再也无法挽回她了。他举起手又给了她一巴掌，她抬起了她的手。"不——"

但他没有理会，仍是一巴掌下去，一个白色的掌印印在她的面颊上。

"婊子。下贱的妓女。异教徒让你的头脑腐烂了。我不会和你离婚的。"

口水从她的脸上缓缓流下。她举起手，抹掉她的唾液，目光不曾离开他。

"那么我只好告诉警察你在那下面做了些什么了。"她再次指向了地下室，"你觉得他们不想知道吗？"

"你说你不知道。"

"我当然知道。难道你以为我是个傻子吗？或许我应该告诉他们的。"

刀从柜子里拿到了他手上，一把带塑料把手的大切肉刀。一个狂热的声音在他脑中发出指令，他服从了。法蒂玛在他刺入第一刀前就尖叫了起来，刀刺入了她的腹部，血喷薄而出，染红了她干净的白裙子。

她转身逃跑，但他立即刺入她的背部，她跌倒，被他骑在身上。他一下下地扎下去，把刀刺入她瘦小的身子，背部、颈部，从皮肤到脂肪再到骨骼，直到她不再尖叫，直到她的血溅满了他全身。不足一分钟，她就死了。

嘈杂声退去，渐归静寂。在那他总是关上的百叶窗外，一只鸟在夜色中啼叫。他站起身，看着他的妻子。

"安拉，原谅我。"他平静地说。他真的杀了她吗？他无法相信，然而，她确确实实就躺在那里，一动不动，腿张开着，漫溢在厨房白色地板上的血厚似油毡地毯上的油漆。

他扔下刀，怒火已经消退。他本不打算伤害她的，难道她不知道他是爱她的吗？她不应该逼他，不应该对他做这一切。她才是应该责备的那个人。

他在她身旁跪下，轻抚她的头发。"对不起，法蒂玛。"他说。

他能做些什么呢？邻居们听到她的尖叫了吗？她办公室的人会怎么想？她的男朋友呢？这些人应该都知道她的计划出行。很快，警察就会来。塔里克可以拖延他们几天，告诉他们她离开蒙特利尔去看望朋友了。但是她的男朋友呢，不管他是谁，他不会就此罢休的。最后警察会带着一张搜查许可证回来。地下室将是他们第一个搜查的地方。

天哪。他都做了些什么？他的计划，他的工作，都会失去。全都是因为这个婊子。他内心充满了同情，对她的同情，对他自己的同情。他除了几天的工作时间外，没有什么可以失去了，没有时间对这个世界施行报复了。

但他不能放弃。总之，现在还不行。或许他还可以挽救他的工作，把他的病菌移到远离这间房子的某个地方，一个警察找不到的地方。至少要先找到利用这些他所培育的鼠疫耶尔森菌的方法。

他拧开水龙头，将水温调至最热，手心手背都冲洗得干干净净，直到他的棕色皮肤完全没有红色血渍为止。他知道他的手很快又会沾满血，他要将法蒂玛的尸体拖到地下室，并且抹干净地板。但在这一刻，他希望自己洁净。

他从口袋里拿出手机。按下那个他被告知只有在最紧急的情况下才能拨的号码。电话响了三声。

"早上好，叔叔。"他顿了一下，心想自己是不是打错电话了。接着，他听到了卡德日的一如往常般镇静的声音。"早上好。"

塔里克感到莫大的释然。一切都会好的。

14

"这就是我们要找的公寓吗？"

"当然。某种程度上说是的。"

"如果我们错了，就毁了不知是谁的一天了。"沙弗说。

302

他和爱丝莉站在安全通信演示中心，盯着正显示布克林的费布殊大道情况的六英寸宽的主屏幕。细则表的右侧，两辆纽约的垃圾车出现在显示屏上，缓慢地沿街前行。柴油机发出的嘈杂声从显示屏的喇叭中隆隆传出。爱丝莉看了看手表：早上五点十二分。他们将在三分钟后离开。

"太早了。"她对沙弗说。她感觉到太阳穴处的脉搏的跳动，这意味着可恶的头痛又快来了。

"这对所有事情来说都太早了。"

"安静点儿。"迪多严厉地对一个技术人员说道。谢天谢地，噪声停止了。

这时的街道看上去是那么空荡，几乎是纽约市最空寂的状态了。还有一个小时才到黎明，路灯是唯一的光源，那是一种病恹恹的橘黄色灯光。涂满了涂鸦的铁门遮掩着安静的店铺。黑色的垃圾袋乱堆在胜奇士快餐店门口，为匆匆路过的街边老鼠们提供丰盛的美食。在费布殊路和克拉伦登路交叉的十字路口，垃圾车停在出租车后面，找寻着夜里剩下的垃圾。

但夜间的静寂充满着欺骗性。这一刻，更多的警察和联邦调查局特工们散布在费布殊大街上，比纽约市任何地方都多。垃圾车里装的不是垃圾，而是十二个身着钢甲的联邦调查局探员。无家可归的流浪汉躺在教堂前，但那实际上是纽约市警察局的警员。狙击手们埋伏在十字路口附近的屋顶上。

所有这些警备的目标是一所距离费布殊路和克拉伦登交界处五十码远的红砖房子。法鲁克·坎再一次受到了监视——或说归咎将要发生的一切。两周以前，根据法鲁克提供的情报所实行的行动，一支精锐的巴基斯坦部队横扫了伊斯兰堡的一处基地组织藏身点，抓住了两名成员。其中一人很快就背叛了基地组织，向审讯者招供出一名隐藏在美国的基地组织成员，一个于二〇〇〇年以学生签证进入美国国境的埃及人。这个埃及人的第一个名字是：阿莱。

一项由联合反恐指挥部执行的移民记录搜索显示有九名名为阿莱的埃及人在二〇〇〇年用学生签证进入美国。其中四人的签证已经到期。根据政府备案材料，另外五个中的两个依然非法而公开地居住在美国。在两天的时间内，联邦调查局就追踪到并逮捕了这两个人。尽管他们都和基地组织无关，但都立即被押到联邦拘留所等待遣返聆讯。他们的运气很糟糕。

剩下的三个阿莱并没有出现在驾驶执照名单、税单、逮捕令或投票名册上。他们很谨慎。然而，这一件事情上，他们却谨慎不足。反恐指挥部将签证申请的资料传到埃及情报总局。埃及方面在二十四小时内就找到了这三个失踪者的家人。其中一人的下落很清楚，他已在一场车祸中死去。另一个用假名生活在美国，在底特律的一家便利店工作。他每个月都寄钱回家，并且没有迹象显示此人和美国或巴黎的恐怖组织有任何关系。联邦调查局逮捕并审讯了此人，然后按照一个友善的联邦法官所签署的命令，以紧急遣返的名义将其送回开罗。但他提出反对时，他被告知没有被船只送往关塔那摩已是非常幸运了。他立即停止了抱怨。

只剩下一个了。阿莱·阿萨德。一个工程师，开罗大学的毕业生，穆斯林兄弟会的成员，该兄弟会是埃及一个半政治性团体，半个恐怖组织。阿莱的家人承认，在他拿到美国签证以前，他曾到过阿富汗的基地组织。他们说，到了美国后，他就失踪了。他从未写过信或寄过钱回家。

但他们说了谎。阿莱犯了个错误，一个很自然但不能再大的错误，他和他的家人保持着联系。当伊拉克情报局按下阿萨德的电话记录时，他们找到了许多通到一部美国电话的通话记录。几小时内，联邦调查局就找到了这部电话，这是一部位于皇后大道的一家药店的预付款电话。如果阿莱用现金付款的话，这部电话就不会被跟踪到了。但不知为何，他却以霍斯尼·纳卡拉的名字采用了信用卡付款方式，以纽约市布鲁克林区费布殊大街一三三五号5L公寓作为付费人地址。"霍斯尼"还有一张驾驶执照，驾照上的照片和在开罗的阿萨德一家的照片上的阿莱相符。于是，反恐指挥部决定在早晨打电话到5L公寓。

这是一次典型的成功调查，爱丝莉想，一点运气外加辛劳的工作，并且一切都进展迅速，像多米诺骨牌倒下般接连发生，一如所有最有成效的调查。

另一方面，奥尔巴尼和亚特兰大的案子却毫无进展。亚特兰大的枪击案甚为混乱。凶手至今未能确认身份，其动机也仍是一个谜。一开始，爱丝莉和反恐指挥部的所有人都认为此枪击案和恐怖主义有关。但韦斯特中将的秘密生活使他们不得不重新考虑。

主要负责这次调查的联邦调查局，发现韦斯特在他的任期内曾和至少五个服役军人睡过觉。他还曾强迫一个军士在他们的关系恶化后退休。这五个男人都有不在场证据，但他们之前的情人们则有潜伏的可能性。某个人很有可能为了报复而杀了韦斯特。甚至一个被逮个正着的抢劫案也极有可能；亚特兰大的警察们在韦斯特的房间找到了二十万美元。

让案子更加棘手的是，实物证据表明韦斯特和保镖并没有杀害阿拉伯人。第三个枪手枪杀他们后逃跑了。但为什么呢？恐怖分子不会杀自己人。或许是第三个人用钱雇了前两个人来帮助他实施报复，然后把他们干掉，这样他们就不会泄密了。

无论如何，这是联邦调查局的思维方式。爱丝莉、沙弗和中情局里的其他知道威尔斯的人都有他们各自的疑惑。但在枪击案发生后两天召开的紧急会议上，迪多提醒大家要对威尔斯的存在保密。"没有证据证明这是他做的。没有必要告诉那些蠢货关于他的事。"

另一个谎言，爱丝莉想。威尔斯现在对任何人都没有利用价值了，对中情局来说尤其如此。但她没有提出异议。如果威尔斯和枪击案无关，公开他的姓名将暴露他的身份。但若他果真牵涉到案中……爱丝莉不敢想下去。

与此同时，迪多的小组仍在搜寻威尔斯。到目前为止，他们还没有任何线索，虽然她不肯定迪多会不会向她或沙弗隐瞒。爱丝莉没有参与此事。她仍然没有告诉任何人威尔斯在早上给她的电话。已经过去很长时间了，她对自己说。现在提起此事只会让她陷入困境。但她知道真相。她不希望威尔斯坐在迪戈加西亚的隔离室里。当他准备好的时候，他会和他们、和她联系的。

联邦调查局从未得到威尔斯的消息。那不是亚特兰大事件的调查者们面对的唯一问题。五角大楼已经催促尽快给出发生在房间里的事情的细节，声称掩盖太多的信息将危害国家安全。不难意识到五角大楼的真实意图——韦斯特事件造成的尴尬。但即使第三个枪手的身份仍是个秘密，联邦调查局也决定不争辩些什么。信息的匮乏导致了一个真空，博客主人们在博客上写满野史怪谈，尽管没有人能够猜到真实的故事是什么。哪怕最疯狂的阴谋也有其限度。

奥尔巴尼的爆炸也让反恐指挥部很沮丧。炸弹没有留下任何可辨识的标志，计时器、主体箱、电池、导线，这些在任何一间家得宝零售店都能买到。C-4炸药虽是军用的，但只要价钱合适，军用塑胶炸弹在美国南部和欧洲东部都能轻易得到。炸弹中废弃的放射性材料和能源部所记录在案的任何从俄国核试验室得到的样品都不相符。

奥尔巴尼事件的调查者们成功地确定了在爆炸中丧生的男人的身份。他叫托尼·德弗瑞，一个曾入室行窃和走私香烟而六次被捕的无业游民，没有理由可以解释他是怎么被 D – 2471 储物柜里的箱子炸成碎片的，联合反恐指挥部能够猜到的最好的设想是那个叫奥玛尔·卡德日的人把他哄骗到那个大箱子中。他们不会知道他是怎么做到的，除非是捉到卡德日。德弗瑞当然也不能告诉他们。

五点十四分了。还有一分钟。屏幕上，垃圾车靠在路边，熄掉了引擎。爱丝莉呷了一小口咖啡。"你认为这次是真的吗？"她对沙弗说。

"你和我知道的一样多。"或许是个谎言，爱丝莉想，但她没有争辩。沙弗今天早上特别容易动怒。"让我们假设是真的。问题是——"

沙弗突然停了下来。屏幕上，身穿黑色防弹衣，头戴凯夫拉头盔，戴着塑胶面具的人跳出了垃圾车。他们在出租屋的门前停了一小会儿，接着，炸开门冲了进去。

突然袭击很顺利。早晨五点二十二分的时候，四个特工从这座建筑物中走出，押着一个身穿 T 恤和长运动裤的神情茫然的男子，他的手和脚都被铐上了手铐。他们把他推进一辆不显眼的微型厢式车中带走，两辆警车跟在后面。

在安全通信演示中心，响起了小小的欢呼。

"现在兴奋还太早，你不这么认为吗？"沙弗压低了呼吸对爱丝莉低语道，"我们甚至不知道这是否就是我们要找的人。"

沙弗很可能是对的，但她不想听。异常混乱的几个月过去后，反恐指挥部需要休息。"难道你就不能开心五秒钟吗？"她说，"如果我们错了，我们可以放了他。他可以找名律师控告我们，就像其他人一样。"

"假设我们是对的，假设他真的就是，"沙弗说，"有人非常巧妙地设计了这一切……"

"卡德日。"爱丝莉说。

"当然，也许是卡德日，不管他是谁。总之，是某个人。约翰·威尔斯。任何人都有可能。"

爱丝莉把手搭在沙弗的肩膀上，将他转向自己，看着他的脸："你并不相信。"她说。

沙弗摇摇头。"不。但时间过去得越长，我越是疑惑。为什么他不给我们打电话？"

当她想到威尔斯的时候，爱丝莉又感到太阳穴处脉搏的跳动。"他知道我们一旦找到他就会把他拉进来的。"她说。

"又或者，他已经变成了一只该死的老鼠。他在地下待了太长时间，不做任何事情。他想一直藏下去。"

"如果他有什么情报，他会告诉我们的。我敢肯定。"

"你怎么能对约翰·威尔斯的事情感到肯定呢？"

一个很好的问题，一个她无法回答的问题。

"忘了威尔斯吧。"她说，"回到卡德日。或者管他叫什么名字。"

"管他叫什么名字，他很好。我们没有任何图片、个人信息，没有任何资料。而他的网络却密不透风。我们四百人花了五个月的时间来调查洛杉矶的爆炸，却是一个大的偏移，如果是那样的话。我们有什么线索呢？跟奥尔巴尼一样。"

"他的网络不是密不透风的，今天就出现了裂缝。"

"即使那人是真的卡德日，那也纯粹是我们的运气。"

"我们交了好运。就是这样，艾力斯。或许这个人是解开其他谜团的线索。"

"但我能和你打赌他不是。一美元。我敢打赌我们的新朋友阿莱从他到那儿的时候就一直在等电话了。所以他看上去才那么不修边幅。他已经很厌烦了。他是个沉闷的人。卡德日聪明到没有给这个呆瓜任何重要东西。"

"别再打赌了，艾力斯。"爱丝莉说，"你还差我用威尔斯打赌的那一百美元。你想说什么就说什么。我很高兴我们抓到了这个家伙。"她尽量保持音调的平稳，但她能感到自己的怒火在燃起。

"或许吧。"

"或许？我们头一次在美国抓到基地组织的潜藏者，而你竟然希望我们抓错了？"

"詹妮弗，放松点儿。"

"我最讨厌男人让我放松点儿。"

"那就别放松。但好好地想一想。"沙弗说，"卡德日看到我们渐渐逼近了。他必须意识到最坏的情况，我们把他逮个正着，就在 X 网上。我想他很快就会转移了。"

"在他准备好之前。"

"你的意思是在我们准备好之前。那意味着死五千人而非两万人。"沙弗酸笑道，"糟糕的是我们并没有他想象中那么逼近。"

爱丝莉有向墙壁撞头的欲望。"你告诉迪多这些了？"

"我在两天前告诉他我们应该盯着阿莱，而非逮捕他。不要暴露我们自己。"沙弗看着主屏幕。载着阿莱的微型厢式车正高速穿越布鲁克林桥，驶向曼哈顿闹市区联邦拘留所。"你会知道他是怎么想的。"

"让我猜一猜。他说你在推测。纯粹的猜测。并且，我们不会让基地组织的潜伏者在街上溜达，尤其是在奥尔巴尼事件发生之后，还有洛杉矶的。没有任何证据表明我们做的一切会使基地组织改变他们的计划。我们也不知道阿莱知道些什么，除非问他。"

"你忘了，他问我的时候，我谎报了。"

"那都是真的。"爱丝莉说，"他说的一切都是真的。"

但她很难过，沙弗是对的。到最后，中情局和联邦调查局撞上了网的边缘。他们不过引发了导火线。

"你是对的，"沙弗说，"我只是猜测。"

"就像你在二〇〇一年做的那样。"

从那时起，一切就都没有变过，爱丝莉沉思着。中情局和反恐指挥部仍然陷于小型的、华而不实的行动上，没能找到真正的关键人物。

"迪多提醒了我，我们没有对白宫再猜测些什么。我们只是国家政策的一部分。我们执行被吩咐的事情。我忘了那些了。"

他掏出他的钱包，数了五张二十美元的钞票，塞进她手中。

"这是关于威尔斯的。"

爱丝莉脸红了。"我只是在开玩笑，艾力斯。"她说，"我并不是要你的钱。"她试着把钱塞回给他，但他已把手揣进了口袋。

"留着吧，"沙弗说，"或许会给你带来好运。把那只老鼠从洞里拽出来。"

"我还以为你不相信运气呢。"

"我是不相信。"他走开了。

康涅狄格州的斯坦福万豪国际酒店里，卡德日从纽约地区新闻中看到布鲁克林的逮捕。报道很简短——警方没有公开阿莱的名字与其他任何信息——但卡德日一看那所建筑就知道谁被逮捕了。

更糟糕的是，他不知道异教徒们是怎么找到阿莱的。只有两个人知道阿莱的真实身份和他的住所。一个是卡德日自己，另一个是阿莱的电话联系人——一个住在纽约市外的杨克斯城，名叫伽茨的黎巴嫩人。卡德日必须弄清楚伽茨是否安全。但如果美国人已经逮捕了伽茨，正等着卡德日拿起电话打过去呢？

不。伽茨的妻子和孩子们在一九八三年以色列对黎巴嫩的进攻中就被杀死了。他比卡德日见过的任何人都更恨犹太人和美国人。伽茨会在他背判基地组织的兄弟前就死去。幸运的是，阿莱并不知道什么，他只是一个他随时都可以毁掉的电话号码，一个他再也不会用的电邮地址。

一阵敲门声使他吃了一惊。卡德日看了一眼他藏枪的公文包。难道异教徒们已经找上门了吗？"什么事？"

"客房服务。"

对了。他的早餐。他打开门，仍然预备着万一门口排着一列持枪的联邦探员，手持拉开保险栓的枪支。但站在门外的，只是一个端着盘子的侍应。"好了，你可以离开了。"

"是的，先生。"

卡德日看着他的食物：热咖啡，热腾腾的炒鸡蛋，一杯鲜橙汁。一般情况下，他早就饿了。但今天早上，他丝毫没有胃口。仅仅上个月，他就失去了基地组织安排在美国的十个潜伏探员中的三个，包括他最好的手下盖斯。

卡德日曾向盖斯解释过，他设计亚特兰大的任务是为了测试威尔

311

斯的忠诚。他曾提醒过盖斯要非常小心，一旦感到受到威胁，就立即杀了威尔斯。所以，卡德日怎么也想不明白，到底发生了什么事。威尔斯事后曾发邮件给他，向他解释任务之所以失败，是因为韦斯特没有睡在他们预想的地方。他睡在他的房间外，在和他的贴身保镖做爱。威尔斯说，保镖在威尔斯杀死他和韦斯特之前开枪打死了盖斯和萨米。

这个说法是如此的怪异，卡德日几乎相信了，但，是几乎。他希望知道自己是否能信任威尔斯。他曾就这个问题与自己争辩过无数次，但他就是不能确定。他相信，答案是肯定的。更重要的是，他根本没有更多的选择，尤其是蒙特利尔事件发生后。

又一个灾难，卡德日想。这个月，阿拉没有保佑他。疯狂的塔里克·杜朗特。卡德日明白为什么塔里克反应过度了。他的妻子得到了她所应得的报应，但塔里克怎么就不能等一等呢？在恰当的时候，卡德日会很乐意"照顾"法蒂玛和她的异教徒男朋友的。可是，塔里克却突然动手了，以至于他的工作几乎面临着失败。蒙特利尔的警察已经就法蒂玛的失踪审问过他，很快，他们就会逮捕他。在他被捕之前，卡德日必须把塔里克的细菌带到美国。

威尔斯是他最好的选择。卡德日其他的潜伏人员在过境时很可能遇到困难，但威尔斯却能轻易过境。卡德日认为自己想到了一个万无一失的计划，一个即便威尔斯是美国的特工也会成功的计划，一个会令局势逆转并且震惊世界的计划。

卡德日需要尽快得到穆斯林酋长扎瓦希里对新任务的许可。扎瓦希里不会对此次改变感到高兴的。基地组织在多年以前就开始准备这次行动了。没有人预期如此重要的行动会在几天内改变，新的计划会让基地组织在美国安排的潜伏人员一次性全部牺牲。但扎瓦希里会理解的。他们的人壮烈地牺牲总比一个个被逮捕要好。最好是在他们还有能力使出重击的时候发起进攻。新的袭击未必像原先的计划般体面，但仍会让许多人丧命。

卡德日前倾身体，向安拉祈祷。他无法自欺欺人。索套拉得越来越紧了。他很可能用永远都无法实现他最大的梦想，去麦加圣城朝觐。他很可能无法结婚、拥有一个家庭了。他很可能死在异乡，身边净是异教徒。然而，他发现自己害怕失败胜于害怕死亡。

至少在这一点上，他和威尔斯是一样的。

电话一响，威尔斯就知道是谁打来的。卡德日是知道这个号码的唯一一个人。他从口袋里拿出手机，深呼吸了一口，接了电话。

"贾拉尔。"

"是。"

"查一下你的 G－mail 邮箱。"对方咔的一声挂上了电话。

"按你的意思办，奥玛尔。"威尔斯对着信号已断的电话说。

终于，威尔斯想，卡德日终于决定起用他。他能预料到这将是一次真正的行动，一次他已经等待了太久的行动。即使卡德日把他引向另一条错误的道路上，他知道他们也会再见面的。这一次，他要毁了卡德日，即便是要赤手空拳地把这个人的舌头扯出来。

威尔斯意识到卡德日现在是基地组织的关键，甚至比组织的计划、比扎瓦希里或本·拉登都更重要。卡德日一个人就控制了基地组织在美国的联络网。没有了他，基地组织要在美国发起袭击至少得推迟五年，甚至更多。虽然不是永远，但会至少让格兰·赫尔墨斯上校和威尔斯在特种部队的旧友们有足够的时间铲除西北前线的圣战分子。抓到扎瓦希里和本·拉登，摧毁基地组织，关键是卡德日。

15

在多拉维尔市的公共图书馆里，威尔斯登录了他的电子邮箱。命令非常简洁。开车——卡德日指令威尔斯必须开车去——到蒙特利尔，在一家酒店里取一只箱子，再开车回来。卡德日还给了他到了蒙特利尔后的联系人的电话号码。会面安排在仅仅二十四小时后，他必须赶快行动。

回到家后，威尔斯用一只小旅行袋收拾了一些必需品：他的药品箱、手电筒、黑皮手套、小刀——用皮带捆扎在腿上、从萨米那儿得来的点四五手枪。他把枪和消音器用塑胶袋包起来，将它们另外放置在一个包里。他本应在到达边境前把它们藏好的，但这一次他想带枪。他把其他的武器都留在了公寓。他在一周前处理了他的格洛克手枪，把它扔到了离亚特兰大五十英里远的查塔胡奇河的一段废弃的河岸上。枪被冲到了墨色的河水中，不见了踪迹。威尔斯希望自己能快点忘记盖斯和萨米。

威尔斯把《古兰经》也塞进了袋子。在这一切发生后，在做了这一切之后，他的信仰动摇了。这本书仍像是一个有段时间没见的老朋友。也许他们已经很久没有什么可聊的了，但他们曾经相互理解，这便意味着什么。

他出门前最后扫了一眼公寓。露西死了，但是瑞奇还活着，无精打采地游着。威尔斯决定喂这些金鱼最后一餐食。不知为什么，他总觉得这是最后一次见到这个地方了。没有大的损失，一切都各得其所。

离开的时候，威尔斯敲了敲邻居温德尔·哈里的门。这个老人的电视机喇叭放出的游戏节目的声响，每晚都传到威尔斯的房间。事实上他们连朋友都不是，但温德尔也许是整个亚特兰大唯一个注意到他离开的人。威尔斯感到一种奇怪的力量，催促他向他道别。可尽管威尔斯能够听到老人的电视声，老人却听不到他的敲门声。威尔斯等了几秒钟，转身离开。

穿越郊区、进入佐治亚州北部葱翠的绿色丛林时，威尔斯摇下了车窗。九月的空气温暖而湿润，天空中厚厚的云层预示着午后的阵雨。威尔斯感到腰部渗出的汗水。他轻轻敲击收音机的转台按键，滚动着节目，不能确定自己想听什么。突然，他听到了"恶魔来到佐治亚"的小提琴伴奏，一首"查理＆丹尼斯"组合的很做作的乡村音乐，威尔斯从高中之后就再没有听到过。

> 恶魔来到了佐治亚
> 找寻可偷盗的灵魂

听到这首歌，威尔斯笑了，这是几周以来的真正的笑容。他踩了踩油门，漫游者的小型发动机加快了转速，皮卡向前耸了一下，接着他很快放轻了踩油门的脚，提醒自己不要超速。虽然亚特兰大郊区的高速公路缩窄到只有两条车道，交通拥挤，州警察也更常见了，但巨大的标语牌和平整的碎石路减轻了他的压力。穿越南卡罗来纳州时，他哼起"恶魔来到乔治亚"的曲子，想象着他西北边境的同志们会觉得这首歌怎样。或许，没什么的。这是他回到美国后，第一次觉得自己是个真正的美国人。

北卡罗来纳州的天空阴沉下来。雨点整片整片地打在挡风玻璃上，车辆缓慢地在一脚深的水坑里前行。出了达拉莫后，威尔斯在一家美孚油站旁停下来。漫游者的油箱加满后，他拨下爱丝莉的电话号码。他应该告诉她卡德日的消息。电话里，他能听到她独特的声音。可在电话接通之前，他就挂掉了。卡德日提供的信息太模糊不清了，没有多大价值。那间旅馆可能是个陷阱。他们在亚特兰大见面后，卡德日一定采取了预防措施以确保威尔斯没有被跟踪。

在他有了具体的凭证——比如一个小包，当然，最好是卡德日本人——之前，威尔斯不想把中情局拉进来。无论如何，在兰利没有人会相信他。即便是爱丝莉也只会让他进门，然后把他交给情报局或警方。不，经过再三考虑，他需要那个小包作为凭证，无论里面装的是什么。他把手机放回口袋。

剩下的车程一直都很平静。在华盛顿南部，威尔斯向东转上了495号公路，这条路线能提供兰利一带最宽敞的停车位。他再一次控制给爱丝莉打电话的欲望。晚一些，他就可以告诉她他想告诉她的一切。……如果他还活着的话。

几个星期以来，威尔斯第一次想到了他的儿子。他的手握捏方向盘，脑海中却想起六个月前前妻还没有禁止他看望埃文的日子。希瑟是对的，威尔斯选择了抛弃他的家庭，无论他说什么、做什么，都无法挽回这种伤痛。此刻，他闭上了眼睛。当他睁开眼的时候，他不得不把他的家人推出脑海，精神集中在当前的工作上。

他继续赶路，躲过了身后的暴雨，白色小车低声地穿越夜色。驶上华盛顿大桥的时候，车里的电子表显示时间为两点四十七分，窗外的空气凉爽而潮湿。皮卡的硬座包让威尔斯疲惫不已，但他知道，需要的话，自己至少还得撑上一天一夜。在阿富汗的时候，他曾有一次连续六十五小时没合眼，尽管那时他还比较年轻。

夜间，巨型钢桥的横梁上射出明亮的白光。右边向南，是曼哈顿岛上的双子塔，遥遥照亮着亨森河，他还看见远处的自由女神像。威尔斯明白了为什么卡德日称赞这是座美丽的城市。他相信基地组织会尽一切可能毁灭她。

他向右转上八十七公路，跟随着指向奥尔巴尼的指示标。几分钟后，他便上了像蛇般浮于水面、横跨亨森河的塔潘泽大桥。过桥时，想到自己可能将会永远留在塔潘泽大桥的西岸，威尔斯笑了。无论如何，下一次卡德日派他从亚特兰大到蒙特利尔取神秘匣子的时候，他会记得这条捷径。

北方，出口与出口之间隔得越来越远了。威尔斯揉了揉双眼，控制着没有加速。出了奥尔巴尼后，高速公路上有一种可怕的、后启示录般的虚空挥之不去。威尔斯开启了漫游者的收音机，想用声音填补这虚空感，调到斯宾史丁的歌时，他笑了：

> 我的手指扣在扳机上
> 今晚仅仅是信仰可不够

笑容虽一直挂在脸上，静寂却越加浓厚，威尔斯渐渐无法理解歌词，最后，他关掉了收音机，继续在静寂中前行。

太阳升起，阿迪伦达克山区的身影渐渐显现，群山被茂密的丛林覆盖着，这一幕让他想起自己在达特茅斯的岁月。一月的时候，这些山会像蒙大拿那些一万一千英尺高的山峰般严寒。然而此时，它们看上去却很柔和，易于接近。像世界上许多其他地方一样，它们是冒失者的陷阱。在离边境南边一百英里的切斯特镇，威尔斯停下车，找到一家没有名字的汽车旅馆，红色霓虹灯闪烁着"有房间"。时间刚刚好，并且他希望在过境前能小睡一会儿。他预先付了四天的款，重重地倒在床上，沉沉地睡上三个小时，直到闹钟响起才醒来。洗漱，剃须，穿戴整齐，然后把装有点四五手枪的袋子推进房间的简易保险柜中。

出门时，他把"请勿打扰"的牌子挂在门外。在他回来之前，枪具会非常安全。即便店主进房间看了，威尔斯肯定她最多也只是换一下毛巾。

他路过尚普伦，八十七公路上美加边境的最后关口。高速公路分出岔道，接近边境检查站的时候，威尔斯放慢了车速。他看了看表，十一点十五分。太阳照耀在澄净的蓝天中，这是九月美好的一天，提醒着人们夏天尚未结束。他感到精神、健壮、准备好面对一切了。

加拿大的边境人员没有要求他出示护照。威尔斯递上驾驶执照。

关口人员瞟了一眼执照，随意地看着他。"从佐治亚来的？开了很远的车了吧。"

"你旅行的目的是生意还是游乐？"

"找乐子，我希望是。"威尔斯笑道，"和一个互发过电子邮件的女人见面。她叫詹妮弗，在魁北克。希望她和她发来的照片一样漂亮。"

关口守卫点了点头。"你打算待多长时间？"

"几天吧。这得看事情怎么发展了。"

"订了酒店了吗？"

"我希望用不着订酒店。"

"好的，祝你好运。好好享受吧。"守卫把执照还给了威尔斯，向他挥手说再见。

驾着他的漫游者驶过接近蒙特利尔城的摩天大厦的尚普伦大桥和圣劳伦斯河的时候，电话响了。他按下接听键："是。"

"我是理查德。"电话那头的男人声音颤抖着。但他能够猜到这个人的真名，卡德日在邮件里曾告诉他将会见到的那个人。

"卡尔。"威尔斯说。

"是的。这就好了。你在附近吗?"威尔斯无法确定他的口音。

"是的。"

"好。有一个新的计划。"

电话另一端没有表示意外。

那个男人轻轻地咳了一声。"开车来魁北克。市政厅外，城市广场，一个大车库，很容易找到的。四点钟在三楼见我。我开一辆白色的微型厢式车。"

语词都很恰当，但却没有短语。英语不是这个人的第一语言，也不是第二语言。"我会找到的。我开一辆皮卡车，也是白色。"

咔一声。一个新手，威尔斯想。又或者，是个老手在玩诡异的游戏。

塔里克等着自己颤抖的手停下来，然后才把手机放回口袋。贾拉尔来了，正如卡德日承诺的那样。现在轮到塔里克实践他的承诺了，送出他的包裹了。

他小心地处理了他的妻子，把她封在了一个厚厚的塑料袋里，藏在地下室。这当然只是暂时的处理，塔里克最近都在考虑短期性计划。今天早上，警察又来敲他的门了。他没有应声，但他们知道他在家。在他们拿到搜查令之前，他们不能在门口等太长时间。

但贾拉尔会拿到他的包裹。计划必须实施，塔里克想。技术上来讲，运输机制是很简单的。细菌都准备好了。是的，计划必能实施，只要他保持镇定。

　　我在魁北克边境撒的谎竟然成真了，威尔斯想。他停下车加油，拿出地图，看到离新目的地还有一百五十英里的时候，他叹了口气。好吧，几个小时的长途还不成什么问题。"打起精神来。"他一边发动汽车，一边说道。

　　位于魁北克的车库非常大，而且几乎是空的。威尔斯慢慢开进去，转了两圈。他确保自己没有被跟踪，但他知道反监视的限度。最后，他停了下来。他把头向后靠，很快就入睡了，最好是保存精力。

　　威尔斯被惊醒了。他猛地抬起头，看见一辆白色的福特风之星，方向盘后一个年轻男人正在按喇叭。这个男人猛地打开小微型厢式车的前边门。威尔斯从自己的皮卡车里出来，钻进了微型厢式车。

　　司机很瘦小，褐色的眼睛周围是深深的黑眼圈，面颊在抽搐。握手的时候，他紧张地舔了舔舌头。"这么说，你喜欢爵士乐？"他问。

　　"我每天下午都要听。"威尔斯说，接上了暗号。司机看上去放松了点儿。他换挡发动了小微型厢式车，慢慢地驶开了。威尔斯把包甩到车后。

　　"我是塔里克。"

　　"约翰，或者说贾拉尔。你喜欢叫哪个就叫哪个。"

　　"愿主与你同在，贾拉尔。"

　　"愿主与你同在。"

　　塔里克把车开出了车库，直接转到连接魁北克和蒙特利尔的加拿大四十号公路。他是个谨慎的人，不时查看后视镜，并且在离变道还有颇长时间时就打指示灯。

"回蒙特利尔吗?"威尔斯说,"你确定你不是在埃克森上班,我们烧的汽油的出品公司?"

塔里克瘦小的胳膊上的肌肉动弹着。如果不是太紧张,就是他活动得过于剧烈了。"我不明白你的意思。"

"是个玩笑……算了吧。"

塔里克看着威尔斯。"你能系上安全带吗?"

威尔斯没说什么,扣上了安全带。"我能开空调吗? 我喜欢凉一点儿。"塔里克说。

"开车的是你,随你心意吧。"

塔里克轻轻按下空调的开关,他们在无言中又前进了一段距离。

"我很抱歉让你等了那么久。"威尔斯随意地说道。

"让我等了很久? 不,没有没有。"塔里克咕哝道,"你看到我的时候我刚到。"

那我们为什么要在魁北克而不是在蒙特利尔见面呢? 威尔斯感到奇怪。塔里克并没有用任何反跟踪的技法摆脱潜在的跟踪者。事实上,他开车是那样的小心谨慎以至于任何人都可以跟踪他。"你来自哪儿,塔里克?"

"我在巴黎市郊长大。"这解释了他的口音,至少如此。

"那么,你现在住在这里吗?"

"是的,蒙特利尔。"他们实际上在进行一场采访,而非交谈。塔里克太紧张,以至于无法提出任何问题。威尔斯可以转用阿拉伯语,但他决定还是用英语,好让这孩子保持紧张。

"你在哪儿工作?"

"我是个研究生。"

"什么专业？"

"神经学——神经心理学。"塔里克手臂上的肌肉又抽搐了一下。威尔斯开始怀疑加拿大皇家骑警队会不会在蒙特利尔等着他们。

塔里克正在尽全力试着装出紧张的样子，虽然他根本用不着装。卡德日告诫过他，威尔斯会试探他，走过他身边看他如何反应。卡德日说，如果他把谎言降到最低，就没有事。他要做的就是在几个小时内保持冷静，把包裹给威尔斯，然后送他回来。

塔里克绝望地希望卡德日说的是对的。

"你喜欢这样吗？"

"什么？"

"在学校读研究生。"

"是的，喜欢。"

"你结婚了吗，塔里克？"

"没有了。"他看上去像是在笑，尽管威尔斯已经不能肯定这个孩子所做的一切了。

"我很遗憾，那没有成功。"威尔斯说。

威尔斯等待着回答，但塔里克没有再说什么。"塔里克。你知道是谁派我来的。有什么问题吗？"他转而用阿拉伯语。

"没有什么问题，一切都很好。"这句话从塔里克的嘴里说出来，听上去是那么滑稽。他执拗地摇摇头，像一个六年级的学生在课堂上传纸条被老师当场抓住般。

威尔斯换了话题："包裹里是什么，塔里克？"

但塔里克只是一味地摇头，什么都没有说。

设好钓饵，不要说太多，卡德日曾告诉塔里克。我不在乎他怎么想，只要他离开的时候带着包裹。

卡德日在玩游戏，威尔斯想，一如往常。为什么他没有寄出包裹呢？不管它们是什么，为什么不把它们直接寄到美国呢？为什么要利用这个孩子，这个看上去因身体不适而想吐的孩子？为什么要增加传送者呢？

塔里克直挺挺地坐在驾驶员的位置上，手紧握着方向盘。威尔斯看得出他不会再说任何话了，除非威尔斯把刀架在他脖子上。如果威尔斯想控制形势，主导事态的走向，他就必须耐心。塔里克是唯一的传送者。威尔斯则带着包裹过边界，等待卡德日。

他们到达蒙特利尔的时候，太阳低低地悬于空中。塔里克从高速公路转道附近一个颓败的地区。他们经过一个灯火辉煌的穆斯林社区，这里的标志有英文的、法文的，还有阿拉伯语的。几分钟后，塔里克转进了一间残旧的汽车旅馆的停车场。

"等一等。"说着，他下了车，走进一○四号房间。威尔斯想塔里克是在这里租了一个房间存放那个神秘包裹。一个不引人注目的位置，一个威尔斯无法循寻原路返回的地方。很聪明的选择。

威尔斯环顾四周，看看有没有他们刚刚见到的那些标志，却什么也没看见。街道很安静，没有UPS①的送货车往来，没有福特皇冠维

---

① UPS，United Parcei Service. 美国一家名为优比速的快运公司。——译注

多利亚停泊。另一方面来说，如果这真是一次关键的活动，警察们——或者中情局——会一直等到他拿到了塔里克的包裹才行动。他们甚至会等他回到魁北克。

这么说，逮捕我，威尔斯想。让中情局的人做出这疯狂的事儿吧。至少我会知道兰利基地那边比我先了一步，逼近卡德日了。但当他再次环顾四周，他确定地感到中情局的人不在附近。或者卡德日。

塔里克再次出现的时候，拿着一个镶边的蓝色旅行袋，大得足够装一周的衣服，小得可以套上飞机前舱的储物箱。他小心地把袋子放在小微型厢式车的后面。"里面有个公文包，不要打开。"

"如果在过境的时候他们要检查呢？"

"奥玛尔说了这由你决定。他说他肯定你考虑到了一些情况的。"

"我很高兴他如此相信我。"威尔斯说。

回魁北克的路上，塔里克没有再说什么，威尔斯也没有再逼他。

他们驶近白色皮卡车的时候，魁北克的车库几乎是空的。威尔斯从未因见到那辆白色皮卡车而如此高兴。他从小厢式车上下来。让他意外的是，塔里克也跟着下了车。"愿阿拉向你微笑，贾拉尔。"塔里克用阿拉伯语说道。他拍了拍胸口。威尔斯友好地回应了他。

"你也一样，塔里克。"

"愿他保佑我们成功。"

"但凭天意。"

威尔斯把手递给塔里克。然而，这个瘦小的男人却给了他一个笨拙的拥抱。威尔斯从风之星里拉出那个蓝色的大包，放在他的皮卡车后座。他再一次向塔里克挥手，靠在自己的皮卡车上，目送微型厢式车离去。

风之星不见踪影后，威尔斯立即钻进皮卡车的司机座，但他有好一段时间都没有发动漫游者。若这是计，他便给了警察许多逮捕自己的时间。但车库仍然是空旷的，最后威尔斯发动了汽车，开出了魁北克，进入夜色中。

　　到达荒芜的边境十字路口时，漫游者的电子表显示时间为一点零四分。他感到自己似乎一直在开车，并且将永不止息地开下去，而事实上，他才刚刚踏上返家之路。

　　守卫细细地看了他的执照。"你有护照吗？"

　　"没有，警官。"

　　"你什么时候进入加拿大的？"

　　"昨天早上。"

　　"你从佐治亚来？"

　　"亚特兰大。"

　　"那么长的路程只是为了如此短暂的旅行？"

　　"我是来魁北克见一个姑娘的，"威尔斯说，"网上认识的。事情发展得不好，她的身形几乎是她发来的照片上的两倍。"

　　"那太糟糕。"守卫笑了，"你永远不能相信那些加拿大人。"他看了看漫游者的后座。"你包里装的是什么？"

　　"只是些衣服。我本打算待上一段时间的。至少过完这个星期。"

　　"没有毒品、枪支，或者与这相关的东西？"

　　"没有，警官。"

　　"好吧，希望你下次好运点儿。"守卫把执照递还给威尔斯，"欢迎回来。安全驾驶。"就那么简单，他回来了。

一个半小时后，威尔斯把车停在了高速公路旁，仰望夜空。这遥远的北部还没有怎么被污染。这星光让威尔斯想起了阿富汗。他在想自己是否还能见到那里的山，若能重见，他又会想些什么。或许有一天，他会和爱丝莉一道去那儿度假。冒险的旅程。

他找到了电话，按下了几天前卡德日通过邮件给他的一个号码。"留下信息。"卡德日的声音。

"我过境了。"威尔斯说，"我今晚会回到亚特兰大，很晚的时候。"电话挂断。

威尔斯坐在切斯特镇的汽车旅馆的床上，小心翼翼地拉开蓝色大包的拉链。他找到几件 T 恤，一条牛仔裤，一些臭袜子和内衣，还有一只带数字锁的硬皮塑胶公文包。威尔斯想他该怎么向边境的守卫解释。他提起公文包，感受它的重量，二十磅左右。这不够装一件核武器，但却足够放一个炸弹所需的钚，足够装进能摧毁一座城市的炭疽病菌、沙林毒剂、VX 毒剂、天花病毒，任何东西。潘多拉的盒子。

威尔斯用了好几分钟，试图刺开它，最后放弃了。他完全可以用暴力把锁打开，然而为什么要这样做呢？如果卡德日把他作为诱饵，公文包只会是空的，又或者内置了陷阱机关。另一方面来说，如果包里真的有什么重要的东西，卡德日会拿到它。然后……绑在威尔斯腿上的小刀仿佛有生命般在跳动。卡德日不会在那次见面中活下来。

他再次躺上床。他将要睡三个小时，于黄昏时分再次起程。然而，他先要打个电话。

响第二声的时候，爱丝莉接了电话。"约翰吗？"

"今天下午五点，不要惊动别人。"

"我会在那儿的。"

他挂了。

她没有丝毫的迟疑就答应了。他爱的就是她这一点。

16

纽约，杨克斯

"标志牌的左边，"伽茨说，"第三间屋子下去。"

卡德日将他的福特征服者停在纽约北部杨克斯的一间整洁的屋子前。一辆黑色的林肯车泊在车库前的车道上。

"你喜欢这儿吗？"伽茨问道。他三年前买下了这所房子，像所有第一代移民那样为有所房子而感到骄傲。伽茨，一个前黎巴嫩军队的爆破专家，是唯一公开居住在美国的基地组织潜伏分子，于一九九九年合法地移居美国。他用了几年时间建立他的美国生活。他从事于汽车服务行业，按时交税，甚至曾出现在陪审团中。他永远不会忘记一九八三年以色列的炮兵部队的炮弹落在他贝鲁特家中的卧室的那一天，将他的家人炸得四散开来。永不忘记，永不原谅。他对美国的责备和对以色列的一样。这些犹太人没有了美国人的支持什么也不是。伽茨等卡德日的任务等了很久了。

"很好。"卡德日说。事实上，卡德日对房子的绿色油漆和铝合金的滑动门根本不感兴趣。但他找不到任何理由告诉一个快上天堂的人这房子的不足之处。

327

卡德日猛地拉开征服者的后门,两个人从车里拉出一个钢桶。"很重吧?"伽茨低声问。

"里面都是铅。"卡德日说。他们在哈特福德外的一间仓库里找到了这个钢桶。他们把钢桶放在车库里一块干净的水泥地上。伽茨关上车库的门,只有他们和钢桶在一起。另外,卡德日想要辆黄巴士。他绕着这车走了一圈,检查了一下。正如伽茨所答应的那样,轮胎有些磨损,油漆有些脱落,但装有一个新的后视镜,右边还有车牌架。没有人会对它看上第二眼,非常完美。

"它可以用了吗?"卡德日问。

伽茨插入钥匙,车顺利地开动了。伽茨让发动机转动了一分钟后才熄火,将钥匙交到卡德日手上。

"邻居们问起过它吗?"

伽茨遥遥头:"他们知道我有一辆出租车。他们想这辆车也许是为了新的业务。"

"的确如此。"

从外观上看,这车非常普通。但在座包下面却放着几个装有 C-4 炸药的灰色木箱,总共有两千一百镑重。卡德日本打算像往常那样把这辆车作为炸药,就像在洛杉矶那样,但由于阿莱被捕,他改变了他的计划。

在这辆黄色巴士里,黑色的粗线从炸药箱的引爆剂连接到驾驶员座包下的电池。为了防止任何意外的爆炸,引线没有和电池接触,一旦连接,这车便成了一个流动炸弹,虽然小,却比卡德日在洛杉矶的爆炸中所用的硝酸铵炸药的威力要大得多。一吨的 C-4 可以摧毁一座三十层的建筑。

328

卡德日在钢桶的前面蹲下，在电子锁上按下一连串数字。他很清楚里面装的是什么，但他就是想再看一次。锁开了。卡德日拉出一个用挂锁锁着的小钢盒子，转动锁的数字钮，打开它。就是这个了，神赐予的礼物。两个密封的罐子，一个装有六块灰色金属，另一个装满了肮脏的黄色粉末。

"那就是吗?"伽茨问道。他听上去有些失望，卡德日觉得。

"这就够了。"

是的，发生最近的挫折之前，卡德日是希望能够在这些储备中加入钚和浓缩铀的，甚至增加足够的原料以实现他使用核武器的梦想。然而，俄罗斯科学家德米奇死了，法鲁克又失踪了。现在，异教徒们又在逼近。最好在机会全部溜走前好好利用安拉赐予的一切。

卡德日把盒子锁好，放回钢桶里，最敏感的放射性物质探测器也无法找到它。当C-4爆炸时，爆炸会使钢桶汽化，钚和铀会散布到数英里的范围。在曼哈顿中心，非常可怕的爆炸。

"抬起来。"他指挥那两个男人使劲儿把钢桶拖进车里，正好卡在C-4炸弹中间。

"真主至大。"伽茨小声说道。神是伟大的。

"真主至大。"卡德日对他们今天的工作很满意。他计划的前半部分已经准备就绪，其他的也会在威尔斯把包裹送来后各归其位。卡德日大致地想了想等待着美国人的命运。如果威尔斯对基地组织的忠诚是真的，他会像个烈士般死去，威尔斯很快就会在安拉的全能之中。他会高兴的。

肯纳尔沃斯被河流和高速公路将其与华盛顿隔开。肯纳尔沃斯的房屋计划给其自身带来了负担，使其成为了吸毒和贫穷的源头地区。

国会大厦闪亮的圆屋顶离肯纳尔沃斯的低层公寓区只有仅仅两公里。那儿完全是另一个世界。

然而一个最不可能出现的绿洲却被塞在了计划所涉及的地带中。诞生于一八八二年的肯纳尔沃斯水生生物园是一片丰饶湿润的丛林，生活着许多蝾螈和大头龟，偶尔还能看见犰狳。威尔斯可以假装选择了这里作为和爱丝莉见面的地方是因其美景。可事实上，他选择这里正是因为这儿是华盛顿最与世隔绝的地方。如果爱丝莉打算把他交出去，情报局的监视者也难以藏身。

可当他把漫游者驶上华盛顿二九五号高速公路，接近生物园时，威尔斯确信他将会和爱丝莉单独相处。自从吉普车里的那一夜后，他就无条件地信任她。或许从多年前他们在农场相遇的那一天开始就是如此，那时他们都还年轻，也都有各自的婚姻。

威尔斯行驶在围有钢网的人行天桥下。钢网的设置是为了保护开车者们不会被附近喜欢从天桥上往下扔石头的孩子们惯常的恶作剧所伤害。这就是肯纳尔沃斯了。他拿出他的点四五手枪，拧下消音器，把它们放进夹克内袋。电话震动了。他从口袋里拿出电话，以为是爱丝莉。可是，号码却是九一四区的。韦斯特切斯特，在纽约市外。

"贾拉尔。"是卡德日。

"是的。"

"你在哪里？"

"我们国家的首都。"

"原来如此。"卡德日笑了。

"我今晚到家。"

"很不幸，我需要你到纽约来，尽快。"

威尔斯感到像是刚进入军队的第一个星期，接连收到看似没有条理的任务。卡德日对他的计划自然有合理的安排。为什么他不早一点儿打电话呢，在他去纽约之前？然而纠结于此毫无意义。

"纽约市吗？"

"布朗克斯。"卡德日说了一个地址。

"到时候见。"威尔斯说。他挂上了电话，察觉到事情有些异样。卡德日并没有问他包裹的事，连提都没有提到。

十分钟后，威尔斯开进了生物园的停车场。那儿没有丝毫被监视的迹象。他一眼就看到了她，靠在一辆绿色微型厢式车上，交叉着手。她穿了一件海军蓝的 T 恤和显出她臀部线条的灰色裤子。

他在她旁边停下来。她没有笑，但当他从皮卡车上下来的时候，她猛地上前紧紧抱住了他。"约翰。"她说。她退后一步，好仔细瞧瞧他。他把她按在微型厢式车上，深深地吻她，手臂环抱着她的腰身。他们的唇仿如相融的两片云朵般紧锁着，他感受到来自她身体的重量，她的乳房贴着他的胸。最后，她推开了他。

"你来这儿不是为了这个。"爱丝莉说。

"不仅仅是为了这个。"

他拉着她的手，走进生物园，丛林和沼泽包围着他们。城市的喧嚣退去，空气变得湿润而浓郁。他们静静地走向安那考斯蒂亚河，没有相依，只满足于在彼此的身旁。最后，小径在褐泥湖边到了尽头。

"你怎么知道这里的？"爱丝莉问，看着河水缓缓地向南流去，"我从未听说过这里。"

"农场训练之后我来过这儿几次。那时我还在接受语言训练。"

"和希瑟一起吗？"

"吃醋了？"

她微笑。"我为什么要吃醋？"

河面吹来一丝微风的时候，他打了一个寒战。

"你还好吗，约翰？你看上去很憔悴。"

"开了太长时间的车了。"他说，"卡德日派我去蒙特利尔取一只公文包。"他把一天前和塔里克发生的一切，他的疑惑，还有另一个传送者，都告诉了她。

"你不知道里面什么吗？"

"锁上了。我没有打开它。"

"你要和卡德日在这里见面吗？华盛顿？"

"不。我本来正准备去南方的，可是他刚刚打电话来，改变了计划。我要往回走，去纽约。有事要发生了，或者，已经在发生了。"

"沙弗也是这么想。"

他凝视着她，然后望向河流。"有什么我需要注意的吗？"

她似笑非笑："我本是希望你会知道的。"

"我们似乎是在古罗马，献上牺牲，看绳子上的语言。以此得知神将降予我们什么灾难。"

"他们不是神。"

"他们希望成为神，"他说，"愤怒的非基督徒们的诸神，只要他们有能力，就甩出霹雳和闪电。"

"你信神吗，约翰？不是那些小精灵们，而是至高无上的神？"

这个问题让他顿住了。他发现自己的目光正跟随着飞过河的麻雀，脑海中想着车里的《古兰经》和他已经杀了的人。"信，"他最后终于开口了，"但我不确定他也相信我。"

"我是说认真的……"

"我也是。你能在做了我所做的一切后还觉得自己正直？感到平静吗？那就是神对我做的。恐怕我已经离开他很久了。"

"当我还是个孩子的时候，我是相信的。"爱丝莉说，"后来我哥哥疯了，我就不信了。那太残酷了，摄走了一个人的心智。我还记得有一次，他的疯狂发作的时候，他满嘴的玩笑：'为什么神不让你去买点东西？为什么总是"水被下了毒，你脑子里有芯片，外星人就要来了。"'他狂笑着，那真是狂笑，我也笑了。那是如此地令人感到无能为力。现在我有了孩子，我又开始相信，不是为了我自己，而是为了他们，我可以相信比这更多。"

"我明白你的意思。"威尔斯轻抚她的手臂，"詹妮，有别的人知道我在这儿吗？"

"回到工作了是吗？没有，连沙弗都不知道。你'有毒'，约翰。比'有毒'还可怕。我正在毁掉我的事业，或者，在走进监狱的路上。"

"我很抱歉，詹妮。"

"这不是你的错。四月以来你都在哪儿？"

"待在一个地方，主要是。"

"在哪儿？"

他不想告诉她，但他知道他不能说谎："亚特兰大。"

"不仅仅是光待着吧。"

他斜睨着眼看她。"告诉你的朋友，我没对韦斯特开枪，"他说，"我曾试着救他，但我不能。卡德日设计了一切，那是对我忠诚的测试。"

"而你通过了。"她说，"卡德日信任你，这就是为什么他派你去取公文包。"

"尽管如此，他并没有就此信任我。有什么不对劲儿，他在和我玩游戏，我想我成了某种诱饵。"威尔斯停下来，"有和你们的发现相符的吗？"

她摇摇头："但我们上周逮捕了一个潜伏分子。在布鲁克林。我们觉得他们有一个脏弹。"她告诉他关于法鲁克·坎的事、奥尔巴尼的爆炸、沙弗关于基地组织计划着加快动作的疑惑。

"所以现在你们提高了警戒？"威尔斯说。

"我们不再那样做了，至少在没有确切情报之前不会这样。我们正在获得这场战争的胜利，知道吗？没有给任何人造成恐慌的必要。"

"一个脏弹不算确切吗？"

"至少在我们知道它在什么地方之前不算。我们已经在奥尔巴尼事件中让自己丢脸了。"

"可能就在我车里的公文包里。"

她摇摇头："如果是的话，边境的放射性探测器会探测到的。如果公文包里装了铅，你也能察觉到，那会很重的。"

他不再说什么了。一分钟后，她看着他。"你在想什么，约翰？"

"我想，我是时候起程了。"回到纽约，天气还很暖和，但是河对岸的树已拖着长长的影子了。

她提高了声调。"你是时候加入我们了。"

"然后和卡德日断掉联系？"

"给我地址，我们会找到他的。"

"他不会在那儿的。你知道，只会是他的一个手下在等我。如果我不出现，他也不会出现。当爆炸发生的时候，我们都只有任凭兰利打我们的屁股。我见过那样的情况，并且不喜欢那样。"他走上通往停车场的小径。

"你可以告诉文尼，我们今晚会在那儿载上你。"

但爱丝莉知道她在说谎，迪多不会在这么敏感的任务上利用威尔斯的。因为同样的原因，迪多坚持反恐指挥部立即逮捕阿莱·阿萨德，不允许任何迟疑。没有人能够质疑迪多把威尔斯关在洞里的举措，直到中情局能够确定他的忠诚为止。中情局的主管不会因无法阻止恐怖分子的袭击而受到责备；在"九一一"时期执管中情局的乔治·泰奈特，退休后得到了总统自由勋章。不，他们只会因使中情局——或白宫蒙羞而受到责备。他们会开除威尔斯的，他一度的失踪让中情局蒙羞。迪多不会再冒险犯错。几个星期的时间够他们改变迪多的主意，可他们没有几个星期那么长的时间。

迪多不是魔鬼，爱丝莉想，只是一个官僚主义者罢了，就像许多兰利的人一样，把事业和名誉置于一切之上。

威尔斯看上去读出了她的想法。

"如果你真的那么想，那就打电话给他吧。"他说完，转身离开。

突然间，爱丝莉知道自己该做什么。她身体的一部分在那一瞬间似乎能看见他的车开进了停车场："我跟你一起去。"

他凝视着她，看上去在揣度她的认真程度。他摇摇头说："别傻了。"

她厌倦了男人们的轻视，甚至是这个男人。"去你妈的自大狂!"她说，"我可以盯梢，如果有什么麻烦，我就打电话给紧急支援队。若没有，我就等着你的大展身手。"

"别这样……"

"没得商量。要不我跟你去，要么我打电话给迪多，马上。"她拿出电话。

身后的丛林里传来乌鸦的尖叫声。威尔斯转过脸，仰望天际。"你带着了吗?"他说。

"什么?"

"枪。你带枪了吗?"

"没有。"

当他回转过身的时候,手上拿着把枪,一支重型的灰色点四五。他的左手握着一支圆柱形的管子,慢慢把消音器拧上枪筒。生物园里空无一人,周围没有任何人。不,她想,这不可能,他不可能这么做,他不会的。

"约翰。"她说。她屏住了呼吸。

他把枪给了她。

她吁了口气。他知道他刚刚做了什么吗?还是她误解了当下的情况?又或者,他打算吓唬她,提醒她他在外面的这些年的日子而她却只是坐在办公桌后?她不知道,也不能问。不管怎么样,她的恐惧,慢慢减退了,这一切提醒了她一个事实,他们其实根本就不了解对方,哪怕她再怎么想装作了解,也无济于事。

她将恐惧放置于一旁,精神集中在枪上。枪比她想象中要重,她要两只手才能拿稳。

"你上一次射击是什么时候?"威尔斯说。

她不记得了。当然,在农场训练的时候,她曾学过射击,然而那已是很久之前的事了,部里并没有安排分析员进行训练。"几个月前吧,"她平静地说,"我每年都有去射击场。"

看着手上的枪,她想起了训练的日子。她上了膛,装上一组子弹,再拉了一下滑套,子弹就弹了出来。威尔斯在空中接住弹出的子弹,放回口袋里。她来回拨动着保险,握紧弹仓,拉下来,然后又推了上去。

威尔斯拿过枪,上了膛,递回给她。"射吧,"他说,"向着河里,握紧了，后坐力会震回到你身上。"

她迟疑了。

"如果你连这都做不到，当有人站在你面前的时候你就更做不到了。"他说。

她举起枪，扣下扳机。枪正如他所说的那样震了回来。后坐力让她不由得后退了一步，但她保持了手臂的平稳。因为消音器的作用，射击声听上去空洞而低沉，就像手拍在木桌上。声响很快就消失，连回音也没有。"那你呢？"

"我什么？"

"你的枪呢？"

他拉起牛仔裤，露出绑在腿上的刀。"我这就够了。"他说，"听着，你需要知道怎么用这支点四五。"

"我在听。"

"当你到了需要它的时候，首先开枪。不要想别的，不要命令任何人别动，没有这些，不用说任何话，开枪就行了。因为当你到了那样的地方还有一点点的迟疑，就已经太晚了。"

"我怎么知道是不是到了那样的地方？"

"你会知道的。"

她没再说什么，只是点头。她不确定自己能在不提出警告的情况下就开枪。可一旦她不答应这一点，威尔斯绝对不会让她跟着去了。

"好了。"他说。他靠向她，把头靠上她的头，吻她。

但她摇了摇头。

"当这一切结束后再说。"她说。

"当这一切结束后再说。"

他们转身离开了河流，走向停车场，向纽约出发。

337

17

威尔斯从"狄根少校高速公路"转进了南布尼克斯的中心地带，一个从纽约的复兴时期起就存在的昏暗街区。露天的毒品贩卖场不见了，取而代之的是穿着只有手帕大小的裙子、倚靠在车门等生意的女人。在亮堂的小酒馆外，男人们三五成群地站着，喝着大瓶的啤酒。

道路因两边停满车变得非常狭窄，破旧的美国轿车，斑驳的车窗，挡风玻璃上贴着"毋惧"的贴纸，这样的路上，威尔斯只能开一段停一下。终于，他找到了卡德日给他的地址。他停下车，从后视镜中见到爱丝莉停在后一条街上。毕竟没有经历过大的事件，她应该停得更远些的。她的这个错误提醒他，她已很长时间没有经历实战了。她不属于这附近的任何地方。

然而他却让她来了，所以，现在他对她有责任，这是一个他此时本不需要的复杂情况。他闭上双眼，想起她的承诺。"当这一切都结束的时候。"如果他们今晚成功了，他们会找一间有张大木床的安静房间，一直做爱，直到他们都满足为止。那可需要好些时间。

他又打了个寒战，咳嗽了几声，胃部传来一阵低沉的咕噜声。长时间的驾车疲劳开始起作用了，他感到似乎是三天三夜没合过眼了。从新泽西开始，他就感到一阵难忍的头痛，剩下的路途，注定是艰难的。

他打开车门，又咳了好一会儿，吐了口痰在柏油路上。他已经不再想卡德日在计划着什么了。今晚他就要结束卡德日的游戏。他左右摆了摆头，放松了一下。街道很空。他下了漫游者，走进那座建筑，一步慢似一步。

　　房子破旧而昏暗，墙上杂乱地布满了蜘蛛网和威尔斯无法辨认的涂鸦。前门开在离街道较远的一侧，黑色的门板上装有观察口，玻璃后还有一层铁丝网。

　　门轻易就打开了，铜制的门把松得就像有人在锁后面拉似的。威尔斯走了进去，看见一条闪烁着的荧光灯的昏暗狭窄的通道。

　　"贾拉尔。"

　　一个威尔斯没有认出的男人坐在狭长的楼梯的顶层，嘴里叼着烟，枪随意地搁在大腿上。

　　"是。"

　　"进来吧。"

　　这个男人没再多说一个字便起身，转身带路。

　　威尔斯任由身后的门重重地关上，踏上了楼梯。

　　爱丝莉坐在她的微型厢式车里，与想冲进那所房子敲打每一间公寓的房门直到找到他为止的冲动斗争着。她遮住车里的电子表显示器，不想被那缓慢前进的时间逼疯；她从未感到如此烦躁，从未对时间感到如此焦虑。威尔斯是在午夜时分进去的，现在四个小时过去了，还不见他的踪迹，也没有别的人的身影。他进去后，那座出租楼一直都很安静。他在哪儿呢？她问自己。他在做什么呢？她不能再等了。另一个小时？直到黎明？或许她早就该进去了，但她不想暴露了他的身份，他用了这么多年的时间建立起来的假身份。

　　如果局里没有远离威尔斯，如果他能让迪多相信他的价值，如果他没有消失那么长时间？或许，他该戴上无线电的。这些街区应该密布联邦调查局的探员和警察。可即便是那样，也不会降低他所面临的危险。此刻他在另一边，在一个一旦发生什么事没有人能够迅速接近他进而改变形势的地方。卡德日——或者那儿的任何人——完全可以拿枪对着他的头在一秒钟内扣动扳机。全世界的警察都无法阻止，也就难怪威尔斯对迪多和兰利其余的文职人员没有任何用处了。

一辆黑色的林肯轿车驶过她的车时，爱丝莉抬起头。"林肯"停在了公寓楼前，闪光灯闪烁着。她屏住呼吸。林肯车的车门打开了，一个穿着蓝色运动外衣的男人——一个不太可能在这个时间出现在这附近的人——下了车，迅速地向周围张望了一下，走进了公寓楼。

3C 公寓楼是一座狭小破旧，内里纵长排列的一套狭窄的公寓房间，这些房间的客厅没有窗户，极小的卧室对着通风管。剥落的橙色墙纸上霉菌斑驳，冰箱发出扰人的电机嘈杂声。一张破旧的咖啡桌上，一台小电视无声地播着朝圣的 DVD，麦加朝圣。但甚至威尔斯身边的圣战分子看上去也对这录像感到厌烦了。

威尔斯在客厅的一张松旧的沙发上坐下，双手被铐在前面。他们把威尔斯铐起来后，他很快就进入了梦境，脑海中充满了各种各样的形象，直到爱丝莉还在楼下的念头让他突然惊醒。此时他没有说话，在等待卡德日的期间尽可能保存体力。跟他一起的男人们似乎并不怎么在意。他们总共有七个，但只有两个进行了自我介绍。伽茨是年纪最大的，看上去像是头儿，他是一个留着很短的胡子，眼睛下有深深的黑眼袋的壮硕的男人。那个在楼梯上等威尔斯的人自称为阿布·拉什德——拉什德的父亲。他不停地抽烟，把烟灰弹到地上，只有在把烟头按进烟灰缸的时候才放下烟。事实上，这七个人都在抽烟，房间里的空气污浊浓厚，让威尔斯止不住的咳嗽更加严重。他希望有人能把窗户至少开一道缝隙。

威尔斯看得出来，很可能除了伽茨外，这里的人都没有受过专业训练。他们甚至连盖斯和萨米的警惕程度都比不上。只有三个人有枪，还是很随意地塞在裤子里的：伽茨和阿布·拉什迪，还有一个威尔斯不知道他名字的留着长胡子的深肤色阿拉伯人。最重要的是，阿布·拉什迪没有发现威尔斯的刀，因为他没有检查他的腿。

但威尔斯无法行动。至少还不能，在他没有见到卡德日之前不能。

"要水吗？"伽茨问他。

"好的，谢谢。"威尔斯说。

伽茨认真地看着他："你还好吗？你看上去很不妙。"

"我睡一觉就好了。"威尔斯抿了一口伽茨递给他的水，闭上了眼睛，把房间的暗淡灯光关在眼皮外。围着他的男人们轻声地用阿拉伯语谈论着世界杯，有那么一小时的时间，他们对约旦的前景争论不休。

"卡德日会来吗？"

"快了，朋友，快了。"

接着，威尔斯听到了上楼的脚步声。

卡德日一步跨进公寓，关上门。一个手术用的口罩罩在他的鼻子和嘴巴上："贾拉尔。"

"奥玛尔，我的朋友。愿主与你同在。"威尔斯开始站起来。一阵晕眩袭来。他为什么戴着口罩？他感到奇怪。

"不用起来，"卡德日说，"你需要保存你的体力。"

威尔斯还是站了起来，一阵激烈的咳嗽让他摇晃不止。

"我对盖斯和萨米的事感到很遗憾——"

"现在你来了，这是最重要的，你带来了包裹吗？"

"在那儿。"公文包躺在橱柜上。

卡德日微笑着。"我知道他们不会阻止你过境的。"卡德日在电子锁上输入数字，锁闩弹开了。

"你的秘密就在这里，"卡德日说，"自己看吧。"

他一推，公文包在客厅凹凸不平的木地板上向威尔斯滑去。我的秘密不在这间公寓里，威尔斯想，她在外面的一辆白色旅行车里。

威尔斯坐回到沙发上，笨拙地摸着公文包。"伽茨，你能解开我的手铐吗？"他随意地说道，"我这样打不开它。"

伽茨望着卡德日，过了一会儿，卡德日点头了，伽茨解开了他的手铐。

威尔斯揭开公文包的上盖，里面什么也没有。他仔细摸索内壁，寻找暗键，却什么也找不到。这一路以来，他都只是一个诱饵。

他无力地摇摇头。"我不明白？"他说，"谁是传送者？包裹在哪儿？"

卡德日指着威尔斯："你就是。"

"但……"威尔斯又咳嗽了。他看了看卡德日的口罩，突然间，他明白了。

"我被传染了。"语句像交响乐的最后一个音符消失了许久后平静地从他嘴里说出。

卡德日的微笑是威尔斯需要的唯一答案。他考虑其中的可能性，炭疽病不会从人传到人，天花则需要一段长时间来繁殖。

"瘟疫，对吗？"他保持语调的平静，仿佛这只是一个理论性问题。

"非常好，贾拉尔。"

一瞬间，仅仅是一瞬间，威尔斯感到自己内心充满了恐惧。他看见自己溢满了血的肺，看见自己的皮肤由内向外腐烂。无法想象的痛苦。但他竭力保持着镇定，等待恐惧的消退，他知道，保持镇定是他现在打败卡德日的唯一方法。恐惧减弱了，当他再次开口的时候，音调是平缓的。

"可为什么是以这样的形式呢？为什么不直接让我把细菌带来？"

"我能对一小瓶瘟疫做什么呢？我不是科学家。况且，瘟疫病菌很脆弱。至少在体外如此。这是塔里克告诉我的。"

"我还以为塔里克是神经心理学家。"

"他是个生物分子学家，非常优秀的科学家，尽管他有他自己的问题。"威尔斯不能确定，但看上去，口罩的后面卡德日似乎在笑。"他说传染你是确保细菌存活的最好方法。"

又一阵咳嗽撕扯着威尔斯。

"看上去他是对的。"卡德日说。

威尔斯环顾四周："七个人。你要将他们派到哪儿？"

卡德日沉思了一下。"我觉得我现在能告诉你了，贾拉尔。四个在这里，主要是地铁上。时代广场、大中酒店。另外三个去华盛顿、洛杉矶、芝加哥，不断地乘搭飞机。七个殉教者。包括你的话，八个。酋长会很高兴的。"

七个男人，散布在拥挤的地铁车厢、波音 767 机舱、空中巴士 320 机舱、百货公司、写字楼，咳出含有瘟疫细菌的雾气。在他们死之前，他们会传染多少人？上千？上万？

"很聪明，奥玛尔。"尽管威尔斯不会帮忙，但这个计划的大胆而震惊的确让他印象深刻。可很快他就想起，"但……抗生素不是可以治愈瘟疫的吗？"

"是的，如果用药及时。三天后，你的人除了瘟疫会有别的想法。细菌活动得非常快。你比别的人看得更清楚，医院里挤满的美国人会让人意识到我们做了些什么的。"

"另一次袭击？"

现在，威尔斯能确定他看见了卡德日的笑。他太多话了，威尔斯想。他在跟一个死人说话。

"炭疽病？"威尔斯大声说出他的疑惑，"天花？"

"贾拉尔，我很遗憾地告诉你，你没有想清楚。我会用一次生化袭击去分散美国人对另一场生化袭击的注意力吗？"

"那么就是一枚炸弹，像在洛杉矶那样？"

"不完全是，炸弹很特别。"

威尔斯的发烧似乎更加严重了。他抹掉那突然从额头上冒出的小汗珠。"一个脏弹？"情报局毕竟是对的。

"我只想到它可以是一辆黄色运输车。"

"黄色车？"

"你会对那辆车印象深刻的，贾拉尔。只是我很遗憾你不会活着看到了。"

威尔斯想他是否能拿到他的刀，穿过房间，在他被捉住之前割下卡德日的舌头。很可能不行。七个男人站在他们之间，并且，现在杀了卡德日已无济于事。其他的人肯定知道脏弹藏在哪里。威尔斯甚至不能咬舌自尽，以阻止瘟疫的蔓延。他已经在这房间咳了整整四个小时，早就传染了其他人。

"你能告诉我一些事吗，贾拉尔？"卡德日在口罩后面说，"现在你的殉道已成为必然。真相是什么？你是我们的一员吗？"

威尔斯没有任何迟疑："是的。以我的灵魂起誓，真主至上。"

"真主至上，贾拉尔。我们会重遇的，在天堂。"

说完这句话，卡德日便走出了房间。

爱丝莉不停地在方向盘上敲着手指,听 WCBS 电台整夜重复播放的不变的新闻。"林肯"车已经停在那儿十五分钟了。她想冲进出租屋楼已经想得绝望了。但她还是克制住了自己。威尔斯很快就会出来了,她想。

公寓楼的房门很快就再次打开,身着运动外衣的男人走了出来,独自一人。他上了车,慢慢开走了。凭着直觉,她关掉收音机,考虑当前的选择。她曾对威尔斯说如果他陷于危险,会立即找紧急支援队。她不得不假设他现在身处险境,他已被扣押,并且穿运动服的男人已经检查过他了。

但她不知道他在哪一间公寓。如果她打电话给情报局,反恐指挥部会马上包围这座楼房,一间间地搜查。基地组织的人就会知道他们已被包围而立即杀了威尔斯。不,她要进去,自己找到那个房间,那时再决定接下来怎么做。

她从汽车仪表板上的小柜里拿出威尔斯给她的点四五和消音器,双手拿着枪。这太疯狂了,她甚至不知道那儿有多少人。如果她因此死了,孩子们怎么办?走近一座布满了恐怖分子的楼房,简直疯狂之至。

然而她却开始把消音器装在点四五上。疯狂与否,她不能让他死在里面。她会找到他的。然后呢?头脑中一个可恶的、她所憎恶的声音在问。然后怎么办?

她对那声音置之不理,继续装完消音器。她应该给沙弗的语音信箱留个口信,向他解释到底发生了什么事和她在哪里。他经常起床后检查那个信箱。最糟糕的情况是反恐指挥部将失去三个小时的时间。无论如何,基地组织不会在街道空旷的时候发动袭击。无论他们计划的是什么,都不会在天亮前实施。

她试着把枪塞进裤子里。但这不合适。她拧下消音器再试一次，还是太大了。她确实属于办公桌后，而非这儿。但这沮丧只让她更想证明他们都错了。迪多、卡德日、沙弗，甚至威尔斯，这些男人们都觉得他们的战争重要得她无法参与。

她把小提包里的所有东西统统倾倒出来，一切，她的生活碎片，唇膏、钱包、手机、巧克力棒、化妆镜、一包可丽舒面巾纸，所有这些掉落在坐椅和脏兮兮的地毯上。幸运的是，她买了一个体积超大的黑色皮包。她重新拧上消音器，拉动滑套。她把枪和车钥匙丢进包里，把其他东西用脚扫到坐椅底下。如果这些人抓到了她，最好是无法确定她的身份，特别是她的 CIA 证件。她在沙弗的语音信箱留下了口信。

在重新考虑之前，在作出更好的判断之前，她下车走上了空寂的街道。

威尔斯几乎可以感受到细菌在他体内大量繁殖。他尽可能地保存体力，仍然相信只要服用相应的抗生素，就能够活下来。发烧已控制住。他没有咳血。但再过几个小时，他就没得治了。如果爱丝莉和警察不在那之前出现，他就要拿出刀，尽可能地杀死房间里的人。喧闹肯定会惊动邻居，他们一定会打电话给警察，如果他在他们来的时候还活着，他将告诉他们发生了什么事。

爱丝莉，他希望她能审慎地打电话给专门人员，比他更聪明。他不能责备任何将他置于此种境地的更高的力量，只能责怪自己的倔犟和傲慢，失败前的骄傲。如果四月份的时候迪多没有把他逼得太紧，如果他在亚特兰大就杀了卡德日。如果……

所有这些假设都已不重要了。他将在这间肮脏的公寓里死去，他血液里的细菌证明了他和情报局都深深地误解了对方，一如他们没有准确地理解他们共同的敌人。他从未得到卡德日的信任，也永远得不到。在让他牺牲这一点上，卡德日表达了他的怀疑——至少是怀疑——威尔斯是否为中情局服务。他把威尔斯作为一个传送者来利用，至少是以一种讽刺的姿态，最后反捅一刀。你能为我们而死，但你永远不会成为我们的一员。威尔斯向来厌恶讽刺——知识分子最喜欢的手法。此刻他更加憎恶它。

没关系。他还有他的刀。不要用刀来对付枪战，海军陆战队常常这样教导。但他想他能行的。他比这些新手们动作要快，并且现在他的手活动自由了。就像他所预期的，伽茨没有在卡德日离开后再次把他的手给铐上。爱丝莉还在外面。一切都决定于你站在机关枪的哪一边。他的父母，躺在汉密尔顿的公墓里。他想念他们了，但并没有准备和他们团聚。威尔斯揉了揉手腕。此刻他只想拿到自己的匕首，但他控制住了自己。他看了一眼表，差不多五点了，夜晚即将过去。他曾对爱丝莉说等到天亮，现在是他以非反讽的刀锋反击的时候了。

爱丝莉走进出租屋，张望一下一楼昏暗的过道。手提包挂在左臂上，拉链开着，挨着她的身体，这样她便可以迅速地拿到里面的枪。目前，她的动作还不能像那些有手枪皮套的人一般快。她还记得威尔斯在肯纳尔沃斯说的话，现在，那已是一个遥远的世界了。先开枪，你会知道的。

她的眼睛适应了周遭的暗沉，看见一只蟑螂在走廊里穿行而过。她跟着它，暂时忽略楼梯，慢慢地前行，克制转过身看是否有人悄悄跟在自己后面的欲望。她是捕食者，不是被捕掠者。

走廊的尽头，她听见 1F 号公寓门后传来低低的音乐演奏声。门缝中渗出福音书中的圣歌。她犹豫了一下，轻轻地敲了门。公寓内传来渐渐向门靠近的脚步声，继而停下。爱丝莉又敲了敲门。

"霍华德?"一个老年妇人在门后低语道。"是你吗?"

"不,夫人。"爱丝莉尽可能压低声音回答。

"霍华德吗?"

"我找错了,夫人。很抱歉打扰您。"

门吱一声地开了,一条门链拉在门框和门板间。一位穿着家居服装的黑人老妇从门缝向外瞧,厚厚的塑胶眼镜片后是患了白内障的双瞳。"霍华德在哪儿?"

"夫人,回去睡觉吧。"爱丝莉小声说道,心想,千万别提高声调。

"你为什么敲我的门?"

"我在找人。"

"霍华德吗?"

"不,夫人。别的人,一个男人。"

"加入乐队吧。"老妇笑了,一个露出光秃秃的牙床的灿烂笑容。

"这栋房子里的一个男人,楼上。"爱丝莉向上指,"可能你晚上听到他来了,没多久以前。"

笑容变成了怒容。"他们之前上上下下地吵个不停。"

"您知道是几楼吗?"

"四楼,又或者是三楼。"

"晚安,夫人。谢谢您。"

"如果你见到了霍华德……"

"我会告诉他的。"

"保证?"

"我保证。"

门关上了,爱丝莉又孑然一身了。

她轻步走上楼。现在，她才感激母亲曾逼她在小学的时候上芭蕾舞课。明天她会找一个适合的时机谢谢妈妈，如果她还有这个机会的话。她在楼梯的最高一层阶梯停了下来。上面的两层楼都亮着灯，刺眼的灯光甩在走廊两旁脏兮兮的橙黄色墙壁上。她脚下堆着一堆烟头。今晚有人坐在这里吸烟，等着什么。

楼层内是安静的，公寓里都不见灯光。外面，一辆汽车轰鸣驶过，喇叭低沉啸鸣。爱丝莉发现自己退到了墙边。噪声远去，出租屋再次归于静寂。

她又看了一眼那些烟头。烟头自然意味着吸烟。她仔细地闻了一会儿。在那儿，微弱的烟味在走廊回旋了几个小时后变得古怪而难闻。她慢慢地跟随着气味前行，现在，这成了她找寻他的线索。

当她上到四楼时，气味变浓了。她把手伸进包里，握着那把点四五。在没有拿出枪的情况下，拉开了保险。慢慢地，静静地，她爬上了楼梯。

"杰——利！杰——利！"

一个女人，在楼道里。她突然敲了一下门，停下，然后又像要把门打烂似的疯狂地拍着："杰利，你马上给我滚出来！杰利！"

威尔斯立即听出了她的声音。她是怎么找到他的？管不了那么多了。他前倾身体，将手移近刀。他能感到血液中的肾上腺素上升，超越了细菌。伽茨抽出他的枪，指着威尔斯。太近了，威尔斯想，他不知道他靠得太近了。

"你说，这是怎么回事？"伽茨用阿拉伯语问。

"我不知道。"

伽茨猛地把他的马卡洛夫手枪甩到威尔斯的头上，恰好打在耳朵

349

的上面。他感到头部一阵晕眩，咕哝了一声，不由自主地靠在背上，但保持了手臂的前倾。

"她和你一起的吗？"

"我发誓我什么都不知道。"

"只是一个娘们儿罢了。"阿布·拉什迪说，他从观察口瞥向门外，"没有别的人。"

"杰利！"爱丝莉在门外高声嚷道，"你马上给我从那婊子身上滚到我面前，否则我就叫警察了！"

拍打又开始了，然后是撞击。

"她喝醉了。"阿布·阿什迪说，"她连包都掉了。"

"屌。"伽茨说，"疯狂的美国女人，让她走开。"

"怎么样让她走？"

"我怎么知道。总之摆脱她就是了。"

一个留着大胡子的阿拉伯人开了门，另一个男人站在他身后，嘴里叼着烟。

"你不是杰利。"爱丝莉说。先开枪。她靠近她的包，伸进里面，握住枪。

"这不是你要找的房间。"男人说完，就准备关门。

就在这个时候。威尔斯咳嗽了，前倾身体，右手触到他的刀，另一手抓住伽茨的手臂，推开他手上的枪。

"爱丝莉！"

伽茨开枪了，可是太晚。子弹没有打中威尔斯，而是射穿了沙发，陷进墙壁里。威尔斯把匕首刺进伽茨的肚皮，感到脂肪和肌肉在刀锋处撕裂，接着，刀锋转而向上，向伽茨的胃部狠狠刺去。刀尖插得足够深后，威尔斯又转而向下刺，让伤口向下深入到肠子。伽茨高声尖叫，手中的枪落在地上，他用手按着肚子，血液却早已喷薄而出，在昏暗的灯光下，呈现出红黑色。

威尔斯嚷出爱丝莉的名字时，门口的男人回头一望。她听见房间里一记响亮的枪声。她没有丝毫犹豫地抬起了手提包，扣动点四五的扳机。子弹透过皮包射出，回声因消音器和皮革的作用，只是沉闷地一响。这一枪射在了男人的腿部，他不由得扑在门上。

男人试图关门，但爱丝莉再次举起了提包，又开了一枪。这一枪正打在他的胸口。他向后踉跄几步，倒下时，围满胡子的嘴凝固成一个毛茸茸的无声的 O。爱丝莉从包里抽出点四五，直接射向第二个男人，那个嘴里叼着烟的男人。但此刻他也正从裤子里抽出枪。

当她再次开枪的时候，听见房间里响起另一记枪声。这一次，枪向上仰了，就在他从裤子里抽出枪的时候她击中了他的脖子。男人摔倒在地，嘴里的烟掉了出来。

——爱丝莉也听到了他的枪声，就在那一瞬间，她的左腿感到巨大的痛楚。子弹似乎是刚好射在了她膝盖骨上方。她站不起来了。尖叫一声后，她向前跌倒在房间的地板上。她试图用左手抓住门。那个男人落地时，鲜血从他喉咙处溅出。

——此刻，第三个男人走向前来，那是个没有穿鞋子的肥胖的阿拉伯人，他向门口的两人大步走来，想抢到地上的枪。爱丝莉忘记了腿上的痛，注意力集中在那个肥胖男人身上。他弯下腰时，爱丝莉摸索到抢，扣下点四五的扳机。但那重重的黑色枪的力反弹到她身上，子弹从他头顶上飞过。

后坐力把她向后推了一下，她失去平衡，又跌倒了，还掉了点四五。它从她手中弹了出去，掉到了走廊。她爬向枪，但腿部疼得火烧一般，她不由得叫了起来。走廊里的肥男人拾起枪。他举起枪对着她的时候，脸上露出了微笑。爱丝莉看着他，举起她的手，厌恨自己的无用，无意义地投降了。

　　——可肥胖男人的头突然爆开，他随即倒下，猥琐地倒在了她之前杀死的两个男人身上。

　　威尔斯大声叫道。他看上去似乎很远。

　　"爱丝莉！就待在那外面！"好像她有选择。走廊开始旋转，渐渐快起来，黑暗遮蔽了她的双眼，她晕了过去。

　　就在伽茨尖叫着倒下的时候，威尔斯捞起伽茨掉落在沙发旁的马卡洛夫，抓起手枪转身看着两个几乎要扑向他的男人。他举起右手开枪，子弹正中一个男人的胸口，射穿了他的心脏，鲜血溅湿了他的衬衫。那个男人痛苦地哀号着在地上打滚，双腿抽搐了一下就死了。

　　另一个男人，那个一晚上都没有出声的瘦弱的巴基斯坦人，接近威尔斯扑向他，两人的距离近得威尔斯可以看见他眼中细小的血丝和他濒死的温热呼吸。巴基斯坦人双手去夺马卡洛夫。威尔斯弹出左前臂，猛地弹打在巴基斯坦人的下巴上。威尔斯掐紧男人的脖子，巴基斯坦人马上忘记了枪。他喘着大气，双手在威尔斯的腰间无望地挥舞，张大嘴乞求呼吸。此刻，威尔斯的右手空了出来，拿着伽茨的枪。他把枪塞进巴基斯坦人的嘴里，在打爆他的头之前瞪着他。

　　威尔斯向门口望去，另两个男人相叠躺在那儿——就在那时，那第三个男人抓起阿布·拉什迪的枪。他只有足够的时间开一枪。他对准肥胖男人站着的身体，扣下扳机。

男人倒下了。一枪，死了。

"爱丝莉！"他嚷道，"待在那外面！"

那么快，他们就结束了。房间很安静，粗糙的木地板上尽是血和脑浆。伽茨还在呻吟，但已很虚弱。威尔斯确信自己很快就会死去，另外的五个人已经死了。威尔斯没有看见那第七个圣战分子，一个早先在夜里自夸在看《我的奋斗》一书的沙特阿拉伯大学生。但他听到那个孩子躲在小卧室里，用阿拉伯语哀求道："求求你，求求你。"

"过来这里。"威尔斯说。他感到体内的肾上腺激素消退，瘟疫再次涌上来。那个沙特阿拉伯人出现在门口，举起了双手。

"趴下。"威尔斯指着墙角，"手背过去放在头上。"

"求求你。"沙特阿拉伯人哭着说。

"趴下。"

他俯身趴下，手臂抱在头上。威尔斯站立起来，走到他面前。他扣扳机的手指痛了起来。这个绝对应该死，他抬起马卡洛夫枪对准了他。

不，他想。至少得为自己留下这个人。他曾杀人不眨眼，但从未像现在这样，从未在他们已经投降后。他放下枪，将自己从深渊中拉回来。

他听见爱丝莉在走廊上微弱的呼吸声，邻居开始骚乱不安。是走的时候了。他拽起一条手帕把这个沙特人绑在房间角落的钢制散热器上。

威尔斯跨过门口的尸体，走到走廊上，他感到仿佛是跨越冥河一般。爱丝莉苍白无力地躺在地上，眼睛闭着，左腿的裤子上浸满了鲜血。威尔斯撕下他的衬衫，在她腿上绑上粗糙的止血带。她惊悸地睁

353

开双眼。

"詹妮弗，詹妮。"

她无力地呻吟着。他弯下腰去抱着她，全身冰凉："你会好的。"他希望自己是对的。一阵咳嗽又袭来，尽管因为在肯纳尔沃斯的吻，她肯定已经被传染了，他还是侧过了头："我们成功了，詹妮。"

"除了你没有人叫我詹妮，"她小声地说，"为什么？"

"他们不知道你喜欢这样，我知道。"他轻抚她的头发，"我要走了。"

"卡德日吗？"

"答应我你要坚持住。"

她虚弱地点点头。

"保证。"他说。

"我保证。"他吻了吻她的面颊，她闭上了双眼。

威尔斯检查了一下伽茨手枪上的弹夹，看看还剩多少子弹。六颗，那已经很多了，他只需要杀一个人。他把弹夹推回枪膛，把枪塞进夹克。

如果他告诉邻居们瘟疫的事，他们一定会恐慌。这会使他们有足够的时间找到抗生素。他准备上了漫游者再打电话给警察。他似乎已经能隔着出租屋的墙听到远远的警报声。在他那已病入膏肓的肺部所许可的最快速度下，他冲下了楼梯。

18

街道萧冷、空荡，笼罩其上的天空刚刚开始破晓。那些警笛几乎在半公里之外响着；现在这个时间点上，甚至纽约警察局的三万五千名警察，也都分布得过于稀疏。威尔斯在夜晚的空气中颤抖着，朝漫游者小跑过去。

在车里，他用发抖的手伸进包内抓出一件干净的衬衫和药箱。威尔斯把衬衫套在头上。这时威尔斯找到了环丙沙星药瓶，倒出四，五，六片大颗白色药粒扔入嘴中。他干咽下这些药片，然后笔直地坐着。环丙沙星是种用处广泛的强效抗生素；威尔斯没有多少把握这药物能对抗鼠疫，但是他希望这种急救措施能给自己赢得数小时的时间。当然他仍然需要即刻去医院。

他记起在孩童时看过的"正确的定价"①，瞧着鲍伯·巴尔克尔告诉参赛者他们得猜出奖品的价格，尽量不过估得太高："除了最接近的那个数字，其他全都出局。"巴尔克尔一向是这样讲的。威尔斯认为自己现在正带着鼠疫在玩儿这个游戏。尽己所能地接近目标而不致被出局。

威尔斯旋转着钥匙点火，漫游者喘着气发动起来。他把车开入街道。在第一个路口他向右转——然后向南——再向右转。接着向西，往曼哈顿方向开去。他确信卡德日一旦知道他的手下出了事，就会试着引爆黄色脏弹，不管那是什么东西。这会在很短的时间内发生。媒体会全力曝光在3C公寓里的大屠杀。

威尔斯驾车穿过威利斯大道桥朝曼哈顿驶去，这时太阳升起在他的后视镜中。是时候呼叫地面部队了。他一把抓起手机，按了"九一一"。在接通电话时，手机提示电量过低。

"'九一一'紧急求助专线。"

---

① 《The Price Is Right》是享誉美国近40年的电视竞猜类节目。——译注

"在布朗克斯的一四六街区发生了一起枪击案。"

他能听到接线员正敲打着键盘:"是的,先生。冲锋队正赶往现场。"

"请确保他们带上了生化装备。那间公寓受到了鼠疫的污染。"

"鼠疫?"

"是的。"

"先生,你能确定——"

"是的。"威尔斯挂起了电话。

他不知道如何联络上沙弗和迪多,但是他没有忘记兰利危急情报办公室的电话号码,那里一直有接线员在。他按下电话。在一声铃响之后,一个男人接了电话。

"这里是研究所。"这是几乎自中情局成立以来就一直持续用的古怪的规矩。

"我是约翰·威尔斯。"

"我有什么能为你效劳的吗,威尔斯先生?"

"我需要跟文尼·迪多讲话。"

"我们这儿没有叫这个名字的人,"这个男人流畅地说,"你确定你所拨的是正确的号码吗?"

威尔斯在失望中狠狠地拍打着方向盘。理所当然地这个男人不会给他接线过去。他大概之前从未听说过威尔斯的名字。而威尔斯也不再持有特工用来向部里证明自己身份的那些非常时期的代码。

这时他剧烈地咳嗽起来,把一团浓痰吐在漫游者的前排乘客座位上。至少仍是灰色的。如果他开始咳出血来即使环丙沙星也救不了他。

"喂?喂?"这个男人挂起了电话。威尔斯重新打了过去。

"这里是研究所。"

"请帮帮忙。帮我接通迪多。或者艾力斯·沙弗。"

这个男人迟疑起来。迪多的名字是有公共记录的，但是沙弗的名字并不被大众所熟知："你再说一遍你的名字。"

"约翰·威尔斯。我是中情局的特工。代号是红色短袜。"

"我很抱歉，威尔斯先生。我验证不了你的代号。其他的情报也没有。如果你还有什么事要告诉我的话，请讲吧。"

"听着，我没有其他密码了，但是请相信我。"

"威尔斯先生，有人会给你回电话的。你能接到这个号码啊？"

"不。我的手机电池快用光了。"

"威尔斯先生——"

"请要求他们放出关于黄色运输车——"在警戒之下——"的通告。"

"黄色运输车？"

"里面载有脏弹。"威尔斯说道。他感到脸上一片阴沉，身子则虚弱无比。环丙沙星和鼠疫正在他体内斗争，而鼠疫至少还没有被消灭，"我知道自己讲的让你不能理解，但是这就是我所能跟你说的全部。那辆黄色运输车。还有个身在蒙特利尔名叫塔里克的男人，他感染了肺鼠疫，他是个科学家——"

"谢谢你，威尔斯先生。待会儿有人给你回电话的。"

电话挂上了。威尔斯低头看见自己的手机已关机。即使这个男人把这个信息向上汇报，中情局也找不他了。不久他就只能独自作战。

在回家的路上，卡德日在韦伯斯特大道的一家通宵营业的小餐馆里停了下来，点了份牛排和鸡蛋。他发现自己真是饿极了。自己辛苦异常地等着手下在这个清晨开始行动。现在什么都不能阻止这个计划。

在他把车泊进伽茨的汽车库时，收音机中正播报着第一号通告："这里是纽约'1010WINS'电台，正为你播报突发新闻。在南布朗克斯一六四街区的一栋公寓大楼里发生了一起枪击案。警察已隔离了整座大楼。据邻居声称至少有两个人被担架抬了下来。不要走开。一旦采访到更多细节会马上为您继续播报事件的详情。"

卡德日摇着头，开始是慢慢的，然后越来越快。直到自己头晕脑涨不得不停下来。"不，"他静静地说道，"不。"他向后靠着林肯，而后深呼吸起来，试着让自己冷静。他怎么能这么愚蠢呢？那个美国人在公寓里做了什么？

他假设了最糟糕的情况，威尔斯杀了他的手下，随之就报了警。这么多年以来威尔斯愚弄了他，破坏了他所有的事业。现在鼠疫永远不会从公寓里散播开去了。卡德日诅咒自己的傲慢。而那个约翰·威尔斯，这个虚伪的异端，真主会把他打入到地狱的炼火里去的，而卡德日会因为错失了这个机会而应得报应地和他一同坠入炼火之中。

不止是鼠疫，他想。那辆黄色运输车是用伽茨的名字登记的。而且警察一旦核对了伽茨的身份就能很简单地追踪到这车。他需要抢在警察接头之前，在今天早上就引爆那个炸弹。卡德日看着林肯的数字钟六点二十九分。迄今为止卡德日都没有打算在袭击时献身；他本来计划好把运输车留在目标附近的一座汽车库里，等到炸弹爆炸时他已身在墨西哥了。但是现在他不能照这个步骤行事。他得自己亲身引爆炸弹。

卡德日这样想着，他的胃颤动起来。但他把恐惧咽了下去。卡德日对自己的圣战战士承诺过天堂；现在他想知道真主是否在等待他。卡德日带着这个思虑走下了林肯车。

在兰利接到威尔斯传来的消息的是乔·史威杰特，他是内勤工作夜间部的头头。这个警告让史威杰特很是困扰：这名打进电话的男子对中情局的程序了若指掌，但是他没有通用的密码。同时他所提供的情报并不是毫无意义，史威杰特是这样认为的。每日所列举出来时下头号的恐吓也从来没有提到一次黄色袭击。

他重又叹息着看了一遍信息。内勤部在一年之内会接到好几起这类电话，都是那些不知道怎样弄到号码的疯子在捣乱。他翻开中情局的第三级机密手册，寻找约翰·威尔斯的名字。一无所获，但是他明白空缺不一定意味着什么。手册可不仅仅止于三这个级别。

史威杰特瞄了一眼时间：六点三十二分。在这三年里，他只叫醒过迪多两次：一次是法鲁克向索尔交代出那枚放射性炸弹，另一次则是有个特工在北京的一场可疑的车祸中丧命。除非仍有情报传送过来，否则史威杰特不打算通知迪多或者沙弗。

卡德日驱车沿着高速主路向南穿过布朗克斯。交通业已繁忙起来，仓栅式货车驮蔬菜供货到熟食店的货架上。在车厢两边油漆着巨型巨无霸的麦当劳货柜拖车。卡德日放慢了速度。他计划在八点时抵达目标。他本想要等更久，确定市中心的那些高楼大厦都挤满了人群，但是他承受不起延迟。他的自大已经让他付出了太大的代价。早点动手好过束手被擒，彻底地失去这个机会。

在七点零三分时，威尔斯在曼哈顿的四十四街区的一片只允许出租车停靠的区域泊下了漫游者，这条街区就紧挨着第十一大道。他对周围此起彼伏的出租车喇叭声置若罔闻，专心地用他在前天买的最后一加仑水洗刷着双手和面部。威尔斯感到病痛和虚弱，并且现在他咳得更频繁了。如果想有更大的机会生存下来的话，过不久他就需要比环丙沙星更强有力的静脉注射抗生素。

"该是你亮相了。"他对自己喃喃低语道。他想知道自己是否能再见到埃文。大概没什么机会了吧。但是如果这天他没有找到卡德日，很多父母们都见不到他们的子女了。"眷顾着他吧，我主。"威尔斯低语着，"无论今天发生了什么，请眷顾他。"他已经不在乎自己是在向穆斯林的真主或是基督祈祷，而且他认为主也不会介意这个。

威尔斯在前额拉低他的"红色短袜"帽，把伽茨的枪支塞入腰带，用衬衫遮挡住它。他走下皮卡，眨眼看着清晨雾蒙蒙的阳光。他背靠着皮卡，不确定该往哪儿走。他听到了收音机里关于在公寓里的枪击案的报道，但是到目前为止没有一丝警方布网的迹象，没有路障或是警报器的尖鸣声。显然爱丝莉仍没有被发现，并且没有人把他打给兰利的电话和公寓里的屠杀联系起来。他知道中情局和纽约警察局过不久会相互联络。大概会在未来几个钟头里。但是这几个钟头也还是慢了。

他不知道要不要拜访最近的警察局，向他们解释自己的身份，要求他们贴出公告通缉卡德日。但是这些警察不会即刻发出公告，他们不会相信一个从街道拐进来，口口声声称自己是中情局特工的凌乱不堪的男人，在那儿大放厥词，讲着一个关于鼠疫和放射性炸弹的故事。他在人前的露面甚至可能会让公告发布的步骤变得缓慢。特别是这些警察多半会对他是公寓血案的枪击手感到兴趣。不。在警察发出一份关于他或者卡德日的公开通告时，他会投案自首，得到他所需要的抗生素。在那之前他会继续停留在街道上，试着找出那辆黄色的运输工具，无论它是什么。

但是去哪里找呢？联合国和纽约证券交易所的警戒都高度严谨。

帝国大厦？花旗集团中心？时代华纳中心？中心火车站？这时威尔斯记起卡德日曾在亚特兰大的皮德蒙特公园对他说过的话"你不觉得会很兴奋吗？在时代广场？"时代广场是卡德日唯一提及名字的地方。它是世界闻名的景点，而且远比其他那些更容易接近，因为那是片广场。

当然，他可能判断错误。卡德日或许会出于威尔斯不知道的原因憎恨帝国大厦。并且威尔斯也不能确定在他看见那辆黄色运输车时能把它给认出来。但他没有选择。他要么驾车去到时代广场。要不就投案自首。

"时代广场。"威尔斯宣布。从这里朝东走四个街区。他转过身，步入正升起的太阳。

那些在一四六街区的警察们很快就会发现在3C公寓房间的残杀远不止是一桩搞砸的毒品交易。纽约市警察局即刻派遣反恐部队搜查了大楼。同样也给联邦调查局驻纽约市的监察中心报告了那个房间所发生的事。那些派来的特工需要从那个公寓和里面的死尸上收集信息。据联邦调查局报道，那批人全都出现在他们的主要的恐怖分子观察名单上的，但是这不一定能证明什么。那些侦探们竭力想询问那个在大厅被找到的女人。不幸的是，她正在进行外科手术。同时，那个被绑在散热器上的学生也拒绝谈话。

威尔斯关于鼠疫的警告传递到位于曼哈顿警察总部的警察战术指挥中心。在事发地点的工作人员都接到警告，而且警方生化部队已被派往大楼进行污染测试，标准检测那些随时接收到的似乎可信的生化警告。那些工作人员仍然镇定自若，捏造生物恐怖在纽约市来说可算稀松平常。

纽约市警察局的生化部队是由六名美国退职人员组成，他们装备有实验用聚合酶链反应，这个反应具有能够分析探测到鼠疫的能力。

这个探测只是粗略地进行了一个小时。

在七点二十六分，回复的结果被证实。

警局即刻行动起来。3C公寓楼被宣布为潜在的生化武器所在地。整栋大楼被隔离起来，对躺在大厅的女士进行手术的医生也都得到警告。他们从她，还有那名在公寓里被抓的不清楚身份的男子身上抽取了血样。纽约警察局急忙向联邦调查局、反恐指挥部和白宫递交了报告。而兰利内勤工作部的乔·史威杰特认为应该当面找到文尼·迪多，告诉他有个名叫约翰·威尔斯的男人打来了电话。

数分钟内，反恐指挥部把发生在纽约街道的事件综合起来。在七点四十一分，一份全境通告发到每个纽约市的警察和在此地当值的联邦调查局特工手上，告诉他们情报显示有一场逼进的恐怖袭击，很可能是使用放射线炸弹——又名脏弹。这枚炸弹的确切传送方法仍然未知，但是出租车、莱德和美国货运的货车都认为是特别危险的。投弹手同样身份不明，尽管这人被相信是用了奥玛尔·卡德日这个假名。

还有一份单独对约翰·威尔斯发出的公告，这名白种美国男人，身高六尺二寸，体重约二百磅，眼睛和发色为黑色，他是今日在布朗克斯发生的一起六人凶杀案的重要证人。在兰利，情报部门手忙脚乱地找出一张威尔斯的照片传发给警察和电视台。这份公告忠告办案人员考虑到威尔斯全副武装和危险，并且警告他可能传染了耶尔森菌鼠疫，或是细菌病疫。

总统立刻下令进入高级戒备状态，要求生化战争防御中心和机密部队对在美国国土上的核武器或是放射性武器袭击作出回应。白宫新闻办公室则通知了媒体，请求他们抽空在上午八点半参加国家重大危急事件的通告。

这所有的活动事件还有三个问题没有搞清：

没人持有卡德日的照片。

没人知道那黄色运输工具具体是什么。

并且无论如何他们全部行动都太迟了。

七点四十三分，卡德日从中央公园掉转车头开向第七大道。路上的交通瘫痪不前，但是即使是纽约最糟糕的交通，他想，也不能阻止他到达目标。卡德日的目光越过他的驾车的四方挡风玻璃窗，看着那些在人行道上接踵摩肩，挤作一团的异教徒，他们行色匆匆地赶去办公，为的是填满自己的腰包。

要是他们一旦知道等待着他们的是毁灭、焚烧、灰尘和致死的烟雾，那么这些低等人就不会这么挖空心思地再想着如何变得富有。但是这对于他们来说已经太迟了。他向后看着行李箱，然后看着脚下的炸弹，藏在这里谁也看不见。这些异端会希望得到真主的怜悯，他想。但他们会从他这儿得到虚无。

五十八街区的交通灯转绿了。卡德日踩低油门。车子向前驶去。

威尔斯倚靠在歌剧票亭西部的边角，这地方是时代广场的北部边缘的一个交通安全岛，位于第七大道和百老汇之间的 47 街区。票亭会在下午对观光客售卖打了折扣的百老汇演出票，但是在清晨，票亭是不开门的，这也是从四十七街区蔓延到四十二街区的人流旋涡中唯一的一块空地。威尔斯没有拥入人流中，他决定保存体力，待在售票亭，在这里他可以监视那些自西向东开去位于百老汇和第七大道的广场的车辆。

他知道自己不管怎样都不能晾在这儿太久，不仅仅是因为鼠疫。在前面的五分钟里，警笛尖鸣着出没在东部、北部和南部方向，他们无处不在。就在威尔斯观察时，两名警察拔出枪支，命令一辆在四十七街区和百老汇街角处的摩根斯坦利总部前并排停车的出租车司机从车里出来。话已出口，但很快就被证明是无关人士。还不是时候。威尔斯颤抖着把注意力转移到第七大道。

不知怎的，他知道卡德日距他非常近。他开的那辆车，威尔斯想，肯定是某类运输车辆。计程车是有道理的，但是太过明显了。当卡德日在公寓里大放厥词时他是那么的喜悦。货车过于大型，藏匿起来很困难。他开的车肯定是其他什么，大到足够放置整个尺寸的炸弹而不会引起注意。那么究竟他妈的是什么呢？

一辆开向47街区的警车停在他面前。坐在里面的巡警好奇地看着他。驾车的警察摇下了他的窗户。

"伙计，你还好吗？你看起来得病了。"

"我很好啊。"威尔斯说。他试着忍住咳嗽。

五十街区……四十九街区……四十八……

当车子朝南向开去时，卡德日双手紧握住方向盘，试着抑制住他的肾上腺素。交通过于拥堵，以至于人行道上的行人可以同他驾驶的速度一般快地行走，但是现在这些都不重要。没有什么能够阻止得了他。他的双手颤抖起来，并不是缘于恐惧。他本该是感到惊恐的，他知道，但是取而代之的是他只感到兴奋。这个世界会永久地记住这一天的。

车流在四十七街区和第七大道的转角处停了下来。有三辆黑色林肯城市轿车，一部UPS快递货车，一辆揽胜路虎，一辆破旧的大众捷达和一辆小型的校车——在蒙大拿的孩子们都称它为短线巴士。除了司机外，巴士上空无一人，但是这辆车的轮胎被压得很低，就如负载过重一样。

威尔斯看着这巴士心里就明白了，当然就是卡德日，这个反讽者。而且没人会过度留意一辆学校巴士。

这辆黄色巴士紧跟着一辆林肯，在第七大道的西边马路上的交通灯下。大概有六十英尺远。如果他跑过去的话要花三秒钟。走路则要花十秒。威尔斯把帽子往头上紧压下去，接着便向东朝第七大道走去。卡德日说对了一半，威尔斯想着；他们会再次相遇，但不是在天堂。是在时代广场。

"嗨，伙计。"警察说。威尔斯继续朝前走，插步穿过警察巡逻车，越过缓慢地移动着通过四十七街区的出租车。

四十英尺。他咳嗽起来，一阵剧烈的肋部颤动着喷发出来，他没有去掩饰。如果他抵达不了巴士，在他身边的人群会患上比瘟疫更甚的问题。

"嗨，我叫你呢。"这个警察还没有对他大叫。

威尔斯到达了第七大道的北面，他接着转右，分开西装笔挺的拥攘的人群，他们正匆忙地向西朝着摩根士丹利总部赶去。三十英尺。还不够近。卡德日肯定把炸弹放在他膝下。威尔斯把手伸入腰部，拔起手枪，紧握在夹克下。

他向后回望了一眼，几个警察正走下巡逻车。他开始朝着巴士小步跑去。

二十英尺。"不要跑！"他听到了警察的大喊声，但是一阵从 UPS 货车发出的轰鸣的喇叭压住了他们的声音。他能看见卡德日现在在驾驶员位的后面，巴士上除他之外空荡无物，他笔直地坐着，头向上仰，就像他已然见到了天堂。

十英尺。

只需几秒钟，卡德日告诉自己。交通灯就会转绿，他就能开过两条街区，到达广场的心脏地带四十五街区……他会圆满达成任务的。只需几秒钟，两条街区。炸弹仍在他的脚边。他禁止自己去碰它，这样他就不会受不了诱惑而太早就引爆炸弹。他想要这次爆炸全然完美。

就在这时他看见一个戴着红色短袜帽的男人，手里拿着枪，朝着巴士跑来。

卡德日出于纯粹动物般的愤怒，惊叫起来。他伸手去够到炸弹——

威尔斯的第一枪猛地撕开了他的胸膛，把他朝后向车窗狠狠地摔去，卡德日感觉不到一丁点儿疼痛，他现在只有熊熊燃烧的愤怒。他不会让这个异端把炸弹从他手中夺走的。他向近在咫尺的炸弹伸出手。但是威尔斯快速地跑近，开火，他打开巴士的车门后就跳了进去，卡德日知道自己失败了。

威尔斯朝卡德日俯下身，一股灼热污浊的呼吸喷在卡德日的脸上。威尔斯是给他派来的死亡天使。他想试着保持愤怒，但是那冲他而来的黑色污秽的呼吸使他闭上了眼睛。一道鲜血从卡德日的嘴角滴漏下来。最后一口垂死的呼吸在他胸腔咯咯作响。他就这样死去了。

威尔斯在听见射击声之前就感到了疼痛。他的后背的肌肉看起来爆裂开了。他的身子扭曲起来，随之便向前倾，趴在卡德日的尸体上。那些警察正在执行他们的任务。抓捕他们认定的犯人。他得活着。他得远离死亡。他同样在执行自己的任务。所有这些年的间谍生涯要有结果。他试着举起手来，但是这努力压倒了他。

威尔斯能感受到自己的血液，他那火热肮脏的血液，正缓慢地从后背涌出。当他合上眼睛时，世界变成一片死寂、漆黑，他最后念想着的是爱丝莉。

尾　声

　　爱丝莉醒了过来。她的左腿膝盖烧痛难耐，就如半条腿被鲨鱼咬掉了一样。但是当她微弱地张开眼皮时，看到自己的脚悬在空中。一条吊索绑在她的腿部。一张医院病床，然后是两个女人，她们站在她的旁边，其中一个身穿白色医生服，站在她旁边的则是一身护士服。她们的脸上都戴着手术口罩。

　　在她恢复了知觉后，腿上的疼痛变成了如绞肉般极度的痛苦。电极火气在她体内无休止地焚烧着，膝部的每一条神经都独自朝脑部传送着痛苦的信息："我太痛苦了。"她快窒息了。

　　除了腿部之外，身体的其余部分也都灼痛不已。尽管才刚刚苏醒，爱丝莉一样感到疲乏无力，好像自己连续着跑了几天一样。爱丝莉握紧拳头想抑制住疼痛。那个护士拿手放低她的手臂，小心地避免静脉注射管插入她的肘部。

　　医生走上前来："你中弹了。"她说，"记得吗？"

　　现在爱丝莉记起来了："在大厅。"

　　"你要吃些冰块吗？"

　　爱丝莉点点头。甚至连说话都需要极大的努力；她的嘴里极其干渴。护士戴着手套把一块冰滑入她的口中。爱丝莉一点一点地吮吸着，真如天赐的甘露般。她开始忆起更多的事来，她在车里的时刻，威尔斯大喊着她的名字——

　　"发生了什么？"在疼痛之下，她的心恐慌起来。威尔斯呢？他人在哪里？她最后记得的是，他在肮脏泛黄的门厅里朝她俯下身来。

"你能告诉我你的名字吗？"医生和蔼地说道。

"詹，爱丝莉。"

医生点点头："我是汤普森医生。茉莉·汤普森。我要告诉你些好消息，爱丝莉女士。你的孩子都在这儿。"

"这儿是在哪里？"她舔着嘴唇，再次感到干渴。

"纽约布朗克斯的传染病科。你被送到这来已经过了十六个小时了。但是在把大卫和杰西卡带进来之前，我们要确认你没有传染病。"

在医生第二次提及孩子时，一阵陌生的悔恨压倒了她。他们不该在她这种状态时见面。她现在正濒临死亡，快要撒手离他们而去。自己在他们的生活中已缺席太久了。麻药、疼痛和羞耻在她心里纠结着，化成滚烫的泪水滑落到她的面颊。这位医生——爱丝莉已经忘了她的名字——脱下手套，用一只冰凉的手抚摩着爱丝莉的额头。

"没有什么要忧虑的了，"她说，"你被传染了某些肮脏的病菌，但是看起来我们已经及时消灭了它。你明天就可以见到孩子们。"

爱丝莉再次想念起威尔斯："约翰在哪儿？"

这位医生瞥了一眼护士："他也在这里。他病得很严重。"

病得很严重。爱丝莉缓慢地闭起双眼。

"我知道你浑身疼痛难耐，"医生说，"我们需要留心给你输入药物的数量，要是觉得太痛苦就跟我们讲。你好一点儿之后，有一大群人想来跟你倾谈，感谢你。现在请你试着休息。"

第二天爱丝莉是在意识模糊之中度过的，在护士给她调理药物时，爱丝莉一直游移在意识的边缘。医生只是短暂地把她的孩子带进了母亲病房。爱丝莉见到他们时的快乐克服了她的羞耻。在他们离开病房后她仍觉幸福、欢乐。她瞧着亲人们因见到她如此模样而惊的面孔，而试着向他们微笑的努力让她备感疲惫。房门在他们身后关上时，她昏了过去。

当她再次醒来，沙弗蹲坐在她的病床边。"艾力斯。"她嘶哑地喊着他。第一次感到恢复了一丝活力，尽管膝盖仍如同已经由里向外的撕碎开来那般灼痛。

"詹妮弗。"就这一次他看起来不知道该说什么。他双手绞在一起，希望能用他细长的双腿在房间里四处走动。

"外面到底发生了什么?"她问着，"他们不愿告诉我。"

"一切都结束了。詹妮弗，是你阻止了爆炸。"他说，"你和威尔斯。"

"他们说我可能有传染病，这是什么意思?"

"我或许不该是告诉你这个的人，但是，威尔斯把鼠疫传染给了你。"

鼠疫! 爱丝莉的身体对这个字眼感到万般痛苦。沙弗抚摩着她的肩膀:"没事的。我想我们已经追踪到了在这里和加拿大的每一个被暴传染的人。"

加拿大? 爱丝莉决定不追问下去了。

"我要见他，艾力斯。"

"他的情况不妙，"沙弗说，"他比你被传染的时间更长，而且他的后背被射了一枪。"

"卡德日朝他开枪了?"

"不，是警察。"沙弗的脸上掠过一阵怪异的似笑非笑，"事情在最后搞得乱七八糟，但是一切会好起来的。那个孩子和你都成了英雄。下周总统会出现在这里。其间迪多会得到所有的荣誉，而我会扫他兴的。"

迪多的名字突地激怒了爱丝莉，但是这股愤怒在刚来到时就已消逝。她太疲倦了。沙弗看起来读懂了她的心思："不要浪费你的力气，詹妮弗。如果不是他，还会有其他人顶替的。"

"他就打算这么做是吧。对不对，艾力斯？"在她模糊的意识之中她想象着用自己的腿来换得威尔斯的生存。或者两条腿也行。当然，我还要腿干什么？

"我不打算说谎。他们说是百分之五十的生存机会。但这已经好过昨天了。"

翌日清晨她感到好了一些，随即便要求把她带到威尔斯的病床前。医生们不同意，但是她死死坚持。结果是他们用病床推着她去到一个病房。四个身穿蓝色制服，戴着白手套的纽约警官守卫在那里。一支仪仗队。

威尔斯侧躺在病床上，他的手上正在进行静脉注射，鼻中插有氧气管，一根导尿管从他腰部的被单里伸了出来。他骨瘦如柴，浑身惨白，呼吸来得短促、缓慢。但是在他头顶上的脉冲控制器和光电血氧计平稳的脉冲声让爱丝莉的心安定下来。

"我知道他看起来状况不佳，但是他在不断恢复。"汤普森医生说道，"他在试着喃喃地说些什么。我们认为他会在今天恢复意识。"

威尔斯在病床上扭曲着身体，发出了叹息声。

"你能把我推得更近一点吗？"爱丝莉说道。

威尔斯站在一座光耀，圣洁的白色摩天大楼外。他从未见过如此庞大的高楼。它的大理石墙壁一眼望不到边的。出于一种不知缘由的意愿，威尔斯极度渴望走进大楼。有种他不能抗拒的莫名事物迫使着他。而且威尔斯已经过于疲倦，他无法反抗。他在墙壁上寻找着入口，但是这大楼俨然没有门也没有窗户，只有一个按钮门铃。他按下铃。

铃声响起，这时一个身着宽松外衣，戴着手术口罩的男子突地显现在他面前。

请让我进门，威尔斯用意念说道。而且他也知道这个男人会明白他的意思。

这个男子指着威尔斯的腰带，那里挂着一大堆枪支。马卡洛夫、点四五、格洛克，甚至还有数把左轮手枪。就在威尔斯低头看着它们时，这些个枪械开始相互变形。威尔斯觉得它们是活体的。此前他从未见过活体的枪支。然而这奇景没有让他感到惊奇。

卸下它们，那个男人用意念说道。

我办不到，威尔斯回复道。他低头向下看。一条广阔的坑谷出现在他脚下，里面挤满人群、起重机以及大型的挖土机，他们正在建造一座霓虹城市。从这儿望下你会不知道如何去形容这兴建之城。

卸下它们，那个男人再次说。在他身后的摩天大楼失去了光辉，形状开始逐渐消逝。威尔斯拼命地想伸手去够那个身着宽松外衣的男人，但是这个男人举起一根手指，疼痛即刻就淹没了威尔斯，这痛楚从后背蔓延到他的肩膀，然后贯穿了他的整个身体。

威尔斯抬头往上看，那座大楼几近消失殆尽。他知道只要携带着枪支自己就永不能进入这辉煌之地。他试着取下那些枪支，但是却办不到：它们如水蛭般紧缚在他身上。大楼消失了。这个沉默的男人摇着头，愤怒地挥了一下手臂。威尔斯就坠了下来。

他的后背重重地摔在岩石地面上。霓虹城市也消散不见，悬于头顶的天空一团漆黑。威尔斯闭上双眼，他看见了星星，但是它们是那么地微暗，如同萤火虫一般。他正越过一层厚厚的纱幕看着自己的脑部。他再次在后背感到一阵疼痛。他看着那些星星。它们太过暗淡、朦胧了。它们不是他记忆里的阿富汗的那些星星。

阿富汗。

而一旦他领会了这个字眼，所有一切都恢复过来，一切，全部的事情同时恢复过来，那么地鲜明刺激，如同一个触手可及的狂热梦境；他记起了一切，而那从他背部的洞穴传来的疼痛烧灼着吗啡，或是芬太尼或是他们给他的其他东西——

——他睁开眼睛。她就在那儿。

鸣　谢

　　没有我哥哥大卫的帮助，这本书是不能写成的，他帮忙构思了一个打入基地组织的 CIA 特工的设想，并且想方设法去述说这个故事。他同样也是位作家，但是在我问他自己能否尝试写这本书时，他只是要我放手去做。对于这鼓励，以及他在我写作道路上的每一步所给予的建议，我深感不能感谢其一二。同样感谢还有：我的父母，埃伦和哈维。本书的编辑，马克·塔瓦尼。设法说服兰登书屋在三章稿件和一份大纲之下签下了合同，给予了我自信（以及法律责任）去完成本书的希瑟·施罗德，和购得电影版权执导了类似的故事的马修·史耐德。

　　提前购买的乔纳森·卡尔普。

　　在本书第一稿时给予了明智而温和的意见的皮拉尔·昆恩、迪尔德丽·西利韦、安德鲁·罗斯·索尔金，和詹妮弗·凡德贝斯。

　　带我去到布福德高速公路的多里安和埃里克·尼伦堡。

　　那些在巴格达和纳贾夫同我分享他们故事（和他们食物）的道格拉斯·奥里文特、凯利·皮平，以及其他为数过多而不能——提及的士兵和军官们。

　　《时代周刊》驻巴格达事务处的伊斯塔巴第·拜伊迪以及所有的翻译和司机们。

　　以及，最后，所有的每天冒着生命危险的战地记者和战地摄影师们。我只和他们并肩工作了短短数个月的时间，但是我对他们的尊敬日益增进。